HEATHER GRAHAM

DORNEN IM HERZEN

Roman

Aus dem Amerikanischen von Eva Malsch

PAVILLON VERLAG
MÜNCHEN

PAVILLON TASCHENBUCH
Nr. 02/0016

Titel der Originalausgabe
LIE DOWN IN ROSES

Umwelthinweis:
Dieses Buch wurde auf
chlor- und säurefreiem Papier gedruckt.

Der Pavillon Verlag ist ein Unternehmen der
Heyne Verlagsgruppe, München
http://www.heyne.de
Printed in Germany 1999
Umschlagillustration: Pino Daeni/Agentur Schlück
Umschlaggestaltung: Atelier Ingrid Schütz, München
Gesamtherstellung: Elsnerdruck, Berlin

ISBN: 3-453-15768-0

PROLOG

15. Oktober 1483

»Muß eine Maid ein schönes Antlitz haben?
Muß sie das Aug mit Anmut laben?
O nein!
Sie muß das Leben eines Mannes versüßen
Und freudig seine Leidenschaft begrüßen!«

Übermütig sang Sir Thomas Tidewell die Ballade, schrie sie mit lauter, klarer Stimme dem kühlen Horizont entgegen, der sich allmählich verdunkelte. In seiner Trunkenheit lachte er so heftig, daß er im Sattel seitwärts schwankte. Sicher wäre er vom Pferd gefallen, hätte Jon von Pleasance, der neben ihm ritt, nicht hastig eine Hand ausgestreckt, um ihn festzuhalten. Jon, fast so betrunken wie Thomas, schlang einen Arm um die Schultern seines Freundes. Mühsam hielten sie ihr Gleichgewicht auf den beiden Hengsten und sangen gemeinsam den zotigen Refrain.

»Sie braucht kein schönes Gesicht,
Auch Geist und Anmut nicht.
Sie muß nur die Lust eines Mannes stillen
Und willig sein Schwert umhüllen!«

Als Jon sich aufrichtete, drohte Thomas erneut aus dem Sattel zu stürzen. Diesmal packte ihn der Anführer der Gruppe, der seine Position geerbt hatte – Tristan de la Tere, zweiter Sohn des Grafen Eustace von Bedford Heath. Freundlich grinste Jon ihn an. Tristan hob die dunklen Brauen, erwiderte das Lächeln und schüttelte resignierend den Kopf. Die drei kamen soeben aus London, wo Tristan in langwierige Diskussionen über die Thronbesteigung Richards III. verwickelt worden war. Konnte man das Ereignis als gesetzwidrige Machtergreifung betrachten? Oder als legitim und notwendig, weil der rechtmäßige Erbe, ein zwölfjähriger Junge, außerstande war, ein Land zu regieren, das die »Rosenkriege« – wie die Poeten sie nannten – verwüstet hatten?

Doch es gab noch andere Schwierigkeiten. Jahrelang hatten verschiedene Mitglieder des Hauses York um die Macht gekämpft und kleinere Scharmützel innerhalb der großen Kriege ausgefochten. Tristans Familie war es gelungen, sich aus den internen Konflikten herauszuhalten. Schon als blutjunger Bursche hatte er für König Edward IV. gegen den »Königsmacher« Warwick gekämpft. Während der Regentschaft Edwards herrschte eine gewisse Ruhe in England. Aber 1483, nach seinem Tod, hatte Richard, Herzog von Gloucester, seinem Neffen, Edwards Sohn und Erben, die Krone entrissen. Nur zu gut wußte Tristan, daß neue Probleme auftauchen würden, und diesmal konnte er sich nicht heraushalten.

»Sing mit, Tristan!« verlangte Jon. »Du kennst doch den Text!«

»Ja, den Text schon«, bestätigte Thomas und rückte seinen Hut zurecht, »aber nicht das Gefühl. Ah, diese schönen Damen, das süße, weiche Fleisch, das wir in Mr. Walcox' Taverne genossen!« Anklagend zeigte er mit einem Finger auf Tristan. »Und du wolltest keine einzige anrühren. Schande über dich, mein Lehnsherr! Vor der Hochzeit warst du ein richtiger Teufel. Keiner wußte seinen Becher Ale schneller zu leeren als du und die hübschesten jungen Dinger zu verführen – mochten es feine Damen oder Huren gewesen sein.«

Wieder zog Tristan die Brauen hoch. Schweigend musterte er seine Freunde, ein schwaches Lächeln umspielte seine Lippen. Zahlreiche Tage im Sattel, Turniere und die wilden Machtkämpfe zwischen den Häusern York und Lancaster hatten diese jungen Männer gestärkt, ihre Muskeln und Herzen gestählt.

Auf Tristans Schultern lastete eine schwere Verantwortung. Sie alle hatten in der Domäne seines Vaters das Licht der Welt erblickt. Jederzeit konnte Graf Eustace ein tausendköpfiges Gefolge zu den Waffen rufen. Bis zum Horizont erstreckten sich seine Felder und Weiden, viel weiter, als das Auge reichte. Die Wolle, die auf seinen Farmen erzeugt wurde, war sogar jenseits des Kanals berühmt.

Eines Tages würde Tristans älterer Bruder den Titel des Vaters und dessen Stellung erben. Aber Tristan hatte sich, im Gegensatz zu vielen jüngeren Söhnen, nicht der Kirche zugewandt und statt dessen große Bedford Heath-Ländereien erhalten. Eustace hatte alle seine Leibeigenen freigelassen, doch Tristan durfte auf die Treue vieler hundert Pächter und Landedelmänner wie Thomas und Jon bauen.

Schon als junger Bursche war er sich seiner Pflichten bewußt gewesen. Er trank zwar gern mit seinen Freunden, gestattete sich aber keinen Vollrausch. Ebensowenig konnte er die Politik außer acht lassen und vergessen, daß die Loyalitäten den Männern manchmal aufgezwungen, manchmal aus freien Stücken gewählt wurden, aber stets einen hohen Preis verlangten.

Während die drei jungen Freunde an diesem Herbsttag nach Hause ritten, schien Frieden zu herrschen. Aber Tristan ahnte, daß seine Landsleute bald wieder kämpfen würden. Richard hatte seinen Neffen entthront, sich der Krone bemächtigt, und das war in London akzeptiert worden. Denn der englische Thron mußte Stärke zeigen.

Auch Tristan hatte sein ursprüngliches Urteil revidiert und die Überzeugung gewonnen, es wäre besser, wenn der ältere, erfahrene Richard das Land regierte – zumindest, bis der rechtmäßige Erbe, ein bockiger Bücherwurm, die nötige Reife erlangte.

Aber dann waren der Knabe und sein jüngerer Bruder aus ihrem Gefängnis im Tower verschwunden. Man munkelte, Richard habe die Ermordung seiner Neffen angeordnet. Als Sohn eines angesehenen Peers hatte Tristan verlangt, die Kinder zu sehen. Richard versuchte, ihn mit Ausflüchten zu beschwichtigen. Aber Tristan ließ sich nicht beirren. Dann übte Buckingham, Richards eifrigster Verfechter vor dessen Machtübernahme, Verrat und zettelte einen Aufstand im Süden an. Tristan hatte es abgelehnt, für die Krone zu kämpfen, und dem König erklärt, er würde erst zu den Waffen greifen, wenn Richard seine Unschuld am Verschwinden der beiden Jungen bewiesen habe. So standen die Dinge, während sie an diesem Abend von London aus nach Norden ritten – Thomas und Jon völlig betrunken, Tristan belustigt, aber auch nachdenklich. Es drängte ihn, endlich das große Schloß zu erreichen, dessen Bau er eben erst vollendet hatte. Es war eher ein komfortables Zuhause als eine Verteidigungsbastion. Dort erwartete ihn seine schöne Gemahlin Lisette.

»Schau dir sein Gesicht an, Jon!« rief Thomas angewidert. »Der Mann findet keinen Geschmack mehr an vergnüglichen Ausschweifungen und kann nur noch an *sie* denken!«

Jon lachte. »Nun, auch ich würde an sie denken, wäre sie mein eigen.«

»Aber sie ist *seine* Frau«, klagte Thomas. »Gattinnen, pah! Verzärtelte kleine Dinger von edlem Geblüt, die nichts weiter in die Ehe mitbringen als ihren Reichtum! Tristan, lieber Freund, du sollst dich nicht mit ihr amüsieren. Dafür sind die netten Huren in den Tavernen da.«

Lachend lenkte Tristan sein Pferd näher an Thomas heran und schlang einen Arm um die Schultern des jüngeren Mannes. »Da irrst du dich. Bei einer Hure finde ich nur käufliche Liebe, und die ist niemals so exquisit wie jene, die mir willig geschenkt wird. Meine Frau liebt mich. Freudig begrüßt sie mich, wann immer ich heimkehre. Und wie schön sie ist mit ihren strahlenden Augen! Nein, Thomas, wie könnte ich jemals eine andere begehren? Sie duftet so süß, und ihre Haut schmeckt sauber wie die Frühlingsluft, während deine Huren wie ein Saustall stinken.«

»Die Ehe hat ihn völlig verdorben«, beschwerte sich Thomas bei Jon. Wieder brach Tristan in lautes Gelächter aus und warf den Kopf in den Nacken. Jon schaute ihm grinsend in die Augen, die nun nachtschwarz wirkten, obwohl sie normalerweise indigoblau schimmerten.

In der Tat, Tristan und Lisette waren ein beneidenswertes Paar. Die Eltern hatten die Heirat arrangiert. Aber nun lebten sie schon seit sechs Monaten glücklich zusammen, der große, bärenstarke, attraktive Tristan und die schöne Lisette mit ihrem glänzenden dunklen Haar, der sanften Wesensart, der melodischen Stimme und dem Gesicht eines Engels. Um das Glück noch zu vervollkommnen, erwartete sie bereits den Erben ihres Mannes.

Thomas verdrehte die Augen. »O Gott, er spricht wie ein Dichter, Jon!« Dann lächelte er den Mann an, dem er die Lehnspflicht schuldete. »O ja, sie ist schön, Tristan, und süß und gut. Doch das Vergnügen, das wir nun meinen...«

»Was weißt du schon von Tristans Glück?« fiel Jon ihm fröhlich ins Wort. »Nachdem du eine reiche Witwe mit Schnurrbart heiraten mußtest!« Da mußte Tristan wieder lachen. In der Tat, Thomas' Frau war die Tochter eines reichen Kaufmanns und häßlich wie die Nacht, aber geistreich und witzig, und Tristan mochte sie. Ein Jahr nach der Hochzeit hatte sie ihrem Mann einen gesunden, kräftigen Sohn geschenkt, also durfte Thomas sich nicht beklagen.

»Mögen dich die Pocken befallen, Jon!« rief Thomas. »Und möge deine künftige Gattin so frigide sein wie eine Nonne!«

Jon wollte protestieren, doch die Worte blieben ihm in der Kehle stecken, als er Tristans gerunzelte Stirn sah. Und dann erkannte er, was den Unmut seines Herrn erregte. Sie hatten eine Hütte an der Grenze von Tristans Ländereien erreicht, die niedergebrannt war. Daran gab es trotz der Dunkelheit keinen Zweifel. In der Nachtluft stieg immer noch Rauch empor. Erbost spornte Tristan seinen Hengst an. Jon und Thomas, sofort ernüchtert, galoppierten hinter ihm her.

Vor der Hütte angekommen, sprang er aus dem Sattel, beugte sich über einen alten Bauern und berührte ihn am Hals. Dann richtete er sich auf. Das Blut, das seine Finger befleckte, war noch warm. Auch Jon und Thomas stiegen ab. Mit schnellen Schritten ging Tristan zu der qualmenden Ruine, blieb auf der Schwelle stehen, und Jon trat an seine Seite. Erstaunt stellten sie fest, daß die Einrichtung zerstört worden war, bevor man das kleine Haus angezündet hatte.

Hinter ihnen hielt Thomas den Atem an. Alle drei entdeckten die Frauenleiche. Entsetzt eilte Tristan zu ihr und kniete nieder. Sie war entkleidet und brutal überfallen worden, dann hatte man sie in den Flammen sterben lassen. »Mein Gott, warum?« stieß Tristan hervor. »Ned war nur ein einfacher Bauer, der seine Felder bestellte, und Edith – seine Frau...«

Deutlich lasen Jon und Thomas die Angst im Gesicht ihres

Freundes. Er sagte nichts mehr, lief zu seinem Pferd zurück und schwang sich in den Sattel. Wenig später galoppierte er mit seinen Begleitern die Straße hinab.

Ein niederträchtiger Mord, an armen, harmlosen Bauern verübt... Was würde die drei Männer im Schloß erwarten? Herbstlicher Torf wirbelte unter den Hufen auf. Bald sahen die Reiter weitere Rauchwolken vor dem dunklen Himmel. Verwüstet lag das Land vor ihnen, die Hütten verbrannt, die Gärten zertrampelt, die Zäune niedergerissen. Und überall Leichen...

Endlich erreichten sie die Straße, die zum Schloß führte, zu dem schönen neuen Gebäude, für ein friedliches Leben errichtet. In ungläubigem Grauen starrte Tristan auf seine toten Ritter hinab. Sie lagen auf der Brücke des Burggrabens, und im blutigen Wasser trieben die enthaupteten Schwäne, die Lisette so geliebt hatte.

Im Hof stiegen die Reiter ab. Vor dem Haustor war der treue Hauptmann zusammengebrochen, der die Schloßwache befehligte, offenbar unfähig, die Angreifer abzuwehren. Tristan sank auf die Knie und nahm den blutenden Kopf in die Arme. »Sir Fielding! Ich bin's – Tristan. Seht Ihr mich? Könnt Ihr sprechen?«

»Ah, mein Herr...« Der Hauptmann umklammerte Tristans Hand. »Verzeiht uns!« keuchte er. »Wir haben versagt... Bewaffnete Männer ohne Kennzeichen und Flaggen stürmten das Schloß, verwüsteten alles und mordeten – und erklärten nicht, warum...« In seinen Augen schimmerten Tränen.

Hastig beruhigte ihn Tristan. »Und meine Lady, Sir Fielding?«

»Das weiß ich nicht...«

Zusammen mit Jon rannte Tristan in die Halle, wo die Stille des Todes herrschte. Er stieg über eine von Lisettes Zofen hinweg, ein junges Mädchen, gnadenlos niedergemetzelt, die Röcke über den Kopf gezogen. Welches Grauen mochte ihrem Tod vorangegangen sein? Tot oder sterbend lagen die Wachtposten in ihrem Blut.

»Lisette!« schrie Tristan, zwischen Angst und Hoffnung hin

und her gerissen. Verzweifelt rannte er die Treppe hinauf, suchte einen Raum nach dem anderen ab, rief immer wieder den Namen seiner Frau und erhielt keine Antwort. Im kleinen Kinderzimmer, das neben seinem Schlafgemach lag und bereits eingerichtet war, fand er Lisette. Sie kauerte neben der Wiege, und eine Hand hing über dem geschnitzten Rand, als wollte sie ein Kind berühren.

»Lisette!« Er brauchte nicht mehr zu schreien. Statt dessen war der Name ein geflüstertes Gebet, eine flehende Bitte. Wie gelähmt stand Tristan da, und es dauerte eine Weile, bis er sich wieder bewegen und zu seiner Frau laufen konnte.

Wie friedlich sie aussah! Vielleicht... Er kniete nieder, nahm sie in die Arme, und ihr Kopf fiel nach hinten. Da sah er das Blut an ihrem Hals. »Lisette!« Jetzt klang der Name wie ein wilder Schmerzensschrei. Fassungslos wiegte er die schlaffe Gestalt hin und her.

Jon beobachtete erschüttert, wie sein Freund das Haar der Toten streichelte, und wagte nicht zu sprechen, obwohl Tristan alles erfahren mußte.

Und dann war es der Schloßherr, der das Schweigen mit stahlharter Stimme brach. »Was ist geschehen?«

Jon schluckte krampfhaft. »Geoffrey Menteith liegt verwundet vor dem Kamin in der Halle. Grundlos, ohne Vorwarnung, wurde das Schloß von unbarmherzigen Männern angegriffen. Unsere Soldaten kämpften tapfer, mußten sich aber geschlagen geben...« Er verstummte, denn seine Stimme drohte zu versagen.

»Verdammt, erzähl mir alles!« schrie Tristan.

»Auch dein Vater ist tot. Und dein Bruder, seine Frau, sein kleiner Sohn...«

Reglos kniete Tristan am Boden, Lisette immer noch an sich gedrückt. Er spürte ihr warmes Blut, das Blut seines ungeborenen Kindes.

In einer Ecke erklang leises Weinen, und Jon eilte hinüber. Hinter einem umgestürzten Schrank fand er eine Zofe Lisettes. Schluchzend warf sie sich in seine Arme. Es dauerte eine Weile, bis sich das junge Mädchen einigermaßen gefangen hatte und sprechen konnte. »O Mylords! Wie meine Herrin schrie und um Gnade flehte! Im Flur fielen sie über Mylady her, aber es genügte ihnen nicht, ihr Gewalt anzutun. Auf Knien bat sie um ihr Leben – um das Leben ihres Kindchens. Und dann wurde sie – hierhergejagt.«

Behutsam ließ Tristan die Leiche seiner Frau zu Boden gleiten, und was er nun sah, raubte ihm fast den Verstand. Da lag sein Sohn, nach sechs Monaten im Mutterleib tot geboren. Jon folgte dem Blick seines Lehnsherrn.

»Allmächtiger!«

Wortlos hob Tristan seine Frau und das Baby hoch, trug sie in sein Gemach hinüber und legte sie aufs Bett. Jon versicherte dem Mädchen, die Angreifer seien verschwunden. Dann eilte er Tristan nach, der zielstrebig die Treppe hinablief, zu Fielding.

Eine Frau, die sich während der Attacke im Wald versteckt hatte, gab dem Hauptmann gerade zu trinken. »Einer der Männer sagte, Ihr sollt Euch nie wieder nach den beiden Prinzen im Turm erkundigen, Lord Tristan. Und Richard sei sicher sehr zufrieden mit den Ereignissen dieses Tages.«

»Großer Gott!« rief Jon bestürzt. »Niemals würde der König ein solches Gemetzel befehlen.«

Müde blickte Fielding zu ihm auf. »Vielleicht nicht, aber wenn ein Mann die Gunst der Krone erringen will und auf eigene Faust handelt...«

»Wann sind sie weggeritten?« fragte Tristan mit gepreßter Stimme. »Und wohin?«

Er müßte weinen, dachte Jon. Niemand kann ein solches Leid stumm erdulden, und Tränen würden ihm helfen.

Aber die Augen des jungen Witwers, des neuen Grafen von Bedford Heath, blieben trocken. Aufmerksam hörte er sich Fieldings Bericht an. Inzwischen waren die Wachtposten von den nördlichen Grenzen der Ländereien ins Schloß gekommen. Verwundete wurden verbunden. Im Hof versammelten sich die Bauern, Handwerker und Diener, die vor den Angreifern geflohen waren.

Tristan mußte keine Anweisungen geben. Bald stand ein berittener, bewaffneter Trupp bereit, dem sich auch einige Verletzte anschlossen, und brach unter der Führung des

Schloßherrn auf. Mühelos fanden sie die Spur der Mörder und holten sie um Mitternacht ein. Tristans Männer waren in der geringeren Zahl, doch der Zorn verlieh ihnen ungeahnte Kräfte. Beflügelt von wilder Rachsucht, schwangen sie Schwerter und Schlagkeulen, angespornt von ihrem Lord, der die Feinde wie Bäume fällte.

Nur drei Gefangene blieben am Leben, armselige Gestalten, die sich furchtsam krümmten, denn sie wußten, daß sie keine Gnade erhoffen durften. Eifrig beteuerten sie, Tristans Frau und sein Vater seien nicht durch ihre Hand gestorben.

»Wer hat den Überfall angeordnet?« fragte er.

Nach kurzem Zögern antwortete einer der Männer: »Sir Martin Landry, den Ihr soeben getötet habt, Lord Tristan. Bitte, seid barmherzig! Er behauptete, der König habe ihm seinen Segen gegeben.«

Daß Richard hinter dem brutalen Angriff steckte, glaubte Tristan noch immer nicht. Der König, der ihm zürnte, mochte auf Vergeltung sinnen, würde aber niemals Frauen und Kinder niedermetzeln lassen. Andererseits trug er vielleicht die Schuld am Tod seiner eigenen Neffen. Und er konnte den Überfall auf Bedford Heath befohlen haben, ohne zu ahnen, welcher Abschaum seinen Wunsch erfüllen würde.

»Was sollen wir mit ihnen machen?« fragte Jon. Bedrückt stand Thomas neben ihm. Im Schloß hatte er auch die Leiche seiner Frau gefunden, der häßlichen, aber geistreichen und amüsanten Mutter seines hübschen Sohnes.

»Gnade!« schrie einer der Gefangenen, und Tristan fuhr empört zu ihm herum. Doch ehe er etwas unternehmen konnte, stach Thomas den Mann nieder.

Jetzt waren nur noch zwei am Leben, und einer warf sich Tristan auf die Knie. »Tötet mich nicht! Es war Drew, der in Euer Schloß eindrang, Eure Frau vergewaltigte und neben der Wiege zu Boden schleuderte...«

Erschrocken verstummte er, denn der Blick des jungen Grafen jagte ihm kalte Todesangst ein. Tristan hatte bemerkt, daß der Mann nicht verwundet und trotzdem blutüberströmt war. Und wenn er Lisette nicht überfallen hatte, wie konnte er wissen, daß sie neben der Wiege gekauert hatte?

»Ich habe sie nicht getötet, es war Drew...«

»Lügner!« fiel Drew seinem Spießgesellen ins Wort. »Du nahmst sie zuerst, und jetzt klagst du mich an...«

Angewidert und verächtlich wandte Tristan sich ab. Nie zuvor hatte er so abgrundtiefen Haß empfunden.

»Beide sind gemeine Mörder, Tristan«, betonte Jon. »Und sie verdienen den Tod.«

Ein schneller Tod ist zu barmherzig, dachte Tristan. Aber es gibt keine Folterqualen, die schlimm genug wären, um dieses Verbrechen zu sühnen... Und so nickte er nur. »Hängt sie auf.«

Schweigend ritt er an der Spitze seines Trupps nach Hause. Die Blutlachen waren weggewaschen, die Leichen von sanften Händen gereinigt, vom Priester gesalbt. Bald würde er die Totenmessen lesen und um ihr Seelenheil beten.

In dieser Nacht blieben Jon und Thomas bei Tristan. Er aß und trank nicht, und er schlief und weinte nicht. In seinem Innern braute sich zorniger Rachedurst zusammen wie ein Gewittersturm.

Bei Tagesanbruch küßte er die aschfahlen, kalten Wangen seines stolzen Vaters, seines Bruders und seiner Schwägerin. Er küßte auch Thomas' häßliche Frau – und Lisette, die er ein letztes Mal in die Arme nahm. Dann ordnete er an, sie solle zusammen mit seinem kleinen Sohn bestattet werden.

Er wartete die Begräbnisse nicht ab und vertraute Thomas die Verwaltung des Schlosses an. Sein Entschluß stand fest. Begleitet von Jon, mehreren Rittern und Knappen würde er die Bretagne aufsuchen, wo Henry Tudor, der Thronanwärter aus dem Hause Lancaster, seine Streitkräfte sammelte und Vorbereitungen traf, um Richard III. die englische Krone zu entreißen. Sicher würde er Tristan willkommen heißen.

1

15. August 1485

»Verdammt!« fluchte Edgar und schleuderte das Pergament ins Kaminfeuer, dann richtete er seinen Zorn gegen den Boten, der ihm die Nachricht überbracht hatte. »Ich soll das Regiment eines Heeres ernähren, das meinen König bekämpfen wird? O nein, junger Mann, ich werde diesen Tudor-Emporkömmling abwehren, mit aller Macht! Sagt das Eurem Kommandanten, diesem Lord de la Tere. Und es bleibt bei meiner Entscheidung, mag er auch mein Schloß niederbrennen und mich den Geiern zum Fraß vorwerfen!«

Leichenblaß wandte sich der Mann ab und floh aus der Burg. Edgar Llewellyn, Lord von Edenby Castle, grinste seine Tochter voller Genugtuung an. »Schade, daß man einen Boten nicht mit gezücktem Schwert bedrohen kann...«

Genevieve saß vor dem Kamin in der Halle und streichelte seufzend die langen Ohren eines großen Hundes. Ehe sie den Blick ihres Vaters erwiderte, schaute sie ihre Tante Edwyna und ihren Verlobten Axel an. »Lassen wir's dabei bewenden. Die bedeutsamsten Herzöge, Grafen und Barone dieses Landes tun ihr Bestes, um sich aus dem Streit herauszuhalten. Daran sollten wir uns ein Beispiel nehmen und abwarten...«

»Abwarten!« schrie Edgar erbost. Er war ein großer Mann mit blondem, kaum ergrautem Haar, strotzend vor Kraft, von einem wilden Temperament erfüllt. Aber er wußte, daß seine Tochter niemals vor ihm zittern würde. Das tat sie auch jetzt nicht. »Als Richard den Thron bestieg, schwor ich ihm einen Eid und gelobte, ihn stets zu unterstützen, auch mit Waffengewalt. Genau das habe ich jetzt vor, mein Kind. In ein paar Tagen reiten wir los, um den König zu treffen, und dann werden wir diesen elenden Tudor zur Strecke bringen.«

Sie lächelte sanft. »Aber Henrys Standarte zeigt den roten Drachen von Wales...«

»Noch haben ihm die walisischen Lords keine Treue geschworen, Mädchen. Hör auf, mich herauszufordern!«

Axel, der an Genevieves Seite in die Flammen gestarrt hatte, zwinkerte ihr zu. In respektvollem Ton sprach der hochgewachsene, gebildete Mann. »Mylord Edgar, meine schöne Braut hat recht. Denkt doch an Henry Percy, den Grafen von Northumbria! Sein Urgroßvater fiel im Kampf gegen Henry IV., sein Vater in Towton, und die Grafschaft wurde konfisziert. Percy bekam sie 1470 zurück, und jetzt ist es ihm völlig gleichgültig, wer die Krone trägt.«

»Er wird sich an Richards Seite stellen«, behauptete Edgar.

»Ja, aber wird er auch für den König kämpfen?« warf Genevieve ein.

»Zum Teufel, kleines Mädchen, ich hätte dich niemals lehren dürfen, über Politik zu diskutieren«, sagte Edgar, aber das Lächeln, das er seiner Schwester schenkte, strafte seine Worte Lügen. Er war stolz auf Genevieve, seine Erbin.

Edwyna, an der Politik völlig desinteressiert, lächelte vage zurück und neigte sich wieder über den Wandteppich, den sie für das Schlafzimmer ihrer kleinen Tochter webte. Nur knapp zehn Jahre älter als Genevieve, war sie bereits Witwe. Seit dem Tod ihres Mannes lebte sie bei ihrem Bruder. Genevieve liebte sie wie eine Schwester und fand in ihr eine gleichgesinnte Freundin, die sich stets um Ruhe und Frieden bemühte.

Zärtlich streichelte Edgar das lange goldblonde Haar seiner Tochter. Wieder einmal bewunderte er ihre Schönheit, ihre Augen, die silbrig wie Mondstrahlen glänzten. Viel zu schmerzlich erinnerte sie ihn an seine Frau, die er innig geliebt und zu früh verloren hatte. Auch in ihrem Wesen glich Genevieve ihrer Mutter – stolz und gütig, klug und pflichtbewußt. Er neigte sich über die Lehne ihres Stuhls.

»Vergiß nicht, du hast mich begleitet, als ich nach London gereist bin, um vor Richard meinen Treueid abzulegen. Möchtest du, daß ich mein Wort breche?«

»Nein, Vater, aber die meisten Adelsfamilien wollen neutral bleiben. Und wenn der Kampf jahrelang dauert, werden letzten Endes keine Peers übrigbleiben.«

»Für einen neuen König wäre das kein Problem«, bemerkte Axel trocken. »Er würde einfach andere Leute in den Adelsstand erheben.«

»Wie auch immer, ich habe geschworen, für Richard zu kämpfen«, erwiderte Edgar. »Wenn es an der Zeit ist, führe ich die Ritter von Edenby aufs Schlachtfeld. Ich nehme an, Ihr werdet Euch anschließen, Axel.«

Zustimmend verneigte sich der junge Mann, und Edgar verließ die Halle. Edwyna verkündete, nun müsse sie nach Anne, ihrer fünfjährigen Tochter, sehen. Und so blieb das Paar allein zurück.

Genevieve musterte ihren sanftmütigen, intelligenten Verlobten, dem sie sehr zugetan war. Ernsthaft und bedächtig pflegte er alle Angelegenheiten gründlich zu erwägen, bevor er sich dazu äußerte, und er versäumte es niemals, auch die Meinung seiner Braut zu hören. Sie betrachtete ihn als guten Freund, mit dem sie den Rest ihres Lebens höchst angenehm verbringen würde. Zudem war er ein hübscher, kraftvoll gebauter Ritter mit freundlichen haselnußbraunen Augen und dem weizenblonden Haar. Vor allem aber respektierte sie seine Gelehrsamkeit. Die Mathematik beherrschte er ebenso wie mehrere Fremdsprachen.

Aufmerksam beobachtete sie seine Miene. »Irgend etwas bedrückt dich, Axel.«

Er zuckte unglücklich die Schultern. »Darüber spreche ich nicht gern«, entgegnete er und warf einen Blick auf Griswald, der aus der Küche gekommen war, um die Fackeln an der Wand zu entzünden. Genevieve erhob sich. Ihre seidenen Röcke raschelten leise, als sie zu dem alten Diener eilte und ihn bat, etwas Wein zu bringen. Er gehorchte, dann zog er sich diskret zurück.

Während sie am Tisch saßen und Wein tranken, wartete Genevieve geduldig, bis ihr Verlobter das Schweigen brach. »Natürlich werde ich mich nicht gegen deinen Vater stellen«, begann er zögernd. »Auch ich habe Richard die Treue geschworen. Aber wie kann man einem König gehorchen, der seine eigenen Neffen ermorden ließ?«

»Das ist nicht erwiesen, Axel, und es steht nicht einmal fest, daß sie tot sind.« Sie erinnerte sich an ihre Begegnung mit Richard, der sie tief beeindruckt hatte. Wenn er auch eher schmächtig gebaut war, so besaß er doch faszinierende Augen und markante Züge, die deutlich zeigten, daß er das ganze Ausmaß seiner Verantwortung kannte. Nach Genevieves Ansicht trug er die Krone keineswegs widerrechtlich. Ganz England war gegen die Woodvilles gewesen, die Familie des »rechtmäßigen« Erben, seines Neffen. Zahlreiche Leute, vor allem die Kaufmänner, hatten Richard angefleht, die Macht zu übernehmen, Gesetz und Ordnung wiederherzustellen, den Handelsgeschäften eine neue Grundlage zu verschaffen.

Nein, diesem respektablen Mann, dem sie in London gegenübergestanden hatte, traute sie keinen Mord zu. Auch sie schuldete ihm ihre Loyalität. Und daran würde sich nichts ändern, es sei denn, seine Gegner konnten beweisen, daß er den Tod der beiden Prinzen verschuldete. Leise fragte sie: »Werden wir jemals die Wahrheit erfahren?«

Axel ergriff ihre Hand und lächelte wehmütig. »Das spielt keine Rolle. Vorerst wird Richard regieren. Sicher, Henry ist mit seinen Truppen gelandet, aber nicht einmal die walisischen Lords, die ihm ihre Loyalität versprochen haben, stellen sich neben seine Standarte. Und Richards Heer ist in der Überzahl ... Ach, Genevieve, reden wir nicht von solchen Dingen. Da unsere Hochzeit näher rückt, hatte ich gehofft, du würdest unsere Zweisamkeit nutzen, um mich mit der Beschreibung deines Brautkleids zu erfreuen.«

»Nun, es ist silbergrau und wundervoll. Edwyna hat ein paar Dutzend Perlen daraufgenäht. Noch nie im Leben hast du so etwas Schönes gesehen ...«

»Die Frau, die das Kleid tragen wird, ist noch viel schöner als alle Samt- und Seidenstoffe und Perlen dieser Welt«, unterbrach er sie und küßte liebevoll ihre Hand.

»Oh, du Schmeichler!« erwiderte sie lachend. Sie unterhielten sich noch eine Weile, dann erklärte er, jetzt müsse er ihren Vater aufsuchen. Wenn sie in einigen Tagen mit Richards Heer zusammentreffen sollten, gab es noch viel zu besprechen.

Nachdem er ihr einen Abschiedskuß gegeben hatte, starrte sie gedankenverloren ins Kaminfeuer. Ah, ihr Vater... Wie unerschütterlich er an seinen Überzeugungen festhielt! Halb England würde sich zurückziehen, wenn Richard den Usurpator bekämpfte, aber Edgar nicht.

Plötzlich stieg kalte Angst in ihr auf. Wenn ihr geliebter Vater auf dem Schlachtfeld den Tod fand... Nein, allzulange würden die Kämpfe nicht dauern. Sicher würde der König seinen Feind bald über den Kanal zurücktreiben. Und doch... Schmerzhaft hämmerte ihr Herz gegen die Rippen.

»So nachdenklich? Das sieht dir gar nicht ähnlich.«

Seufzend drehte sich Genevieve zu Edwyna um und gestand: »Ich habe Angst.«

Ihre Tante erschauerte. Auch sie fürchtete sich, seit die ersten Gerüchte über Henry Tudors Invasion ins Edenby Castle gedrungen waren. Sie ging zum Kamin und legte einen Arm um Genevieves Schultern. »Von meinem Fenster aus sah ich, wie Edgar, Axel, Sir Guy und Sir Humphrey im Hof Kriegsrat hielten. Soeben schickten sie zweihundert Mann zu Richard. Und so, wie ich meinen Bruder kenne, läßt er dem König ausrichten, er würde ihm bald persönlich zur Seite stehen.«

»Nie zuvor mußte ich um das Leben meines Vaters bangen. O Edwyna, ich liebe ihn so sehr...«

»Sicher wird Richard ihn beschützen. Und was auch immer geschehen mag – du kannst Edgar nicht zurückhalten. So sind die Männer nun einmal. Für ihre Ehre tun sie alles.«

»Die Frauen etwa nicht?«

Lächelnd ging Edwyna zum großen Tisch und schenkte sich einen Becher Wein ein. »In manchen Fällen muß man die Ehre opfern.«

»Was redest du da?« rief Genevieve entrüstet. »Immerhin hast du mir beigebracht, was Ehre bedeutet!«

»O ja, und ich betrachte mich auch als ehrenwerte Frau.« Edwyna prostete ihrer Nichte zu. »Aber die Liebe ist viel wichtiger. Meine Tochter liebe ich heiß und innig. Und sollte Edgars Ehre der Preis für das Leben oder die Sicherheit meines Kindes sein, würde ich ihn gern bezahlen. Das wirst du verstehen, wenn du selber Kinder hast.«

Genevieve wandte sich wieder zum Feuer.

»Natürlich weiß ich, was Liebe ist.«

»Ach ja, Axel ... Hast du die traute Zweisamkeit mit deinem jungen Ritter genossen?«

»Nun, wir haben uns angeregt unterhalten.«

»Gewiß wirst du ein sehr schönes Hochzeitsfest feiern. Hast du Angst?«

»Ein wenig«, gestand Genevieve.

»Aber du zögerst nicht? Ich war stets glücklich über die Wahl deines Vaters, denn er hat einen wunderbaren Mann für dich ausgesucht.«

»Nein, ich zögere nicht, es ist nur ...« Genevieves Wangen röteten sich. »Er achtet mich, und ich bewundere ihn. Wirklich, ich liebe ihn sehr. Und ich male mir oft aus, wie wir abends vor dem Kamin sitzen und Wein trinken, über den Mummenschanz zu Weihnachten lachen und fröhlich miteinander speisen werden. Es ist nur ...«

»Nur – was?« drängte Edwyna.

»Aber, ach, ich weiß nicht!« Impulsiv lief Genevieve zu ihrer Tante. »Irgend etwas, das in all den schönen Balladen und Sonetten besungen wird ... Kommt es ganz von selbst, wenn man verheiratet ist, Edwyna? Dieses Wunder, dieses geheimnisvolle Gefühl, vor Sehnsucht nach einem Kuß zu vergehen ...«

»Offensichtlich bist du in den Gedanken an die Liebe verliebt. Aber die Liebe selbst ist stiller, tiefer und dauerhafter. Wovon du redest ...«

»Ja?«

»Das ist Leidenschaft«, erklärte Edwyna unbehaglich und setzte sich, um wieder an ihrem Wandteppich zu arbeiten. Sie ergriff die Nadel und schaute träumerisch vor sich hin. »Nach Leidenschaft solltest du nicht streben, Genevieve. Letzten Endes stürzt sie einen nur ins Unglück. Sei froh, daß Axel ein sanfter, rücksichtsvoller Mann ist ...«

»Hast du die Leidenschaft erlebt, Edwyna?« fiel Genevieve ihr ins Wort und kniete zu ihren Füßen nieder.

Forschend blickte Edwyna in die silberblauen Augen ihrer Nichte, und was sie darin las, weckte gewisse Bedenken. War Axel wirklich der Richtige für Genevieve? Sicher, ein untadeliger Mann, aber eher ein Gelehrter als ein stürmischer Ritter, vielleicht zu sanft für dieses heiße Temperament...

Doch dann zwang sich Edwyna, die Frage des Mädchens zu beantworten. Sie lachte leise. »Meine erste Begegnung mit der Leidenschaft? Nun, damals verstand ich nicht, wie irgend jemand auf dieser Welt Liebesgedichte schreiben kann. Aber später...«

»In deiner Ehe hast du Freude an der wahren Leidenschaft gefunden? O Edwyna! Das wünsche ich mir auch! Einen Mann, der mich so liebt wie Lancelot seine Guinevere, wie Paris seine Helena!«

»Eine zerstörerische Liebe...«, warnte Edwyna.

»Das ist romantische Liebe!« entgegnete Genevieve. »Werde ich sie in der Ehe kennenlernen?«

Wie sollte Edwyna diese Frage beantworten? Sie selbst hatte niemals jene Liebe verspürt, die Poeten inspirierte, die einer Frau den Schlaf raubte und ihr Herz höher schlagen ließ. Ihre Ehe war in ruhigeren Bahnen verlaufen und trotzdem glücklich gewesen. Aber die echte Leidenschaft kannte sie nicht, um so besser die Einsamkeit, die sie seit Philips Tod quälte. Unsicher wich sie dem Blick ihrer Nichte aus und gab vor, sie müßte mühsam ihre Fäden entwirren. »Da du dich so gut mit Axel verstehst...«

Plötzlich flog die Tür der großen Halle auf, und Edgar stürmte herein, dicht gefolgt von Axel, Sir Guy und Sir Humphrey. »Bei Gott, das dulde ich nicht!« donnerte er. Hochrot vor Wut schleuderte er seine Panzerhandschuhe auf den Tisch und schrie nach Griswald, dem er befahl, kalten Braten und Ale zu bringen.

»Was hast du denn, Vater?« Genevieve sprang auf und eilte zu ihm. Verwirrt starrte sie Sir Humphrey an, Edgars lieben alten Freund, und den jungen, hübschen Sir Guy, Axels guten Kameraden.

»Glaub mir, dieser Tristan de la Tere wird noch bitter bereuen, daß er jemals zur Welt gekommen ist! Schau dir diese Nachricht an, meine Tochter!«

Als sie sich zu Axel wandte und die Brauen hob, zuckte er nur die Schultern und bedeutete ihr, den Brief zu lesen. Sie warf einen flüchtigen Blick auf das erbrochene Siegel, dann rollte sie das Pergament auseinander. Die Handschrift war schwungvoll und kultiviert, die Mitteilung unverschämt und anmaßend.

Das Schreiben war an Edgar Llewellyn, Herzog von Edenby gerichtet. »Mein teurer Lord, ich, Tristan de la Tere, der treue Anhänger Henry Tudors, ersuche Euch eindringlich, Euch anders zu besinnen und Euch mit allem, was Ihr besitzt – mit Eurem Titel, Euren Ländereien und Eurer Ehre – für Henry einzusetzen. Wenn Ihr Euer Schloß und Eure Männer zur Verfügung stellt, so wird niemand in Eurer Domäne Schaden erleiden, das schwöre ich, Sir. Ich kann gar nicht genug betonen, wie wichtig es für Euch wäre, Henry Tudor, dem Lancaster-Erbe der englischen Krone, freundlich zu begegnen. Und so bitte ich Euch, Sir, öffnet Euer Tor und heißt uns an Eurem Tisch willkommen. Mit herzlichen Empfehlungen, Tristan de la Tere, Graf von Bedford Heath, im Auftrag Henry Tudors und des Hauses Lancaster.«

Entgeistert starrte Genevieve ihren Vater an. »Welch eine Frechheit!« Mehr wußte sie nicht zu sagen. Ein kalter Schauer rann über ihren Rücken, so als hätte sie ein unheimliches Gespenst aus seinem Grab steigen sehen.

»Das ist ungeheuerlich!« stieß Edgar hervor. »Dieser Tristan de la Tere soll sofort seine Antwort erhalten. Axel! Werft den Boten hinaus und laßt alle Tore verriegeln! Sir Guy, Ihr holt den Priester. Er soll unsere Männer und die Waffen segnen. Humphrey, wir beide kümmern uns um die Munition. Wir müssen uns beeilen und diesen dreisten Gesandten des Teufels zurückschlagen, mit Pech und Höllenfeuer!«

»Vater«, begann Genevieve, aber er hörte nicht zu, tätschelte die Schulter seiner Tochter und rannte mit großen Schritten davon. Axel warf ihr nur einen kurzen Blick zu, dann heftete er sich an die Fersen des Herzogs.

Beklommen streckte sie einen Arm aus, um die Männer zurückzuhalten, aber es war zu spät. Sie wandte sich zu ihrer Tante, die eine bebende Hand auf ihre Brust preßte. »O Gott, was wird geschehen?«

Das wußten sie bei Einbruch der Dunkelheit. Edenby hatte sich auf die Seite der englischen Krone geschlagen, noch bevor die Schlacht richtig begann. Nun wurde das Schloß von Henrys Männern belagert, die es mit Kanonen und Katapulten und Rammböcken angriffen. Doch die festen Mauern waren allem Anschein nach uneinnehmbar. Während dieser ganzen ersten Nacht schleuderten Edgars Langbögen einen Hagel aus brennenden Pfeilen auf die Angreifer. Glühend heißes Pech rann an den Wänden herab. Auf der Gegenseite flammte Schießpulver auf, Steine und große Felsbrocken prallten gegen das Schloß. Die Schmiede fing Feuer und brannte bis zu den Grundfesten nieder. Dann wurde die Gerberei dem Erdboden gleichgemacht, viele andere hölzerne Nebengebäude fingen Feuer. Aber Edenby war eine starke Festung, die auch der hartnäckigsten Belagerung trotzte. Und Edgar bezweifelte, daß de la Teres Männer noch lange hier ausharren würden, denn Henry brauchte sie in seinem Feldzug gegen Richard.

Ereignislos verstrich die zweite Nacht, aber im Morgengrauen erfolgte eine neue Attacke. Nachmittags erschien ein Bote im Hof, um eine Nachricht von de la Tere zu überbringen, der Edgar aufforderte, sich endlich zu ergeben. »Sir, wie gern würde ich diesen Ort möglichst schnell verlassen! Aber Eure Haltung kränkt Henry, und deshalb hat er uns befohlen, Euer Schloß einzunehmen. Er betont, zwischen den Tudors und den Llewellyns würden schon seit langer Zeit verwandtschaftliche Beziehungen bestehen, und es verletzt ihn, daß Ihr die Waffen gegen ihn erhebt. Sir, noch einmal beschwöre ich Euch, ergebt Euch, denn ich habe den Auftrag, niemanden in dieser Festung zu schonen, sollten wir uns gezwungen sehen, sie gewaltsam zu erobern. Tristan de la Tere.«

Wütend warf Edgar das Pergament beiseite.

»Dieser Narr! *Wir* sind es, die niemanden verschonen werden! Begreift Ihr denn nicht, daß diese Burg unbezwingbar ist?«

Offensichtlich nicht, denn die Kanonen und Katapulte attackierten die Mauern auch am dritten Tag, dann am vierten.

An diesem Abend stieg Genevieve mit ihrem Vater und Axel zu den Zinnen hinauf und betrachtete die Felder, wo die Feinde nächtigten. Ihrer Position entnahm Edgar, daß sie beabsichtigten, am nächsten Morgen die Tore mit Rammböcken anzugreifen und die Mauern hinaufzuklettern. Welch eine Niedertracht!

Unglücklich lauschte Genevieve dem Klagen der Verwundeten, dem Schluchzen der eben erst Verwitweten und Verwaisten. Beißender Rauch brannte in ihren Augen, denn die Außengebäude schwelten immer noch.

Wie sie diesen Tristan de la Tere haßte! Wie konnte er es wagen, einfach hier aufzutauchen und Edenby zu bekämpfen? Sie haßte und fürchtete ihn zugleich, weil sie ahnte, daß die Burg diesen starken Streitkräften nicht mehr allzulange standhalten würde. Hätte ihr Vater doch keine Truppen zu Richard gesandt...

»Gedulden wir uns«, schlug Axel vor, umklammerte die steinerne Brüstung und starrte zu den Lagerfeuern hinab. »Warten wir ab und hoffen, daß Henry die Ritter de la Teres in den Kampf gegen Richard führen wird, ehe sie hier noch mehr Schaden anrichten können. Der König befehligt das größere Heer, und er wird Henry besiegen, dann sind wir gerettet.«

Aber Edgar hatte einen anderen Plan geschmiedet. Mit schmalen Augen betrachtete er eine Schwachstelle an der Mauer, wo die Gegner heraufsteigen würden. »Heute nacht müssen wir hinausschleichen und die Überzahl des Feindes verringern.«

»Nein, Vater!« widersprach Genevieve erschrocken. »Du bist der Herr von Edenby, und du darfst nichts riskieren...«

»Ich kann keine Männer in meinem Namen in den Kampf schicken, wenn ich sie nicht selbst anführe«, erwiderte er leise und nahm sie in die Arme. Über ihren Kopf hinweg schaute er Axel an. Erst als ihr Bräutigam verschwand, erkannte Genevieve, daß der Vater bereits einem Trupp befohlen hatte, die Burg zu verlassen. Lächelnd blickte Edgar in ihre Augen. »Hab keine Angst, mein Kind. Der Allmächtige steht auf meiner Seite, und ich werde den Feind schlagen.«

Vergeblich versuchte sie, das Lächeln zu erwidern. Sie umarmte ihn, dann kehrten sie in den Hof zurück. Dort beobachtete sie, wie er lautlos über die Mauer stieg, gefolgt von seinen Männern, um das feindliche Lager in der Dunkelheit anzugreifen.

Hoch oben auf dem Wall sah sie Axel stehen. Sie begegnete seinem Blick mit der ganzen Liebe, die ihr Herz erfüllte, und warf ihm eine Kußhand zu. Da sprang er herunter, rannte zu ihr und riß sie an seine Brust. Hungrig preßte er seinen Mund auf ihren und jagte heiße Wellen durch ihre Adern.

Jäh ließ er sie los, und die Nacht verschluckte ihn, während sie unter Tränen lächelte. Das ist also Leidenschaft, dachte sie, das ist Liebe, diese Sehnsucht, dieses Verlangen nach immer neuen Küssen...

Bei dieser Erkenntnis fühlte sie sich so einsam wie nie zuvor. Edwyna lag bei ihrer kleinen Tochter, um sie in den Schlaf zu wiegen. Und der Priester konnte Genevieve nicht Gesellschaft leisten, denn zu viele schwerverwundete Krieger warteten auf die Letzte Ölung.

Sie war allein in der Stille... Und dann hörte sie das gellende Geschrei, den Schlachtenlärm. Angstvoll wartete sie, und sie wußte nicht, wieviel Zeit verstrichen war, bis die Männer ihren Verlobten in den Hof zurückschleiften. »Axel! O Gott, nein!«

Mit gesenkten Köpfen umstanden die Männer den toten Freund. Sir Humphrey räusperte sich und versicherte, Axel habe tapfer gekämpft. Ungläubig kniete Genevieve nieder, strich über Axels fahle Wange, starrte ihre blutbefleckten Finger an, die eine tiefe Stichwunde in seinem Hals berührt hatten.

Doch das Grauen dieser Nacht war noch nicht beendet. Sichtlich verzweifelt berichtete Sir Guy, Lord Edgar von Edenby sei nicht mit seinen Leuten zurückgekehrt. Nun wollte der junge Ritter mit Sir Humphrey aufbrechen, um ihn zu suchen, aber Genevieve bestand darauf, das Kommando zu übernehmen. »In Abwesenheit meines Vaters steht die Festung unter meinem Befehl«, erklärte sie kühl. Und obwohl alle Männer protestierten, stieg sie über die Mauer und eilte zwischen den Gefallenen umher. Und dann fand sie ihren Vater, der tödlich verwundet war, aber noch lebte. Weinend sank sie auf die Knie, nahm ihn in die Arme, wischte mit ihrem Rock das Blut von seinem Gesicht. Inständig flehte sie ihn an, bei ihr zu bleiben und beteuerte, alles würde ein gutes Ende nehmen.

»Liebste Tochter – süßes Kind, mein Engel...«, keuchte er. Kraftlos strichen seine zitternden Finger über ihre Wange. »Jetzt bist du die Herrin von Edenby...«

»Nein, Vater, ich werde deine Wunden baden...«

»Du badest sie bereits mit deinen Tränen«, erwiderte er sanft. »Nun muß ich sterben, und ich hinterlasse dir voller Stolz meine Ehre, meine Loyalität. Sei guten Mutes, sorge für die Menschen, die dir dienen. Und ergib dich niemals! Meine treuen Untertanen sollen nicht umsonst in den Tod gehen. Du mußt siegen, Genevieve. Und Axel wird dir zur Seite stehen...«

Seine Stimme erstarb, seine Augen brachen. Schluchzend preßte Genevieve ihren toten Vater an sich. Er hatte nicht gewußt, daß Axel schon vor ihm ins Jenseits gegangen war, daß sie ganz allein zurückbleiben mußte.

Sir Guy eilte zu ihr und zog sie auf die Beine. »Bitte, Genevieve, wir müssen in die Burg zurückkehren. Hier draußen lauert immer noch der Feind...«

»Nein, niemals werde ich meinen Vater den Aasgeiern überlassen!«

Und so trugen sie Edgar in den Hof. Wieder stieg Genevieve zu den Zinnen hinauf. Und während die Nachtluft ihre tränennassen Wangen kühlte, gelobte sie dem Geist ihres toten Vaters, sich niemals zu ergeben. Genauso inbrünstig schwor sie ihrem Verlobten, daß sein Tod und das Ende ihrer Liebe nicht sinnlos gewesen waren.

»De la Tere!« rief sie in die Finsternis. »Tristan de la Tere! Ich werde dich vernichten, das verspreche ich dir!«

Erschöpft lehnte sie den Kopf an die steinerne Brüstung. Trotz ihres tapferen Entschlusses verlor sie beinahe den Mut. De la Tere würde sie unentwegt angreifen. Und sie konnte ihm zuwenig entgegensetzen.

Aber sie würde Mittel und Wege finden – und sich niemals unterwerfen.

2

Wie ein Sonnenball flog die feurige Kugel in den Himmel. Dann fiel der große Stein herab – in Leinen gewickelt, in Öl getränkt, in Brand gesteckt. Hinter den Steinwällen und Felsbastionen von Edenby Castle erklang gellendes Geschrei. Unentwegt donnerte Tristans Kanone, aber die dicken Mauern hielten ihr stand, und bald wurde das hastig wieder errichtete Katapult erneut betätigt. Die Hölle schien loszubrechen. Zwischen züngelnden Flammen und dem Pulverdampf, der die Gesichter schwärzte, konnte man die Gestalten der Männer, die roten Rosenwappen des Hauses Lancaster kaum erkennen.

Tristan de la Tere saß auf seinem großen Streitroß, in Helm und Rüstung, das Emblem der roten Rose auf dem Umhang. Von seinem Gesicht sah man nur die Augen, dunkel wie die Nacht. Nun verengten sie sich, während er reglos im Sattel saß. Auch sein kampferprobter Hengst rührte sich nicht. Plötzlich fluchte er wütend. »Oh, verdammt! Sind sie wirklich so unvernünftig? Warum ergeben sie sich nicht? Dieses sinnlose Blutvergießen werde ich nicht länger dulden.«

Jon, als stellvertretender Befehlshaber an seiner Seite, wagte einzuwenden: »Leider achten sie den Lancaster-Erben nicht so wie wir, Tristan. Und der Herr von Edenby ist offensichtlich nicht bereit, uns seine Festung zu überlassen.« Wie Tristan hoffte er, der erbitterte Kampf würde bald ein Ende finden. Aber es war ihm unmöglich, einen tapferen Feind nicht zu bewundern, und er verstand sogar dessen Gesinnung.

»Edgar von Edenby muß doch wissen, daß ein großer Krieg bevorsteht.«

»Hm...« Erschrocken zuckte Jon zusammen, als ein Pferd zusammenbrach, nicht vom Feind getötet, sondern von einer Kanonenkugel getroffen, die ihr Ziel verfehlt hatte. »Du hast den Befehl, diese Burg einzunehmen, von einem König erhalten, der noch nicht auf dem Thron sitzt.«

»Nun, er wird ihn bald ersteigen«, entgegnete Tristan grimmig. »Jon, ich habe alles versucht. Nun wurde ich aufgefordert, keine Nachsicht mehr zu üben, und ich will mich trotzdem barmherzig zeigen. Aber wenn das so weitergeht, werden meine Männer bald in den Wahnsinn getrieben, und womöglich wüte ich selber wie ein Verrückter, wenn ich diese Mauern endlich überwunden habe.«

»Plünderei, Mord und Vergewaltigung – welch großartige Aufträge wurden uns doch erteilt! Einen schönen Silberteller könnte ich übrigens gebrauchen.« Jon grinste. »Und wenn das alles vorbei ist – Wein, Weib und Gesang.«

Statt zu antworten, fluchte Tristan: »Zum Teufel mit diesem Schloß und Edenbys Stolz! Er müßte Henry doch nur seine Treue schwören.« Unmutig betrachtete er die Flammen, die in den blauen Winterhimmel hinaufloderten, die Brustwehr, wo die Männer in ihren schweren Rüstungen ungelenk umherrannten und das Feuer verzweifelt zu löschen suchten.

Die Burg erhob sich auf einer Meeresklippe, an der Vorderseite von einer senkrechten Felswand geschützt. Das Katapult hatte die Mauern erheblich beschädigt, aber Edgar kapitulierte noch immer nicht.

Tristan wandte sich zu seinen müden, schmutzigen, rußgeschwärzten Männern, die unter der Last ihrer Waffen ächzten. Neuer Zorn stieg in ihm auf. Ergebt Euch endlich, Edenby, forderte er ihn in Gedanken auf. Ich will Euch nicht demütigen, aber Ihr laßt mir keine Wahl. Und ich werde siegen! Henry Tudor wird den Thron besteigen!

Voll und ganz setzte er sich für Henry ein, denn er konnte Richard nicht verzeihen. Der König mochte das Gemetzel auf Bedford Heath nicht ausdrücklich angeordnet haben, aber er steckte offenbar dahinter, denn er hatte seinen Groll gegen de la Tere deutlich gezeigt. Und Tristan hatte alles verloren, was ihm lieb und teuer gewesen war. Zwei Jahre später schmerzte die Wunde in seinem Herzen immer noch. Henry Tudor, der Sohn Owens und Thronerbe mütterlicherseits, war ein harter, kompromißloser Mann, aber trotzdem entschlossen, das Blutvergießen zu beenden. Und Richard klammerte sich beharrlich an den Thron.

Doch dies würde ihm nicht mehr lange gelingen. Das Land begann, sich gegen ihn zu wenden, erbost über seine Betrügereien und Täuschungsmanöver. Obwohl Tudor wußte, daß ihm zu diesem Zeitpunkt nur wenige englische Peers im Kampf um die Krone beistehen würden, da sie aus reinem Überlebenswillen die Neutralität bevorzugten, haßte er den Herzog von Llewellyn besonders leidenschaftlich. Sofort nach dessen Weigerung, die Lancaster-Truppe zu beherbergen, hatte Henry befohlen, Edenby Castle einzunehmen. Tristan versicherte ihm, er würde Edgar zur Kapitulation zwingen.

Aber Tudor lachte bitter und betonte, der Mann unterstütze das Haus York schon seit dreißig Jahren. »Einmal nannte er mich ›verrückten Bastard‹, und so denkt er auch heute noch. Er wird sich nicht ergeben – nicht bevor der letzte Rest seiner Mauern zusammengebrochen ist. Sucht ihn zu vernichten, Tristan, ohne Gnade, und wenn Ihr Edenby erobert habt, gehört es Euch.« Eindringlich hatte er hinzugefügt: »Vergeßt nicht, was das Haus York Eurer Familie antat.«

Nein, das würde Tristan nie vergessen. Anderseits wußte er auch, daß der künftige König kein Schlachtfeld voller Leichen sehen wollte. Mochte Henry auch einen persönlichen Groll gegen Edgar hegen, er wünschte sich lebende Untertanen – Bauern, die Felder bebauen, und Lords, die Steuern zahlen würden. Wäre Edgar doch nur auf jene erste Bitte um Gastfreundschaft eingegangen! Dann hätte Tristan seinen Anführer niemals um Rat gefragt und jene gnadenlose, unwiderrufliche Antwort nicht erhalten. »Zum Teufel!« fluchte er wieder. Wenn sie das Schloß einnahmen, konnte er seinen Leuten die Kriegsbeute nicht versagen. Er hoffte nur, daß möglichst wenig Blut fließen würde. »Nun, es läßt sich nicht ändern«, seufzte er und gab Tibald, der hinter dem Katapult stand, ein Zeichen. Eine weitere flammende Todeskugel schoß in die Luft.

Schmerzensschreie hallten von Edenby Castle herüber, Rauch quoll empor, hastig rannten die Leute in Deckung, andere holten Wassereimer. Tristans Augen verengten sich, als er durch den Qualm spähte. Jetzt war die Brustwehr leer. Seine Bogenschützen hatten auch die kühnsten Feinde verjagt.

Doch dann sah er eine einsame Gestalt, die dem Feuer und allgemeinen Chaos trotzte. Stolz aufgerichtet stand sie da, und er blinzelte verwirrt. Eine Frau, ganz in Weiß gekleidet... Sonnenlicht drang durch die schwarzgrauen Wolken herab und berührte langes, welliges, goldenes Haar.

Ihre Hände lagen auf dem Steinwall, und sie schien seinen Blick zu erwidern. Ihr Gesicht konnte er nicht erkennen, aber er spürte, daß sie keine Angst empfand. Was tat sie dort oben? Wo war ihr Vater, Ehemann oder Bruder? Warum erlaubte man ihr, sich einer solchen Gefahr auszusetzen?

Vergeblich hatte die arme Lisette um Gnade gefleht. Und diese Frau forderte furchtlos den Tod heraus. Am liebsten hätte er sie von der Brustwehr heruntergezerrt und sie geschüttelt, um ihr Vernunft beizubringen...

»Mylord Tristan, was befehlt Ihr nun?« Tibalds Ruf ließ ihn zusammenzucken.

»Noch ein Geschoß?« fragte Jon.

»Nein, wir warten.« Tristan schaute wieder zur Brustwehr hinauf, doch die Frau war verschwunden. »Geben wir ihnen etwas Zeit. Sie sollen über unsere Kampfkraft nachdenken, dann schicken wir ihnen einen Brief mit den Kapitulationsbedingungen.«

Plötzlich flog ein Hagel brennender Pfeile von den Zinnen herab, neue Schmerzensschreie wurden diesmal von Tristans Männern ausgestoßen. Mehrere brachen zusammen, bluteten aus tiefen Wunden und starben.

»Hebt die Schilde!« Wie Donnerschall übertönte seine Stimme den Lärm. Auch er hielt seinen Schild mit dem Emblem des Habichts und des Tigers hoch, um sich vor dem tödlichen Pfeilregen zu schützen. Endlich verebbte der Angriff, und Tristan wandte sich wütend zu Tibald. »Offenbar wollen sie bis zum letzten Atemzug kämpfen. Nun, diesen Wunsch werden wir erfüllen. Noch ein Schuß!«

Wieder sprang eine Feuerkugel empor. Tristan befahl seinen Leuten, die Verwundeten in Sicherheit zu bringen. Einige Pferde waren niedergestreckt worden, unheimlich durchdrangen ihre Todesschreie die verrauchte Luft.

Nach einer Weile blickte Tristan zur brennenden Festung

hinauf, wo noch immer keine Kapitulationsflagge wehte. Er ordnete den Rückzug zum Lager an. Dieselbe Klippe, die das Schloß schützte, schirmte auch die Zelte der Belagerer ab. Dorthin schleiften sie nun das riesige Katapult und trugen die Bahren mit den Verletzten.

Im Lager stieg Tristan vom Pferd und ging mit Jon in sein Zelt. Er legte seinen Helm und die Rüstung ab und wusch sein Gesicht mit kaltem Wasser.

Nachdenklich beobachtete Jon seinen Freund, das markante Gesicht mit der hohen Stirn, in die dichtes schwarzes Haar fiel, der geraden Nase, den ausgeprägten Wangenknochen und dem eigenwilligen Kinn, wie aus Granit gemeißelt. Seit zwei Jahren vermochten die vollen Lippen kaum noch zu lächeln, düstere Schatten verdunkelten die blauen Augen.

»Ruf Alaric!« befahl Tristan kurz angebunden, und Jon gehorchte.

Wenig später erschien der alte Schreiber, der schon Graf Eustace treu gedient hatte. Die Hände hinter dem Rücken verschränkt, wanderte Tristan rastlos umher, und Alaric wartete schweigend, bis sein Herr zu sprechen begann. »Teilt Ihnen mit, wir werden morgen die Tore rammen. Sie sollen um Gottes Gnade beten, denn ich – Graf Tristan de la Tere, im Dienste Henry Tudors – kenne keine Barmherzigkeit. Die Nachricht muß unter dem weißen Banner in die Festung gebracht werden.«

Der Schreiber nickte, verließ das Zelt, und Tristan wandte sich an Jon. »Könnte man eine Mahlzeit für uns vorbereiten? Ich glaube, irgendwo haben wir noch eine Kiste Bordeaux. Kümmere dich darum, Jon. Und Tibald soll mir berichten, wie es um die Verwundeten steht.«

Bald danach setzten sie sich und aßen. Tristan erläuterte seine Pläne für den nächsten Morgen. Dann unterbrach er sich, als Alaric ins Zelt stürmte. »Wir haben Antwort bekommen, Mylord. Heute abend sollt Ihr Euch mit dem Lord von Edenby auf der Klippe, in der Nähe einer Höhle, treffen, die außerhalb der Schußweite von Freund und Feind liegt.«

»Geh nicht hin, Tristan!« warnte Jon. »Das ist sicher eine Falle!«

»Die Botschaft erfolgte ausdrücklich ›im Namen unseres Herrn Jesus Christus‹«, erklärte der Schreiber.

Zögernd nippte Tristan an seinem Bordeaux. »Ich werde die nötigen Vorbereitungen treffen. Niemand darf die Begegnung stören, und in diesem Sinne muß auf beiden Seiten ein feierlicher Eid geleistet werden.«

»Diesen Schurken kannst du nicht trauen!« protestierte Jon.

Tristans Becher landete klirrend auf dem Tisch. »Ich habe schon genug Männer verloren. Deshalb werde ich mit dem Lord reden, und er wird zu meinen Bedingungen kapitulieren, das schwöre ich.«

Eine Stunde später schwang er sich wieder in den Sattel, ohne Helm, Rüstung und Schwert, aber in seinem Stiefelschaft steckte ein Messer. Jon begleitete ihn bis zu einer Stelle unterhalb des Klippengrats. »Sei vorsichtig, mein Freund!«

»Das bin ich immer.« Tristan stieg vom Pferd, warf seinen Mantel um die Schultern und kletterte mit einer brennenden Fackel in der Hand über das Geröll weiter nach oben. Vor der Höhle blieb er stehen und rief: »Edenby! Zeigt Euch!«

Als er leise Schritte hinter sich hörte, fuhr er herum, und seine Hand glitt zum Messergriff. Dann hielt er verwirrt inne.

Es war kein Mann, der auf ihn zukam, sondern die seltsame weißgekleidete Frau. Sogar im Mondlicht schien ihr Haar das Sonnenlicht festzuhalten. Goldene Locken umrahmten ein schönes, feingezeichnetes Gesicht mit silbrig glänzenden Augen.

»Wer seid Ihr?« stieß er hervor. »Ich wollte den Schloßherrn treffen, kein Mädchen.«

Dichte Wimpern senkten sich über ihre Augen, ein verächtliches Lächeln umspielte die Mundwinkel. »Der Schloßherr wurde am vierten Tag dieser Schlacht ermordet.«

Wortlos steckte er die Fackel in eine Felsenspalte. Ehe er zu sprechen begann, ging er langsam um die junge Frau herum, die Hände in die Hüften gestemmt. »So, der Schloßherr ist tot. Und wo bleibt sein Sohn oder Bruder oder Vetter – sein Nachfolger?«

»Jetzt herrsche *ich* über Edenby«, erwiderte sie so seelenruhig, daß er sie am liebsten geschlagen hätte.

»Dann wart Ihr es, die noch tagelang ein sinnloses Blutvergießen zuließ?« fauchte er.

»Ich?« Verwundert hob sie ihre honigblonden Brauen. »Nein, Sir, ich habe niemanden angegriffen. Ich möchte weder morden noch plündern, sondern nur verteidigen, was mir gehört.«

»Auch ich will weder morden noch plündern, aber bei Gott, Lady, nun habe ich keine andere Wahl.«

»Ihr verwehrt mir eine ehrenvolle Kapitulation?«

»Darum ersucht Ihr mich etwas zu spät«, erwiderte er bitter. »Zu lange habt Ihr den Zorn meiner Männer geschürt.«

Da hob sie den Blick. »Also darf ich keine Gnade erhoffen?«

Ihre sanfte Stimme erweckte eine sonderbare, schmerzliche Sehnsucht. Mit Lisette und seinem Kind war seine Liebe begraben worden. Aber wie er in diesen letzten beiden Jahren erkannt hatte, konnte man Liebe nicht mit Lust gleichsetzen. Schon viele Frauen hatte er begehrt und sein Verlangen stets mühelos gestillt. Aber diesmal empfand er etwas anderes. Ein wildes Feuer durchfuhr seine Adern.

Was für eine außergewöhnliche Frau... Er malte sich aus, wie es wäre, von diesem seidigen blonden Haar umhüllt zu werden und die schöngeschwungenen Lippen zu küssen. Ihre blauen Silberaugen erregten den Wunsch, alles andere zu vergessen, ihr die Kleider vom Leib zu reißen und sie hier auf dem Felsenboden zu nehmen – herauszufinden, welches Geheimnis dieser betörende Blick verbarg.

Aber so sehr sie ihn auch reizte, sie stieß ihn ebenso ab. Hoch aufgerichtet stand sie vor ihm, stolz und kalt, nicht gewillt, um Barmherzigkeit zu bitten – im Gegensatz zu Lisette, die ihre Peiniger angefleht hatte und nicht erhört worden war. Er lachte heiser. »Und wenn ich mich umstimmen ließe, was hättet Ihr zu bieten?«

»Mich selbst.«

»Euch selbst?« Belustigt trat er näher zu ihr. »Lady, morgen rammen wir Eure Tore und nehmen uns alles, was wir besitzen wollen.«

Zu seiner Verblüffung glaubte er, ein leises Schluchzen zu hören. »Wenn Ihr grausam und wütend über uns herfallt, sind wir erneut zum Kampf gezwungen. Noch mehr Blut wird fließen, und das will ich nicht. Heiratet mich, dann gehört die Festung Euch, vor den Augen aller Eurer Ritter.«

»Ich soll Euch heiraten, Mylady?« fragte Tristan entgeistert. Eine unverschämte Anhängerin des Hauses York, die diese Schlacht so beharrlich fortgesetzt hatte? Niemals würde er die Schreie seiner sterbenden Männer vergessen. »Ich brauche keine Ehefrau.«

Sie senkte den Blick und deshalb sah er den Zorn nicht, der aus ihren Augen sprühte. »Ich bin die Lady von Edenby, daran ändert sich nichts...«

»Verzeiht mir«, unterbrach er sie höflich. »Sobald Henry auf dem Thron sitzt, wird er das mit einem einzigen Federstrich ändern.«

»Nein, nur mein Kopf unter dem Richtbeil könnte dies bewirken. Würde es Euer Tudor-König wagen, so weit zu gehen? Will er alle ermorden, die sich gegen ihn stellen? Dann werden die Henker in ganz England viel zu tun haben.«

Lächelnd verschränkte er die Arme vor der Brust. »Mylady, wir befinden uns im Kriegszustand, und ich bin ein Soldat des Königs, der Euren Besitz und Euren Titel einfordern wird. Ihr seid – niemand«, fügte er spöttisch hinzu.

»Und Ihr dient einem unrechtmäßigen Thronanwärter! Richard ist unser König!«

»Wie Ihr meint, Mylady. Jedenfalls werde ich dieses Schloß in meine Gewalt bringen, ohne Euch zu heiraten – so schön und reich Ihr auch sein mögt. Also bietet Euch nicht länger an.«

Es dauerte lange, bis sie leise antwortete: »Also gut, dann nehmt mich nicht zur Frau – macht mich zu Eurer Geliebten, zu Eurer Hure.« Ihr süßes Lächeln erinnerte an eine Sommerrose. »Ihr seid doch der große Eroberer, nicht wahr?«

Prüfend schaute er sie an. Was führte sie im Schilde? Gewiß war diese Demut nur geheuchelt. Trotz ihres unbändigen Stolzes senkte sie den Kopf. Ah, Mylady, dachte er, wärt Ihr eine Tavernendirne, würde ich Euer Angebot sofort annehmen, weil Ihr heiße Begierde in mir entfacht, und um Euch jemals zu vergessen, müßte ich Euch besitzen. Aber Ihr seid meine Feindin, und ich mißtraue Euch. »Ich weiß nicht recht, ob Ihr mich reizt«, entgegnete er gedehnt. »Vielleicht gibt es noch verführerischere Frauen in Eurer Festung?«

»Was?« zischte sie empört.

»Nun, ich finde Euch nicht besonders begehrenswert.«

»Und ich finde Euch abscheulich...«, begann sie, unterbrach sich aber sofort. »Lord de la Tere, wir sprechen hier über den Frieden. Sollten unsere Verhandlungen scheitern, werden Eure und meine Männer ein Blutbad auf Edenby anrichten. Seid Ihr wirklich so töricht? Begreift Ihr nicht, warum ich heute abend hierher kam?«

»Ihr dünkt Euch wohl sehr großmütig, was? Die vornehme Lady, die alle ihre Heiratschancen verwirkt, um sich zur Hure zu erniedrigen – nur um des lieben Friedens willen...«

»Glaubt mir, unter anderen Umständen würde ich den Stammbaum meiner Familie niemals beschmutzen, indem ich Euch heirate«, erwiderte sie kühl.

Tristan lachte, denn er trug einen edlen Namen, und so amüsierten ihn die anmaßenden Worte der Lady von Edenby. »Wie gut sich das trifft! Ihr wollt Eure Familie nicht besudeln, und ich kann nichts mit einer Ehefrau anfangen, schon gar nicht mit einem arroganten, albernen Mädchen, das seine Niederlage nicht zugeben will. Aber bitte, erklärt mir, warum Ihr Euch als Konkubine anbietet, denn auch das würde Edenby herabwürdigen.«

Sie zögerte und hob die Schultern. Offenbar hatte sie das weiße Kleid angezogen, um ihn zu bezaubern. Verlockend schmiegte sich der dünne Stoff an ihren schönen jungen Körper. »Ich bin verzweifelt«, gestand sie.

Das erste ehrliche Wort, das ich aus ihrem Mund höre, dachte er und seufzte. »Um die Wahrheit zu gestehen, Mylady, ich finde keinen Gefallen an Plünderei oder Mord – oder Vergewaltigung. Ich bevorzuge willige, zärtliche Frauen, die mich ebenso begehren wie ich sie. Eure Schönheit ist Euch sicher bewußt, sonst würdet Ihr sie nicht ins Feld führen, aber mir bedeutet sie wenig. Auf dieser Welt gibt es viele schöne

Frauen, auch solche, die sich nicht aufopfern, um eine Pflicht zu erfüllen, sondern freudig in die Arme eines Mannes sinken.«

Das Blut stieg ihr in die Wangen, aber sie bezähmte ihren Zorn und schenkte ihm wieder ein Lächeln. »Von der Brustwehr aus habe ich Euch beobachtet, Lord Tristan. Ich ahne, welch Temperament in Euch steckt. Und ich glaube, ich kann Euch alles geben, was Ihr Euch wünscht.«

»Mir, einem verachteten Feind?« fragte er skeptisch.

»So würde ich Euch nicht betrachten.«

Jäh kehrte er ihr den Rücken und starrte zum dunklen Meer hinab, dann wandte er sich wieder zu ihr. »Behaltet, was Ihr mir darbieten wollt, Mylady. Eure Festung wird mir gehören, und Eure Schatztruhen überlasse ich meinen Männern, und niemand soll sterben. Ich will sogar versuchen, die Gelüste meiner Ritter auf die Huren zu beschränken. Das wird Eure Damen beglücken und die Huren bereichern.« Er begann, den Felsenhang hinabzusteigen, aber sie rief ihn zurück.

»Lord Tristan!« Angstvoll folgte sie ihm und legte eine Hand auf seinen Arm. »Ich – ich ...«

»Was?« Ihre Nähe irritierte ihn. Tretet zurück, Mylady, dachte er erbost, sonst bin ich bald besessen von Euch und muß Euch besitzen, obwohl ich Euch hasse und alles, wofür Ihr einsteht. Auch das Fieber hasse ich, das Ihr in mir entzündet ...

»So einfach geht das nicht, Mylord. Wenn Ihr mir die Herrschaft über das Schloß entreißt, werden meine Leute protestieren. Ich bitte Euch, um Himmels willen, kommt mit mir! Ihr müßt als mein Freund erscheinen – als mein ...« Sie stockte, dann flüsterte sie: »Als mein Liebhaber.«

»Der Eroberer soll Euch in Euer Schloß folgen – als Liebhaber?«

»Ja! Bitte!«

»Welch ein verrückter Einfall! Warum nur, Lady? Ich habe Euch doch schon versprochen, Blutvergießen zu vermeiden.«

»Das genügt nicht. Aber wenn meine Leute uns zusammen sehen, werden sie wissen, daß ich mich unterworfen habe, und ebenfalls kapitulieren.«

»Also gut, wie Ihr wollt. Aber ich muß es wiederholen – das Schloß fällt in meine Hände, Gold und Juwelen, die Vorräte und das Land werden unter meinen Männern verteilt.«

»Wann werdet Ihr kommen?« fragte sie sichtlich erleichtert.

Lügnerin, Hexe, dachte er. Was führt Ihr im Schilde? »Zu Mittag. Meine Männer sind hungrig. Bereitet eine Mahlzeit vor.«

Sie nickte. »Wir erwarten Euch, Lord Tristan.«

Während er den Hang hinabeilte, spürte er, daß sie ihn beobachtete, und drehte sich noch einmal um. Jetzt hatte er sie ertappt. In ihren Silberaugen spiegelte sich nicht nur das Mondlicht wieder, sondern blanker Haß. Doch das kümmerte ihn nicht. »Wie heißt Ihr?« rief er.

»Genevieve.« Jetzt, da er ihrer Bitte entsprochen hatte, klang ihre Stimme so scharf und schneidend, daß er glaubte, er hätte sich das süße Lächeln nur eingebildet. Sie spielte ein gefährliches Spiel. Heiße Wut erfaßte ihn, und trotzdem begehrte er sie wider besseres Wissen. Mit schnellen Schritten kehrte er zu ihr zurück, sah den heftigen Puls in ihrem zarten weißen Hals pochen und den kalten Abscheu in ihrem Blick.

Nein, sie kannte keine Demut, verließ sich ganz auf ihre verführerische Wirkung. Aber er war stärker als sie, stärker als das Seidennetz, das sie um ihn zu spinnen suchte. Dieses Netz würde er zerreißen und ihr wahres Wesen ergründen.

Höhnisch lächelte er sie an. »Noch nie habe ich etwas gekauft, ohne mich vorher vom Wert der Ware zu überzeugen.«

Und dann riß er sie an seine Brust, umfaßte ihr Kinn und preßte seine Lippen auf ihre. Sie stieß einen halberstickten Laut hervor, und er spürte, wie sich ihr Körper abwehrend versteifte. Aber der Kuß schmeckte süß wie Wein, obwohl sie erbittert Widerstand leistete. Er mißachtete ihren Protest, zwang sie, die Lippen zu öffnen. Begierig erforschte seine Zunge ihren Mund. Seine Hand strich über eine ihrer Brüste, und er fühlte ihren rasenden Herzschlag. Langsam wanderten seine Hände über ihren Körper, die schmale Taille und die anmutig geschwungenen Hüften.

Plötzlich erlahmte ihre Gegenwehr, die Hand, die eben noch versucht hatte, seine Finger wegzustoßen, sank schlaff hinab. Sollte das ihre willige Hingabe bedeuten? Er schob sie von sich, um sich ihrer Heuchelei zu vergewissern und seine eigene Seele zu retten. Zitternd blickte sie zu ihm auf, die Lippen feucht und leicht geschwollen.

»Nun, habt Ihr Bedenken, Mylady?« fragte er kühl.

Hastig riß sie sich zusammen. »Keineswegs, Mylord.«

Im bleichen Mondschein schaute er sie an und zwang sich, sie mit kalter Objektivität zu betrachten. Wie ein goldener Mantel umhüllte das Haar ihre Schultern. Ihre Haut schimmerte so zart wie Rosenblätter. Und trotz der mädchenhaften Züge wirkte ihr schönes Gesicht majestätisch. Die Augen, weder grau noch blau, leuchteten manchmal violett – und silbrig wie Schwertspitzen.

»Nun, ich glaube, Ihr werdet meinen Ansprüchen genügen wie jede andere Hure auch«, erklärte er und lachte beinahe, als er heiße Wut in ihrem Blick las. Dann wandte er sich ab. Vorerst brauchte er nicht zu befürchten, daß sie ihm in den Rücken stechen würde. »Gute Nacht, Lady Genevieve!« Er ging davon, aber nach fünfzehn Schritten drehte er sich erneut um – unfähig, eine letzte spöttische Bemerkung zu unterdrücken. »Mylady?«

»Mylord?«

»Eigentlich würde ich mir ein bißchen mehr Entgegenkommen wünschen.«

Er sah, wie sie krampfhaft schluckte, aber sie bezähmte ihre Wut und beteuerte mit sanfter, betörender Stimme: »Glaubt mir, ich werde alles tun, um Euch Freude zu schenken, Lord Tristan.« Anmutig winkte sie ihm zu, dann verschwand sie in den nächtlichen Schatten.

Mit schmalen Augen schaute er ihr nach. O ja, sie würde ihr Versprechen halten. Und wenn er sie dazu zwingen mußte...

3

Wütend ging Genevieve in ihrem Gemach, hoch über der großen Halle, auf und ab. Ihr goldenes Haar und das weiße Kleid flatterten hinter ihr her. »Wie kann er es nur wagen! Kalt und hart wie Felsgestein! Und so abscheulich und grausam wie seine ganze Bande! Am liebsten hätte ich ihm die Augen ausgekratzt oder seine Kehle durchschnitten und ihn von der Klippe geworfen. Oh, warum tat ich es nicht? Dann wären wir ihn endlich los. Ach, Edwyna, ich fühle mich so ...«

»Gedemütigt?«

»Allerdings!« Genevieve ballte die Fäuste. Ja, sie fühlte sich gedemütigt, erniedrigt – und seltsam erhitzt. Von jenem Kuß hatte sie ihrer Tante nichts erzählt. Niemals würde sie Lord Tristans heiße Lippen, seinen kraftvollen Körper, an ihren gepreßt, und seine forschenden Hände vergessen. Sein Gesicht war hübsch und gnadenlos, Feuer und Eis ... Denk nicht mehr daran, ermahnte sie sich vergeblich. Nur zu deutlich entsann sie sich dieser überwältigenden Umarmung und erschauerte.

»Hätte ich ihn doch nur getötet!« flüsterte sie.

»Und was wäre dann geschehen?« fragte Edwyna. »Dein Plan ist ohnehin schon gefährlich. Falls er dir anständige Bedingungen genannt hat ...«

»Anständige Bedingungen?« fauchte Genevieve. »Er eignet sich das Schloß an, unser Land, unsere Untertanen. Und mich!«

Edwyna seufzte. »Schon am ersten Tag hätten wir unsere Tore öffnen sollen. Wenn Edgar doch nur ...« Als sie einen Blick in das unglückliche Gesicht ihrer Nichte warf, verstummte sie sofort.

»Würde Vater noch leben, wenn er ihn ins Schloß gelassen hätte?« entgegnete Genevieve bitter. »Und Axel und die anderen?«

»Wir haben tapfer gekämpft, unterstützt von all unseren Leuten, und verschiedene Finten versucht.«

»Aber bis jetzt noch keine so riskante wie diese... Meine Idee war es nicht, Edwyna.«

»Ich weiß, Sir Guy hat sich das ausgedacht, der dich angeblich vergöttert. Warum er solches Wagnis eingeht, verstehe ich nicht. Es sei denn, er möchte die Festung – und dich – für sich selbst gewinnen.«

»Nein, er kann nicht ertragen, daß Vaters und Axels Tod ungerächt bleibt. Sollen wir denn unsere schweren Verluste ganz umsonst erlitten haben?«

»Ich weiß es nicht«, seufzte Edwyna und schloß verzweifelt die Augen. Schon an diesem Tag hatte sie erwartet, die Lancasters würden die Burg stürmen und alle Bewohner niedermetzeln. Das war nicht geschehen, und so hatte sie Genevieves Plan zugestimmt. Nun blickte sie angstvoll dem nächsten Morgen entgegen. Was für eine Welt... In ihrem kurzen Leben hatten so viele Könige den englischen Thron innegehabt, daß sie es kaum noch zählen konnte. Erst hatte Henry VI. die Krone an den Grafen von March verloren, Edward VI., dieser an seinen eigenen Gefolgsmann Warwick. Und von letzterem wurde Henry wieder zum König ernannt. Dann kehrte Edward auf den Thron zurück, für vergleichsweise friedliche fünfzehn Jahre. Nach seinem Tod übernahm Richard die Herrschaft, und die beiden Prinzen verschwanden im Tower. Und wenig später war das Gerücht aufgekommen, sie seien tot.

Stets hatte Edgar behauptet, Richard würde sein Bestes tun, um dem Land Frieden zu schenken. Unwandelbar hatte er dem König die Treue gehalten. Deshalb wurden seine Familie und seine Leute nun in einen blutigen Krieg verwickelt, während andere, weniger loyale Peers, unbehelligt blieben. Von Anfang an war dieser interne Machtkampf seltsam verlaufen und fügte England nur an vereinzelten Stellen Schaden zu. Handel und Landwirtschaft blühten weiterhin, aber wo immer die Gegner aufeinandertrafen, herrschten Chaos und Verwüstung.

Sollte auch Edenby Castle verwüstet werden? Tudors Feldherr hatte versprochen, alle Bewohner am Leben zu lassen, wenn sie ihm das Schloß kampflos überließen. Was bedeuteten schon Reichtum und Ländereien, verglichen mit dem Leben?

»Wir müßten widerstandslos kapitulieren«, sagte Edwyna tonlos, und Genevieve begann am ganzen Körper zu zittern. Haltsuchend umklammerte sie den Bettpfosten, dann schüttelte sie entschieden den Kopf.

»Das kann ich nicht. Ich habe Vater mein Wort gegeben...«

»Ja, ich weiß.« Mühsam zwang sich Edwyna, das Unvermeidliche hinzunehmen und ihrer Nichte ein schwaches Lächeln zu schenken. Dann setzte sie sich ans Fußende des Betts. »Aber ich habe Angst. Seine Augen erinnern mich an einen Adler oder Luchs. Nichts scheint ihnen zu entgehen.«

»Sei vernünftig, Edwyna! Auch er ist nur ein Mensch. Ein verwerflicher Lancaster – hierhergeschickt, um uns ins Elend zu stürzen. Niemals werde ich ihn fürchten!« behauptete Genevieve, obwohl ihre bebende Stimme diese Worte Lügen strafte. »Vergiß nicht – er hat Vaters Tod auf dem Gewissen!« Sie kniete zu Füßen ihrer Tante nieder und sah beschwörend zu ihr auf. »Wir werden siegen.«

»Obwohl ihm so viele Krieger und Kanonen zur Verfügung stehen? Und das Katapult...«

»Keine Waffe ist so wirksam wie die englische Armbrust.«

»Auch die besitzt er.«

»Und wir haben Geschütze.«

»Gnadenlos wird er unser Feuer erwidern«, klagte Edwyna.

»Möchtest du dein restliches Leben als Dienerin jener Leute verbringen, die dir soviel genommen haben?«

Edwyna hielt dem eindringlichen Blick ihrer Nichte stand. »Vor allem muß ich an meine Tochter denken. Um sie zu verteidigen, würde ich sterben. Aye, ich werde diesen Leuten dienen und mit meinem Haar ihre Stiefel putzen, wenn ich Anne nur retten kann.«

»Glaub mir, wir werden nicht versagen und die Festung behalten.« Genevieve lachte nervös, erhob sich und wanderte wieder umher. »Wenn ich diesen Abend verkraftet habe, werde ich auch alles Weitere überstehen. Oh, dieser schurkische Bastard! Er will mich nicht heiraten! Als ob es *mein* Wunsch wäre, mit ihm zusammenzuleben! Sonderbar, Edwyna, ich mußte ihn geradezu zwingen, auf meinen Vorschlag einzugehen. Hätte ich's nicht getan...«

»Vielleicht wäre das besser gewesen«, fiel die Tante ihr ins Wort und fröstelte.

»Was kann denn schon schieflaufen?« fragte Genevieve mit scharfer Stimme. »Tamkin und Michael verstecken sich in diesem Zimmer hinter der Geheimtür. Dann wird Lord Tristan bereits unter Drogen stehen. Beide Männer sind groß und stark, und sie werden...«

»Auch ich habe Lord Tristan gesehen, Genevieve, hoch zu Roß, offensichtlich unverwundbar, sogar inmitten eines Pfeilregens. Diese Augen! Stets wachsam, immer gefaßt auf einen Hinterhalt... Und wie ich höre, haßt er alle Anhänger Yorks abgrundtief. Angeblich wurde er noch nie im Schwertkampf besiegt, und er bewegt sich schnell wie der Wind.«

»Sicher, er ist kräftig gebaut und ein hervorragender Krieger, aber unter all den Muskeln schlägt nur ein menschliches Herz. Sobald es von einer Klinge durchbohrt wird, stirbt er, wie jeder andere.«

Bedrückt schlang Edwyna ihre bebenden Finger ineinander. »Das ist Mord.«

»Wurde Vater vielleicht nicht ermordet?« fragte Genevieve entrüstet. »Großer Gott, wie kannst du das vergessen? In meinen Armen hauchte er sein Leben aus. Auch Axel wurde niedergemetzelt. Und denk an die Witwen und Waisen unserer anderen Männer! Hier gibt es nur einen Mörder! Lord Tristan!«

»Und deshalb bringen wir alle seine Leute um?« entgegnete Edwyna in schmerzlichem Sarkasmus.

»Alle wird er nicht hierherbringen, höchstens fünfzig. Und wir wollen niemanden töten, es sei denn, wir sehen uns dazu gezwungen. Nicht einmal Tristan muß sterben, wenn er überwältigt werden kann. Nur wer uns Ärger macht, wird den Tod finden. Und jene, die vernünftig genug sind, unserem speziellen Wein zuzusprechen, landen im Verlies.« Genevieve sank neben ihrer Tante aufs Bett und gestand: »Auch ich fürchte mich. Noch nie im Leben hatte ich solche Angst wie heute abend, als ich diesem harten, kalten Mann gegenüberstand.« Feuer und Eis... Aber diesen Gedanken verdrängte sie hastig.

»Trotzdem werden wir es schaffen«, beteuerte sie, obwohl sie keineswegs so zuversichtlich war, wie sie sich gab.

Wie sollte sie ihn morgen auf dem Bankett anlächeln und willkommen heißen, während sie doch ebenso gut wußte wie ihre Tante, daß er niemals in seiner Wachsamkeit nachlassen würde? Aber jeder Mann, auch der stärkste, konnte letzten Endes bezwungen werden. »Mord«, nannte Edwyna den tückischen Plan. Ja, Genevieve würde versuchen, ihren Widersacher in den Tod zu locken. Was blieb ihr anderes übrig? Sollte sie die Bewohner von Edenby den Feinden als Diener und Sklaven ausliefern?

Und ihr geliebter Vater war immer noch ungerächt, ebenso Axel, der Traum ihrer Zukunft. Unglücklich dachte sie an seinen letzten Kuß, aber ihre verräterischen Gedanken schweiften zu Tristan de la Tere ab, zu seinen Lippen, die ihren Mund verschlossen und jenes seltsame Zittern entfacht hatten. »Nein!« rief sie, entsetzt über diese Erinnerung.

»Was hast du?« fragte Edwyna besorgt.

»Nichts... Oh, könnte ich ihn doch selbst töten!«

Die schönen blauen Augen der Tante verengten sich. »Laß dich nur nicht hinreißen!«

»Natürlich nicht, Edwyna«, erwiderte Genevieve seufzend. »Tamkin soll möglichst bald das Schwert schwingen, nachdem ich mit Lord Tristan das Zimmer betreten habe.«

»Und wenn die Droge nicht bei allen unseren Gegnern wirkt?«

»Dann könnten vereinzelte Scharmützel ausbrechen, aber wir werden sehr schnell die Oberhand gewinnen.« Genevieve erhob sich und versuchte zu lächeln. Ihr Bett stand auf einem Podest, von Vorhängen umgeben, neben einem wuchtigen Schrank. Die Holztäfelung verbarg mehrere kleine Türen und Schränke, wo sich Männer leicht verstecken konnten. »Keine vier Schritte entfernt wird Tamkin warten und Michael zur Sicherheit dort drüben an der anderen Seite. Selbst wenn de la Tere das Zimmer durchsucht, wird er nichts finden.« Als sie dem vorwurfsvollen Blick ihrer Tante begegnete, rief sie: »Großer Gott, ich habe diesen Plan nicht ausgeheckt! Das alles war Sir Guys Idee, und die Ratgeber meines Vaters stimmten ihm eifrig zu.«

»Ach, ich habe nur Angst.« Auch Edwyna stand auf, und ihre Nichte umarmte sie. »Hoffentlich versage ich nicht.«

»Bestimmt nicht!«

»Also, dann gute Nacht. Soll ich Mary zu dir schicken?«

»Nein, aber richte ihr aus, daß ich sie morgen schon zeitig erwarte.«

Edwyna gab ihr einen Kuß, dann verließ sie das Schlafgemach. Fröstelnd trat Genevieve vor das Kaminfeuer. Sie fühlte sich plötzlich sehr einsam, obwohl das Schloß voller Menschen war. Unten in der Halle würden Michael, Tamkin, Sir Humphrey und Sir Guy Ale trinken und alle Einzelheiten des nächsten Tages besprechen. Auch die Soldaten und die Pächter in ihren kleinen Häusern würden Pläne schmieden und dem Sonnenaufgang in banger Erwartung entgegenfiebern. Alle würden bereitstehen, um das Leid zu rächen, das man ihnen angetan hatte.

Wieder erschauerte Genevieve. Sie eilte zum Bett, zog sich hastig aus und ließ ihre Kleider achtlos zu Boden fallen. Dann kroch sie unter die Laken und schweren Pelzdecken. Vergeblich versuchte sie einzuschlafen, sie wälzte sich rastlos umher.

Quälende Visionen erschienen in ihrer Phantasie – die glasigen Augen ihres sterbenden Vaters, sein Blut an ihren Händen, die Leiche ihres Verlobten, des sanftmütigen Gelehrten, der im Tod so gefaßt und friedlich ausgesehen hatte... Und ein anderes Gesicht, mit Augen, so dunkel wie die Nacht, mit einem Blick, in dem Flammen loderten und Eis brannte... Ein unvergeßliches Gesicht. »Allmächtiger, hilf mir!« stöhnte sie. Endlich sank sie in einen unruhigen Schlaf. Aber auch in ihren Träumen wurde sie von Tristan de la Tere verfolgt. Sie spürte seinen Kuß auf ihrem Mund und seine Hand, die ihre Brüste berührte.

»Zur Hölle mit ihm!« Mit einem Schrei auf den Lippen erwachte sie zitternd und erschöpft. Morgen mußte er sterben, und dann konnte sie wieder ruhig schlafen, ohne qualvolle Visionen von Lord Tristan, von den Leichen ihres Vaters und Axel, denn beide würden gerächt sein. Bald krähte ein Hahn, die Sonne malte rosa Streifen an den Horizont.

Mary, die junge Zofe, kam ins Schlafgemach, ein grobknochiges Mädchen mit breiten Hüften, das ein unerschütterliches heiteres Gemüt besaß. Aber an diesem Morgen brachte sie kaum ein Wort hervor, während sie Genevieve aus der Badewanne half und das lange Haar trocknete. Dann bürstete sie die wirren Locken, bis ihre Herrin ungeduldig aufschrie. »Wenn du weiterhin so grob bist, hab ich bald eine Glatze!«

»Oh, tut mir leid!« jammerte Mary und verzog weinerlich das sommersprossige Gesicht.

»Heule jetzt bloß nicht, hol lieber mein grünes Samtkleid aus dem Schrank!« befahl Genevieve in scharfem Ton, dann zwang sie sich zur Ruhe. Sie mußte einen klaren Kopf behalten, denn an diesem Tag hing alles von ihr ab. Hastig gehorchte die Zofe, und ihre Herrin fügte etwas sanfter hinzu: »Heute dürfen wir nicht die Nerven verlieren. Unser Leben steht auf dem Spiel.«

Krampfhaft schluckte Mary. »Oh, ich fürchte mich so! Was werden sie tun, wenn sie ins Schloß kommen und unser Plan mißlingt?«

»Das wird nicht geschehen. Sei guten Mutes, Mary! Jetzt muß ich hinuntergehen und alle nötigen Vorbereitungen treffen, um unsere – Gäste zu empfangen.«

Sie stieg die lange Steintreppe zur Halle hinab, wo Sir Humphrey, Sir Guy, Michael und Tamkin am Kamin saßen. Unsicher nickte ihr der große grauhaarige Tamkin zu, der sein Leben an der Seite ihres Vaters verbracht hatte. Während Genevieve zu ihnen ging, mühte sie sich, möglichst unbefangen zu lächeln, dann küßte sie jeden auf die Wange. »Sind wir bereit?«

Sir Guy nickte und strich über den kostbaren Hermelin, der seine Tunika säumte. »Im Hof drehen sich zehn Wildschweine am Spieß, die Rindfleisch- und Nierenpasteten schmoren im Backofen, die Aale und Hechte brutzeln in den Pfannen.«

»Und die Getränke?« fragte sie mit belegter Stimme.

»Seht zu, daß der Lord nur Wein trinkt, kein Ale«, mahnte Sir Guy.

»Ja, natürlich.« Sie schaute sich in der Halle um. Früher hatten zehn Dienstboten die Speisen aufgetragen, aber während der Belagerung waren vier gestorben. Um sie zu ersetzen, hatte Genevieve vier Bauernburschen eingestellt. Auf dem Tisch prangte ihr schönstes Geschirr, Zinnplatten und -schüsseln mit Lilienmuster, die aus der bretonischen Heimat ihrer Mutter stammten. Alles sah so aus, als würde ihr Vater jeden Augenblick mit seinen Freunden von der Falkenjagd zurückkehren.

Michael legte ihr eine Hand auf die Schulter. »Habt keine Angst, wir bleiben stets an Eurer Seite.«

Und dann ergriff Sir Humphrey, Edgars liebster Freund, ihre Hände. Tiefer Kummer verdüsterte seine blauen Augen. »Ich sorge mich um Euch, Genevieve. Niemals hätte ich diesem Plan zustimmen dürfen.«

Sofort mischte sich Sir Guy ein. »Keine Angst, ich werde diesem Monstrum nicht gestatten, Euch ein Leid anzutun.«

Wieder zwang sie sich zu einem Lächeln. »Ich fürchte mich nicht«, log sie und zuckte zusammen, als die Trompeten erklangen, um die Ankunft der Lancasters anzukündigen. »Wo ist meine Tante?« Edwyna mochte noch nervöser sein als sie selbst, aber in ihrer Nähe würde sich Genevieve etwas sicherer fühlen.

»Sie ist noch bei ihrem Kind«, erklärte Sir Guy.

»Aber sie muß herunterkommen. Holt sie, Sir Guy – nein, ich gehe selbst nach oben.« Ohne eine Antwort abzuwarten, rannte sie die Treppe hinauf. Im Kinderzimmer traf sie Edwyna und Mary an, die mit der kleinen Anne spielten. Das kleine Mädchen drückte eine alte Stoffpuppe an sich, die Genevieves Mutter vor langer Zeit aus der Bretagne mitgebracht hatte.

»Edwyna!« rief Genevieve mit scharfer Stimme, und die Tante blickte angstvoll zu ihr auf.

»Ist es schon soweit?«

»Ja. Komm jetzt! Mary, du kümmerst dich um Anne.« Ihre kleine Kusine starrte sie mit großen blauen Augen an, und Genevieve nahm sie in die Arme. »Heute mußt du hier oben bleiben. Das ist sehr wichtig. Willst du das für mich tun? Und du darfst auf keinen Fall weinen und schreien.« Die Lippen des Kindes zitterten, und sie lächelte ihm beruhigend zu. »Bitte, Anne, es ist nur ein Spiel, aber davon hängt sehr viel ab. Mary paßt auf dich auf.«

Langsam nickte Anne, und Genevieve drückte sie noch einmal an sich. Dann ergriff sie Edwynas Hand, führte sie in den Flur und die Treppe hinab.

Sir Guy und Sir Humphrey standen bereits am Eingang und winkten die Frauen zu sich. Das Protokoll verlangte, daß die Sieger an der Haustür erwartet wurden.

Inzwischen waren die Lancasters durch das Hoftor hereingekommen, das sie an diesem Morgen hatten rammen wollen. Genevieve straffte die Schultern und trat in den kalten Wintertag hinaus. Fünfzig Mann – mit so vielen hatte sie gerechnet. Aber in ihren Rüstungen und Helmen, mit Schwertern und Schilden bewaffnet, sahen sie wie ein hundertköpfiger Trupp aus. An ihrer Spitze ritt Tristan auf einem exotischen scheckigen Hengst mit dichtbehaarten Hufen. Er zog sofort Genevieves Blick auf sich. Über seiner Rüstung trug er einen leuchtend blauen Mantel. Sein Gesicht sah sie nicht, nur die kalten Augen, die sie zu verspotten und ihre Gedanken zu lesen schienen. Sie glaubte, ihr Blut würde gefrieren – und dann plötzlich sieden. Was mochte geschehen, wenn das Täuschungsmanöver mißlang!

»Genevieve!« befahl Sir Guy.

Alle Bewohner von Edenby vertrauten auf die schauspielerischen Künste ihrer Herrin, und sie durfte sie nicht enttäuschen. Nachdem Sir Guy ihr einen sanften Stoß versetzt hatte, stieg sie die Eingangsstufen hinab und verneigte sich anmutig.

4

Gerade jetzt, da sie ihren Mut so dringend brauchte, ließ er sie glücklicherweise nicht im Stich. Trotzdem wich sie Tristans Blick aus, als sie ihn begrüßte. »Edenby Castle und die Ländereien des Herrn von Edenby gehören jetzt Euch, Mylord, und wir bieten Euch unsere Gastfreundschaft an.«

Die Lancasters brachen in gellendes Jubelgeschrei aus. Dann stiegen sie von den Pferden, und Tristan erteilte ihnen seine Befehle, ohne Genevieve und ihr Gefolge zu beachten. Nervös fuhr sie mit der Zunge über ihre Lippen und trat vor. »Wir haben Wildschweinbraten und Fasane zu bieten, gebratene Fische und mehrere Weinfässer. Der Großteil Eurer Leute wird im Hof bewirtet, Mylord, und fünfzehn können drinnen an der Tafel Platz nehmen.«

»Nur fünfzehn, Mylady?« erkundigte er sich in höflichem Ton.

Inständig hoffte sie, ihr tiefer Knicks würde möglichst unterwürfig wirken. »Wir sind zu sechst, Lord Tristan. Meine Tante und ich...« Sie wartete, während Edwyna sich verbeugte. »Dann Sir Guy, Sir Humphrey, Michael und Tamkin. Michael ist – war der Hauptmann meines Vaters, Tamkin verwaltet die Ländereien und beaufsichtigt die Pächter. Und Sir Guy kümmert sich schon seit langer Zeit um unsere Buchführung. Sir Humphrey kennt die Stärken und Schwächen unserer Festung wie kein anderer.«

»Was glaubt Ihr, Mylady, werde ich eine starke Burg brauchen?« Tristan nahm seinen Helm ab, zog die Panzerhandschuhe aus und übergab sie einem seiner Knappen.

Nun sah Genevieve sein stolzes, kaltes Gesicht. Sie zitterte und trat schnell zurück. Sein Lächeln umspielte nur die Lippen, die Augen blieben ausdruckslos. »Mylady, ich bin es nicht gewöhnt, mich zu wiederholen. Werde ich eine wehrhafte Burg brauchen?«

»Die wünscht sich doch jeder Mann, nicht wahr?«

»Dann muß ich die Frage mit anderen Worten wiederholen. Gibt es einen bestimmten Grund, warum ich eine starke Festung brauchen werde – schon bald?«

»Man muß jederzeit auf einen Angriff vom Meer her vorbereitet sein. Und Richard sitzt immer noch auf dem Thron. Ich dachte, Ihr würdet Euch gern über die Kampfkraft von Edenby informieren.«

»Wie freundlich und aufmerksam...«

»Wir suchen Frieden.«

»Und Gnade, nehme ich an?«

»Gnade ist eine Gunst, die nur Engel gewähren«, erwiderte sie honigsüß. »Soll ich Euch das Schloß zeigen, Mylord?«

»O ja.« Er nickte ihren Begleitern nur kurz zu, aber sie hatte das Gefühl, daß er sich alle Namen und Gesichter einprägte.

»Unsere Halle, Lord Tristan«, erklärte sie, als sie ihn ins Haus geleitete. »Hier fanden sich die Lords aus der Nachbarschaft ein, um wichtige Dinge zu besprechen und Streitigkeiten zu schlichten.« Sie lächelte, obwohl sie den Anblick des Lancaster-Trupps verabscheute, der den Saal ihres Vaters entehrte. Plötzlich wurde ihr schwindlig.

»Mylady?« Tristan musterte sie prüfend, und sie merkte, daß er ihren Ellbogen stützte. Ausnahmsweise schaute er sie nicht kühl und spöttisch an, sondern besorgt. »Fühlt Ihr Euch nicht wohl?«

Natürlich nicht, hätte sie am liebsten geschrien. Wie könnte ich mich wohl fühlen, wenn Eure Mörder und Plünderer in meine Festung eindringen? Aber sie zwang sich zu einem Lächeln und schüttelte seine Hand ab.

»Entschuldigt mich jetzt, bitte. Sir Guy, würdet Ihr mich vertreten? Ich muß mich um das Essen kümmern.«

Rasch verließ sie die Halle durch den breiten, steinernen Torbogen, der zur Küche führte. Dort lehnte sie sich an die Wand. Griswald, der knochendürre Koch, blickte von einem großen Kessel auf, in dem ein Eintopf brodelte. »Tisch das Essen auf!« befahl sie. »Hol den Wein! Wir müssen es so schnell wie möglich hinter uns bringen.«

»Aye, Lady, aye«, murmelte er. Dann rief er: »Der Wein! Beeilt euch!« Ehe er zu einem der Fässer lief, wandte er sich zu Genevieve. »Seid unbesorgt, Mylady, Ihr könnt auf uns zählen.«

Sie nickte, holte tief Atem und dachte an den langen, gräßlichen Nachmittag, der vor ihr lag. Dann kehrte sie in die Halle zurück.

Am Kamin hatten sich einige Lancaster-Ritter versammelt, die leise miteinander sprachen. Sie verstand nur einzelne Wortfetzen, doch sie entnahm dem Gespräch, daß einige Männer glaubten, diese Eroberung einer feindlichen Burg würde zu reibungslos verlaufen. Andere lobten die reichgedeckte Tafel und schätzten den Wert der Kriegsbeute ein. Während Genevieve eintrat, wandten sie sich zu ihr. Ein untersetzter Bursche mit kleinen gierigen Augen flüsterte etwas, und einer seiner Gefährten brach in wieherndes Gelächter aus. Vermutlich erörterten sie, es wäre besser gewesen, das Schloß mit Rammböcken einzunehmen und sich die *gesamte* Beute anzueignen.

Dienstboten eilten beflissen umher, und sie erwiderte den Blick Tristans, der bereits einen Weinkelch in der Hand hielt und einen Arm auf das Kaminsims gestützt hatte. Obwohl er mit Sir Guy redete, gewann sie den unangenehmen Eindruck, er würde wissen, daß sie die Unterhaltung seiner Leute teilweise belauscht hatte, und ihre Gedanken erraten.

Trotzdem fand sie ihn jetzt nicht mehr so beängstigend. Sein Haar war leicht zerzaust, und er lachte freimütig über eine Bemerkung Sir Guys. Verwirrt erkannte Genevieve, wie attraktiv er aussah, wenn seine Belustigung nicht kühl und spöttisch, sondern echt und arglos wirkte.

Sie berührte instinktiv ihre Lippen, die er geküßt hatte. Doch dann erinnerte sie sich an seine höhnischen Worte, und heißer Zorn trieb ihr das Blut ins Gesicht. Dieser Mann trug die Verantwortung für den Tod ihres Vaters und ihres Verlobten, war ihr arrogant und unverschämt begegnet, und er verdiente es, in siedendem Öl zu schmoren.

Während sie langsam zu den Rittern hinüberging, beobachtete sie, wie Edwyna mit einem der Lancasters sprach, einem hübschen jungen Mann – wenn man einen Feind so bezeichnen durfte. Er war groß, schlank und gut gekleidet, und er besaß ein gewinnendes Lächeln. So liebenswürdig, daß es einem schwerfallen würde, ihn zu töten, überlegte sie schweren Herzens. Hastig dachte sie an den widerlichen, untersetzten Kerl, der nur zu gern über sie hergefallen wäre. Nein, ihr Mitleid war völlig unangebracht.

Sie unterbrach Sir Guy, der gerade einen Vortrag über die Verteidigungsbastionen von Edenby hielt. »Darf ich zu Tisch bitten, Mylords?«

Wenig später nahmen sie alle an der Tafel Platz, Genevieve und Tristan am Kopfende. Sie brachte keinen Bissen hinunter, machte aber tapfer Konversation und erklärte, zu welcher Jahreszeit man den Aal fangen mußte, den besten Fisch, den das Gewässer an dieser Küste zu bieten hatte.

Viel zu nah saß Tristan neben ihr. Sein Knie berührte ihres, und wenn er den Arm bewegte, sah sie das Muskelspiel unter seinem Hemd. Sie beobachtete den Pulsschlag an seinem Hals, betrachtete die glattrasierten Wangen und erinnerte sich wieder an jenen Kuß. Sicher ahnte er, was sie dachte. Verzweifelt versuchte sie, nicht zu erröten und sich nicht zu verraten.

Zu ihrem Bedauern trank er nicht so viel Wein, wie sie erhofft hatte. »Wildschwein schmeckt am besten, wenn es ganz langsam schmort, stundenlang...«, hörte sie sich sagen und verstummte, als sie ihn grinsen sah.

»Laßt dieses Geschwätz, Lady Genevieve. Sobald Ihr mir etwas Interessantes mitzuteilen habt, höre ich gern zu.« Er wandte sich zu Sir Humphrey. »Wie viele Pächter bestellen das Land, und wie viele Handwerker leben hier?«

Sir Humphrey räusperte sich und erstattete über die Bauern, über die Schmiede, die Töpferei und andere Werkstätten Bericht. Zwischendurch stellte Tristan intelligente Fragen, erkundigte sich, wie es um die Qualität der Schafwolle stehe, wieviel Vieh und wie viele Pächterhütten die Festung besitze.

Unterdessen nippte Genevieve an ihrem Ale und stocherte lustlos in ihrem Essen herum. Plötzlich erklang Tristans

Stimme dicht an ihrem Ohr, und sie zuckte zusammen. »Eine erstaunliche Wende, nicht wahr, Mylady?«

»Was meint Ihr?«

»Ich bot Euch mehrmals viel günstigere Kapitulationsbedingungen an als jene, die Ihr jetzt hinnehmt. Morgen ziehe ich hier ein, und Ihr werdet nichts mehr besitzen. Hättet Ihr Euch früher ergeben, wäre Euch viel Leid erspart geblieben. Aber Ihr wolltet bis zum bitteren Ende kämpfen. Nun seid Ihr bereit, in mein Bett zu kriechen, während die meisten adeligen Damen jeden Abend verzweifelt beten würden, um einem solch grausamen Schicksal zu entrinnen. Ich bin neugierig, Mylady, und ich ersuche Euch, mir Euer Verhalten zu erklären.«

Erfolglos bemühte sie sich, seinem Blick standzuhalten, und faltete die Hände im Schoß. Nur vage nahm sie den Hund war, der den Kamin verlassen hatte, um den Tisch lief und nach Speiseresten suchte. »Da ich die Wahl zwischen Euch und einer großen Feindesschar hatte, fand ich, Ihr allein wärt das geringere Übel. Und was die besseren Kapitulationsbedingungen betrifft, die ich mir entgehen ließ – nun, ich kämpfte so lange wie möglich. Als es keine Hoffnung mehr gab und Ihr drohtet, Ihr würdet keine Gnade kennen, wollte ich retten, was noch zu retten war.«

»Und Ihr habt Euer Versprechen nicht vergessen?«

»Welches Versprechen?«

»Ihr würdet Euch nicht wie ein Opferlamm hingeben, sondern wie eine zärtliche Braut.«

Der intime Unterton in seiner Stimme nahm ihr den Atem, und sie schluckte mühsam. »Nicht alle Bräute sind zärtlich, Mylord.«

»Liebevolle Bräute schon.« Die Bitterkeit, die in seinen Worten mitschwang, verblüffte sie. Er wandte sich ab, als würde er sie verachten, und scherzte mit dem gutaussehenden jungen Lancaster, der so freundlich lächeln konnte. Genevieve war erbost. Sicher, er war der grandiose Eroberer, aber mußte er sie deshalb so unhöflich behandeln?

Im Verlauf des Essens erscholl immer lauteres Gelächter. Begierig sprachen die kriegsmüden Männer dem köstlichen

Essen und dem süßen Wein zu. Genevieve entdeckte Griswald und winkte ihn zu sich. »Vier Kelche sind schon leer«, warnte sie ihn. »Diese Herren feiern heute ihren – Sieg.« Sie merkte, daß Tristan sie wieder beobachtete, und ihre Wangen brannten. »Ruf jetzt die Gaukler herein!« befahl sie ihrem Diener, worauf er sich hastig entfernte.

Tristan berührte ihren Arm. »Eins wollte ich Euch noch sagen, Mylady. Solltet Ihr ein falsches Spiel mit mir treiben, werdet Ihr's bitter bereuen. Wer mir ehrlich und anständig begegnet, hat nichts von mir zu befürchten. Aber wenn ich betrogen werde, verzeihe ich das niemals.«

Lächelnd prostete sie ihm zu, schaute ihn über den Rand ihres Weinkelchs hinweg an und hoffte, er würde ihr nichts anmerken. »Wie könnte ich Euch hintergehen, Mylord? Ihr seid der Eroberer, der neue Herr von Edenby. Alles untersteht Eurem Kommando.«

»Das scheint Ihr erstaunlich gelassen hinzunehmen«, erwiderte er trocken. »Und ich sehe in diesen Mauern keinen einzigen Mann, der bereit wäre, Eure Ehre zu schützen. Merkwürdig, nicht wahr?«

Sie ergriff eine kunstvoll ziselierte dreizackige Gabel, die ebenfalls der Mitgift ihrer Mutter entstammte, und spielte mit einem Stück Hammelfleisch auf ihrem Teller.

»Keineswegs, Mylord. Hier leben fast nur ältere Männer, Handwerker und Bauern. Wer würde mich beschützen?«

Skeptisch hob Tristan die Brauen. »Nun, Sir Guy ist noch jung. Nachdem ich Euren großmütigen Heiratsantrag abgelehnt habe, müßte er vor Wut kochen. Und wann immer er Euch ansieht, entnehme ich seinen schmachtenden Kalbsaugen, daß er in Euch verliebt ist. Trotzdem strahlt er mich an und klopft mir auf die Schulter. Eine höchst sonderbare Situation ...«

Sanfter Sarkasmus schwang in Genevieves Antwort mit. »Er war sehr gut mit meinem Verlobten befreundet, den Eure Männer niedergemetzelt haben. Sicher leidet Sir Guy unter diesem Verlust. Aber wir müssen uns wohl oder übel mit unserer Niederlage abfinden. Die Hütten unserer Leute sollen nicht niedergebrannt, die Felder nicht zertrampelt, die

Männer nicht abgeschlachtet, die Frauen nicht vergewaltigt werden. Deshalb akzeptieren wir unser Schicksal. Aber nun muß ich Euch fragen, was geschieht, wenn Henry Tudor den Thron nicht besteigt?«

»Zweifellos wird er schon bald die Krone tragen.«

»Tatsächlich? Aber vorher muß er Richard besiegen. Und die Thronfolge ist sehr kompliziert. Edward IV. hat fünf Töchter hinterlassen, wenn seine Söhne auch verschwunden sind ...«

»Sie wurden von Eurem Richard ermordet«, fiel Tristan ihr ins Wort.

»Man weiß nicht einmal, ob die Kinder wirklich tot sind«, entgegnete Genevieve kühl. »Aber König Edward hinterließ auch einige Neffen. Jeder von ihnen könnte den Thron beanspruchen. Auch Edward, der Graf von Warwick. Aber Euer Tudor ist ein Bastard.«

»Immerhin nahm John von Gaunt die Lady zur Frau, die jene Beaufort-Bastarde geboren hatte. Und der kleine Makel, der Henrys Herkunft anhaftet, stört seine Anhänger nicht.«

»Aber was würde geschehen, wenn Euer Tudor die Herrschaft doch nicht erringt, Lord Tristan?«

»Auch dann wird diese Festung in meinem Besitz bleiben.« Seine Selbstsicherheit ärgerte Genevieve dermaßen, daß sie am liebsten in sein lächelndes Gesicht geschlagen hätte. Plötzlich packte er ihre Hand. Wieder einmal spürte sie die Macht seiner Persönlichkeit, fühlte sich hilflos ausgeliefert. »Alles steht unter meinem Befehl?« fragte er leise.

»Gewiß«, bestätigte sie.

»Dann befehle ich Euch jetzt, Mylady, mich in Euer Schlafzimmer zu geleiten. Es war eine lange Schlacht.«

Schmerzhaft hämmerte Genevieves Herz gegen ihre Rippen. »Aber – Mylord, ich habe einige Gaukler eingeladen, die Euch unterhalten sollen ...«

»Mir schwebt eine andere Art von Unterhaltung vor«, unterbrach er sie. Ihre Panik schien ihn zu amüsieren. Grinsend neigte er sich zu ihr und flüsterte: »Die ›Unterhaltung‹, die Ihr mir so eifrig aufgedrängt habt ...«

Verzweifelt schaute sie sich um. Die Wintersonne war gesunken, aber in der Halle herrschte noch kein abendliches

Dunkel. Fröhlich zechten Lord Tristans Gefolgsleute, leicht beschwipst, aber immer noch Herr ihrer Sinne.

»Warum zögert Ihr, Mylady?« fragte er. »Wollt Ihr Euer Angebot zurücknehmen?«

»Ich ...«

Doch er hörte ihr nicht zu, erhob sich und zog sie auf die Beine. Dann schlug er mit seinem Weinkelch auf den Tisch, und die Gespräche verstummten. Alle Blicke wandten sich zu ihm. »Meine lieben Freunde«, begann er, »heute haben wir mit unseren Feinden Frieden geschlossen. Die Früchte eurer Tapferkeit sollen euch nicht verwehrt werden. Eßt und trinkt, genießt auch andere Freuden, aber denkt an unsere Abmachung und nehmt nur, was euch freiwillig geboten wird.« Er hielt Genevieves Hand hoch. »Die Lady gehört mir, und das war ...« Nun machte er eine kleine Pause und warf ihr einen zynischen Blick zu. »Das war ihr eigener Vorschlag. Und was mein eigen ist, teile ich mit niemandem. Tibald, Jon, ihr haltet Wache. Nun wünsche ich euch allen einen angenehmen Abend.«

Sir Humphrey würgte krampfhaft, als hätte er sich verschluckt, und Michael sprang auf.

»Bitte, wartet!« flehte Genevieve, als Tristan sie zielstrebig zur Treppe führte.

Sofort blieb er stehen. »Ja?« fragte er höflich.

»Ich muß in der Küche nach dem Rechten sehen, damit Euer Gefolge weiterfeiern kann ...«

»Ist das alles?« Er ließ ihre Hand los und verschränkte die Arme vor der Brust. »Natürlich müßt Ihr Eure Pflichten wahrnehmen. Auf keinen Fall will ich meinen Männern die Siegesfreude verderben. Ich dachte nur, Ihr betrachtet unsere Abmachung als hinfällig, nachdem Ihr gesehen habt, daß meine Männer weder Hörner noch Teufelskrallen besitzen und sich durchaus zivilisiert verhalten.«

»O nein, Mylord«, entgegnete sie und lächelte schwach. »Ich möchte nur ...«

»Dann geht, Mylady. Aber vielleicht versteht Ihr meine Bedenken. Irgendwie gewinne ich den Eindruck, daß Ihr mir die Schuld am Tod Eures Vaters gebt. Und während ich neben Euch saß, hatte ich das seltsame Gefühl, Ihr würdet mich verabscheuen. Nachdem ich auf Euer Angebot eingegangen bin, wäre ich zutiefst enttäuscht, wenn Ihr Euch anders besinnt.«

Wie kaltblütig er sie verhöhnte! Also wußte er, daß sie ihn haßte. »Sorgt Euch nicht«, erwiderte sie kühl, »ich halte mein Wort. Entschuldigt mich jetzt, ich komme gleich wieder zurück.«

Während sie zum Torbogen eilte, standen Michael und Tamkin vom Tisch auf und schützten Müdigkeit vor. Glücklicherweise amüsierten sich die Lancaster-Ritter viel zu gut, um darauf zu achten.

In der Küche rannte Genevieve zu Griswald, der gerade ein weiteres Weinfaß hochheben wollte. »Lauf zu unseren Gästen! Kein Kelch darf leer bleiben. Sie müssen trinken – soviel wie möglich! Schnell, schenk ihnen nach!«

Wortlos nickte er und rannte in die Halle, um den Auftrag auszuführen. Sie lehnte sich an die Wand und überlegte, wieviel Zeit sie sich nehmen durfte. Wenig später kehrte Griswald sichtlich besorgt zurück. »Er will wissen, wo Ihr so lange bleibt.«

»Ja, danke.« Nach einem tiefen Atemzug betrat sie die Halle und sah Tristan mit dem Mann sprechen, der so liebenswürdig lächeln konnte. Wie sie sich zu entsinnen glaubte, hieß er Jon. Bei Genevieves Anblick verabschiedete sich Tristan von dem Ritter und kam ihr entgegen. Am Fuß der Treppe ergriff er ihre Hand und legte sie auf seinen Arm. Unter dem dünnen Stoff seines Hemdes spürte sie die Kraft seiner Muskeln, und er war ihr so nahe, daß sie seinen Herzschlag zu hören glaubte.

Bald würde dieses Herz stillstehen. Während sie die Treppe hinaufstiegen, erschauerte sie.

»Ist Euch kalt?« fragte er.

»Nein – ich weiß nicht...«

Was für eine tiefe, wohlklingende Stimme er hatte... Wäre er ihr als Freund ihres Vaters begegnet – und nicht als sein Mörder... Rasch verdrängte sie diese beunruhigenden Gedanken. O Gott, was war nur los mit ihr?

Für einen kurzen Moment schloß sie die Augen. In dieser Nacht würde alles ein Ende nehmen, dem Himmel sei Dank.

Noch in dieser Stunde würde Tristan de la Tere sterben. »Hier entlang...« Sie führte ihn zur Eichentür ihres Schlafgemachs, spürte seinen Blick, als sie eintraten. Dunkle, feurige Augen, die ihr Angst einjagten, aber auch andere Gefühle, die sie nicht verstand. Unergründliche, magische Augen...

Inständig hoffte sie, daß Michael und Tamkin genug Zeit gefunden hatten, um in ihr Versteck zu schleichen.

5

Tristan verbarg sein Mißtrauen nicht. Gründlich durchsuchte er das Schlafgemach, und obwohl Genevieve damit gerechnet hatte, beobachtete sie ihn nervös. Als er seine Nachforschungen beendete, lächelte sie erleichtert, was ihm nicht entging.

Kein Feind schien in diesem Zimmer zu lauern. Aber Tristan vermutete immer noch, daß Genevieve ihn hintergehen wollte, und er mußte herausfinden, welche Finte sie sich ausgedacht hatte. Die Hände hinter dem Rücken verschränkt, schaute er sich in seiner privaten Domäne um, die ihn ebenso beeindruckte wie die ganze Festung.

Kostbare Brokatvorhänge in sommerlichen Grün- und Gelbtönen umgaben das reichgeschnitzte Bett. Und das Relief des Kopfbretts stellte eine Jagdszene dar – edle Pferde und Reiter in wehenden Mänteln, Habichte und Falken, die hoch oben am Himmel ihre Schwingen ausbreiteten und einen wilden Eber sichteten.

In der gemütlichen Kaminecke standen Stühle mit gekreuzten Beinen. Hier konnte der Schloßherr mit seiner Frau Gedanken austauschen oder einen Becher Glühwein trinken, während er in die Flammen blickte.

Drei Wände waren weiß gestrichen, nur an einer zeigten sich Fresken, die den Szenen der gestickten Gobelins aus Bayeux glichen. Anmutige gemeißelte Spitzbögen schmückten die schmalen Fenster. Darunter reihten sich Truhen aneinander. Neben der Tür stand ein massiver Eichenschrank, und auf einem kunstvoll geschnitzten Toilettentisch lagen Silberkämme, Bürsten, Haarnadeln aus Knochen und andere Utensilien. Ein schön bemalter Wasserkrug und eine passende Schüssel zierten den Waschtisch.

Offensichtlich ist Genevieve von Edenby an verschwenderischen Luxus gewöhnt, dachte Tristan. Hier war ebenso wenig gespart worden wie bei der Ausstattung der ganzen Burg, und er konnte verstehen, warum die Bewohner nur widerstrebend kapituliert und ihr Heim für uneinnehmbar gehalten hatten.

Allein schon das Pförtnerhaus am Eingang stellte mit seinen sechzehn Fuß dicken Mauern ein nahezu unüberwindliches Hindernis für jeden Angreifer dar. Daran grenzten die hölzernen Nebengebäude – Soldaten- und Dienstbotenquartiere, die Schmiede und andere Werkstätten, Küchenhütten und hohe Brunnengehäuse. Sieben Wehrtürme ragten aus den Steinwällen. Ein weiterer Wall, aus anderem Gestein und vermutlich zu einem späteren Zeitpunkt errichtet, umschloß die Pächterhütten.

Noch hatte Tristan nicht allzuviel vom Inneren des Schlosses gesehen, nur die Halle und das Schlafzimmer der Lady, aber er erkannte, daß es nicht nur Sicherheit, sondern auch beträchtlichen Komfort bot und zahlreiche Kostbarkeiten enthielt. Wie Sir Humphrey ihm erklärt hatte, war die Burgkapelle ein Kunstwerk mit hohen Sprossenfenstern und Säulen, die sich in Spitzbögen vereinten, mit einem Marmoraltar und einer Kanzel, deren Schnitzereien den Drachentöter St. Georg darstellten.

Dies alles gehört jetzt mir, dachte Tristan, von einem plötzlichen Triumphgefühl erfaßt. Und sobald Henry den Thron besteigt, darf ich Edenby auch von Rechts wegen mein eigen nennen. Doch dann verdrängte tiefer Kummer seine stolze Freude. Wie gern würde er auf das alles verzichten, könnte er Lisette und seinen kleinen Sohn ins Leben zurückrufen...

Aber da er niemals nach Bedford Heath zurückkehren würde, wo die beiden gestorben waren, wollte er Edenby als sein neues Zuhause betrachten. Vielleicht würde es ihm sogar einen gewissen Frieden schenken. Bald würden ihn die Leute hier akzeptieren, wenn er sie gut behandelte, und einsehen, daß er ihren früheren Herrn nicht ermordet hatte. Edgar war in der Schlacht gefallen, auf dem Feld der Ehre. Aber seine schöne Tochter... Tristan wandte sich zu ihr, immer noch voller Argwohn. Ihre Silberaugen verhießen Kampf und Trotz, keine Zärtlichkeit, und obwohl ihre Stimme so süß und sanft klang, sprach aus ihren Worten kalte Verachtung.

Nervös schlang sie die Finger ineinander, aber sie hob herausfordernd das Kinn. Einerseits wollte er sie schlagen, für ihre Arroganz bestrafen, andererseits umarmen, ihre ganze Schönheit erkunden, den Schmerz seines Herzens mit Lustgefühlen lindern. Und es drängte ihn, bestätigt zu sehen, was er vermutete – die Leidenschaft zu wecken, die in Genevieves Adern zu schlummern schien.

Schade, daß ich ihr nicht trauen kann, dachte er. Vorhin hatte er Jon zur Wachsamkeit ermahnt und die Hälfte seiner Hauptmänner zu den Soldaten zurückgeschickt, falls Probleme auftauchen sollten.

Welchen Plan mochte Genevieve geschmiedet haben? Wenn er das wüßte – würde er sie dann immer noch begehren? Ja, gewiß. Aber würde er das Recht, das sie ihm gewährt hatte, auch einfordern? Diese Frage konnte er nicht beantworten. Oder doch... Trotzdem – falls sie den Rückzug antreten wollte, würde er ihr noch eine Chance geben.

»Findet Ihr das Zimmer – gemütlich?« erkundigte sie sich.

»O ja«, erwiderte er kurz angebunden, setzte sich vor den Kamin und legte seine Ellbogen auf die klauenförmig geschwungenen Armstützen. Hinter ihm loderte das Feuer, und er konnte sowohl Genevieve als auch die Tür im Auge behalten. Den Riegel hatte er vorgeschoben, aber wenn ihm Gefahr drohte, mußte sie von draußen kommen, da sich niemand außer der Lady und ihm selbst im Gemach aufhielt.

Mit schmalen Augen beobachtete er, wie Genevieve die Finger immer fester ineinanderschlang. Nach einer Weile brach sie das drückende Schweigen. »Mylord, sicher möchtet Ihr Eure Waffen ablegen. Wie könnt Ihr bequem sitzen, das Schwert an der Seite?«

»Daran bin ich gewöhnt.«

»Aber...« Verwirrt biß sie in ihre Unterlippe.

»Stört es Euch?« fragte er im Konversationston.

»Ja.« Sie lächelte ihn aufreizend an, kam aber nicht näher, als versuchte sie Flammen zu entzünden, ohne sich heranzuwagen.

»Warum?«

»Nun, Lord Tristan...« Mit großen, unschuldigen Augen

erwiderte sie seinen Blick. »Dieses Schwert habt Ihr auf dem Schlachtfeld geschwungen. Es ist ein Sinnbild für Blut und Tod und grausame Metzeleien. Vielleicht wurde mit dieser Waffe...«

»Ich habe Euren Vater nicht getötet, Mylady«, unterbrach er sie. »Während der Gefechte sah ich das Wappen des Schloßherrn kein einziges Mal, also starb er von anderer Hand.«

»Aber Ihr kamt hierher, um ihn zu bekämpfen...«

»Nein, um eine Mahlzeit einzunehmen. Und es wäre besser gewesen, der Lord von Edenby hätte meinen Wunsch erfüllt. Danach ersuchte ich ihn, dem Königsmörder nicht länger die Treue zu halten, aber er beharrte auf seinem Standpunkt. Es war seine freie Entscheidung, und er fiel in Kampf. Das ist alles.«

Nur kurz sah er hellen Zorn in ihren Augen aufblitzen, dann senkte sie die Wimpern.

»Trotzdem – das Schwert stimmt mich unbehaglich. So als könntet Ihr es gegen mich ziehen...«

»Mit Frauen fechte ich nicht.«

»Immerhin bin ich eine Anhängerin Yorks, die sich Euch widersetzt hat.«

»Trotzdem werde ich Euch niemals mit einer Waffe angreifen.«

Sie holte tief Atem, und ihre nächste Frage klang etwas ungeduldig. »Warum sitzt Ihr hier herum? Ihr habt mich heraufgeschleift...«

»Könnt Ihr es nicht erwarten, mich zu beglücken, Mylady?«

»Ich will es hinter mich bringen!« fauchte sie.

»Wie bitte?« fragte er in gekränktem Ton. »Wenn es Euch so unangenehm ist, dann geht doch!«

»Wie?« rief sie verstört, dann fügte sie hastig hinzu: »Nun ja, ich fühle mich etwas unbehaglich. Sicher werdet Ihr das verstehen...« Ihre Stimme erstarb, und ihre Angst wuchs. Sie hatte erwartet, er wäre völlig von ihr bezaubert, würde sein Schwert eilig ablegen und in seiner Glut nicht mehr auf die Umgebung achten. Aber er rührte sie nicht an.

Irgendwie mußte sie ihn entwaffnen. Die Verwundeten, nach der Schlacht in die Burg zurückgekehrt, hatten behauptet, solange er sein Schwert in der Hand halte, sei er so unbesiegbar wie der geflügelte Merkur.

Plötzlich stand er auf, und sie wich erschrocken zurück. Aber er kam nicht zu ihr. Statt dessen stützte er einen Arm auf das Kaminsims und starrte ins Feuer. Seine dunklen Augen schienen Genevieve zu durchbohren.

»Mylady, Ihr seid eine faszinierende Persönlichkeit, und ich frage mich, was wohl in Eurem Herzen vorgehen mag.«

»Ich bin nur darauf bedacht, Schaden von meinen Leuten abzuwenden«, log sie.

Da ging er auf sie zu, und sie wappnete sich. Er berührte ihr Haar, hob eine lange Locke hoch und ließ sie zwischen seinen Fingern hindurchgleiten. Obwohl Genevieve glaubte, ihre Sinne würden schwinden, gelang es ihr, stillzuhalten. Tristans Nähe erhitzte ihr Blut, was sie zutiefst beunruhigte. Wie gebannt blickte sie ihm in die Augen und fühlte sich wie seine Gefangene. Dann ließ er ihre Locke fallen, als hätte er das Interesse verloren, schlenderte lässig zum Kamin zurück und stellte einen Fuß auf die steinerne Umrandung. »Also wollt Ihr Euer Versprechen halten?«

»Ja – natürlich«, flüsterte sie atemlos.

»Ich muß Euch warnen, Mylady, denn ich werde Euch nicht erlauben, Euer Wort zu brechen.«

Unwillkürlich erschauerte sie und zwang sich mühsam zur Ruhe. Bald würde alles überstanden sein.

»Genevieve?«

Sie konnte nicht antworten, doch das schien ihn nicht zu stören.

»Bei Gott und allen Heiligen schwöre ich, daß Ihr Euer Versprechen einlösen werdet. Eine allerletzte Chance gebe ich Euch noch. Geht jetzt, oder es gibt kein Zurück mehr. Versteht Ihr mich?«

»Gewiß ...«

Ein langes Schweigen entstand, schien den Raum mit dichten Wolken zu erfüllen, die einen Gewittersturm ankündigten. Schließlich fragte Tristan. »Nun?«

»Ja, Mylord?«

»Fangt an, mich zu erfreuen.«

»Wie – was meint Ihr?«

»Ich möchte das einzigartige Geschenk sehen, das ich erhalten soll.«

Ihr Atem stockte. »Was?«

»Das müßtet Ihr doch begreifen. Aber vielleicht habe ich mich zu unklar ausgedrückt. Entkleidet Euch, Mylady.«

Als er ihre Bestürzung bemerkte, lächelte er belustigt. Obwohl sie völlig verwirrt war, erkannte sie plötzlich, daß er keine schwarzen Augen hatte, sondern dunkelblaue. Doch das spielte jetzt keine Rolle. Sie mußte etwas unternehmen, möglichst schnell, und ihn endlich veranlassen, das Schwert abzulegen, damit ihre Männer ihn überwältigen konnten.

Ohne noch länger zu überlegen, eilte sie zu Tristan, warf sich vor ihm auf die Knie und umklammerte flehend seine harten, muskulösen Schenkel. »Mylord!« flehte sie ihn an und las unverhohlene Verblüffung in seinem Blick. »Bitte, Mylord, ich will mein Wort halten, um meine Leute zu retten. Glaubt mir! Aber trennt Euch von dieser Waffe, die mich zu schmerzlich an den Krieg erinnert, und laßt mich das Licht dämpfen. Dann werde ich Euch zärtlich umarmen.«

Mitfühlend umfaßte er ihr Kinn. Sie war schön wie der Sonnenschein, blendete ihn beinahe wie kostbares Gold, und das lange Haar umhüllte sie wie ein glänzender Mantel. Jetzt erschienen ihm ihre beschwörenden Augen nicht mehr hart und silbrig. Sie schimmerten in sanftem Violett. Er starrte auf ihre zierlichen Hände hinab, die seinen Schenkel festhielten, und heiße Begierde stieg in ihm auf. Beinahe vergaß er, daß sie eine gefährliche Feindin war. Sie würde seinen Hunger stillen. Wenn schon nicht sein Herz, so würde doch wenigstens sein Körper Erfüllung finden.

»Steht auf...«, begann er leise, aber dann hörte er ein verdächtiges Geräusch. Seine Augen verengten sich. Erbost stieß er Genevieve beiseite, rannte an ihr vorbei, streckte eine Hand nach der Geheimtür aus, die fast lautlos aufschwang. Michael stand vor ihm, das Schwert gezückt.

Zu spät warnte Genevieve ihren Gefolgsmann. »Michael...«

Zu verdutzt, um klar zu denken, wich er zurück. »Laßt die Waffe fallen!« herrschte Tristan ihn an.

Statt zu gehorchen, hob Michael das Schwert, und Tristan riß sein eigenes aus der Scheide. Dann geschah alles so schnell, daß Genevieve kaum glaubte, was sie sah. Sie wollte schreien, konnte aber nur nach Atem ringen. Der riesengroße Michael brach zusammen, die erstaunten Augen waren weit geöffnet. Blut quoll aus seinem Hals.

»Nein!« flüsterte sie, und Tristan fuhr zu ihr herum. Nie zuvor hatte sie soviel Zorn und Haß, eine so abgrundtiefe Verachtung im Blick eines Mannes gelesen. Sie wich zurück, bis sie gegen eine Wand stieß, und er kam langsam auf sie zu. Verzweifelt überlegte sie, wo Tamkin blieb, schaute sich um und entdeckte den Schürhaken, wagte aber nicht, danach zu greifen.

Plötzlich wandte Tristan sich ab. An der anderen Seite des Schranks sprang Tamkin empor. Er schwang sein Schwert hoch, klirrend prallten die Klingen aufeinander und sprühten Funken. Beide traten zurück und griffen erneut an.

»Genevieve!« rief Tamkin, als sein Gegner ihn in die Knie zwang. Nur mühsam konnte er den nächsten Schwertstreich abwehren. Genevieve ahnte, daß ihr Freund den Kampf verlieren würde. Hilfesuchend starrte er zu ihr herüber. Tristan beachtete sie nicht. Sie hob blitzschnell den Schürhaken auf und wog ihn abschätzend in einer Hand. Dann rannte sie in die Mitte des Raums, wo die Männer fochten.

Wieder einmal traf Tristans Schwert mit niederschmetternder Gewalt die gegnerische Klinge. Obwohl er so wütend und verbissen kämpfte, spürte er, wie sein Arm immer schwerer wurde. Irgend etwas nahm ihm die Kraft, vor seinen Augen flimmerte es.

Was war mit ihm geschehen? Er schüttelte den Kopf, um die seltsamen Spinnweben zu verscheuchen, und dann erkannte er die schmerzliche Wahrheit. Man hatte ihm Drogen verabreicht – oder Gift. So vorsichtig war er gewesen – aber nicht vorsichtig genug.

Natürlich hatte er Genevieve mißtraut, aber nie gedacht, daß sie zu solch tückischen Mitteln greifen würde... Er konnte die Waffe kaum noch heben. Nun mußte er das Gefecht möglichst schnell beenden, solange er noch zu kämpfen vermochte – und dann seine Männer warnen, ihnen zurufen, sie seien hintergangen worden... Ein letztes Mal schwang er seine Klinge hoch. Seinen Gegner, der sich tapfer verteidigte, traf er nicht, schlug ihm aber das Schwert aus der Hand, und es flog quer durchs Zimmer. Genevieve hatte nur eine einzige Chance, das wußte sie. Mit beiden Händen umklammerte sie den Schürhaken, schmetterte ihn so kraftvoll wie möglich auf Tristans Schädel. Das Schwert entglitt seinen Fingern. Schwankend tastete er nach seinem Hinterkopf, und sie wich entsetzt zurück. Er drehte sich langsam zu ihr, die Augen glasig vor Schmerz und bitterer Enttäuschung.

In wilder Panik erwartete sie, er würde über sie herfallen und ihr die Kehle zudrücken. Doch das tat er nicht. Er streckte nicht einmal eine Hand nach ihr aus. Nur sein Blick schwor ihr bittere Rache. »Zum Teufel mit Euch, Hexe von Edenby!« stieß er hervor. »Betrügerische Hure! Wenn Euch das Leben lieb ist, solltet Ihr um meinen Tod beten...«

»Nein...« Zitternd griff sie an ihre Kehle, um einen Schrei zu unterdrücken.

Er taumelte an Tamkin vorbei, der wie gelähmt auf den Knien lag, schob den Riegel zurück und öffnete die Tür, dann wankte er in den Flur hinaus.

»O Gott, die anderen!« rief sie. »Wir müssen ihn zurückhalten – sonst wird er sie warnen!« Sie rannte Tristan nach, und Tamkin – von ihren Worten aus seiner Erstarrung gerissen – hob sein Schwert auf, dann folgte er ihr. Aber es war zu spät.

»Eine Finte!« brüllte Tristan durch den Torbogen vor der Steintreppe. Seine Stimme glich dem heiseren Geheul eines Wolfs unter dem Vollmond. »Verrat...« Dann sank er auf die Knie und griff nach seinen Schläfen.

In der Halle brach ein wilder Tumult aus, aber Genevieve bemerkte es kaum. Sie starrte Tristan an, der hin und her schwankte. Endlich, zu ihrer namenlosen Erleichterung, fiel er vornüber auf den kalten Steinboden.

Zunächst wagte sie kaum zu atmen. Auch Tamkin stand

reglos neben ihr. Beide konnten nicht fassen, daß Tristan tatsächlich geschlagen war. Doch er rührte sich nicht mehr. Zögernd trat Genevieve einen Schritt vor. Blut verklebte sein Haar, sein Rücken hob und senkte sich nicht. Der letzte Atem war aus seinen Lungen gewichen.

»Oh, ich habe ihn getötet«, wisperte Genevieve. »Großer Gott, ich habe einen Menschen getötet ...« Ein heftiges Zittern erfaßte ihren ganzen Körper, und sie konnte sich kaum auf den Beinen halten.

Beruhigend legte Tamkin einen Arm um ihre Schultern. »Ihr habt mir das Leben gerettet. Bleibt hier, aber seid vorsichtig. Ich muß hinunter ...«

Ohne den Sinn seiner Worte zu begreifen, nickte sie und sah ihn über die Leiche des Feindes hinwegsteigen.

Unfähig, ihren Blick von dem gefallenen Lancaster-Ritter abzuwenden, versuchte sie sich einzureden, er habe seine gerechte Strafe erlitten. Aber sie fühlte sein Blut an ihren Händen und auf ihrer Seele. Bebend sank sie zu Boden.

Und dann lachte und weinte sie und fuhr mit allen Fingern durch ihr Haar. Ein pochender Schmerz entstand in ihren Schläfen. Wenn sie die Augen schloß, verschwanden die Geschehnisse; Tudors Angriff, die Schlacht, die große, unbewegte Gestalt des Mannes, den sie niedergeschlagen hatte.

Aber als sie die Lider hob, lag er immer noch vor dem Treppenabsatz – verkrümmt, leblos, gebrochen. Dunkles Blut verkrustete das Haar. Lärm hallte die Stufen herauf. Er drang endlich in Genevieves Bewußtsein und vertrieb die Aufregung und die schreckliche Benommenheit. Unten kämpften die Männer. Der Plan war nicht so erfolgreich verwirklicht worden wie erhofft. Der Krieg würde neue Opfer fordern, doch sie konnte sich nicht rühren. In der großen Halle wurde Edenbys Schicksal entschieden, doch Genevieve konnte nur den leblosen Körper Tristans anstarren und beten, daß er verschwinden möge.

Der Kampf tobte nicht so heftig, wie sie geglaubt hatte. Wäre Tristans Warnruf nicht erklungen, würde keine einzige Waffe klirren. Aber Jon, von seinem Anführer zur Wachsamkeit ermahnt, hatte die Ereignisse genau beobachtet, nachdem Tristan in die oberen Gemächer gegangen war. Er entspannte sich trotzdem ein wenig, als Gaukler und Musiker auftraten.

Tatsächlich, in der Halle von Edenby Castle wurden Darbietungen gezeigt – nicht zuletzt der Anblick Lady Edwynas. Sie war kein Mädchen mehr, ein oder zwei Jahre älter als er selbst, besaß aber Anmut, die den meisten jüngeren Frauen fehlte, und die Schönheit ihrer Gesichtszüge wurde von einem sanften, liebenswürdigen Wesen noch vertieft. Ihre Stimme klang wie Musik. Sie war schlank und elegant – und sehr nervös.

Fast den ganzen Nachmittag und frühen Abend hatte er an ihrer Seite verbracht und versucht, ihre Angst zu beschwichtigen. Sie unterhielten sich über viele Themen und auch über die Vorzüge von Edenby, wo sie aufgewachsen war. Wehmütig erzählte sie von ihrer Ehe, von ihrem Mann, der nicht im Kampf gefallen, sondern an einer Krankheit gestorben war. Ihr Bruder hatte sie aus dem Norden zurückgeholt und beschlossen, sie zu gegebener Zeit wieder zu vermählen.

»Und das hat Euch nicht gestört?« fragte Jon.

»Gestört?« Verwundert schauten ihre großen Augen ihn an, blau wie die Wildblumen, die entlang der Felsenküste wuchsen.

»Nun ja, Ihr solltet zum zweitenmal verkuppelt werden«, erwiderte er.

Lächelnd senkte sie den Blick. »So geht es nun mal auf der Welt zu. Soll ich Euch noch etwas Wein bringen?«

Aber er wollte nichts mehr trinken. In Tristans Abwesenheit befehligte er die Lancaster-Truppe, denn sein Freund argwöhnte, man könnte ihnen einen üblen Streich spielen. Der Zustand seiner Männer beunruhigte ihn. Sie lachten zu laut und forderten die Sänger auf, unanständige Lieder anzustimmen. Da sie gewarnt waren, sprachen sie dem Wein nur mäßig zu. Trotzdem wirkten sie betrunken.

Wie Jon bemerkte, fühlte sich auch Tibald etwas unbehaglich. Die Stirn sorgenvoll gerunzelt, saß der ältere Ritter am Tisch und ließ seinen Blick immer wieder durch den großen Raum schweifen.

Was mochte ihn stören? Alle waren bestens gelaunt, York- und Lancaster-Ritter redeten, scherzten und tranken miteinander. Vollbusige, hübsche Bauernmädchen servierten den Wein, lachten über die zotigen Witze, und es schien ihnen nichts auszumachen, wenn sie ins Hinterteil gekniffen wurden.

Vielleicht kümmerte es die Pächter von Edenby nicht, welcher königliche Erbe die Krone erringen würde, und es mochte sie genauso wenig interessieren, wer in dieser Burg herrschte. Aber ließ sich das mit der Schlacht vereinbaren, die sie so lange und hartnäckig gegen Henry Tudors Übermacht ausgefochten hatten?

Während Jon über dieses Rätsel nachdachte, hörte er Tristans Schrei und wandte sich sofort zu Edwyna. Entsetzt hielt sie den Atem an, und da wußte er, daß sich der Verdacht seines Freundes bestätigt hatte. Wütend zog er sein Schwert. »Ergreift die Waffen!« befahl er. Doch die meisten seiner Ritter beachteten ihn nicht. Nur Tibald, Matthew von Wollingham und zwei andere standen auf. Die Schloßwache von Edenby betrat die Halle, und Jon sah, wie der alte Sir Humphrey sein Schwert hob.

Ein York-Soldat stürzte sich auf Jon, der ihn blitzschnell niederstach. In einer Blutlache brach der Mann zusammen.

Als Jon einen Schreckensschrei hörte, drehte er sich um und sah Edwyna, an den steinernen Torbogen gepreßt. Entgeistert starrte sie auf den toten Wachtposten hinab. In der großen Halle klirrte Stahl, Verwundete schrien und Sterbende stöhnten.

Jon wußte, daß er zu seinen Männern im Hof hinauslaufen und den Rückzug antreten mußte. Nie zuvor hatte er sich so schmählich betrogen gefühlt. Mit einem bitteren Lächeln verneigte er sich vor Edwyna. »Mylady, betet um meinen Tod, denn sollte ich überleben...« Mitten im Satz verstummte er. Von einem zweiten Mitglied der Schloßwache attackiert, verteidigte er sich und wich zur Tür zurück. »Tibald, Matthew, alle Lancaster-Ritter! Wir verlassen die Burg!«

Wie er aus den Augenwinkeln beobachtete, verstand zumindest Tibald den Ruf. Der alte Krieger schwang sein

Schwert, bahnte sich einen Weg an Jons Seite, und auch Matthew gesellte sich hinzu. Schweren Herzens sah Jon mehrere Kameraden tot am Boden liegen. Vier von ihnen saßen mit den Gesichtern auf der Holzplatte bewußtlos am Tisch. Von den fünfzehn Mann, die in die Halle gekommen waren, um die Gastfreundschaft von Edenby zu genießen, konnten nur fünf entfliehen.

Endlich erreichten sie die Tür. Jon hielt die Verfolger in Schach, während Tibald den schweren Riegel zurückschob. Und dann stürmten sie in den Innenhof ins Tageslicht hinaus. Auch dort wurde vereinzelt gefochten. Aber einige Männer, scheinbar unverletzt, lagen mit geschlossenen Augen reglos da und grinsten dümmlich.

»Lancaster-Ritter, tretet den Rückzug an!« kommandierte Jon. Die Erkenntnis, daß jeder Mann für sich selbst kämpfen mußte, bedrückte ihn. Viele würden zurückbleiben müssen, ins Verlies geworfen, gehängt oder niedergemetzelt werden.

»Jon!« Tibald ritt heran und führte Jons Hengst mit sich.

Rasch schwang sich Jon in den Sattel und erteilte noch einmal den Befehl zum Rückzug. Nur um Haaresbreite entkamen sie, ehe sie das schwere Fallgitter hinter sich klirren hörten. Während die Hufe auf dem steinigen Boden klapperten, schwang die Zugbrücke hoch. Jons Streitroß scheute vor dem breiten Burggraben zurück, aber er drückte ihm die Fersen in die Flanken, und es überquerte den Abgrund mit einem mächtigen Satz.

Tibald schrie auf, und sein Pferd wieherte schrill. Offenbar hatte es sich beim Sprung ein Bein gebrochen. Sofort zügelte Jon sein Pferd und wartete, bis der alte Krieger hinter ihm aufgestiegen war. Sie sprengten am natürlichen Verteidigungswall entlang, den die Klippe bildete. Ein Pfeilhagel folgte ihnen, doch das bemerkten sie kaum.

Erst unten im Tal drosselte Jon den Galopp seines Pferdes und sondierte die Lage. Von den fünfzig Männern, die das Schloß betreten hatten, konnten sich nicht einmal fünfundzwanzig retten, die meisten von ihnen waren verwundet. Stöhnend, vor Schmerzen gekrümmt, saßen sie in ihren Sätteln. »Zum Lager!« befahl er.

Verzweifelt dachte er an seinen Freund, der mit seinem letzten Atemzug die Lancasters gewarnt hatte. Trotz des herzlosen Gemetzels auf Bedford Heath war Tristan bereit gewesen, in der Festung Edenby Milde walten zu lassen, und schmählich betrogen worden.

Wie oft hatte Tristan ihm auf dem Schlachtfeld das Leben gerettet! Er galoppierte voraus, damit seine müden, verletzten Männer die Tränen nicht sahen, die in seinen Augen brannten. Gerade jetzt, da sein Waffenbruder ihn so dringend gebraucht hätte, war er unfähig gewesen, ihm zu helfen. Jon zügelte sein Streitroß. »Bei Gott und allen Heiligen! Ohne seine Leiche werde ich diesen Ort nicht verlassen!«

»Ja, wir bleiben hier«, stimmte Tibald zu. »Sobald wir wieder zu Kräften gekommen sind, schlagen wir zu und zwingen sie in die Knie!« rief Matthew.

»Für Lord Tristan!« donnerte Tibald, und alle Männer wiederholten den Schlachtruf. Nur zu gern würden sie für ihren Anführer, der sie gerettet hatte, ihr Leben wagen.

Auf dem Ritt zum Lager erinnerte sich Jon voller Zorn an die Ladys von Edenby, die ihre Schönheit und List einsetzten und mit ganz anderen Waffen kämpften als ihre Männer. Doch das sollten die beiden bitter bereuen.

Während der Lärm verhallte, konnte Genevieve sich immer noch nicht rühren. Die Hände vors Gesicht geschlagen, kauerte sie am Boden. Auf der Treppe näherten sich leise Schritte. »Oh, mein Gott!« Edwynas Stimme drang zu ihr, und da vermochte sie endlich den Kopf zu heben.

Bestürzt neigte sich die Tante über Tristans reglosen Körper, und Genevieve schrie: »Er ist tot, Edwyna! Ich habe ihn getötet!« Dann lachte und schluchzte sie wieder. Edwyna eilte zu ihr, kniete nieder und nahm sie in die Arme. Weinend versuchten sie, einander zu trösten.

»Jetzt ist es vorbei«, flüsterte Edwyna.

Schwere Schritte dröhnten auf der Treppe. Sir Guy stieg herauf, gefolgt von Tamkin. Auch er sank neben Genevieve auf die Knie. »Mylady, Ihr seid eine Heldin! Euch allein verdanken wir unsere Rettung. Ihr habt den Anführer der Lancasters getötet, und viele seiner Männer starben. Nur wenige konnten fliehen. Ja, Ihr seid ...«

»Nein, nein, nein!« rief Genevieve unglücklich. »Ich bin keine Heldin! Bitte, bringt ihn fort!« Sir Guy nickte Tamkin zu. Mit vereinten Kräften hoben sie den kraftvollen Körper hoch.

»Mylady, was soll mit ihm geschehen?« fragte Tamkin unbehaglich.

»Schafft ihn raus!« schrie Genevieve. »Beerdigt ihn irgendwo!«

Ohne ein weiteres Wort trugen die Männer ihre Last nach unten. Die überlebenden Lancasters wurden aus der großen Halle ins Verlies hinabgeschleift.

»Wohin mit Lord Tristan, Sir Guy?« fragte Tamkin.

»Zum Klippenrand«, erwiderte Guy, nachdem er kurz überlegt hatte. »Dort können wir ihn schnell unter Sand und Geröll begraben.«

»Das wäre keine christliche Bestattung«, erwiderte Tamkin beklommen. »Die Leiche eines solchen Herrn müßte seinen Männern übergeben werden.«

»Nein, wir werden ihn einfach verscharren. Ihr habt doch gehört, was Lady Genevieve wünscht – er soll von hier verschwinden, sofort!«

Sir Guy war ein Ritter, Tamkin nur ein Mitglied der Schloßwache. Die Lippen zusammengepreßt, verhehlte er seine Gedanken. Sie fanden eine Bahre, trugen den Toten durch den Hinterhof hinaus, vorbei an den verkohlten Ruinen der Pachthütten und Werkstätten.

Am Rand der steilen Klippenwand, an deren Fuß ein schmaler Sandstrand lag, stellten sie die Bahre ab. »Hier!« befahl Sir Guy.

»Hier? Da kann ich kein Grab ausheben ...«

»Dann bedeckt ihn mit Steinen. Wenn die Geier ihm nicht die Augen auspicken, kann er die Folgen seines Größenwahns sehen, bis er verwest!« Sir Guy wischte sich die Hände an seiner Kleidung ab, als hätte er sich beschmutzt.

Erbost musterte Tamkin den hermelinbesetzten Mantel des Ritters, die Tunika und die Hose, die keine Flecken aufwiesen. Wo war Sir Guy während der Schlacht gewesen? Oder konnte er so gut mit seinem Schwert umgehen, daß er keinen einzigen Schweißtropfen vergoß, wenn er kämpfte? »Das überlasse ich Euch«, verkündete Sir Guy und kehrte zum Hintertor von Edenby zurück.

Tamkin blickte auf den Mann hinab, der ihn beinahe getötet hätte, und erschauerte. Ein solcher Ritter verdiente größeren Respekt – nicht dieses würdelose Begräbnis und den verächtlichen Nachruf eines Sir Guy.

Aber für solche Überlegungen durfte sich Tamkin keine Zeit nehmen. In der Burg gab es viel zu tun. Mauern und Zinnen mußten wieder instand gesetzt werden, falls die Lancasters einen neuen Angriff planten. Außerdem mußte man die Verwundeten versorgen und die Halle in Ordnung bringen.

Hastig häufte er Steine auf die Leiche. Er war kein frommer Mann. Nur selten betrat er die Burgkapelle. Aber während sich der Himmel verdunkelte, fiel er auf die Knie und flüsterte ein Gebet für die Seele des Lords, der so niederträchtig betrogen worden war.

Trotz des Sieges, den sie an diesem Tag errungen hatten, triumphierte Tamkin nicht. Er fühlte sich nur elend. Es war kein ehrenwerter Sieg gewesen. Mit müden, schweren Schritten ging er zum Schloß zurück.

6

In dieser Nacht lag Genevieve sicher und geborgen in ihrem Bett, aber zu verängstigt, um die Augen zu schließen.

Wann immer sie die Lider senkte, sah sie Tristan fallen, seinen Blick, der hellen Zorn über ihren Betrug verriet. Und sie sah die Leichen, die sie entsetzt betrachtet hatte, nachdem sie in die Halle hinabgestiegen war. Freunde und Feinde, im Tod vereint... Sie sah die Tränen der Mütter, Kinder und Mädchen, die Ehemänner, Väter und Liebhaber verloren hatten. Trotz des wärmenden Kaminfeuers und der Pelzdecke, die Genevieve bis ans Kinn gezogen hatte, fröstelte sie. Niemals würde sie die dunklen, glühenden Augen Lord Tristans vergessen, den sie getötet hatte.

Als es an der Tür klopfte, zuckte sie zusammen. Wo war Tamkin? Er sollte draußen im Flur mit zwei großen Wolfshunden Wache halten.

»Genevieve!« hörte sie ihre Tante rufen und sprang aus dem Bett, froh über die unverhoffte Gesellschaft. Auf bloßen Füßen eilte sie zur Tür und öffnete sie.

In einem langen Nachthemd und eine Wolldecke um die Schultern gehängt, stand Edwyna vor ihr.

Tamkin, der zwischen den beiden Hunden am Boden saß, schlief tief und fest.

»Komm herein, Edwyna!« bat Genevieve und zog ihre Tante ins Zimmer. Dann schloß sie die Tür.

»Verzeih die Störung, aber ich finde keine Ruhe...«

»Ich auch nicht.«

»Jetzt, nach unserem Sieg, fürchte ich mich mehr denn je.«

»Aber nun ist alles gut«, versicherte Genevieve. Nur zu gern tröstete sie ihre Tante, denn das lenkte sie von ihrem eigenen Kummer ab.

»Wirklich?« Edwyna trat vor den Kamin und starrte in die Flammen. »Er wird zurückkommen.«

Genevieves Atem stockte. Glaubte die Tante womöglich,

Lord Tristan würde von den Toten auferstehen? Beruhigend legte sie eine Hand auf Edwynas Schulter. »Er kann nicht zurückkommen, weil ich ihn erschlagen habe. Jetzt liegt er irgendwo unter der Erde. Und es gibt keine Geister. Niemand kann aus einem Grab steigen, um Vergeltung zu üben.«

»Aber – er ist nicht tot.«

»Doch! Ich habe es selber gesehen.«

Mit einem wehmütigen Lächeln schüttelte Edwyna den Kopf. »Ich meine nicht Lord Tristan, sondern den anderen, seinen Stellvertreter – Jon von Pleasance.«

»Oh ...« Genevieve sank in einen Sessel, dann entsann sie sich, daß *er* darin gesessen hatte, und stand wieder auf. »Der Mann mit dem netten Lächeln?«

»Ja. Aber dieses Lächeln erlosch, als er sich betrogen sah.«

»Ist er entkommen?«

»Allem Anschein nach.«

»Darüber bin ich sehr froh. Er war so freundlich.«

»Bis kurz vor dem Ende«, entgegnete Edwyna bitter und warf sich in die Arme ihrer Nichte. »Wird es denn niemals aufhören? Ich habe solche Angst. Sicher werden sie zurückkommen, uns alle töten und die Burg dem Erdboden gleichmachen.«

»Mach dir keine Sorgen. Morgen früh werden die Steinmetze unsere Mauern reparieren, die Schmiede neue Waffen und Rüstungen herstellen. Sir Guy wird mit einigen Männern zu Richard und den königlichen Streitkräften reiten. Vielleicht bekommen wir Verstärkung. Außerdem wird Sir Guy um Kanonen und Schießpulver bitten, dann sind wir wieder unbesiegbar.«

»Könnte ich das nur glauben!« klagte Edwyna.

»Glaub es, denn es ist die Wahrheit. Aber nun müssen wir schlafen.«

»Ich will nicht allein sein. In Annes Bett ist kein Platz für mich, weil Mary ihr Gesellschaft leistet.«

»Dann kriech unter meine Decke. Bald ist die Nacht vorbei, und wir werden das Grauen des letzten Tages vergessen.«

Eng aneinandergeschmiegt wie Kinder, lagen sie im Bett. Genevieve redete sich ein, sie habe einen großen Sieg errungen, und der Feind könne ihr nichts mehr zuleide tun. Trotzdem schlief sie erst im Morgengrauen ein.

Undurchdringliches Dunkel, schmerzlose Finsternis...

Endlich lichtete es sich, nebelhaftes Grau hüllte ihn ein, durch das er kraftlos zu taumeln schien. Ringsum sah er Gestalten. Leichen über Leichen. Da lag ein junger Knappe aus Northumbria mit leeren Augenhöhlen, die ihn vorwurfsvoll anstarrten. Die Geier waren bereits über ihn hergefallen. Aus dem klaffenden Mund schien ein Schrei zu dringen. In Tristans Kopf dröhnte es, und er preßte die Hände an seine Schläfen.

Dann stolperte er über einen anderen Körper, und in seiner Kehle stieg ein Schrei auf. Lisette! Zerzaust und schmutzig umrahmte das kastanienrote Haar ihr aschfahles Gesicht. Der Hals hatte sich bläulich verfärbt, Blut verkrustete ihren Rock. Auch ihre Augenhöhlen waren leer, und neben ihr lag die winzige Leiche eines Kindes, das nie gelebt hatte...

Als Tristan zu schreien versuchte, füllte sich sein Mund mit Erdreich. Halb benommen lag er da, erinnerte sich an seinen Traum. Warum sah er nichts? In seinem Kopf hämmerte ein heftiger Schmerz. Er wollte sich bewegen, aber er war gefangen. Verzweifelt stemmte er sich gegen die Fesseln und hörte Steine knirschen. Man hatte ihn bei lebendigem Leib begraben.

Heiße Wut verstärkte den Schmerz, und er zwang sich zur Ruhe. Wenigstens hatte er genug Luft zum Atmen, und er lag in keinem tiefen Grab. Irgend jemand hatte hastig ein paar Steine auf ihn gehäuft.

Er bewegte die Finger, und nach einer Weile lockerte sich ein Stein, dann noch einer. Immer wieder mußte Tristan innehalten, weil ihn die Kräfte verließen. Es dauerte lange, bis er sich endlich befreit hatte. Mühsam setzte er sich auf, die Kopfschmerzen verstärkten sich, und er sank ins Dunkel zurück.

Aber sogar in dieser Finsternis wußte er, daß er lebte. Allmählich wurde sie heller, und er blickte in die Nacht. Er lag am Rand einer hohen Klippe. Tief holte er Luft, roch das Meer und hörte das Rauschen der Brandung. Der Schmerz verebbte zu einem dumpfen Pochen, und Tristan richtete sich wieder auf. Bleiches Mondlicht zeigte ihm einen Felsbrocken, an dem er sich festhielt, als er mühsam aufstand. Doch dann schwankte er und brach zusammen. Er mußte sich in Geduld üben und warten, bis seine Kräfte zurückkehrten.

Plötzlich erinnerte er sich an das hinterlistige Täuschungsmanöver. Neuer Zorn erfaßte ihn. Man hatte ihm Drogen verabreicht, und das war Genevieves Werk gewesen. Die schöne, verführerische Lady... Wie mühelos sie ihn umgarnt und dann niedergeschlagen hatte, nachdem es ihren beiden Spießgesellen mißlungen war, ihn zu töten!

»Aber ich lebe!« flüsterte er der Nacht zu. »Und ich werde dieser Tochter der Hölle alles nehmen, was sie besitzt – ihr Schloß, ihre Ländereien, ihre Ehre, ihren Stolz!« Noch einmal zog er sich am Felsen hoch, ließ ihn los und stand auf eigenen Füßen. Unterhalb des Klippengrats sah er Edenby Castle, das vor seinen Augen verschwamm. Wieder drohten ihm die Sinne zu schwinden, und er lehnte sich an den Felsblock. Sobald er klarer sehen konnte, schaute er sich um. Er stand auf einem von Büschen gesäumten, moosbewachsenen Hochplateau. Einen Steinwurf entfernt sah er einen Überhang und versuchte, ihn taumelnd zu erreichen. Ein heftiges Schwindelgefühl warf ihn zu Boden. Den restlichen Weg legte er auf allen vieren zurück. Seufzend streckte er sich im Moos aus, schloß die Augen und bekämpfte die Nebel in seinem Gehirn.

Unerträglicher Durst quälte ihn. Könnte er doch seine trockene Kehle mit Wasser benetzen... Schließlich schlief er vor Erschöpfung ein. Sein letzter Gedanke galt der Rache, die er üben würde.

Das Tageslicht weckte ihn, und er blickte in die aufsteigende Sonne. Eine goldene Kugel erhob sich aus grauem rosigem Dunst. Vorsichtig setzte er sich auf, berührte die Wunde an seinem Hinterkopf und zuckte zusammen. Aber trotz seiner Schmerzen und der Schwäche, trotz der Hunger- und Durstgefühle litt er wenigstens nicht mehr unter lähmender Benommenheit.

Fast mühelos stand er auf und schaute zum hinteren Pförtnerhaus von Edenby Castle hinüber. An dieser Seite ragte nur eine einzige Mauer empor. Tristan drehte sich um und blickte zum schmalen, von Felsen umgebenen Sandstrand hinab. Größere Schiffe konnten dort nicht anlegen, nur kleine Boote. Und ein guter Schwimmer mochte auf diesem Weg entkommen. Durch die Burg zu fliehen, wagte er nicht. Seine einzige Chance war das Meer, und das lag tief unten. Wenn er hinabkletterte, würde ihn die Strömung um die Klippe herumtragen, und er konnte die Küste nahe der Bucht erreichen, wo seine Männer kampierten.

Entschlossen stieg er die Klippenwand hinunter, klammerte sich am Moos fest, das zwischen den Felsen wuchs, an Wurzeln und Farnkraut. Kurz vor seinem Ziel verlor er den Halt, fiel nach unten und landete im weichen Sand. Eine Zeitlang lag er atemlos da, dann bewegte er vorsichtig seine Glieder und schmunzelte. Er hatte zwar einige Schrammen abbekommen, aber seine Knochen waren heil geblieben. Eine kalte, erfrischende Welle überspülte seinen Körper. Er stand auf, warf sich ins Meer und schwamm.

Es war nicht so einfach, wie er es erhofft hatte. Immer wieder drohte ihn die Strömung gegen die Felsen zu schleudern. Seine Arme ermüdeten bald, und der Gedanke, aufzugeben und einfach in diesem aquamarinblauen Paradies zu versinken, war verlockend. Doch er zwang sich durchzuhalten, obwohl seine Muskeln unerträglich schmerzten und das Salzwasser in seinen Augen brannte. Wenn er starb, würde die schöne, tückische Lady Genevieve niemals büßen, was sie ihm angetan hatte. Der Zorn gab ihm neue Kraft.

Endlich erreichte er die Küste nahe der Bucht, wo sein Trupp lagerte, sah Zelte und Männer und mehrere Lagerfeuer. Taumelnd watete er an Land, sank zu Boden und verlor die Besinnung. Stimmen zerrissen die Schwärze, die ihn umhüllte, starke Hände ergriffen seine Schultern und richteten ihn auf.

»Tristan! Bei allen Heiligen und der gebenedeiten Jungfrau, es ist Lord Tristan!«

Langsam hob er die Lider und erblickte einen Mann, der

besorgt neben ihm kniete und die rote Lancaster-Rose an seiner Tunika trug.

»Wasser«, flüsterte Tristan, lächelte schwach und schloß wieder die Augen.

Am Vormittag litt Genevieve an heftigen Kopfschmerzen, die ihre Erinnerung an den letzten Tag verdrängten.

Mary war schon am frühen Morgen zu ihr gekommen. Offenbar warteten alle Schloßbewohner auf die Befehle ihrer Herrin. Sie runzelte unsicher die Stirn. Was sollte sie tun? Ihr Vater hatte sich kaum um die Verwaltung von Edenby gekümmert und nie mit ihr darüber gesprochen. Viel lieber besuchte er den Londoner Hof, ging zur Jagd oder diskutierte mit Freunden über Philosophie und Theologie. Was die Burg betraf, hatten ihn nur sein Komfort und die Pachtzahlungen interessiert.

In all den Jahren hatte Michael treu und gewissenhaft das Schloß verwaltet. Aber nun war er tot, und Genevieve stand ratlos vor der schweren Aufgabe, die sie meistern mußte. Halb Edenby lag in Schutt und Asche, jenseits der Mauern lauerten immer noch Gefahren.

Wie sie von Mary erfuhr, wurde sie in Edgars Arbeitszimmer von Vater Thomas und Sir Humphrey erwartet. Sie ließ ihnen ausrichten, sie würde bald kommen, und schickte die Zofe hinaus. Ohne Edwyna zu wecken, zog sie ein graues Samtkleid an, das zu ihrer Stimmung paßte, flocht die Haare zu einem langen Zopf und stieg die Treppe hinab.

Als sie das Arbeitszimmer betrat, erhoben sich Sir Humphrey und der Priester. Einladend wies der alte Ritter auf den Stuhl hinter dem wuchtigen Eichenholzschreibtisch, räusperte sich und wünschte ihr unbehaglich einen guten Morgen.

Sie setzte sich und wich dem Blick des hochgewachsenen schlanken Geistlichen aus. Den vergangenen Tag hatte er auf Händen und Knien in der Kapelle verbracht und zuvor nachdrücklich erklärt, er würde den Plan mißbilligen, aber dann zugestimmt, weil alle anderen einverstanden gewesen waren.

Von bürgerlicher Herkunft, übte er das Priesteramt aus, weil er sich dazu berufen fühlte, und keineswegs, um einem ärmlichen, mühseligen Pächterleben zu entrinnen. Niemals hatte der sanftmütige Mann Genevieve gezwungen, stundenlang zu beten oder die Bibel zu lesen. Aber er war pflichtbewußt genug, um ihr seelischen Beistand zu gewähren, wann immer sie ihn brauchte. Sie betrachtete ihn als klugen, vertrauenswürdigen Freund. Mit seinem braunen Haar und den dunkelgrünen Augen sah er sehr gut aus, und sie vermutete, daß er eine diskrete Beziehung zu einer Handwerkertochter unterhielt. Obwohl er der Kirche diente, befolgte er nicht alle ihre Regeln. Vielleicht mochte Genevieve ihn gerade deshalb – er führte ein gottgefälliges Leben, ohne die weltfremden kirchlichen Gesetze zu beachten.

»Mylady, wir müssen für unsere Toten sorgen«, erklärte er nun.

»Natürlich. Sie sollen begraben werden, wann immer die Familien es wünschen. Beauftragt Jack, den Steinmetz, Grabmäler zu meißeln. Edenby wird dafür bezahlen.«

Er verbeugte sich. »Und Michael?«

»Unser guter Michael soll in der Kapelle seine letzte Ruhestätte finden, an der Seite meines Vaters, dem er so treu gedient hat.«

»Sehr wohl, Lady Genevieve«, erwiderte Vater Thomas. Sein vorwurfsvoller Tonfall mißfiel ihr, aber als sie ihn rebellisch anstarrte, sprach Sir Humphrey.

»Sobald wie möglich müssen wir die Mauern reparieren lassen, aber dafür fehlt den Pächtern die Zeit, weil sie auf den Feldern zu tun haben. Einige können wir sicher heranziehen, aber wem dürfen wir zumuten, sein Einkommen zu verringern und wem nicht? Außerdem sollten wir die toten Mitglieder der Schloßwache ersetzen. Welchen Familien wollt Ihr diese Ehre erweisen, Mylady?«

Auf dem Schreibtisch lag ein Federkiel. Genevieve ergriff ihn und klopfte damit auf ein Pergament, eine Liste der letzten Pachtzahlungen. »Was die Mauern betrifft, Sir Humphrey, so werden wir die arbeitsfähigen Männer in zwei Gruppen teilen. Sie sollen einander abwechseln, dann braucht niemand Verluste zu erleiden. Tamkin wird mir neue Wachtposten empfehlen, und Giles, der bis jetzt in der Küche tätig war, soll Michaels Position einnehmen, da er alle Vorgänge im Schloß genau kennt. Seit doch so gut, Sir Humphrey, und holt ihn hierher. Und Tamkin soll die erste Schicht für die Reparatur der Mauern zusammentrommeln. Wir dürfen keine Zeit verlieren. Sicher droht uns bald ein neuer Angriff.«

Sir Humphrey verneigte sich und verließ den Raum, um Giles zu suchen. Unsicher erwiderte Genevieve den eindringlichen Blick des Priesters. »Was ist los, Vater? Ich spüre Euer Mißfallen. Habe ich Euch irgendwie gekränkt?«

Ehe er antwortete, trat er ans Sprossenfenster und schaute zum Innenhof hinab. In der Morgenröte sah er die Ruine der Schmiede. »Mylady, ich war entsetzt über den Plan, Eure weiblichen Reize zu nutzen, um einen Mann in den Tod zu locken. Aber ich mußte mich der Übermacht beugen. Nun mußte ich auch noch erfahren, daß Ihr selbst den tödlichen Schlag ausgeführt und einem christlichen Ritter ein christliches Begräbnis verwehrt habt.«

Ärgerlich starrte sie seinen Rücken an. »Vater Thomas, ich schlug den Mann nieder, der Tamkin töten wollte. Das tat ich nur ungern, aber mir blieb nichts anderes übrig. Vielleicht war es falsch, ihn einfach verscharren zu lassen, aber als ich diesen Befehl erteilte, fühlte ich mich elend und konnte nicht klar denken. Ist das alles, Vater? Ich werde zum Gottesdienst erscheinen. Bitte, zeigt Verständnis, wenn ich lieber für meine toten Freunde als für meine gefallenen Feinde bete.«

Seufzend wandte sich der Priester zu ihr. »Mein Kind...«

»Nennt mich nicht so!« rief sie erbost und warf den Federkiel auf den Tisch. »Ich bemühe mich nach besten Kräften, die Pflichten einer Schloßherrin zu erfüllen.«

»Verzeiht mir.« Er ging zu ihr und strich lächelnd über ihren Kopf. »Das alles war schrecklich für Euch. Ihr habt Euren Vater und Euren Verlobten verloren, und nun liegt diese schwere Verantwortung auf Euren schmalen Schultern...«

»So schmal sind sie nicht, Vater Thomas«, unterbrach sie ihn leise.

»Gestern betete ich um Euer Leben. Und nun bete ich, der

Mord möge Eure Seele nicht belasten. Wir haben ehrlos gehandelt, und das quält mein Gewissen.«

»Und was ist ehrenwert?« fragte sie herausfordernd. »Waren es ehrenwerte Feinde, die Edenby grundlos angegriffen haben?«

»Eurem Vater wurde die Gelegenheit geboten, zu kapitulieren und Tudor anzuerkennen. Wäre er dazu bereit gewesen, hätte er seine Stellung halten können.«

»Aber es wäre ihm unehrenhaft erschienen, den Eid zu brechen, den er Richard geschworen hat. Man kann seine Loyalität nicht wechseln wie ein Hemd.«

»Vielleicht nicht – aber die Lancasters haben anständig gekämpft – und wir nicht.«

»War es etwa anständig, unsere Hütten niederzubrennen? Jeder kämpft mit den Waffen, die er besitzt. Und die Lancasters zeigten keine Reue, nachdem mein Vater gestorben war. Sollen wir jetzt den Tod ihres Anführers bedauern?«

»Wie auch immer, erlaubt mir bitte, ihn seinen Männern zu übergeben, damit sie ihn in allen Ehren bestatten können. Heute morgen kam ein Bote in die Burg und verlangte Lord Tristans sterbliche Überreste.«

»Macht, was Ihr wollt. Ich möchte mich jetzt erst einmal über das Ausmaß der Schäden und den Zustand unserer Verteidigungsanlagen informieren.«

»Da wäre noch etwas zu besprechen, Mylady.«

»Tatsächlich?«

»Eure Heirat.«

Verblüfft runzelte sie die Stirn. »Axel ist eben erst in seinem Grab erkaltet, und Ihr stellt ein solches Ansinnen an mich?«

»Lady Genevieve, es liegt mir fern, Euch zu kränken. Aber Ihr müßt Eure Position schützen. Nun seid Ihr eine reiche, alleinstehende Frau, eine verlockende Beute, und nicht alle Männer sind edle Ritter.«

»Niemand kann mich zu einer Ehe zwingen. Selbst wenn man mich gefesselt vor den Altar schleppt, würde ich nein sagen. Sicher, ich bin eine alleinstehende Frau, aber Edenby ist stark. Und wir werden die Festung noch stärken.«

»Vor kurzem ist Sir Guy an mich herangetreten – Euer Ratgeber seit Lord Edgars Tod«, berichtete der Priester zögernd. »Er möchte Euch heiraten.«

»Sir Guy?« rief sie verwirrt.

»Ja«, bestätigte Vater Thomas und versank in vielsagendes Schweigen.

»Bitte, teilt mir mit, was Ihr davon haltet. Heute morgen fehlt mir die Geduld für vage Andeutungen.«

Seufzend zuckte er die Achseln. »Nun, ich sehe keinen Grund, diese Verbindung zu mißbilligen. Sir Guy ist ein kluger junger Mann, und er stammt aus einer vornehmen Familie. Aber er besitzt keine Ländereien. Ihr könntet eine bessere Partie machen, Mylady, die uns ein Bündnis mit den Lords dieser Küste verschaffen würde.«

Mit schmalen Augen beobachtete sie ihn und merkte ihm an, daß er noch immer nicht verraten hatte, was er wirklich dachte. »Sir Guys Vorschlag überrascht mich nicht, Vater. Er war Axels bester Freund, und er mag mich. Aber im Augenblick kann ich nicht an eine Heirat denken. Vorerst muß ich Axels Andenken in Ehren halten.« Nach einer kleinen Pause fragte sie neugierig: »Habt Ihr etwas gegen Sir Guy, Vater?«

»Keineswegs. Ich kenne ihn kaum, aber ...«

»Was?«

Er straffte die Schultern. »Wenn Euch meine Meinung so sehr interessiert, will ich sie äußern. Dieser junge Ritter hätte eine adelige Dame nicht auffordern dürfen, sich einem Feind als Hure anzubieten. Statt mit solchen Mitteln zu kämpfen, muß ein ehrbarer Mann aufs Schlachtfeld ziehen.«

»Oh, ich fand diese Idee sehr gut – und hätten wir nicht so viele Männer verloren ...« Ihre Unterlippe zitterte. »Vielleicht werde ich bald eine Pilgerfahrt unternehmen und für ihre Seelen beten – und für meine eigene. Aber nun muß ich mich um andere Dinge kümmern«, fügte sie brüsk hinzu. »Seid so freundlich und erklärt Sir Guy, vorerst würde ich nicht heiraten.«

»Bald reist er ab. Werdet Ihr ihm den Abschiedstrunk reichen, wenn er im Sattel sitzt?«

»Ja. Vor dem Gottesdienst?«

»Er wird jeden Augenblick aufbrechen.«

»Um Hilfe zu suchen...« Sie verstummte, als es an der Tür klopfte, und Vater Thomas ließ den Besucher herein.

Es war Sir Guy, der aufgeregt zum Schreibtisch rannte. »Genevieve...« Dann hielt er inne und nickte dem Priester zu. »Guten Tag, Vater.«

»Guten Tag.«

»Vor kurzem sahen die Wachtposten im Nordturm mehrere Ritter auf Edenby zureiten, unter dem Banner König Richards und der weißen Rose von York...«

»Bittet sie herein!«

»Das tat ich bereits.«

Angesichts dieser Anmaßung hob sie die Brauen, doch das merkte er in seinem freudigen Eifer nicht. »Sie wollen einige unserer Männer mitnehmen.«

»Was?« rief sie erschrocken.

»Aye. Die Truppen sammeln sich. Henry Tudor steht bereit, um gegen den König zu kämpfen, und Richard ruft seine Anhänger zusammen. Sein Heer ist in der Übermacht, und die Eindringlinge haben keine Chance.«

Blicklos starrte Genevieve auf das Pergament hinab. Nun würde die Schlacht um die Krone allen Ernstes beginnen. Und mit Gottes Hilfe würde Tudor eine Niederlage erleiden. Darüber sollte sie sich freuen. Aber sie hatte auf die Hilfe des Königs gehofft und nicht erwartet, ihn unterstützen zu müssen. »Sir Humphrey ist zu alt, und Tamkin kann ich nicht entbehren. Sucht zehn Wachtposten aus. Wir versorgen sie mit Pferden und Rüstungen. Und nehmt alle Bauernburschen mit, die bereit sind, als Fußsoldaten zu dienen. Meinen Segen haben sie, und wenn ihre Eltern einverstanden sind...«

»Bald ist es überstanden!« jubelte Sir Guy, beugte sich über den Schreibtisch und küßte ihre Stirn. »Und wenn ich zurückkehre, Genevieve...«

Vater Thomas räusperte sich. »Da uns Abgesandte des Königs aufgesucht haben, sollten wir für ihre Bequemlichkeit sorgen.«

»Darum kümmere ich mich...«, begann Guy, aber Genevieve unterbrach ihn.

»Aye, Vater, als Herrin von Edenby werde ich für das Wohl unserer Gäste sorgen.« Würdevoll erhob sie sich und straffte die Schultern. Sie war sich ihrer Position bewußt, für die sie so hart gekämpft hatte. Weder Guy noch Vater Thomas sollten sie ihr streitig machen. »Würdet Ihr die Soldaten auswählen, die wir dem König anbieten können, Sir Guy?« bat sie höflich.

»Natürlich, Genevieve.« Er packte ihre Hand, drückte einen glühenden Kuß darauf und rannte aus dem Zimmer.

Lächelnd hob Vater Thomas die Brauen. »Ich glaube, er fühlt sich bereits wie der künftige Schloßherr.«

»Vielleicht wird er es eines Tages sein, vielleicht auch nicht. Allmählich genieße ich meine Macht, Vater. Und es wäre durchaus möglich, daß ich mein Leben lang Gefallen daran finden werde.« Belustigt erwiderte sie seinen mißfallenden Blick. »Aber eins nach dem anderen, nicht wahr? Jetzt müssen wir die königlichen Ritter bewirten und ihnen Männer zur Verfügung stellen, die ich im Augenblick viel nötiger brauche als Richard. Und danach werden wir unsere Toten bestatten. Vater Thomas...« Sie legte eine Hand auf seinen Arm. »Würdet Ihr die Stelle meines toten Vaters einnehmen und als Gastgeber fungieren? Vor jedem anderen Mann müßte ich mich in acht nehmen. Er würde einen Gunstbeweis vermuten, den ich ihm gar nicht bieten will.«

»Einverstanden, Genevieve, ich will an Eurer Seite stehen«, versprach er lächelnd, dann verdrehte er die Augen himmelwärts. »Und in der Kapelle werde ich für Eure Seele beten.«

7

»Wenn wir einen Trupp um die Klippe herumführen«, erklärte Tristan, der in seinem Zelt am Boden kauerte und mit einem Zweig einen Plan in den Sand zeichnete, »nur ein paar Leute in kleinen Booten, müßten wir's schaffen, die Wachtposten am hinteren Turm zu überrumpeln. An dieser Brustwehr zwingen wir sie, das Tor für unseren restlichen Trupp zu öffnen, ehe die Schloßbewohner merken, welche Gefahr ihnen droht. Inzwischen befreien zwei unserer Männer die Gefangenen aus dem Verlies. Ehe die Feinde Alarm schlagen können, ist die Festung in unserer Gewalt.« Abwartend schaute er zu Jon und Tibald auf. Die beiden studierten den Plan und runzelten nachdenklich die Stirn.

»Wann soll's losgehen?« fragte Jon eifrig.

»Am besten heute nacht.«

Seufzend schüttelte Tibald den zotteligen Kopf. »Mylord, Ihr habt Euch noch gar nicht richtig erholt. Es ist ein Wunder, daß Ihr überhaupt noch am Leben seid.«

Trotzdem fühlte sich Tristan großartig. Das eigentliche Wunder war die Wirkung des klaren frischen Wassers, das seinen Durst gelöscht hatte, und einer herzhaften Mahlzeit. Wie der Arzt versichert hatte, würde die Wunde, von den Meereswellen gereinigt, bald verheilen. Sie schmerzte immer noch, aber er wurde nicht mehr von Schwindel- und Schwächeanfällen geplagt. Gewaschen und glattrasiert, in sauberen Kleidern, kam er sich wie der mythische Phoenix vor, der sich aus der Asche erhoben hatte. »Nie zuvor war ich von so wildem Kampfgeist erfüllt, Tibald. Unsere Freunde schmachten im Verlies. Deshalb dürfen wir keine Zeit verlieren. Jon, du begleitest mich mit zehn Mann. Und Ihr, Tibald, führt den größeren Trupp an, wenn das Tor geöffnet wird.«

»Und welche Order erhalten unsere Leute – diesmal?« erkundigte sich Jon.

Tristan setzte sich an seinen Schreibtisch und dachte über

diese Frage nach. Als er in seinem Felsengrab erwacht war, hätte er am liebsten alle Bewohner von Edenby niedergemetzelt. Aber nun meldete sich sein Gewissen. »Ein Massenmord nützt uns nichts. Wenn wir die Steinmetze töten – wer soll die Mauern instand setzen? Und wenn die Bauern sterben – wer wird die Ernte einbringen? Wir brauchen Wolle für den flämischen Handel – und deshalb auch Schafhirten.«

»Soll es etwa ungesühnt bleiben, was uns angetan wurde?« rief Jon ungläubig.

»Nein. Ein Großteil unserer Feinde wird im Verlies von Edenby landen.«

»Wenn wir nicht etwas mehr unternehmen, fürchtet und respektiert man uns nicht«, wandte Tibald ein.

»Oh, wir lassen auch ein paar Leute auspeitschen. Und dann berufen wir ein Gericht ein, vor dem uns die Pächter Treue schwören müssen. Jedes Vergehen wird streng bestraft.«

»Und wie sollen sich unsere Männer verhalten, wenn sie in die Burg eindringen?« fragte Jon, und Tristan lachte bitter.

»Die Mädchen sind Freiwild. Den Bauern nehmen wir ihre Ehefrauen nicht weg, aber die Töchter.« Seine Augen verengten sich. »Nur eine einzige Dame beanspruche ich für mich allein – die Lady von Edenby. Sobald sie aufgespürt wird, bringt sie zu mir.«

»Auch ich lege Wert auf eine ganz bestimmte Dame«, stieß Jon hervor.

»Welche?«

»Lady Edwyna.«

»Ach ja, die Tante. Sie gehört dir. Und Ihr, Tibald? Habt Ihr ebenfalls Sonderwünsche?«

Der alte Ritter lachte. »Nein. Gebt mir einige Bauernmädchen mit runden, breiten Hüften, und ich bin glücklich. Und ein Stück Land, auf dem ich ein Haus bauen kann. Mehr brauche ich nicht.«

»Gut, dann wollen wir unsere Pläne noch einmal gründlich erörtern«, entschied Tristan. »Diesmal sollen sie nicht scheitern. Ich warne euch beide, und schärft das auch unseren Männern ein – niemals dürfen sie diesen Leuten den

Rücken kehren und ihnen nicht trauen, wenn sie um Gnade flehen oder ...«

Er unterbrach sich und runzelte die Stirn, als Hufschläge und aufgeregte Stimmen vor dem Zelt erklangen. Eine Trompete schmetterte, hastige Schritte näherten sich.

Rasch stand er auf und eilte aus dem Zelt, gefolgt von Jon und Tibald. Seine Männer umringten die Neuankömmlinge, die unter dem Lancaster-Banner ritten. Rote Sommerrosen schmückten ihre Mäntel. Tristan erkannte Sir Mark Taylor, einen von Henry Tudors eifrigsten Anhängern, und trat vor, um ihn zu begrüßen.

»Lord Tristan!« rief Mark und packte seinen Arm. »Wir haben etwas Wichtiges zu besprechen.«

Seit der Kindheit verbrachte der schlanke dunkelhaarige Ritter sein Leben auf Schlachtfeldern. Zehn Jahre älter als Tristan, besaß er kein eigenes Land, und er unterstützte Henry nicht zuletzt, um seinen eigenen gesellschaftlichen Aufstieg zu beschleunigen. Aber er war ehrlich und anständig. Und nur wenige folgten dem Mann, der den Thron besteigen wollte, ohne persönlichen Gewinn anzustreben.

Verwundert hob Tristan die Brauen und führte Mark in sein Zelt. Der Ritter, immer noch in schwerer Rüstung, betrachtete den Plan, der in den Sandboden gezeichnet war. »Habt Ihr Edenby Castle noch nicht erobert?«

»Bald wird die Festung mir gehören.«

»Edenby muß warten.«

»Wie?« fragte Tristan bestürzt. »Ich brauche nur noch diese Nacht ...«

»Nun beginnt der eigentliche Machtkampf. Richards Truppen sammeln sich, und sie sind in der Überzahl. Ihr müßt mich mit Euren Männern begleiten. So lautet Henry Tudors Befehl. Er kann auf keinen einzigen kampffähigen Krieger verzichten.«

Die Lippen zusammengepreßt, sank Tristan auf den Stuhl hinter seinem Schreibtisch und ballte die Hände. So nah am Ziel – und im letzten Moment zurückgerufen! Nun schmeckte der Rachedurst bitter. Wenn er in der Schlacht fallen würde und nie mehr hierherreiten könnte ...

Aber der große Augenblick war endlich gekommen. Der York-König und der Thronanwärter aus dem Hause Lancaster würden aufeinandertreffen. Deshalb hatte Tristan keine Wahl. »Ich werde die Männer anweisen, das Lager abzubrechen«, kündigte er an, sprang auf und verließ das Zelt.

Vor dem Eingang blickte er zur Klippe von Edenby hinüber und flüsterte: »Ich komme wieder, Lady.« Dann ging er mit langen Schritten in die Mitte des Kreises, den die Zelte bildeten. »Baut das Lager ab! Wir reiten für das Haus Lancaster! Es ist an der Zeit, den York-König zu stürzen!«

Genevieve stieg zu den Zinnen hinauf und inspizierte zufrieden das Werk ihrer Leute. Die ausgebrannte Schmiede und die Hütte der Steinmetze waren bereits mit neuem Holz verkleidet. Aber es würde noch mehrere Monate dauern, bis man alle Schäden, die Tudors Kanonen den Mauern zugefügt hatten, beheben und die Verteidigungsanlagen ausreichend befestigen konnte.

Hinter dem Holztor des Außenwalls war ein zweites Tor aus Stahl eingebaut worden, zudem eine neue »Mordfalle« am Pförtnerhaus. Sollten die Feinde das schwere hölzerne Außentor rammen, würden sie zwischen das Fallgitter und eine eiserne Barriere geraten, und Edenbys Krieger konnten von einer höheren Warte siedendes Öl auf sie hinuntergießen oder Pfeile abschießen.

Als Genevieve landeinwärts nach Südosten blickte, sah sie nur Ruhe und Frieden. Bald würde die herbstliche Ernte beginnen. Die Schafe legten allmählich ihren dicken Winterpelz an. Alles schien in bester Ordnung zu sein. Plötzlich hörte sie Schritte hinter sich und fuhr erschrocken herum, dann seufzte sie erleichtert. Vater Thomas kam auf sie zu, und sie ärgerte sich über ihre Nervosität. Was hatte sie in ihrem eigenen Schloß schon zu befürchten?

Alpträume. Diese nächtlichen Qualen suchten sie unablässig heim. Sie hatte erwartet, von ihrem Vater und Axel und dem armen Michael zu träumen. Statt dessen erschien ihr immer wieder Tristan de la Tere.

In ihren Träumen wanderte sie allein über die Klippe, unter einem dunklen, stürmischen Gewitterhimmel. Unfähig, den Heimweg zu finden, lief sie und prallte gegen ein massives Hindernis. Dann merkte sie, daß sie mit Tristans Leiche zusammengestoßen war. Aber im Tod wirkte er sehr lebendig, groß und kraftvoll wie eh und je.

Spöttisch lachte er, griff nach ihr und schwor, sie würde bitter büßen und ihm bald ins Jenseits folgen. Sie versuchte zu fliehen, doch seine Finger schlangen sich in ihr Haar, und als sie seinen dunklen, faszinierenden Augen begegnete, konnte sie sich nicht wehren. Sein Blick erhitzte ihr Blut, entfachte ein Feuer, das sie zu umzingeln drohte, bis in alle Ewigkeit. Tristans starke Arme hielten sie fest, ein heißer Kuß verschloß ihr den Mund, seine Hände wanderten aufreizend über ihren Körper, und sie glaubte dahinzuschmelzen.

Doch nach einer Weile stieß er sie von sich, lächelte grausam und erklärte, dies sei der Kuß des Todes gewesen...

»Lady Genevieve!« Jäh unterbrach der Ruf des Priesters ihre Gedanken.

»Ja, Vater?«

Besorgt musterte er ihr blasses Gesicht. »Nun, es gibt nichts, was Eure sofortige Aufmerksamkeit erfordern würde. Der flämische Kaufmann ist eingetroffen, um die Wolle zu bezahlen. Gerade wird er zusammen mit seinem Gefolge von Lady Edwyna in der Halle bewirtet.«

»Dann sollte ich wohl hinuntergehen.«

»Nicht nötig.«

Genevieve schaute ihn verwundert an. »Wollt Ihr etwas mit mir besprechen, Vater?«

»Eigentlich dachte ich, *Ihr* hättet mir etwas zu sagen, Mylady. In letzter Zeit seid Ihr nicht besonders mitteilsam.«

Ihr Blick glitt über die westlichen Klippen hinweg zum blauen Meer. »Würdet Ihr mich zum Strand begleiten?«

»Ohne Wachtposten solltet Ihr Euch nicht hinauswagen.«

»Dann holt doch einige Männer, Vater.«

Er gehorchte, und wenig später folgten sie einem schmalen, von Disteln und Unkraut überwachsenen Pfad, der sich zwischen Felsbrocken zum Strand hinabwand. Während die

Soldaten diskreten Abstand hielten, zog Genevieve lachend ihre Schuhe aus und ließ ihre nackten Füße von den Wellen überspülen. »Seid Ihr noch nie durchs Meer gewatet, Vater?«

»Nun, ich wurde nicht an der Küste geboren.« Er lächelte und schien sich über ihre Heiterkeit zu freuen. Offenbar fand er ihre Stimmung an den vergangenen Tagen zu düster.

»Da habt Ihr aber viel versäumt. Kommt doch her!«

Skeptisch trat er vor. Genevieve saß im Sand, dicht am Wasserrand, und er ließ sich neben ihr nieder. Als das kühle Naß seine Soutane benetzte, zuckte er zusammen.

»Habt Ihr Lord Tristans Leiche seinen Leuten übergeben?« fragte sie unvermittelt in beiläufigem Ton.

Er zögerte, denn es widerstrebte ihm, ihr zu verraten, der Tote sei unauffindbar. Da die ganze Klippe aus Felsen und Geröll bestand und das Terrain überall gleich aussah, durfte man Tamkin nicht verübeln, daß er vergessen hatte, wo er den Lord an jenem schrecklichen, beklemmenden Abend bestattet hatte. Vermutlich war die Leiche von Wölfen oder Geiern erbeutet worden. »Darum braucht Ihr Euch nicht zu sorgen, Mylady.«

»Die Menschen steigen doch nicht aus ihren Gräbern, Vater?«

»Nein« entgegnete er lächelnd. »Befürchtet Ihr das?«

Sie schüttelte verlegen den Kopf. »Oh, natürlich nicht! Ich dachte nur... Als ich noch klein war, ging mein Vater oft mit mir hierher, und ich durfte schwimmen und im Sand spielen. Manchmal kam auch Edwyna mit. Wir saßen in der Sonne, aßen und tranken. Das waren wirklich wunderbare Tage.« Seufzend strich sie mit dem Finger durch den Schlamm. »Wie es wohl wäre, wenn man wieder so leben könnte wie früher, in einem friedlichen Land... Ich wünschte, die Zeit ließe sich zurückdrehen – in eine Vergangenheit vor dem Tod meines Vaters und Axels und Michaels.«

»Und vor Lord Tristans Tod?« Am liebsten hätte sich Vater Thomas die Zunge abgebissen. Diese Worte waren ihm unwillkürlich und unbedacht herausgerutscht.

»Vor seiner Ermordung – ja«, sagte sie leise. »Ich wünschte, auch das könnte ich ungeschehen machen. O Gott, es ist so schrecklich, aber ich konnte nicht anders handeln...« Verzweifelt starrte sie zum fernen Horizont, wo sich der hellblaue Himmel und das indigoblaue Meer trafen. »Hätte mein Vater die Lancasters doch bewirtet! Dann wäre uns das alles erspart worden.«

»Ihr wünscht also, Ihr wärt nicht zu jener Tat gezwungen worden.« Tröstend legte er einen Arm um ihre Schultern.

»Werde ich in die Hölle kommen, Vater?«

»Das glaube ich nicht. Ihr mußtet die Burg verteidigen, und Ihr habt mit Euren Waffen gekämpft. Außerdem kennt der Allmächtige die Seelen der Menschen, und Eure ist rein, mein liebes Mädchen.«

Daran zweifelte Genevieve, aber sie hoffte inständig, der liebe Gott würde verstehen, daß ihr nichts anderes übriggeblieben war, als Tristan zu töten. »Trotzdem mache ich mir Sorgen.«

»Wegen der großen Schlacht...«

»Aye. Soviel Blut wurde schon vergossen. Was meint Ihr, wird Richard triumphieren? Wenn er Tudor besiegt, wäre wenigstens unser Krieg beendet.«

Wieder zögerte Vater Thomas. Auch er wurde von seltsamen Träumen verfolgt, die ihm ein friedliches, blühendes England zeigten. Doch in diesem Bild lagen dunkle Schatten über Edenby, als müßte die Festung noch schwere Zeiten überstehen, ehe sie endlich zur Ruhe kam. »Der Frieden ist nicht so leicht zu erringen«, entgegnete er, dann fügte er optimistisch hinzu: »Aber Ihr habt ja gehört, was die königlichen Boten erzählt haben. Richards Streitkräfte sind in der Überzahl.«

»Und sie sammeln sich bei einer Stadt namens Market Bosworth.« Genevieve stand auf. »Das haben wir von fahrenden Sängern gehört. Vielleicht wird man uns den Sieg bald melden.«

»Das wollen wir hoffen.«

»Vater, würdet Ihr mir den Rücken kehren?« bat sie impulsiv. Die frische Meeresluft hellte ihre Stimmung auf. »Ich möchte Euch nicht schockieren, aber ich habe große Lust, mein Kleid abzulegen und zu schwimmen.«

»Mylady...«

»Bitte!« rief sie lachend, und ihre Fröhlichkeit entzückte ihn erneut. »Erwartet mich bei der Klippe. Ich komme bald!«

Da erfüllte er ihren Wunsch. Sie ließ ihr Samtkleid am Strand liegen, watete in ihrem Hemd ins Wasser, genoß die erfrischende Kälte, das Gefühl der Freiheit. Das Meer verscheuchte die bösen Erinnerungen, schien das Blut von ihren Händen zu waschen.

Nachdem sie sich angekleidet hatte, eilte sie zu Vater Thomas. »Jetzt geht es mir viel besser.«

»Eine Dame in Eurer Stellung dürfte sich nicht wie ein Fisch benehmen, Lady Genevieve«, tadelte er.

»Aber es war so wundervoll.«

»Das freut mich, doch ein Ehemann würde Euer Verhalten sicher mißbilligen.«

Sofort wurde sie ernst, erschauerte ein wenig, und er bereute seine Worte. »Ich brauche keinen Mann, Vater, denn ich kann meine Verantwortung allein tragen. Das beweise ich Tag für Tag.«

»Axels Verlust bedrückt Euch immer noch. Aber eines Tages müßt Ihr heiraten, das wißt Ihr.«

Heftig schüttelte sie den Kopf. »Ich habe zu hart gekämpft und zuviel verloren. Gewiß wäre Axel ein rücksichtsvoller, sanftmütiger Ehemann gewesen. Aber die meisten anderen Männer wollen nicht nur das Land ihrer Frau beherrschen, sondern auch die Frau selbst. Das ertrüge ich nicht, Vater.«

Ein Schauer rann ihm über den Rücken. Sie meinte es ernst, das spürte er, und der dunkle Schatten, der in seinen Träumen über Edenby lag, drohte auch seine Seele zu verdüstern. Benommen blickte er zum Klippenrand hinauf, von einer bösen Vorahnung gepeinigt.

Aber Genevieve lächelte wieder, als sie vor ihm hereilte. »Ich möchte den Leuten einen Feiertag gönnen, Vater!« rief sie ihm über die Schulter zu. »Sicher finden wir den passenden Namenstag irgendeines Heiligen. Alle haben so hart gearbeitet. Obwohl schon der Herbst beginnt, werden wir einen Maibaum aufstellen, Lämmer und Rinderkeulen am Spieß braten und unter dem Mond tanzen.«

Eine gute Idee, sagte sich Vater Thomas. Nicht nur die Pächter brauchen einen freien Tag. Ein solches Fest würde auch Genevieve aufheitern.

»Ja, wir werden einen geeigneten Tag auswählen«, stimmte er zu. Noch während er sprach, versteckte sich die Sonne hinter dunklen Sturmwolken, die nach Westen heranzogen. Da drüben liegt Market Bosworth, dachte er. Was mag auf diesem Schlachtfeld geschehen?

In der Nacht des 21. August wanderte Tristan unter den Sternen dahin und betrachtete die zahllosen Lagerfeuer, die rings um Ambien Hill loderten. Alle Soldaten fieberten dem nächsten Tag entgegen, der großen Schlacht.

Den ganzen Tag waren Henrys Späher unterwegs gewesen. Tristan wußte über die Aktivitäten des Gegners beinahe soviel wie über das Vorgehen der Lancaster-Truppen. An diesem Morgen war Richard aus Leicester hierher geritten, begleitet von Trompetenfanfaren, seinen Bogenschützen und der Kavallerie. Sogar in der Rüstung wirkte er klein und schmächtig. Damit Freunde und Feinde ihn sofort erkannten, trug er eine goldene Krone.

Gewiß war er ein tapferer, tüchtiger Mann, aber auf seiner Seele lasteten zu viele Sünden. Zu skrupellos hatte er den Thron errungen. Und am nächsten Tag würde der Allmächtige den künftigen König küren.

Tristan sank auf die Knie und versuchte zu beten. Aber irgendwie hatte er vergessen, wie man das machte. Die Nacht ist so dunkel wie mein Leben, dachte er.

Und dann fand er doch noch die richtigen Worte. Lieber Gott, laß uns den Kampf siegreich beenden und bewahre mich vor dem Tod. Ich fürchte ihn nicht, aber nach allem, was ich erleiden mußte, werde ich niemals inneren Frieden finden, bevor ich Rache übe. Mord und Totschlag strebe ich nicht an – nur das, was mir versprochen wurde.

War es falsch, um Rache zu beten? Vielleicht nicht. Womöglich war auch Gott ein Krieger. Tristan stand auf und blickte lächelnd zum Himmel empor. »Morgen werde ich es wissen«, flüsterte er in den Nachtwind.

Er kehrte ins Lager zurück, erwiderte den Gruß eines Wachtpostens und betrat sein Zelt, wo Jon bereits tief und fest schlief.

Am 22. August, im Jahr des Herrn 1485, jagten graue Sturmwolken über den Himmel, noch verdunkelt vom schwarzen Schießpulver, das durch die Luft wirbelte. In der schwülen Hitze mußte Tristan den Helm abnehmen. Schweißperlen rannen über sein verrußtes Gesicht. Schon vor langer Zeit hatte er die Pistole weggeworfen, da er diese Waffe im wilden Kampfgetümmel nicht gebrauchen konnte. Hoch zu Roß schwang er sein Schwert, schlug blindlings nach den Feinden, die ihn zu erstechen oder aus dem Sattel zu werfen versuchten.

Die gegnerische Übermacht hatte die Lancaster-Streitkräfte nicht entmutigt. Beherzt stürzten sie sich in die Schlacht. Tristan focht in der Nähe Henry Tudors, im Kreis der Wachtposten, die den Thronanwärter umringten. Wenn Henry auch kein Feigling war und sein Leben für die Krone wagte, so konnte man den mittelgroßen jungen Mann, der noch keine dreißig Jahre zählte, doch nicht als geborenen Kämpfer bezeichnen. Sein wahres Talent lag in der Strategie.

Plötzlich durchbrach ein riesenhafter, kräftiger York-Soldat die Reihen von Tudors Leibwächtern und schwenkte eine Pieke. Tristan spornte sein Streitroß an und sprengte ihm entgegen. Mit aller Kraft schlug er sein Schwert auf die Pieke, die zerbrach, ehe die Spitze Henry Tudor durchbohren konnte. Schreiend warf sich der York-Krieger auf Tristan und stieß ihn vom Pferd. Die beiden wälzten sich durch Schlamm und Blut, zwischen Leichen und Verwundeten und niedergestreckten Hengsten.

Schmerzhafte Faustschläge trafen Tristans Gesicht, während ihn der schwere Körper des Feindes zu Boden drückte. Mit aller Kraft warf er den York-Krieger ab, ergriff hastig den abgebrochenen Schaft der Pieke und schmetterte ihn auf den Kopf seines Gegners, der lautlos zusammenbrach. Keuchend schaute sich Tristan nach seinem Pferd um. Henry ritt zu ihm und führte es am Zügel. »Ihr habt mir das Leben gerettet.«

Ohne zu antworten, nahm Tristan die Zügel seines Schlachtrosses entgegen. Er kannte Tudors Neigung, keine Worte zu verschwenden, und so folgte er diesem Beispiel. »Noch ist der Krieg nicht gewonnen«, bemerkte er nur. Wie lange würde es noch dauern? Der Himmel verdunkelte sich, überall lagen Leichen, weiße und rote zertrampelte Rosen.

Letzten Endes wurde die Schlacht von Lord Stanley, seinem Sohn und seinen dreitausend Männern entschieden. Zunächst hatten sie Richard die Treue gehalten, aber als dieser auf seinem Schimmel heranstürmte, um Tudor anzugreifen, ergriffen sie dessen Partei.

Wie Tristan wußte, hatte Henry vor der Schlacht mit Sir William Stanley verhandelt und erfahren, der kampfstarke Trupp würde ihn nur unterstützen, wenn er bewies, daß er den Krieg gewinnen konnte. Bis zum Wendepunkt erweckten die Stanleys den Anschein, sie würden für Richard eintreten. Offensichtlich wollten sie sich auf die Seite des Siegers schlagen, mochte er den Yorks oder den Lancasters angehören, und sobald Richards Heer die ersten Schwächen zeigte, trafen sie ihre Entscheidung.

Eingekesselt zwischen Henrys Truppen und dem massiven Flügel von Lord Stanleys Männern, focht Richard tapfer bis zum Ende. Schließlich hörte Tristan einen gellenden Schrei. »Der König ist tot! Richard III. ist geschlagen! Seine Leiche liegt nackt über seinem Pferd, damit alle ihn sehen! Die Yorks zerstreuen sich und treten den Rückzug an! Die Schlacht ist gewonnen!«

Tristan kniff die Augen zusammen, und inmitten der Feindesscharen, die sich rasch zurückzogen, sah er einen Schimmel galoppieren, auf dem eine nackte Leiche festgebunden war. Ein Fußsoldat fiel vor Henry auf die Knie, die goldene Krone in den Händen, die Richard getragen hatte.

Herzhaft lachte Tudor. »In der Tat, wir haben gesiegt, meine Freunde!«

»Eure Hoheit!« rief der Fußsoldat ehrerbietig.

Sofort wurde Henry ernst. »Erst wenn ich gekrönt bin, will ich mich König nennen. Bald ist es soweit, meine treuen Diener. Euch allen danke ich, und ihr werdet den versprochenen

Lohn erhalten. Dafür müßt ihr mir versichern, mir beizustehen, wenn ich dieses Land wieder aufbaue und zu neuem Glanz und Reichtum führe. Sir Mark, reitet zu Elisabeth von York und geleitet sie nach London.«

»Ihr werdet sie heiraten, Sire, und der Königstitel ist gesichert...« begann Sir Mark, aber Henry fiel ihm ins Wort.

»Um des Titels willen heirate ich nicht. Wie ihr alle wißt, habe ich schon lange vor diesem Tag um Elisabeths Hand angehalten. Der Titel ist mein eigen. Erst wenn ich der rechtmäßige König bin, führe ich meine Braut heim. Ich heirate dem Frieden zuliebe. Die Häuser Lancaster und York werden unter dem Namen Tudor vereint sein!« Henry warf Tristan einen kurzen Blick zu. »Nun, Lord de la Tere, was habt Ihr vor? Begleitet Ihr mich nach London? Feiert Ihr mit mir den Sieg? Sprecht Eure Wünsche aus! Ich bezahle stets meine Schulden, und ich verdanke Euch mein Leben.«

Lächelnd schüttelte Tristan den Kopf. »Ich möchte nach Edenby zurückkehren und das Schloß in Besitz nehmen, Sir. Dort habe ich eine persönliche Angelegenheit zu regeln. Wenn Ihr mich wirklich belohnen wollt, überlaßt mir die Festung – und die Lady.«

Henry umfaßte die Zügel seines Pferdes, das unruhig tänzelte, ein wenig fester und hob die Brauen. »Ganz wie es Euch beliebt. Braucht Ihr mehr Männer und Waffen?«

»Nein, nur die Leute, die zu mir gehören. Ich weiß, wie ich die Burg erobern kann, fast ohne Blutvergießen.«

Aufmerksam musterte ihn Henry. »Von nun an soll Frieden in diesem Land herrschen. Einige Adelsherren muß ich entmachten, andere werden im Tower landen oder ihre Köpfe verlieren. Wer sich mir jetzt noch entgegenstellt, gilt als Hochverräter und wird entsprechend bestraft. Aber es widerstrebt mir, einen großen Rachefeldzug zu beginnen. Nur wer meinen Anspruch nicht akzeptiert, muß um sein Leben bangen. Edenby ist Euer Eigentum, Tristan – ein ertragreiches Landgut, auf dessen Steuern ich angewiesen bin. Der Krieg hat England ausgeblutet. Mit vereinten Kräften wollen wir eine neue Blütezeit heraufbeschwören. Übernehmt Edenby in meinem Namen und haltet Euch an meine Politik.«

»Die Lady von Edenby...«

Aber Henry unterbrach Tristan ungeduldig.

»Diese Frau geht mich nichts an. Macht mit ihr, was Ihr wollt.«

»Das solltet ihr mir ausdrücklich versichern, Euer Gnaden«, erwiderte Tristan lächelnd.

»Warum bedrängt Ihr mich so?« fragte Henry irritiert.

»Weil sie jung und sehr schön ist und aus einer vornehmen Familie stammt. Falls ein anderer Mann ihre Hand begehrt, bedenkt bitte, daß Ihr sie niemandem für erwiesene Dienste anbieten oder als Schachfigur in der Heiratspolitik betrachten dürft. Was immer ich auch mit ihr vorhabe, sie gehört mir.«

»Also gut, das verspreche ich Euch!« Angewidert verdrehte Henry die Augen. »Guter Gott! Soviel Aufhebens um eine Frau! Reitet jetzt nach Edenby! Andere Geschäfte erwarten mich.« Mit diesen Worten schwang er seinen Hengst herum und ritt davon.

Trotz des grauen Tages hatte Tristan das Gefühl, die Sonne würde zwischen den Wolken hervorbrechen. Er warf den Kopf in den Nacken und stieß einen Jubelschrei aus. Dann wandte er sich zu Jon, der sein Pferd heranlenkte, sichtlich ermüdet vom langen Kampf. »Auf nach Edenby! Wir werden die Festung in unsere Gewalt bringen, mit königlichem Segen. Ruf unsere Männer zusammen! Wir wollen keine Zeit verschwenden und reiten noch heute nacht.«

Genevieve saß im Arbeitszimmer und studierte Tamkins Aufstellung der Pachtzinsen. Vor ihren trüben Augen verschwamm das Pergament. Am Vorabend hatte sie mit den Leuten das »Maifest« gefeiert, zuviel Ale getrunken und war ausgelassen um den Maibaum getanzt. Nun wurde sie von starken Kopfschmerzen gequält. Erschrocken zuckte sie zusammen, als die Tür aufflog. Sir Humphrey trat ein, leichenblaß und sichtlich erregt. Mit bebender Stimme rief er: »Es ist vorbei! Richard wurde in der Schlacht von Bosworth Field getötet.«

»Was?« flüsterte sie ungläubig.

»Henry Tudor reitet nach London, um sich krönen zu lassen.«

»Wir könnt Ihr das wissen?« fragte sie tonlos. Unmöglich! Richards Streitkräfte waren doch in der Überzahl gewesen.

»Einer unserer Männer kehrte verwundet zurück und versicherte, es gebe keinen Zweifel. Mit eigenen Augen sah er König Richards Leiche. Die Yorks wurden vernichtend geschlagen.«

»O Gott!« stöhnte Genevieve, stützte ihre Arme auf den Schreibtisch und legte den Kopf darauf. »Aber vielleicht hat es nichts zu bedeuten. Da sind immer noch andere, die den Thron beanspruchen und Tudor, diesen Emporkömmling, töten können.«

Nun eilte Edwyna herein und ergriff flehend die Hand ihrer Nichte. »Genevieve! Wir müssen aufgeben. Wenn wir Tudor nicht akzeptieren, schickt er sicher wieder einen Trupp hierher. Neues Blut wird fließen. Geh zu ihm, schwör ihm deine Treue, leg unsere Waffen und unser Wappen mit den weißen Rosen nieder, dann wird er verzeihen, daß wir gegen ihn gekämpft haben.«

Unglücklich schaute Genevieve in die großen, tränenfeuchten Augen ihrer Tante, dann wandte sie sich zu Sir Humphrey. »Was meint Ihr?«

»Mylady, ich sehe keinen anderen Weg. Edwyna hat recht, wir müssen uns dem neuen König beugen. Hoffentlich bestraft er uns nicht.«

»Also gut. Ich werde Tudors Gunst erbitten.« Sie preßte verzweifelt die Finger an ihre Schläfen und wünschte, die Kopfschmerzen würden sich noch verstärken und alle klaren Gedanken ausschalten. »Sonst wirft er uns womöglich in den Tower, oder er läßt uns enthaupten. Ja, ich will ihm Treue schwören.«

Eifrig rannte Edwyna zur Tür. »Dann packe ich jetzt deine Sachen. Der König ist noch jung. Wenn du deine Juwelen und schönsten Kleider trägst, wird er dich unwiderstehlich finden und Nachsicht üben.«

»Wie ich hörte, ist er kaltblütig und berechnend und viel mehr an Geld und Gold interessiert als an Frauen. Aber tu nur, was du für richtig hältst.« Bitter fügte Genevieve hinzu: »Wenn ich schon auf die Knie fallen muß – dann so stilvoll wie nur möglich.«

Aber Edwyna hatte den Raum bereits verlassen, und Genevieve erhob sich müde. »Ihr begleitet mich, Sir Humphrey. Auch Mary muß mitkommen. Und eine Eskorte von fünf...«

»Zehn Mann, wenn ich das vorschlagen darf, Mylady«, fiel er ihr ins Wort. »Wahrscheinlich wimmelt es überall von geschlagenen, hungrigen Soldaten, und wir wären eine verlockende Beute.«

»Ja, zehn Mann. Heute nachmittag brechen wir auf. Ich möchte es hinter mich bringen.«

Knapp zwei Stunden später stand sie mit ihrem Gefolge im Hof. Vater Thomas und Edwyna reichten Genevieve und Sir Humphrey den Abschiedstrunk und wünschten ihnen eine gute Reise.

»Sorgt gut für unsere Krieger, wenn sie heimkehren«, bat Genevieve. »Sie haben Edenby und dem Haus York stets die Treue gehalten. Vor allem Sir Guy darf es an nichts fehlen.«

»Sicher, darum kümmere ich mich«, versprach Edenby. Die kleine Anne klammerte sich an die Röcke ihrer Mutter, und Genevieve umarmte ihre Kusine.

»Jetzt reite ich in die große Stadt, Annie. Soll ich dir eine hübsche Puppe mitbringen?«

»O ja, eine Puppe!«

Genevieve küßte sie, dann wandte sie sich wieder zu Vater Thomas und Edwyna, die ihre innere Unruhe nicht verbergen konnten. »Habt keine Angst, alles wird gut. Unterwegs werde ich meinen Kniefall und den Treueid immer wieder üben.«

Ihre Tante lächelte, aber Vater Thomas runzelte streng die Stirn. »Überlegt Euch gut, was Ihr sagt, Mylady!« mahnte er. »Ein falsches Wort, und man wird Euch des Hochverrats beschuldigen.«

»Keine Angst, Vater, ich werde aufpassen«, seufzte sie. »Ich will weder meinen Besitz verlieren noch mein Leben. Hoffentlich kann ich bald zurückkommen.«

»Geht mit Gott, mein Kind.« Der Priester umfaßte ihre Hände und spürte, wie sie zitterten, obwohl sie den Kopf stolz erhoben hatte. »Ich werde für Euch beten.«

»Danke, Vater.« Ein letztes Mal umarmte sie ihre Tante, dann stieg sie in den Sattel und ritt mit ihrer Eskorte zum Hoftor hinaus.

8

Eine dünne Mondsichel warf ihr bleiches Licht auf den Nebel, der die Klippe umgab, und schien dem Adlerfarn geheimnisvolles, geisterhaftes Leben einzuhauchen. Das Wasser war eiskalt. Fröstelnd wateten Tristan und seine zwölf Begleiter zum Strand hinauf und vertäuten die Boote. Dann kletterten sie an der steilen Felswand hoch.

Es war ein beschwerlicher Aufstieg. Aber beim Anblick der Stelle, wo die Männer von Edenby ihn lebendig begraben hatten, verflog Tristans Erschöpfung. Er zeigte zum Burgwall, als Jon neben ihn trat. »Von diesem Felsen dort springen wir auf die Mauer. Wir beide dringen zuerst in die Festung ein, überwältigen die Wachtposten, und dann geben wir unseren Leuten ein Lichtzeichen.«

Wortlos nickte Jon, und sie eilten zum Schloß, dicht gefolgt von den anderen. Tristan tastete nach dem Griff seines Schwerts und vergewisserte sich, daß es in der Scheide steckte, ehe er in die Knie ging und vom Felsen zum Wall hinabsprang. Der Aufprall seiner Füße war kaum zu hören.

Jon landete neben ihm, und Tristan flüsterte: »Jeden Augenblick muß der Wächter vorbeikommen.«

Und da schlenderte der Mann auch schon ins Blickfeld, ohne Rüstung, bis auf ein Messer unbewaffnet. Aber vielleicht ist diese nachlässige Haltung kein sträflicher Leichtsinn, dachte Jon. Wer kann schon einen Angriff von dieser Seite her erwarten, von einer kaum zugänglichen Küste und einer fast senkrechten Klippenwand?

Der Wachtposten kam näher, und Tristan warf sich auf ihn. Statt sein Schwert zu ziehen, streckte er ihn mit einem Fausthieb nieder. »Er wird's überleben«, murmelte er, zu Jon gewandt, der ebenfalls von der Mauer gesprungen war, »und seine Lektion lernen – man muß stets auf der Hut sein.«

Lautlos krochen sie an der Brustwehr entlang und entdeckten einen zweiten Wächter, der ins Dunkel starrte. Jon machte ihn unschädlich, indem er ihm einfach auf die Schulter klopfte und einen Kinnhaken versetzte, sobald sich der Bursche umgedreht hatte. Dann schlichen sie zum Pförtnerhaus, wo drei Männer johlend würfelten. Tristan zog sein Schwert, bedeutete dem Freund, diesem Beispiel zu folgen, und sie stürmten hinein. Erschrocken sprangen die Wachtposten auf und griffen nach ihren Waffen.

»Tut das lieber nicht, meine Freunde«, warnte Tristan. »Sobald ihr die Schwerter erhebt, werdet ihr sterben. Verhaltet euch still und betet – und der Allmächtige wird eure Gebete erhören. Jon, nimm diese Laterne und gib unseren Leuten das vereinbarte Zeichen!«

Jon packte den durchlöcherten Blechbehälter, in dem eine Kerze brannte, und lief zur Brustwehr. Inzwischen wechselten die Wächter unbehagliche Blicke und schienen zu überlegen, ob sie sich mit vereinten Kräften auf Tristan stürzen sollten.

»Meinen Ruf habe ich wahrlich verdient«, erklärte er grinsend. »Ihr mögt zu dritt sein, aber ich halte mein Schwert in der Hand, und das konnte in letzter Zeit reichlich Erfahrungen sammeln.«

Es blieb ihnen erspart, zwischen ihrer Ehre und dem Tod zu wählen, denn Jon kehrte mit fünf Kameraden im Schlepptau zurück.

»Würdet ihr euch nun ins Verlies begeben, meine Freunde?« bat Tristan die Wachtposten und lächelte höflich.

Einer der Männer trat vor. »Lord Tristan, wir ergeben uns, aber ins Verlies können wir nicht gehen, weil es direkt unterhalb des Hauptgebäudes liegt. Wir würden Aufmerksamkeit erregen.«

Nachdenklich schaute Tristan ihn an. »Wie heißt du?«

»Jack Higgen, Mylord.«

»Also, du wirst mich allein hinunterbegleiten, Jack Higgen. Ich nehme den Mantel von einem deiner Freunde – hat euch denn noch niemand gesagt, daß diese weißen Rosen verschwinden müssen? Wie viele Leute halten im Verlies Wache?«

»Nur zwei.«

»Belügt mich nicht, wenn euch das Leben lieb ist!«

Jack Higgen, offenbar noch keine zwanzig Jahre alt, beschloß weiterzuleben. Nervös schluckte er. »Ich schwöre bei der gebenedeiten Jungfrau, daß unten nur zwei Mann sind. Mehr sind nicht nötig. Die Zelle besteht aus Felsgestein mit einer Stahltür.«

»Gut. Jon, du wartest mit den anderen hier im Pförtnerhaus. Später wird uns der junge Jack zum vorderen Tor bringen.«

Im Mantel eines Wachtpostens, mit der weißen Rose und dem Wappen Edenbys geschmückt, hielt Tristan ein Messer an Jacks Rücken und scheuchte ihn durch den Außenhof. Am Holztor des Innenhofs salutierte er vor einem Wächter. Sie eilten an den Werkstätten vorbei und näherten sich dem Hauptgebäude mit den hohen Türmen.

An der Tür mit den massiven Eisenriegeln standen zwei weitere Wachtposten. »Ist das der einzige Eingang?« fragte Tristan und drehte das Messer, dessen Spitze Jacks Rücken berührte, ein wenig herum.

»Nein. Wenn wir nach rechts gehen, erreichen wir Stufen, die zum Verlies hinabführen.«

»Was finden wir in diesem Keller sonst noch?«

»Nur die Grabgewölbe unterhalb der Kapelle.«

»Wie viele Wachtposten?«

»Einer steht am Treppenabsatz.«

»Sehr gut. Lächelt ihn an, wenn wir vorbeigehen.«

Jack gehorchte, wenn sein Grinsen auch etwas gequält wirkte.

»Was macht ihr hier?« fragte der Wächter.

Tristan gab Jack einen Stoß, so daß er gegen den Mann prallte und beide zu Boden fielen. Dann warf er ihnen seinen Mantel über die Köpfe und schob sie zur Treppe. Schwerfällig rollten sie hinunter, und als er ihnen nachrannte, hörte er, wie sie dumpf auf jeder einzelnen Stufe aufschlugen.

Das Geräusch alarmierte die beiden Männer, die vor dem Verlies Wache hielten, doch da zückte er bereits sein Schwert. Mit schmalen Augen starrte er in die verwirrten Gesichter. »Wenn ihr mich zwingt, werde ich nicht zögern, die Klinge zu schwingen.« Wie ihr sichtliches Entsetzen verriet, erkannten sie ihn. Er zeigte auf die Schlüssel, die an einem Wandhaken hingen. »Laßt meine Leute heraus – und ihr geht hinein.«

Mit zitternden Fingern schloß der ältere, bereits ergraute Wächter die Tür auf.

Tristan holte seine Männer aus dem Verlies und stieß alle Wachtposten hinein, bis auf Jack. Dann versperrte er die Tür. Aufgeregt redeten seine Krieger durcheinander.

»O Mylord, wir dachten, Ihr wärt tot...«

»... und wir müßten bis an unser Lebensende hier unten schmachten...«

»Der Himmel möge Euch danken...«

»Seid jetzt still und beeilt euch!« unterbrach er sie. »Heute nacht haben wir noch viel zu tun.« Er befahl drei Männern, sich in die Mäntel der Wächter zu hüllen, und erklärte, sie seien in der Minderzahl, bis das Haupttor geöffnet würde. Während die Hälfte der Leute Tristan und Jack folgten, eilten die anderen zum Pförtnerhaus, mit dem Auftrag, möglichst viele Mitglieder der Schloßwache ins Verlies zu schaffen.

Im Hof, wo Tristan den jungen Jack wieder vor sich her trieb und mit dem Messer bedrohte, beschleunigte sich sein Herzschlag. Bald würde er Edenby besitzen – und *sie*. Obwohl er noch nicht wußte, wie er Genevieve bestrafen sollte, würde es ihm eine süße Genugtuung bereiten, sie wissen zu lassen, daß er lebte und Rache üben wollte.

»Erzählt der Wache am Haupttor, mehrere Soldaten seien aus Bosworth zurückgekehrt und würden Zuflucht in der Burg suchen«, wies er Jack an, und der Bursche gehorchte mit belegter Stimme. »Ich kenne diese Leute!« rief Tristan. Falls der Torhüter sein Gesicht kannte, würde er es in der Finsternis nicht sehen. »Das sind Freunde!«

Zu seiner maßlosen Erleichterung schwang das eiserne Hoftor auf, dahinter sank die schwere Zugbrücke herab. Vorerst wagte er kaum zu atmen, dann hörte er Tibalds wilden Kriegsruf. Hufe donnerten auf der Brücke. Wenig später war die Schloßwache von Edenby umstellt und kapitulierte notgedrungen.

Tristan packte Tibalds Arm. »Kümmert Euch um die Gefangenen und postiert Wächter auf den Wehrtürmen. Jetzt gehört die Festung mir. Trotzdem müssen in dieser Nacht zehn Mann die Halle bewachen. Ich falle nicht noch einmal auf irgendein tückisches Täuschungsmanöver herein.«

»Wie Ihr wünscht, Mylord!« stimmte Tibald grinsend zu.

Das Schwert gezogen, eilte Tristan zum Hauptgebäude, und Jon folgte ihm. »Auch ich habe da drin eine Rechnung zu begleichen.

Tristan legte einen Arm um seine Schultern.

»Ja, ein Mann findet erst Ruhe, wenn er seinen Rachedurst gestillt hat.«

Gemeinsam betraten sie die Halle.

Edwyna schlief tief und fest. Sie hielt ihre Tochter in den Armen. Seit Genevieves Abreise trennte sie sich kaum noch von dem kleinen Mädchen.

Der Lärm im Hof weckte sie, verhallte aber bald, und sie nahm an, die Schloßwache würde die Ursache der Störung beseitigt haben.

Seufzend schloß sie die Augen und drückte Anne an sich.

Plötzlich flog die Tür auf, Licht fiel aus dem Flur herein und zeichnete die Silhouette einer großen Gestalt nach, die ihre Hände in die Hüften stemmte. Edwyna hielt entsetzt den Atem an, dann sprang sie aus dem Bett und stellte sich zwischen den Eindringling und ihr einziges Kind.

Ihr Herz schlug wie rasend, als er eintrat und die Tür schloß. Nun erkannte sie die Augen, die so fröhlich gestrahlt hatten, die Lippen, die so gewinnend lächeln konnten.

Aber jetzt wirkte Jons Miene nicht liebenswürdig, sondern hart, kalt und bitter.

»Endlich sehen wir uns wieder, Lady Edwyna.« Seelenruhig legte er sein Schwert beiseite, schlenderte zum Kamin und stützte einen Arm auf das Sims. »Nun, wollt Ihr mich nicht begrüßen?« spottete er. »Fehlen Euch heute nacht die freundlichen Worte? An dem bewußten Abend wart Ihr viel netter zu mir.«

»Ich…« begann sie. Ihre Beine trugen sie nicht länger. Sie fiel auf die Knie und senkte den Kopf. »Mit jenem Plan war ich nie einverstanden, Jon. Das schwöre ich Euch. Ich wollte keinen Lancaster sterben sehen.«

Mühsam zwang sie sich zur Ruhe. Jetzt brauchte sie ihren ganzen Mut. Was immer er ihr antun wollte, sie mußte ihn bitten, das Kind zu schonen.

Gegen seinen Willen bewunderte er ihre Schönheit. Er starrte auf ihren gesenkten Kopf hinab, das kastanienbraune Haar, das im Widerschein des Kaminfeuers glänzte. Unter dem Nachthemd aus dünnem weißem Leinen sah er die Rundungen ihrer vollen Brüste. Er ging zu ihr und hob ihr Kinn. »Schwört Ihr mir wirklich, daß Ihr nicht an jenem Verrat beteiligt wart, Edwyna?«

Tränen schimmerten in ihren Augen, und es dauerte eine Weile, bis ihr die Stimme gehorchte. »Niemals habe ich Euren Tod gewünscht. Aber wie immer Ihr Euch an mir rächen wollt, ich flehe Euch an, verschont meine Tochter. Sie ist erst fünf Jahre alt – und unfähig zu Lug und Trug.«

Ehe er antworten konnte, schwang die Tür auf, und Tristan stürmte herein, die Lippen wütend zusammengepreßt. Entsetzt starrte Edwyna ihn an. Also war er tatsächlich von den Toten auferstanden. Nachdem er Jon einen kurzen Blick zugeworfen hatte, eilte er zu ihr, umklammerte ihre Arme und schüttelte sie. »Wo ist Genevieve?«

»Abgereist…«

»Abgereist?« schrie er.

Angstvoll erwiderte sie seinen zornigen Blick und fuhr sich mit der Zunge über die Lippen. »Heute hat sie die Burg verlassen. Sie reitet nach London, um Henry Tudor den Treueid zu schwören.«

»Zum Teufel mit ihr!« fluchte er, dann ließ er sie zu ihrer Überraschung fast behutsam los und ging zu Jon. »Noch in dieser Nacht breche ich auf, um mein Eigentum zurückzuholen. Inzwischen verwaltest du das Schloß, so wie wir es besprochen haben. Bis zu meiner Rückkehr darf niemand einen Fuß vor die Mauern setzen, die Gefangenen bleiben im Verlies. Du führst zusammen mit Tibald die Aufsicht.«

Jon nickte, und Tristan eilte hinaus. Sein Mantel wehte hinter ihm her – ein Banner im Namen der Gerechtigkeit.

Unbehaglich beobachtete Edwyna, wie Jon die Tür schloß. Sie wußte, sie müßte um Genevieve bangen, aber vorerst stand ihr eigenes Schicksal auf dem Spiel. Langsam erhob sie sich und schaute ihn bittend an. »Meine Tochter – sie schläft...«

»Ruft Eure Dienerin und laßt das Kind in sein eigenes Bett bringen.«

Sie runzelte verwirrt die Stirn, und als sie sich nicht von der Stelle rührte, riß er ungeduldig die Tür auf und befahl mit durchdringender Stimme, man möge eine Frau heraufschicken.

Wenig später eilte die alte Meg, eine Küchenhilfe, ins Zimmer. »Trag die Kleine in ihr Zimmer und bleib bei ihr!« wies Jon sie an. Meg wagte Edwyna kaum anzuschauen, als sie zum Bett eilte und das kleine Mädchen vorsichtig auf die Arme nahm. Sobald sie hinausgegangen war, schloß Jon die Tür und schob den Riegel vor.

Langsam ging er zu Edwyna und strich über ihre Wange. Sie stand reglos da, während seine Hand zu ihrer Brust hinabwanderte. »Wie heftig Euer Herz schlägt.«

Ihr Atem stockte, als seine Finger eine ihrer Brüste umfaßten. Lächelnd streifte er das Nachthemd von ihren Schultern, und es fiel zu Boden. Dann trat er zurück, um ihren nackten schönen Körper zu betrachten. Sein Puls beschleunigte sich. Leidenschaftlich nahm er sie in die Arme, küßte sie voller Sehnsucht und weckte Gefühle, die sie in ihrer Ehe nie empfunden hatte.

Mit gleicher Glut erwiderte sie den Kuß, schlang die Arme um seinen Hals, von unwiderstehlichem Verlangen erfüllt, das ihre anfängliche Scham bald verdrängte. Jon war jünger als ihr verstorbener Ehemann, attraktiver und viel begehrenswerter. Wie zärtlich er ihren Rücken streichelte...

Dann hob er sie hoch und trug sie zum Bett. Stöhnend überließ sie sich den sinnlichen Liebkosungen seiner Lippen und Hände. Und als er seine Kleider abgelegt hatte, um sich ganz mit ihr zu vereinen, wußte sie, daß sie in dieser Nacht keine Strafe erleiden sollte. Statt dessen wurde ihr ein Entzücken geschenkt, wie sie es nie zuvor gekannt hatte. In ihrer heißen Freude glaubte sie, ihr Leben würde erst jetzt richtig beginnen.

Nervös ging Genevieve im langen Flur von Windsor auf und ab. Hin und wieder warf sie Sir Humphrey einen kurzen Blick zu.

Vor drei Tagen waren sie angekommen, und nun warteten sie immer noch mit zahlreichen anderen Bittstellern auf eine Audienz beim neuen König. Nach der langen beschwerlichen Reise hatten sie keine Unterkunft gefunden.

Schließlich war ihr ein Zimmer in Windsor zugewiesen worden, das sie mit anderen adeligen Damen teilte. Mary wohnte im Dienstbotenquartier, Sir Humphrey bei einem alten Freund, und Genevieves übriges Gefolge mußte in einem Pferdestall hausen. In London wimmelte es von Flüchtlingen. Die Kaufleute machten das Geschäft ihres Lebens, während König Henry VII. seine Audienzen mit der Großmut eines Knausers gewährte.

Sir Humphrey räusperte sich. »Nur Mut, Genevieve!«

»Oh, ich mache mir solche Sorgen, Sir Humphrey!« rief sie, dann senkte sie die Stimme, um von den anderen Leuten nicht belauscht zu werden. »Vielleicht hätten wir auf Edenby bleiben und abwarten – oder dem König in einem Brief unsere Loyalität versichern sollen.«

Entschieden schüttelte er den Kopf. »Das hätte uns vermutlich nichts genützt. Aber beim Anblick Eurer Schönheit wird der König uns alles verzeihen, und Edenby ist gerettet.«

Sie sah tatsächlich bezaubernd aus. An diesem Tag trug sie ein Kleid aus silbernem Satin, mit einer anmutigen Schleppe und modischen Puffärmeln. Weißer Fuchspelz umgab den tiefen Ausschnitt. Das offene Haar fiel auf den Rücken wie Engelsflügel, ein Häubchen aus Halbedelsteinen und Seide umschloß den Kopf. Wenn der König sie doch endlich empfangen würde...

Als wäre Sir Humphreys verzweifeltes Gebet in diesem

Augenblick erhört worden, erschien ein königlicher Page. »Lady Genevieve von Edenby?« fragte er und verneigte sich.

»Aye?«

»Jetzt dürft Ihr vor Seine Majestät treten.«

Aufmunternd lächelte sie Sir Humphrey zu und wollte dem Pagen folgen, doch da spürte sie eine Hand auf der Schulter und drehte sich um. Vor Verblüffung blieb ihr fast das Herz stehen. Da stand Sir Guy, hübsch und wohlbehalten, eine hochrote Rose in der Spange, die seinen Umhang an der Schulter zusammenhielt. »Guy!« flüsterte sie.

»Pst!« warnte er sie und zog sie rasch beiseite. »Seid guten Mutes, Genevieve! Ich habe Henry in der Schlacht von Bosworth Field gedient.«

»Henry?« wiederholte sie fassungslos.

»Das mußte ich – und ich tat es für Edenby. Jetzt werdet Ihr mit dem König sprechen. Was immer er sagt, Ihr müßt es akzeptieren. Falls irgend etwas schiefläuft, werde ich ihn um Gnade bitten.«

»Lady Genevieve!« drängte der Page. Hastig drückte Guy einen Kuß auf ihre Wange, dann tauchte er in der Menschenmenge unter.

Lächelnd folgte sie dem Pagen und straffte die Schultern. Ja, auch sie würde um Gnade bitten, aber ohne ihren Stolz zu opfern.

Mehrere Damen und Herren umringten den König, der seine Audienz in einem sonnenhellen Salon gab. Genevieve wurde in den Hintergrund des Raumes geführt und musterte Henry. Im großen und ganzen sah er recht gut aus, mit schmalem Gesicht, langer Nase und klugen dunklen Augen. Einige Minister standen ihm zur Seite, und während ein Bittsteller nach dem anderen vorgestellt wurde, flüsterten ihm die Berater zu, was sie von den Leuten hielten. Ehe er eine Entscheidung traf, schien er gründlich zu überlegen.

Erleichtert beobachtete Genevieve, daß der neue König seine Untertanen nicht unfreundlich behandelte.

Ein alter Ritter aus Cornwall, jahrelang ein York-Anhänger, erklärte wortgewandt, er habe für Richard gekämpft, weil er ihm durch den Treueid verpflichtet gewesen sei. Nach dem

Tod des Königs würde er Henry Tudor ebenso gern die Treue schwören und den neuen Eid ebenso wenig brechen wie den alten.

Henry erwiderte, dieser Schwur müsse mit einem »geringfügigen« Bußgeld – das Genevieve ziemlich hoch vorkam – bekräftigt werden. Danach könne er Frieden mit dem Ritter schließen.

Andere traten vor, um ihre Loyalität zu bekunden, und dann stockte Genevieves Atem, als ihr Name aufgerufen wurde. Das Kinn hoch erhoben, schritt sie zum Thron und versank in einem tiefen Hofknicks. Der König bat sie, sich zu erheben, und sie las erstaunt die unverhohlene Belustigung in seinen Augen.

»Ihr seid also Genevieve von Edenby und habt um eine Audienz bei uns angesucht?«

Unbehaglich hielt sie seinem Blick stand, der sie ungeniert musterte und auszuziehen schien. »Aye, Euer Gnaden«, bestätigte sie und lächelte schwach. »Wie so viele vornehme Lords hat mein Vater Richard III. die Treue geschworen. Und einen solchen Eid muß jeder ehrenwerte Mann halten, Sire. Aber mit Richards Tod wurde dieser Schwur hinfällig. Nun legen die Bewohner von Edenby nur zu gern ihre Waffen nieder und huldigen dem Frieden, den Eure Majestät diesem Land so großzügig schenken will.«

Henry grinste, als würde er sich über einen Witz amüsieren, den nur er kannte. »Wie schön Ihr seid, Lady Genevieve, wunderschön...«, entgegnete er gedehnt. »Und so liebenswürdig...« Sie atmete auf und schöpfte Hoffnung. Sicher würde er auch von ihr ein hohes Bußgeld verlangen, aber das konnte Edenby sich leisten, und dann würde der König die Festung nicht mehr behelligen. »Wunderschön«, wiederholte er.

Zu ihrer Verwirrung schaute er sich suchend um, dann lächelte er sie wieder spöttisch und herausfordernd an. Offenbar besaß er einen Humor, den auch seine engsten Freunde manchmal etwas sonderbar finden mußten. Worauf wartete er? Warum nannte er die Höhe der Summe nicht, die er von ihr forderte, und ließ sie dann gehen? Sollte sie noch etwas sagen?

»Euer Gnaden, wir schwören Euch unsere Treue...«, begann sie.

»Ja, ja«, unterbrach er sie, »aber ich fürchte, Mylady, Ihr seid nicht in der Lage, einen solchen Eid zu leisten.«

»Wie, bitte, Sire?« fragte sie verwundert.

»Edenby hat seine Waffen schon vor vielen Tagen niedergelegt, Lady Genevieve«, entgegnete er.

»Aber – ich verstehe nicht...« Krampfhaft schluckte sie. Irgend etwas schien nicht zu stimmen.

Der König spähte grinsend an ihr vorbei, und dann hörte sie leise Schritte hinter sich.

Zögernd drehte sie sich um – und erstarrte wie vom Blitz getroffen. Tristan!

Nein, unmöglich! Er war tot und begraben, von ihr selbst erschlagen, sie hatte das Licht in seinen Augen, in seiner Seele erlöschen sehen...

Und doch kam er jetzt auf sie zu, unverkennbar Lord Tristan de la Tere, in einer eleganten, mit Hermelin verbrämten königsblauen Tunika und passender Hose. Ein leuchtend roter Mantel wurde an der Schulter von einer smaragdbesetzten Brosche zusammengehalten. Höflich lächelte er, aber ohne Wärme. Kalter Hohn lag in seinen Augen – und noch etwas anderes, das ihr viel bedrohlicher erschien. Er verneigte sich, und sie konnte ihn nur wortlos anstarren. Ihre Knie zitterten. Also hatte Vater Thomas sie belogen! Die Menschen konnten sich doch aus ihren Gräbern erheben – Tristan war der lebende Beweis dafür. »Mylady...« Seine mitternachtsblauen Augen musterten sie durchdringend, dann wandte er sich zum König. »Eure Hoheit...«

»Ah, Tristan! Ist das die bewußte Lady?«

»Allerdings, Euer Gnaden. Wie ich sehe, habt Ihr sie bereits kennengelernt. Trotzdem möchte ich Euch Lady Genevieve vorstellen, meine süße Geliebte – eine Position, die sie übrigens aus freien Stücken übernommen hat«, betonte er, und Henry brach in schallendes Gelächter aus.

»Wir freuen uns sehr, die Bekanntschaft Eurer Lady zu machen, Tristan. Nun verstehe ich, warum Ihr so nachdrücklich auf meinem Versprechen beharrt habt, denn ich könnte selbst in Versuchung geraten...« Anzüglich hob er die Brauen, und Genevieve errötete verlegen.

Während sie die abschätzenden Blicke aller Anwesenden spürte, erkannte sie, warum ihr Erscheinen den König dermaßen belustigte. Offenbar hatte Tristan ihm irgendein Versprechen abgerungen, das ihre Person betraf. Mühsam rang sie nach Atem. Gehörte Edenby jetzt nicht mehr ihr?

»Nun dürft Ihr Euch mit Eurer schönen Freundin entfernen, Tristan.« Mit einer knappen Geste entließ Henry den Lord und die Lady.

Der Boden schien unter Genevieves Füßen zu schwanken. Der schlimmste ihrer Alpträume war Wirklichkeit geworden. Tristan lebte! Und er würde sich grausam für den Betrug rächen, den sie an ihm begangen hatte...

Wie ein glühendheißer eiserner Schraubstock umschloß seine Hand ihren Unterarm. In seinen Augen las sie Zorn und abgrundtiefen Haß. Mit aller Kraft riß sie sich los und warf sich vor dem König auf die Knie. »Euer Gnaden!« flehte sie. »Schickt mich in den Tower! Stellt mich vor Gericht! Seid barmherzig, denn ich habe Euch nicht verraten, sondern nur dem König die Treue geschworen, dem mein Vater verpflichtet war! Sire...«

Hinter sich hörte sie Tristans leises Gelächter. Er trat einen Schritt vor, und ein plötzlicher Schmerz trieb ihr Tränen in die Augen. Offenbar hatte er mit voller Absicht einen Fuß auf ihr Haar gestellt. »Wie anmutig sie zu bitten weiß, nicht wahr, Sire? Genauso inständig flehte sie auch mich an, bevor ich von ihren Gefolgsmännern angegriffen wurde.«

»O Majestät!« klagte Genevieve. »Ihr versteht doch die Bedeutung eines Treueids...«

»Ja, aber kein Messer im Rücken, Lady.« Henry neigte sich zu ihr herab, fasziniert vom Zauber ihrer Silberaugen und den glänzenden goldenen Locken. Wie gern würde er ihren Wunsch erfüllen und sie am Hof behalten, wäre er nicht durch das Wort gebunden, das er Tristan gegeben hatte. »Mylady, ich fürchte, Euer Schicksal ist besiegelt. Auch ich schulde meinen Rittern Loyalität, und was ich ihnen versprochen habe, muß ich halten. Geht jetzt, Lady Genevieve! Ihr untersteht der – Vormundschaft? ... des Lord de la Tere.«

Ungläubig starrte sie ihn an. Wollte er sie Tristan tatsächlich ausliefern, wie einen Gegenstand, den man besitzen und benutzen und jederzeit wegwerfen konnte?

Dicht an ihrem Ohr hörte sie ein höhnisches Flüstern, das sie erschauern ließ. »Ihr macht Euch zum Narren, Genevieve! Erhebt Euch und folgt mir, oder ich werfe Euch vor den Augen seiner königlichen Hoheit und des Hofstaats über meine Schultern und trage Euch hinaus wie ein unartiges Kind.«

»Nein!« stieß sie verzweifelt hervor. In wilder Panik sprang sie auf, verneigte sich hastig vor Henry und versuchte davonzulaufen. Ringsum erklang lautes Gelächter.

Schon nach fünf Schritten wurde sie an den Haaren zurückgerissen und wie ein Kartoffelsack über eine breite Schulter geschleudert.

Seelenruhig trug Tristan sie hinaus, begleitet von sensationslüsternem Getuschel.

Das mußte ein Alptraum sein! Bald würde sie erwachen. Tristan war tot. Großer Gott, hatte jener Mord sie nicht unablässig verfolgt, in so vielen schlaflosen Nächten? Er *mußte* ganz einfach tot sein!

Aber sie irrte sich. Der Arm, der sie eisern festhielt, fühlte sich höchst lebendig an – der Arm des Mannes, dem sie nun hilflos ausgeliefert war, auf Wunsch des Königs.

9

Sie wünschte, ihre Sinne würden schwinden. Aber ihr wurde nur zu deutlich bewußt, was mit ihr geschah, während sie durch die Korridore von Windsor getragen wurde. Überall folgten ihr spöttisches Gelächter, neugierige Blicke oder peinliches Schweigen. Schließlich flehte sie Tristan verzweifelt an: »Laßt mich hinunter! Ich gehe freiwillig mit Euch! Bitte!« Zu ihrer Verwunderung stellte er sie tatsächlich auf die Beine. »Wohin bringt Ihr mich?« flüsterte sie.

»Sonst habt Ihr nichts zu sagen, Mylady? Kein freundliches Grußwort. Zum Beispiel könntet Ihr beteuern, wie sehr es Euch entzückt, mich wieder unter den Lebenden zu sehen.«

»Das entzückt mich keineswegs!« fauchte sie.

Er lächelte bitter, packte ihren Arm und zog sie mit sich. Nun gelangte sie in einen Teil des Palastes, wo sich nicht so viele Leute tummelten. Hier lagen offenbar die Gästezimmer. Nur selten trafen sie einen Lord oder eine Lady und vereinzelte Dienstboten.

Niemand wird mir helfen, dachte Genevieve schweren Herzens. Denn man wird es nicht wagen, sich dem Willen des Königs zu widersetzen, schon gar nicht, wenn es um solche Bagatellen wie eine rebellische Erbin geht, die sich gegen ihren neuen »Besitzer« auflehnt. Er eilte immer schneller dahin, und sie mußte beinahe laufen, um mit ihm Schritt zu halten. »Wohin bringt Ihr mich?« fragte sie noch einmal.

»In meine Räume«, erwiderte er kurz angebunden.

»Und – was werdet Ihr mit mir machen?«

Lächelnd schaute er sie an. »Das habe ich noch nicht entschieden. Anfangs wollte ich Euch in siedendes Öl werfen, aber dann fand ich diese Strafe viel zu mild. Aus demselben Grund kam ich auch von meinem Plan ab, Euch vierteilen zu lassen.«

»Niemals würdet Ihr so etwas wagen!« forderte sie ihn heraus. »Der König hat Euch nicht erlaubt, mich zu ermorden....«

»Nun, es wäre kein Mord, eher eine Hinrichtung. Dafür braucht man normalerweise eine königliche Unterschrift, aber in diesem Fall wohl nicht. Dann käme auch noch eine Folter in Frage. Mal sehen... Vielleicht brandmarke ich Eure Wange mit einem Zeichen, das die Leute vor Eurer Arglist warnt. Oder ich reiße Euch die Fingernägel einzeln aus...«

»Hört auf!« zischte sie. Meinte er dies alles ernst? Das verriet seine kalte Miene nicht. »Meine Leute würden es nicht hinnehmen und Euch aufspüren...«

»... was ihnen nicht schwerfallen dürfte, da wir nach Edenby zurückkehren. Übrigens werden sie sich nie wieder gegen mich erheben. Im Augenblick sind sie ziemlich kleinlaut.«

»Was – was meint Ihr?« fragte sie bestürzt.

»Nur daß sich Edenby in meiner Gewalt befindet. In der Nacht nach Eurer Abreise sind wir in die Festung eingedrungen.«

Großer Gott! Wie viele Schloßbewohner waren noch am Leben? Die bedauernswerte Edwyna, die keine Schuld an jenem Täuschungsmanöver trug, und Anne – und der treue Tamkin... Mit aller Kraft schüttelte Genevieve die Hand ihres Peinigers ab. Sie bebte am ganzen Körper, war aber fest entschlossen, ihre Angst zu verbergen. »Was habt Ihr auf Edenby getrieben – arme Menschen abgeschlachtet, die niemals gegen Euch kämpften?«

»Die meisten verwesen gerade am Galgen, und einige schmachten im Verlies. Niemand wurde geschont, Mylady.« Entsetzt wich sie zurück. Auch jetzt wußte sie nicht, ob er die Wahrheit sagte. Er packte wieder ihren Arm und zog sie zu einem der hohen Sprossenfenster. »Schaut in den Hof hinab, Lady Genevieve!« Sie sah einen Schandpfahl, zu dem gefesselte Männer geschleift wurden. Offenbar sollten sie ausgepeitscht werden, weil sie dem neuen Tudor-König irgendwie mißfallen hatten. Genevieve wollte sich abwenden, aber Tristan hielt sie fest. »Glaubt mir, Mylady, Henry ist gerecht, aber streng. Falls ihr meine Geduld noch länger strapaziert, könnte ich mich versucht fühlen, Euch diesen kräftigen Burschen zu überlassen, die da unten ihre Peitschen schwingen.«

»Das wäre mir sogar noch lieber, als von Euch bestraft zu werden.«

»Wirklich? Und würdet Ihr den Tower Eurer Gefangenschaft unter meiner Aufsicht vorziehen?«

»Allerdings!«

»Womöglich würdet Ihr im Tower den Tod finden.«

»Wenn ich schon sterben muß – warum nicht jetzt gleich?«

»Oh, ich beabsichtige nicht, Euch ins Jenseits zu befördern, Mylady. Noch nicht. Und sollte ich Euch die Peitschenstrafe auferlegen, werde ich sie selbst vollstrecken. Dieses Vergnügen lasse ich mir nicht nehmen. Kommt jetzt, die Zeit drängt!« Er zog sie weiter den Flur entlang.

Würde er sie in seinem Zimmer vergewaltigen und dann hinrichten? Nein, allem Anschein nach wollte er sie erst einmal nach Edenby bringen. Vielleicht gehörte es zu seiner Rache, ihr zu zeigen, wie gnadenlos er die Leute ermordet und die Burg verwüstet hatte.

Wenig später blieb er stehen und ließ sie los, um eine Tür zu öffnen. Diese Gelegenheit nutzte sie und rannte davon. Aber Tristan holte sie mühelos ein und zerrte sie an den Haaren in sein Zimmer. Ihr Fluchtversuch schien ihn eher zu belustigen als zu ärgern. »Mylady, ich werde Euch nie wieder trauen und behalte Euch stets im Auge. Also sind Eure Bemühungen, mir zu entrinnen, völlig sinnlos.«

Nachdem er die Tür hinter sich geschlossen hatte, beachtete er Genevieve nicht mehr und suchte hastig seine Sachen zusammen. Der Raum war verschwenderisch ausgestattet.

Offensichtlich genoß Tristan die besondere Gunst des Tudor-Königs. Auf dem Bett lag sein Waffengurt mit dem Schwert. Als er danach griff, zuckte Genevieve instinktiv zusammen, und er grinste spöttisch. »Wie nervös Ihr seid, Mylady...« bemerkte er und schlang den Gurt um seine Taille.

»Verdammt, sagt mir endlich, was Ihr mit mir vorhabt!« fauchte sie.

»Da bin ich mir noch nicht sicher.« Er hob einen kleinen Lederranzen auf, verneigte sich und öffnete die Tür. »Brechen wir auf, Lady Genevieve.«

Nun, immerhin hatte sie den Aufenthalt in seinem Zimmer unbeschadet überstanden. »Mein Gepäck ist...«, begann sie, aber er fiel ihr ungeduldig ins Wort.

»Mary folgt uns etwas später und bringt Eure Sachen mit.«

»Mary?«

»Natürlich habe ich Eurer Zofe bereits meine Anweisungen gegeben. Ein nettes, sanftmütiges Mädchen, das den neuen Herrn von Edenby sicher nicht erzürnen wird...«

»Und Sir Humphrey?« fragte sie mit schriller Stimme, während Tristan sie erneut durch die langen Korridore führte. »Ihr habt ihn doch nicht...«

»...im Audienzraum niedergemetzelt? Nein. Er ist ein alter loyaler Ritter. Und obwohl er bei Eurem hinterhältigen Täuschungsmanöver eine gewisse Rolle gespielt hat, rührt er mein Herz. Ja, Mylady, sogar dieses Organ, das aus Eis besteht, ist einer menschlichen Regung fähig. Ich erklärte Sir Humphrey, er würde im Verlies landen, sollte er Euch nach Edenby begleiten. Falls er beschließt, in London zu bleiben, ist er ein freier Mann.«

Also drohte ihrem alten Freund keine Gefahr mehr. Wenigstens *eine* Sorge weniger...

Erleichtert atmete sie auf. Sie traten in den sonnenhellen Hof hinaus, wo Tristan von einer berittenen Truppe erwartet wurde. Sie war an den Wappen auf ihren Mänteln zu erkennen. Bei diesem Anblick schöpfte Genevieve neue Hoffnung. Sie war eine ausgezeichnete Reiterin, und sobald sie jenen Landesteil erreichte, den sie besser kannte als Lord de la Tere und sein Gefolge, würde sie fliehen. »Wo ist mein Pferd?« fragte sie möglichst beiläufig.

Tristan schenkte ihr ein nachsichtiges Lächeln. »Ah, Mylady – für wie dumm haltet Ihr mich eigentlich, nach allem, was Ihr mir schon zugemutet habt? Euer Pferd wird später zusammen mit Eurem Gepäck nach Edenby gebracht. Diesmal reist Ihr in anderem Stil.« Ehe sie wußte, wie ihr geschah, wurde sie wieder hochgehoben. Tristan trug sie über den schlammigen Boden, verfrachtete sie unsanft in einer schäbigen Kutsche und schlug die Tür zu.

Erbost richtete sie sich auf. »Wartet! In diesem unbequemen

Vehikel kann ich nicht fahren! Da wird mir übel!« Sie hämmerte gegen den Wagenschlag und rüttelte vergeblich am Türgriff. Eine Peitsche knallte, polternd setzte sich die Kutsche in Bewegung, und Genevieve wurde in eine Ecke geschleudert. Schmerzhaft stieß ihre Schläfe an den Fensterrahmen.

Nachdem Genevieve ihr Gleichgewicht wiedergefunden hatte, erkannte sie, daß ihr vorerst nichts anderes übrigblieb, als sich in ihr Schicksal zu fügen. Aber was immer Lord Tristan auch plant – niemals werde ich meine Angst zeigen, gelobte sie sich, als die lange, holprige Fahrt begann. Diese Genugtuung gönne ich ihm nicht. Meinen Stolz wird er nicht brechen. Dieser Gedanke tröstete sie.

Die Nacht brach herein, aber Tristan hatte offenbar nicht vor, Rast zu machen. Schließlich legte sich Genevieve erschöpft auf die harte Bank und fiel in einen unruhigen Schlaf.

Verwirrt, mit verkrampften Gliedern, erwachte sie, und es dauerte eine Weile, bis sie sich zurechtfand. Sie lag zusammengekrümmt im Wagen, der inzwischen angehalten hatte. Durch das Fenster drang Tageslicht herein. Die Tür schwang auf, und Tristan begrüßte sie mit einer tiefen Verbeugung. »Guten Morgen, Mylady. Ich hoffe, Ihr habt gut geschlafen?«

Statt einer Antwort stammelte sie tonlos:

»Meine – Morgentoilette ...«

»Gewiß, Mylady.« Er reichte ihr die Hand, half ihr aus dem Wagen, und sie schaute sich um. Inmitten eines Eichenwalds, auf einer kleinen Lichtung, hatten seine Leute ein Lager aufgeschlagen. Nun saßen sie an einem Feuer und aßen etwas, das köstlich roch. Sie überlegte, ob man ihr ein Frühstück anbieten würde. Oder wollte Tristan sie verhungern lassen?

»Begleitet mich, ich führe Euch zu einem Bach«, erklärte er. »Am Ufer findet Ihr dichte Büsche und könnt Euch ungestört waschen. Aber ich warne Euch! Solltet Ihr einen Fluchtversuch wagen, werdet Ihr Eure Morgentoilette künftig unter meiner Aufsicht verrichten.« Er umklammerte ihren Arm, und sie gingen durch den Morgennebel. Kurz vor dem leisen plätschernden Gewässer ließ Tristan seine Gefangene los.

»Hier werde ich warten. Beeilt Euch! Und danach müßt Ihr sofort zu mir zurückkehren – oder bitter büßen.«

Wortlos verschwand sie zwischen den Büschen, und während sie ihre Hände in die kühlen Wellen tauchte, spähte sie sehnsüchtig in den dichten Wald. Könnte sie doch darin untertauchen... Aber sie würde nicht weit kommen. Nachdem sie sich gewaschen hatte, ging sie widerstrebend zu Tristan zurück. Lässig stand er da, seinen Fuß auf einen Baumstamm gestützt.

Auf dem Rückweg zur Kutsche stiegen wieder Essensgerüche in Genevieves Nase. Vor Hunger drehte sich ihr Magen um, und die Aussicht, in diesem beengten Wagen zu sitzen, weckte ein Gefühl der Beklommenheit. »Darf ich noch ein bißchen an der frischen Luft bleiben?«

Unbarmherzig schüttelte Tristan den Kopf. »Ich bringe Euch etwas zu essen.« Er schob sie in die Kutsche und verschloß die Tür, die er nach kurzer Zeit wieder öffnete, um ein Holzbrett mit gebratenem Wildfleisch in Genevieves Hand zu drücken.

Das Fleisch war ziemlich zäh, aber das störte sie in ihrem Heißhunger nicht. Während sie noch aß, setzte sich der Wagen in Bewegung. Am späten Nachmittag wurde ihr ein Becher Ale kredenzt, nicht von Tristan, sondern von einem seiner Männer, einem hübschen, höflichen Burschen namens Roger de Treyne. Die wenigen Worte, die sie mit ihm wechselte, machten ihr Mut, denn er schien Mitleid angesichts ihrer mißlichen Lage zu empfinden.

Zu ihrer Freude war es Roger, der sie am nächsten Morgen zu einem Bach geleitete. Wehmütig lächelte sie ihn an und erklärte, sie müsse unbedingt baden. Ob er sich wohl etwas weiter entfernen würde? Sie schaute so flehend zu ihm auf, daß er schließlich zustimmte.

Sobald er zwischen den Bäumen verschwunden war, zog sie sich bis aufs Hemd aus und glitt in die erfrischenden Wellen. Forschend betrachtete sie das andere Ufer. Es wäre ein Kinderspiel, dort hinüberzuschwimmen – und dann konnte sie sich im Dickicht des Waldes verstecken.

Damit Roger das Plätschern nicht hörte, schwamm sie

eine Zeitlang unter Wasser. Erst als sie das gegenüberliegende Ufer vor sich sah, tauchte sie auf und rang nach Atem. Rasch watete sie an Land. Und dann schrie sie erschrocken auf. Tristan lehnte an einem Eichenstamm und ließ seinen Blick schweigend über ihren Körper gleiten. Wie eine zweite Haut klebte das nasse Hemd an ihr und schmiegte sich an die Brüste und Hüften. Wasser floß aus ihrem nassen Haar. Seufzend legte er seinen Mantel um ihre zitternden Schultern und bemerkte kühl: »Glaubt bloß nicht, meine Männer würden Euch zur Flucht verhelfen, Genevieve! Ich habe meine Begleiter für diese Reise sehr sorgfältig ausgewählt. Alle mußten im Verlies von Edenby schmachten – auf Euren Befehl.«

»Ihr – Ihr seid trocken«, stammelte sie mit klappernden Zähnen.

Lächelnd zeigte er auf ein kleines Boot, das am Ufer vertäut lag. »Fahren wir zurück?«

Nach wenigen Ruderschlägen erreichten sie die andere Seite des Bachs. Tristan nahm ihr seinen Mantel ab und warf ihr das Kleid zu, das sie im Gras zurückgelassen hatte. Mühsam streifte sie es über ihr feuchtes Hemd, dann führte er sie zu der wackeligen Kutsche zurück. Wie ein Schraubstock umschloß seine Hand ihren Arm. Panische Angst verdrängte die Enttäuschung über den mißlungenen Fluchtversuch. O Gott, er ist wie ein Habicht, der mit seiner hilflosen Beute spielt, dachte sie verzweifelt. Impulsiv stieß sie hervor: »Erschlagt mich endlich – oder erwürgt mich! Dann hätten wir's hinter uns!«

»Soll ich mich um die Vorfreude bringen? Nein, Mylady. Warten wir erst einmal unsere Ankunft auf Edenby ab. An diesem Ort, der mir beinahe zum Verhängnis wurde, sollt Ihr die gerechte Strafe finden.« Unsanft schob er sie in den Wagen.

»Habt Ihr denn nichts Besseres zu tun, als eine Frau zu quälen?« kreischte sie.

»Im Augenblick nicht«, erwiderte er ungerührt. Trotz ihres schrillen Protests warf er die Tür zu.

Am nächsten Morgen geleitete er sie wieder persönlich zu ihrer Morgentoilette, und am späten Nachmittag erreichten sie Edenby. Die Sonne warf bereits lange Schatten über die Mauern. Schweren Herzens hörte Genevieve, wie Tristan mit dem Pförtner sprach. Sie kannte die Stimme des Mannes nicht, also mußte er zu de la Teres Gefolge zählen, und die Burg befand sich tatsächlich in dessen Händen. Durch das Wagenfenster konnte sie kaum etwas sehen, aber ihre Phantasie gaukelte ihr grausige Bilder vor. Wachtposten, Bauern und Handwerker, die am Galgen baumelten – darunter Tamkin... Und was war aus Edwyna und der kleinen Anne geworden? Nicht einmal Tristan würde ein Kind ermorden lassen – oder doch?

Die Kutsche hielt im Hof, und Tristan öffnete lächelnd die Tür. »Nun sind wir am Ziel, Mylady«, verkündete er und hob sie aus dem Wagen. »Der Augenblick der Vergeltung rückt immer näher.« Als sie zurückweichen wollte, umklammerte er ihr Handgelenk. »Wollt Ihr nicht um Gnade bitten, so wie damals?«

»Nein!« zischte sie.

»Aber Ihr folgt mir doch in die Halle? Oder soll ich Euch tragen? Ich bin in Eile. Leider muß unsere persönliche Angelegenheit noch ein bißchen warten, da ich dringende Pflichten zu erfüllen habe.«

Während er sie die Stufen zur Halle hinaufführte, fragte sie: »Ist das auch der richtige Weg? Bringt Ihr mich nicht ins Verlies?«

»Vielleicht später...« Mit einem zynischen Lächeln fügte er hinzu: »Auf diese Nacht habe ich lange gewartet, Lady...«

»Tristan!« Ein freudiger Ruf unterbrach ihn. Genevieve drehte sich um und sah den hübschen jungen Lancaster durch den Hof herbeieilen. »Hier ist alles in Ordnung. Guten Abend, Mylady...«

Statt den Gruß zu erwidern, fragte sie angstvoll: »Was habt Ihr mit meiner Tante gemacht?«

Aber Tristan ließ ihn nicht zu Wort kommen. »Guten Abend, Jon. Laß mich erst einmal die Lady nach oben bringen, dann treffen wir uns im Arbeitszimmer.«

Verzweifelt wehrte sie sich gegen die starke Hand, die sie über die Schwelle zu ziehen versuchte. »Wartet!« Zwar hatte sie auch Jon von Pleasance hintergangen, aber in seiner Brust schien wenigstens ein Herz zu schlagen. »Bitte! Was ist mit meiner Tante?«

»Edwyna sitzt vor dem Kamin«, erwiderte er freundlich, und sie betraten die Halle. Tatsächlich, da saß Edwyna, bleich und bedrückt, aber so schön und elegant gekleidet wie eh und je.

»O Edwyna!« rief Genevieve, und ihre Tante lief zu ihr, aber Tristans junger Freund hielt sie am Arm fest.

»Misch dich nicht ein!« mahnte er leise.

Verwirrt blickte Genevieve über die Schulter zurück, während Tristan sie die Treppe hinaufzog. »Sie lebt...«

»Natürlich lebt sie!« bestätigte er irritiert. »Und sie kann sich sogar einigermaßen frei bewegen. Sie ist ja auch keine wilde Teufelin, die man ständig im Auge behalten muß!«

Sollte das etwa heißen, daß Edwyna am Leben bleiben durfte und sie, Genevieve, nicht? Er zerrte sie zu ihrem Schlafgemach, und sie starrte erschrocken auf den neuen massiven Riegel, den man inzwischen an der Tür angebracht hatte.

Tristan stieß sie ins Zimmer, und sie verlor beinahe ihr Gleichgewicht. »Tut mir leid, daß ich Euch nun allein lassen muß, Mylady. Ruht Euch aus. So bald wie möglich komme ich zu Euch.« Lächelnd verneigte er sich, verließ den Raum, und sie hörte, wie er den Riegel vorschob.

Jon und Tibald erwarteten ihn im Arbeitszimmer. Beide wirkten entspannt und gut gelaunt, und das freute ihn, denn es bedeutete, daß die Eroberung von Edenby reibungslos verlaufen war.

Nachdem er hinter dem Schreibtisch Platz genommen hatte, erstatteten ihm seine Freunde Bericht. Tibald erklärte, die meisten Mitglieder der Schloßwache würden immer noch im Verlies sitzen. Man dürfe nicht riskieren, sie freizulassen. Aber die Bauern und Handwerker würden wieder arbeiten. Die Dienstboten seien etwas mürrisch, aber keiner würde offen gegen die neue Herrschaft rebellieren.

»Vor kurzem ließ ich Tamkin aus dem Verlies holen und in einem der Wehrtürme unterbringen«, erzählte Jon. »Er weiß genau Bescheid über die Pächter, die Aufteilung der Felder, die Ernteerträge und Getreidemühlen. In jener schrecklichen Nacht hat er gegen dich gekämpft, das weiß ich, aber ich wollte mir nicht anmaßen, ihn zu bestrafen. Nun wartet er zitternd auf deine Rückkehr.«

»Hm...« Tristan nahm einen großen Schluck aus dem Ale-Becher, den man ihm serviert hatte.

»Was wirst du tun?«

»Das weiß ich noch nicht«, erwiderte Tristan nachdenklich. »Irgendwie müssen wir unsere Autorität bekräftigen. Vielleicht eine Peitschenstrafe... Das wird Tamkin überleben, und die Leute merken, daß wir alles unter eiserner Kontrolle haben und jeder Aufstand zwecklos wäre.« Erschöpft seufzte er. »Ich glaube, alles andere kann bis morgen warten. Gibt es ein Zimmer, wo ich schlafen kann, Jon?«

Verwundert hob sein Freund die Brauen. »Ich dachte...«

»O ja, ich werde Lady Genevieve besuchen, aber nicht an ihrer Seite schlafen. Noch bin ich nicht lebensmüde.«

Jon nickte ihm grinsend zu. »Gut, dann lasse ich das Herrschaftszimmer für dich herrichten. Es liegt weiter unten am Flur...«

Plötzlich flog die Tür auf, und Lady Edwyna eilte herein. Sie kniete vor Tristan nieder, und ihre tränenfeuchten Augen schauten flehend zu ihm auf. »Oh, Mylord, tötet sie nicht – ich flehe Euch an! Sie ist noch so jung, und sie hatte keine Wahl. Versteht Ihr denn nicht? So sehr es ihr auch widerstrebte, sie mußte den Feind bekämpfen. Sicher, ich weiß – Jon hat mir von Eurer Frau erzählt. Aber Ihr, Lord Tristan, seid erhaben über eine solche Grausamkeit. Habt Erbarmen...«

»Edwyna!« Er nahm ihr Gesicht in beide Hände, blickte in ihre großen, leuchtenden blauen Augen und erkannte, was Jon bezauberte. Das konnte er nachempfinden, aber er grollte dem Freund, der offensichtlich Lisettes tragisches Ende geschildert hatte. »Ich habe nicht vor, eine Frau zu töten, Lady Edwyna«, fuhr er mit rauher Stimme fort und warf einen Blick zu Jon hinüber, der unbehaglich den Kopf senkte. »Doch ich muß Euch warnen – meine Vergangenheit ist kein Gesprächsthema. Seid unbesorgt – Genevieve wird nicht sterben, aber ich halte sie in diesem Schloß gefangen. Daran könnt Ihr nichts ändern, mögt Ihr noch so viele Tränen vergießen.«

Obwohl ihre Lippen zitterten, versuchte sie zu lächeln. »Oh, ich danke Euch.«

»Edwyna!« stieß Jon in scharfem Ton hervor.

Da erhob sie sich, ging zu ihm und wandte sich wieder zu Tristan. »Mylord, ich bin keine Gefangene. Warum sollte...«

»Nun, die Gefangenschaft bleibt Euch erspart, weil Ihr Euch offensichtlich mit Eurer Situation abfindet und vertrauenswürdig seid. Solltet Ihr jemals unseren Argwohn erregen, würdet Ihr es bitter bereuen. Also seid auf der Hut!«

»Aber – Mylord...« begann Edwyna.

»Jon, Tibald, Lady Edwyna, gute Nacht.«

Tristans durchdringender Blick bewog Jon, einen Arm um Edwynas Taille zu schlingen und sie hastig aus dem Zimmer zu führen. Grinsend schüttelte Tibald den Kopf und folgte den beiden.

Eine Zeitlang blieb Tristan noch am Schreibtisch sitzen und leerte seinen Becher, dann entschied er, daß er lange genug gewartet hatte.

Er schloß die Augen, und in seiner Phantasie sah er Genevieve, die vor ihm auf den Knien lag – und dann einen Schürhaken in der Hand hielt, von dem Blut tropfte. Entschlossen stand er auf. Es war an der Zeit, die Lady an ihr Versprechen zu erinnern. Mit allem Nachdruck hatte er versichert, sie zu zwingen, Wort zu halten. Genau das würde er jetzt tun.

10

Zum hundertsten Mal rüttelte Genevieve am Türgriff, ohne Erfolg. Tränen der Wut und Enttäuschung brannten in ihren Augen.

Langsam ging sie zum Bett und betrachtete die mit Wasser gefüllte Wanne, die vor dem Kamin stand. Offenbar war Genevieve an diesem Abend erwartet worden. Tristan mußte einen Boten vorausgeschickt haben.

Hastig hatte sie gebadet und angstvoll auf seine Schritte gelauscht. Aber er war nicht zu ihr gekommen. Vielleicht kümmerte er sich tatsächlich um irgendwelche wichtigen Angelegenheiten. Nun wanderte sie rastlos in dem schönen blauen Samtkleid umher, das irgend jemand bereitgelegt hatte, zupfte immer wieder an der Verschnürung des Oberteils mit dem tiefen Ausschnitt und versuchte, ihren Busenansatz etwas züchtiger zu bedecken.

Beklommen schloß sie die Augen. Würde Tristan sie in dieser Nacht ermorden? Mit dem Schürhaken, den sie benutzt hatte, um ihn niederzuschlagen? Oder würde er sie noch ein paar Tage in leidvoller Ungewißheit schmachten lassen?

Oh, zum Teufel mit ihm, er verstand es wirklich, seine Rache auszukosten und seine Gefangene bis aufs Blut zu quälen. Sie hob die Lider, und ihr Blick fiel auf den Gobelin, der ein schmales Bogenfenster verdeckte. Da sie gertenschlank war, würde es ihr gelingen, sich durch diese kleine Öffnung zu zwängen. Dann konnte sie auf die Brustwehr hinabspringen – und sich ein Bein brechen. Aber was bedeutete das schon, verglichen mit der Vergeltung, die Tristan de la Tere üben würde?

Kurz entschlossen rannte sie zum Gobelin, der eine Jagdszene zeigte, riß ihn herunter und spähte durch das Fenster. Da verließ sie der Mut, denn es lag viel höher, als sie gedacht hatte. Trotzdem – wenn sie ihre Schultern hindurchschob, dann die Hüften... Sie eilte zu dem Stuhl, der vor dem

Toilettentisch stand, rückte ihn ans Fenster und stieg darauf. Zitternd starrte sie zur Brustwehr hinunter.

In diesem Augenblick hörte sie, wie der Riegel an der Tür zurückgeschoben wurde. Erschrocken zuckte sie zusammen, und der Stuhl rutschte unter ihren Füßen davon. Während sie sich verzweifelt ans Fenstersims klammerte, schaute sie über die Schulter. Lässig schlenderte Tristan herein und beobachtete Genevieves Bemühungen. Wie immer trug er sein Schwert. Sein Scheitel erreichte beinahe den höchsten Punkt des Torbogens. In seinem langen Mantel sah er majestätisch aus – und gnadenlos.

Stöhnend zog sie sich am steinernen Sims hoch. Doch da wurde ihre Taille von einem starken Arm umfangen. Dann landete sie unsanft am Boden, rang nach Atem und strich ihr wirres Haar aus dem Gesicht. Breitbeinig stand Tristan vor ihr. Den Blick voller Angst auf seine Stiefel geheftet, kroch sie zur Wand.

»Das war ein sehr törichter Fluchtversuch, findet Ihr nicht auch?« Höflich streckte er eine Hand aus, um ihr auf die Beine zu helfen, aber sie zog es vor, sich aus eigener Kraft zu erheben.

»Keineswegs«, erwiderte sie, den Rücken an die Wand gepreßt.

»Oder war es eher ein Selbstmordversuch?«

»Spielt das eine Rolle?«

Er zuckte die Achseln und legte den Waffengurt ab, ging zum Bett und setzte sich. »Wohl kaum.« Während er Genevieve unverwandt beobachtete, zog er seine Stiefel aus. Er sah, wie ihr Blick zu seinem Schwert glitt, und grinste. »Wollt Ihr mich mit meiner eigenen Klinge erstechen?«

Trotzig reckte sie das Kinn hoch. »Ein naheliegender Gedanke...«

Doch dann steigerten seine durchdringenden dunklen Augen ihre Angst zur Panik. Verzweifelt rannte sie zur Tür, aber als sie den Riegel öffnete, wurde er sofort wieder vorgeschoben. Tristan stand dicht neben ihr, aber ehe er sie festhalten konnte, floh sie erneut, stürzte sich auf seinen Waffengurt und riß das Schwert aus der Scheide.

Langsam kam Tristan auf sie zu. »Nun? Wagt Ihr es tatsächlich?«

Mit zitternder Hand hob sie die Waffe. »O ja! Ich steche Euch nieder! Ich töte euch!«

»Zweifellos habt Ihr das vor. Glaubt mir, ich habe Euren letzten Mordversuch keineswegs vergessen, Mylady. Aber so leicht bin ich nicht umzubringen.«

»Mylord, ich...« Erschrocken schrie sie auf, als er blitzschnell einen Fuß hochschwang und ihr das Schwert aus der Hand trat. Wie ein Silberpfeil flog es davon und landete klirrend am Boden, weit außerhalb ihrer Reichweite. Gelassen hob er es auf, und sie wagte sich nicht zu rühren, als die Stahlspitze ihre Kehle berührte.

»In der Tat, Lady, Ihr fordert den Tod heraus.«

»Dann tötet mich endlich. Hätte ich's doch überstanden...« Aber das war eine Lüge, und sie wußte es selber. Sie bebte am ganzen Körper. Die Klinge glitt von ihrem Hals nach unten, zerschnitt die Verschnürung, die das Oberteil ihres Kleids zusammenhielt, und entblößte ihre Brüste.

Wie gelähmt stand sie da, während er zum Kamin schlenderte, die Schneide im Feuerschein hin und her drehte. »Nein, Genevieve, ich habe nicht die Absicht, Euch zu töten. Weiß Gott, es wäre mein gutes Recht, doch die Ritterehre hindert mich daran. Andererseits«, fügte er gedehnt hinzu, »würde ich nicht zögern, Euch am Schandpfahl auspeitschen zu lassen – eine milde Strafe für ein mörderisches, verlogenes, verräterisches kleines Biest.«

»Niemals verriet ich die Krone, der ich mich verpflichtet fühlte«, entgegnete sie tonlos und wandte sich ab. Als sie ein Geräusch hinter sich hörte, spähte sie verstohlen zum Kamin hinüber. Tristan hatte seine lederne Tunika abgestreift und zusammen mit dem Schwert auf seinen Stuhl geworfen. Dann zog er das feine weiße Leinenhemd aus. Beim Anblick seiner muskulösen nackten Brust stockte ihr Atem, und sie zwang sich wegzuschauen.

»Nun?« rief er ungeduldig. »Ich warte!«

Verwirrt drehte sie sich um. »Worauf?«

»Auf die Erfüllung eines Versprechens.«

Goldener Feuerschein beleuchtete seine breiten Schultern und spiegelte sich in seinen Augen, die spöttisch funkelten. »So haben wir auch an jenem bewußten Tag angefangen, erinnert Ihr Euch? Ihr knietet vor mir und flehtet mich an, Euch zu nehmen, hier auf diesem Bett. Habt Ihr Euer Versprechen inzwischen vergessen? Ich erinnere mich sehr gut. Und ich weiß auch, daß ich Euch mehrmals eine Gelegenheit bot, Euer Wort zurückzunehmen. Aber Ihr wart ja so beharrlich... Natürlich ahnte ich nicht, was Ihr wirklich vorhattet. Und dann warnte ich Euch mit allem Nachdruck, ich würde Euch zwingen, das Versprechen einzulösen. Und bei Gott, das werde ich tun.«

Mühsam unterdrückte sie einen hysterischen Lachreiz. »Aber – Ihr verabscheut mich!«

»Allerdings«, stimmte er bitter zu.

»Und – warum...?« wisperte sie.

»Ich begehre Euch, Genevieve. Das eine hat wenig mit dem anderen zu tun.«

»Wo bleibt jetzt die grandiose Lancaster-Galanterie?«

»Die wurde am Klippenrand begraben.«

»Ihr sagtet, gegen Frauen würdet Ihr nicht kämpfen.«

»Was immer man dem schönen Geschlecht zugestehen mag, habt Ihr mit Eurem schändlichen Betrug verwirkt, Lady. Ihr werdet Wort halten – freiwillig oder gezwungenermaßen. Das habe ich mir in einem kalten Felsengrab selbst gelobt.« Seine Lippen verzogen sich zu einem freudlosen Lächeln. »Kommt zu mir, Mylady.«

»Niemals!«

»Dann werde ich Euch holen, Genevieve.«

»Nein!« würgte sie in wilder Panik hervor.

Zielstrebig ging er zu ihr, und sie kehrte ihm den Rücken, um blindlings irgendwohin zu laufen. Aber er packte ihr Haar, riß sie herum, zog sie an seine Brust. Entsetzt schrie sie auf, als er ihr Kleid zerfetzte und zu Boden fallen ließ, stemmte die Fäuste gegen seine Brust, aber er hielt sie eisern umschlungen.

Als sie zu ihm aufblickte, las sie keine Spur von Mitgefühl in seinen Augen. »Nein!«

Ohne ihren Protest zu beachten, hob er sie hoch, trug sie zum Bett und warf sie auf die Decke. Im Licht der Kerze, die auf dem Nachttisch brannte, betrachtete er ihren nackten Körper. »Endlich sehe ich die kostbare Beute, die mir verheißen wurde.« Dann blies er die Flamme aus, und während er aus seiner Hose schlüpfte, sprang Genevieve aus dem Bett. In ihrer Aufregung stolperte sie über den Rand des Podests, und Tristan ergriff ihr Handgelenk. Mühelos zog er sie auf die Pelzdecke zurück, wo er sich inzwischen ausgestreckt hatte.

»Oh, nie zuvor bin ich einem so grausamen Mann begegnet!« schrie sie ihn an.

Da schien er zu erstarren, und ein langes Schweigen entstand. Schließlich fragte er mit ausdrucksloser Stimme: »Was wißt Ihr schon von Grausamkeit, Lady? Grausam ist ein Messer im Bauch, eine Stichwunde im Hals – der Mord an einem ungeborenen Kind!«

Aus irgendeinem Grund schienen ihre Worte ein wildes Feuer in ihm zu entfachen. Er preßte sie mit einer übermächtigen Kraft an sich, die ihren Widerstand erlahmen ließ. Sein nackter Körper war so hart und unnachgiebig wie sein Blick, in dem sie Höllenflammen zu sehen glaubte. Keine Schwäche, keine Verletzlichkeit – nur Haß und unbändige Rachsucht...

Als er sich über sie neigte und sie die dunkle Glut in seinen Augen sah, gab sie ihren Vorsatz auf, keine Angst zu zeigen. Obwohl sie sich ihrer Feigheit schämte, mußte sie ganz einfach um Gnade flehen. »Bitte!« flüsterte sie. Tränen stiegen ihr in die Augen, und sie haßte ihre eigene Schwäche. »Niemals wollte ich jemanden töten. Ich kämpfte so, wie ich es vermochte. Versteht Ihr denn nicht? Ich war so verzweifelt. Von Anfang an wart Ihr der Stärkere – das seid Ihr immer noch. Und ich mußte die Waffen nutzen, die ich besaß... « Ihre Stimme erstarb. Beschwörend sah sie ihn an.

Zunächst antwortete er nicht. Dann senkte er die Lider, und der harte Zug um seine Lippen schien sich zu mildern. »Worum bittet Ihr?«

»Tut mir nicht weh... «

»Dann denkt an Euer Versprechen, Genevieve. Damals habt Ihr gelobt, mich wie eine zärtliche Braut zu beglücken.

Aber alles, was ich zu spüren bekam, war ein Schlag mit dem Schürhaken – und Eure scharfe Zunge.«

Jetzt wagte sie nicht mehr, seinen Blick zu erwidern. Um so intensiver fühlte sie die Nähe seines harten, muskulösen Körpers, seine pulsierende Männlichkeit.

Und dann berührte er sie wieder – diesmal so zart und behutsam, daß sie beinahe ihrem Instinkt gehorcht hätte und näher zu ihm gerückt wäre, um mehr zu spüren. Seine Hand glitt über ihre Hüfte, und seine Finger umkreisten eine Brustwarze. »Ganz ruhig«, flüsterte er, als sie stöhnend protestierte. Sie lag tatsächlich reglos da, während er sie streichelte und beschwichtigend auf sie einsprach. Sie hatte gekämpft – und verloren. Jetzt konnte sie sich nicht mehr wehren und nur noch die Augen schließen.

Er war so sanft und geduldig. Allmählich hörte sie zu zittern auf, denn er lullte sie ein, zog sie in einen seltsamen Bann, weckte irgend etwas in ihrem Blut, das sie bewog, nicht nur vor seiner Kraft zu kapitulieren. Ihr Körper war kühl, aber überall wo Tristan sie berührte, entstand eine sonderbare Hitze, und wo sie ihn nicht fühlte, sehnte sie sich nach ihm – nicht nach Lord de la Tere, ihrem Feind, sondern nach dem Mann. Und jene innere Stimme, die ihr zuflüsterte, wer er war, wurde immer schwächer, verdrängt von überwältigenden Gefühlen.

Wieder stöhnte sie, als er eine ihrer Brustwarzen in den Mund nahm und daran saugte. Aufreizend bewegte sich seine Zunge. Genevieve wußte nicht, wie es geschehen war, aber plötzlich hatte sie ihre Finger in sein Haar geschlungen. In ihrem Bauch wuchs ein fremdartiges süßes Gefühl, das anschwoll und immer stärker wurde.

Tristans Mund wanderte durch das Tal zwischen ihren Brüsten und liebkoste die andere rosige Spitze. Dann befeuchtete seine Zunge Genevieves Lippen und zwang sie, sie zu öffnen. Der begierige, fordernde Kuß erzeugte einen unwiderstehlichen Zauber.

Ihr Verstand sagte ihr, sie müsse hassen, was sie jetzt empfand. Doch sie konnte es nicht. Tristans Hände erforschten wieder ihren Körper, streichelten ihre Schenkel und schoben die Knie auseinander. Mit einem halb erstickten Laut protestierte sie, und er flüsterte an ihrem Mund: »Ganz ruhig – laß mich dich berühren... « Ein leidenschaftlicher Kuß brachte Genevieve zum Schweigen, lenkte sie aber nicht ab von den Zärtlichkeiten seiner Finger an den Innenseiten ihrer Schenkel, zwischen ihren Beinen. Der Schock der ungewohnten Intimität jagte einen eigenartigen Schauer durch ihren Körper. Erschrocken öffnete sie die Augen und sah Tristan lächeln. Jetzt erschien ihr sein Gesicht so sanft wie noch nie. »Sei ganz ruhig«, bat er wieder.

Noch einmal spürte sie seine Zunge auf ihren Brüsten. Eine heiße, feuchte Spur zog sich über ihren Bauch nach unten, dann erreichten seine Lippen jene Stelle, wo sich alle Gefühle zu konzentrieren schienen. Heftig zuckte Genevieve zusammen, schrie auf und wand sich abwehrend umher. Aber er ergriff ihre Hände, schlang seine Finger in ihre und hielt sie fest. Das betörende Spiel seiner Zungenspitze sandte heiße Wellen durch ihre Adern. Stöhnend warf Genevieve den Kopf hin und her, bäumte sich auf, wisperte atemlos, daß sie ihn haßte – daß sie es nicht länger ertrug. Sie hörte ihn leise lachen, als er sich aufrichtete, und bevor er sie küßte, las sie den Triumph in seinen Augen. Langsam sank er auf ihren Körper herab, sein Knie schob ihre Beine noch weiter auseinander. Sie zitterte und begehrte ihn – wollte sich von ihm befreien – und konnte nicht einmal ihre Hände von seinen lösen. Verzweifelt umklammerte sie seine Finger.

»Ist es das erste Mal, Genevieve?«

Wütend biß sie sich auf die Lippen. Wie konnte er es nur wagen, eine solche Frage zu stellen?

»Aye!« Seine Worte hatten den süßen Bann gebrochen.

»Dann kann ich nicht allzu sanft mit dir umgehen.«

Ihre Empörung wuchs. Für ihn war es eine Nacht wie jede andere, für sie ein Augenblick in ihrem Leben, der niemals wiederkommen würde. »Oh, ich hasse dich!« fauchte sie.

Ein bitteres Lächeln verzog seine Lippen, ehe sie wieder ihren Mund verschlossen. Er ließ ihre Hände los, seine Finger glitten zwischen ihre Beine. Betörende intime Zärtlichkeiten und ein heißer Kuß führten Genevieve in jenes Reich der Sinne zurück, wo klare Gedanken von süßer Magie umnebelt wurden. Tristan drückte sie fest an sich, und plötzlich verspürte sie einen stechenden Schmerz. Gepeinigt rang sie nach Luft.

Diesmal schwang kein Spott in Tristans leiser Stimme mit. »Ganz ruhig – ganz ruhig… «

Immer wieder sprach er diese Worte, während er tiefer in sie eindrang. Tränen brannten in ihren Augen. Besänftigend streichelte er ihre Brüste und bewegte sich vorsichtig und langsam in ihr.

Sie wußte nicht, wann der Schmerz verebbte, wann das Entzücken siegte. Zunächst erschien ihr alles so fremd – der männliche Körper mit ihrem verschmolzen, zu fest, zu hart, zu fordernd. Doch die berückenden Gefühle waren so überwältigend für sie, und sie ließ sich mitreißen von einem drängenden Rhythmus, dem sich ihre Hüften wie von selbst anpaßten. Immer schneller, immer wilder… Die Klänge einer süßen Melodie pochten in Genevieves Adern, erschütterten ihre Glieder. Schreiend preßte sie das Gesicht an Tristans Schulter und glaubte, ein Wirbelsturm würde sie in den Himmel emportragen, um sie dann in einer rauschenden Brandung zu versenken.

Irgend etwas in ihr drohte zu bersten, und dann schwebte sie auf schönen, sonnenhellen Wolken. Sie merkte es kaum, als Tristan von einem heftigen Zittern erfaßt wurde. Laut stöhnte er auf, dann lockerten sich seine angespannten Muskeln.

Nach einer Weile befreite er sie von seinem Gewicht und streckte sich erschöpft neben ihr aus. Blicklos starrte sie in die Finsternis. Nun wurde ihr schmerzlich bewußt, daß sie rückhaltlos kapituliert und ihren ganzen Stolz verloren hatte – den einzigen wahren Kampf, der ihr jemals ermöglicht worden war. Sie wandte sich von Tristan ab, versuchte erfolglos, ein Schluchzen zu unterdrücken. Seine Finger strichen über ihre Wange. »Du weinst?«

»Das ist doch nur natürlich – nach einer Vergewaltigung…«

Sein Gelächter demütigte sie noch tiefer. »Ich hoffe, du lernst niemals die wirkliche Bedeutung dieses Wortes kennen. Wie ich bereits sagte – du weißt nichts von echter Grausamkeit. Sicher, du bist nicht gerade begierig in meine Arme gesunken, aber du hast dein Versprechen erfüllt und deine Sache ganz gut gemacht, zumindest für den Anfang.«

»Nein!« widersprach sie mit schwacher Stimme. »Ich hasse dich!«

»Trotzdem bin ich sehr mit dir zufrieden, meine teure Konkubine.« Seine Finger glitten über ihren Arm, und sie schüttelte seine Hand ab.

»Du hast deinen Willen durchgesetzt, also laß mich jetzt in Ruhe!«

Wieder lachte er, dann umfaßte er ihre Schulter und drehte sie zu sich herum. »Warum sollte ich? Unsere Beziehung hat eben erst begonnen, und ich möchte dir Gelegenheit geben, deinen Wert zu beweisen und noch viel schönere Freuden kennenzulernen.«

»Freuden! Ich finde es widerwärtig, wenn du mich berührst... «

»Offenbar ist dir die Lüge zur zweiten Natur geworden, Genevieve. Aber vielleicht kann ich dich davon heilen.«

Instinktiv hob sie eine Hand, um ihn zu ohrfeigen, aber er umklammerte immer noch lächelnd ihren Arm. Als er sich herabneigte und sie küßte, stürmten neue heiße Wellen durch ihr Blut, und ihr Körper – jetzt auf seinen eingestimmt – ersehnte noch einmal die Lust, die er soeben zum erstenmal genossen hatte.

Aber Tristan richtete sich belustigt auf. »Wie schade, daß ich meinen Schlaf brauche... « Er stand auf und griff nach seinem Hemd. »Aber verzweifle nicht, ich werde dich gewiß nicht vernachlässigen.«

Hastig wickelte sie sich in die Decke und beobachtete ihn verblüfft. Er brauchte seinen Schlaf, und trotzdem kleidete er sich an? Dem Himmel sei Dank, sagte sie sich. Aber ihr Mißtrauen schwand nicht. »Läßt du mich allein?« fragte sie hoffnungsvoll.

»Wie ich dir bereits erklärt habe, muß ich schlafen – und das wage ich nicht in deiner Nähe.« Er stieg in seine Hose, dann ging er mit den Stiefeln in der Hand zur Tür.

»Also darf ich mein Zimmer weiterhin bewohnen?« rief sie ihm nach. »Allein?«

»Abgesehen von jenen Stunden, die ich bei dir verbringen werde.« Er zuckte die Achseln. »Oder es macht mir eines Tages keinen Spaß mehr, dich zu quälen. Dann könnte ich dich ins Verlies verbannen. Das muß ich mir erst noch überlegen.«

»Oh – mein Gott!« flüsterte sie, als sie endlich begriff, welche Rolle sie in seinem Leben spielen sollte. »Du bist der bösartigste, abscheulichste, niederträchtigste Mann, der mir jemals über den Weg lief ... «

»Gute Nacht, Genevieve«, verabschiedete er sich mit kühler Stimme und verließ das Zimmer. Eine Zeitlang starrte sie die geschlossene Tür an, dann sprang sie aus dem Bett und drehte am Knauf. Wie erwartet, hatte Tristan draußen den Riegel vorgeschoben. Fröstelnd verschränkte sie die Arme vor ihren nackten Brüsten. Ihr Körper, von heißer Leidenschaft verwöhnt und erwärmt, fühlte sich nun einsam und beraubt. Wütend brach sie in Tränen aus.

11

Das Kaminfeuer war erloschen, und Genevieve fror, als sie erwachte. Durch die Bogenfenster fiel helles Sonnenlicht ins Zimmer. Schluchzend erinnerte sie sich an die vergangene Nacht, preßte das Gesicht ins Kissen und wünschte, sie könnte wieder einschlafen und Tristan de la Tere wäre niemals in ihr Leben getreten und hätte niemals solche Gefühle entfesselt.

Aber ihre Tränen versiegten bald. In dieser Nacht hatte sie lange genug geweint. Nun mußte sie an die Zukunft denken. Ein Scharmützel hatte sie verloren – aber nicht die ganze Schlacht. Tristan konnte sie zwar zwingen, sich zu unterwerfen, aber gewiß nicht veranlassen, ihn zu lieben oder auch nur zu akzeptieren. Und er sollte sie niemals am Boden zerstört sehen, ganz gleich, was er ihr androhte oder zuleide tat.

Sie setzte sich auf, zog die Beine an und schlang die Arme um die Knie. Oh, wie sie ihn haßte für alles, was er ihr zumutete – für die Gefühle, die er in ihr erregt hatte... Doch das war immer noch besser als der Tod. Wenn sie ihn auch aufgefordert hatte, sie zu ermorden – sie wollte nicht sterben.

Entschlossen sprang sie aus dem Bett, lief zu einer Truhe und nahm einen weichen Morgenmantel heraus. Während sie hineinschlüpfte, runzelte sie die Stirn. Es mußte schon ziemlich spät sein, aber keine Dienerin hatte sie aufgesucht. Ohne allzu große Hoffnung versuchte Genevieve, die Tür zu öffnen, die natürlich immer noch von außen verriegelt war.

Also mußte sie in ihrem eigenen Zuhause wie eine Gefangene leben. Sie fluchte erbost. Aber sie würde ihre Freiheit zurückgewinnen. Der englische Thron stand auf wackeligen Beinen, und das Haus York hatte immer noch viele Mitglieder, die glaubwürdigere Ansprüche erheben konnten als Henry Tudor. Und sie würden ihn bekämpfen, so wie er Richard entgegengetreten war. Dann fängt der Krieg von vorn an, dachte sie bedrückt. Wieder werden viele edle Köpfe rollen...

Sie seufzte tief auf. Für England wäre es am besten, wenn endlich Frieden einkehrte, wenn Henry sich als starker König erwiese, der die zerstrittenen Peers im Zaum halten, das Land einen und sich auf das Wohl des Volkes konzentrieren konnte.

Ein bitteres Lächeln umspielte Genevieves Lippen. Ja, der Frieden wäre wundervoll, aber sie vermochte ihn nicht herbeizusehnen, nachdem sie beim letzten Aufstand alles verloren hatte und nun in ihrer eigenen Festung gefangensaß. Doch das würde sich ändern. Einen Plan hatte sie nicht – nur ihre unerschütterliche Überzeugung.

Ehe sie irgend etwas unternahm, mußte sie erst einmal baden und alle Spuren von Tristans Berührung abwaschen. Sie straffte die Schultern, hämmerte gegen die Tür und rief nach einer Dienerin. Doch sie erhielt keine Antwort, niemand kam zu ihr. Was sollte sie tun? Unschlüssig wanderte sie durchs Zimmer, und als ihr Blick das Bett streifte, sah sie die zerwühlten Laken. Empörung stieg wieder in ihr auf. Sie zerrte das Bettzeug herunter, schleuderte es zu Boden und trampelte fluchend darauf herum. Sobald die Wut verebbte, war sie wieder den Tränen nahe, aber sie biß die Zähne zusammen und klammerte sich erneut an ihren Zorn, der ihr Kraft geben würde. Vor allem brauchte sie Geduld, sie mußte abwarten, bis sich eine Gelegenheit zur Flucht bot. Aber wer würde ihr helfen, wenn sie Tristan trotzte? Wer würde es wagen, sich noch einmal gegen den unbezwinglichen Mann zu erheben, der dem scheinbar sicheren Tod siegreich entronnen war?

Plötzlich zuckte sie zusammen. Im Flur erklangen Schritte und Gelächter. Sie rannte zur Tür, hämmerte wieder dagegen und rief, man solle den Riegel zurückschieben. Doch die Schritte verhallten. Wer immer vorbeigegangen war, kümmerte sich nicht um Genevieve. Ihre Augen verengten sich. Offenbar akzeptierte jeder im Schloß, auch das Hauspersonal, ihre Gefangenschaft. Ihre mißliche Lage schien niemanden zu stören. Aber das Lachen würde ihnen noch im Hals stecken bleiben. Sie holte tief Luft, dann schrie sie aus Leibeskräften: »Feuer!«

Sofort öffnete sich die Tür. Also mußte die ganze Zeit ein Wachtposten davorgestanden haben. Während er ins Zimmer stürmte, huschte Genevieve blitzschnell hinaus. Noch ehe er sie vermissen konnte, lief sie die Treppe hinab. Die Halle war menschenleer, nur aus dem Arbeitszimmer drangen Stimmen. Darauf achtete sie nicht, zog am Glockenstrang, und als der alte Griswald aus der Küche kam, schrie sie erfreut auf und warf sich an seine Brust.

Spontan erwiderte er die Umarmung, dann trat er verlegen zurück, weil er offenbar glaubte, er hätte seine Grenzen sträflich überschritten. »O Mylady, Ihr seid wohlauf... « Mehr konnte er nicht sagen, denn nun eilte der Mann, der Genevieve bewacht hatte, die Stufen hinab. Tristan und Jon rannten aus dem Arbeitszimmer, und Griswald floh in die Küche zurück – erstaunlich schnell für sein Alter.

»Was hat das zu bedeuten, Peter?« fragte Tristan den jungen Wachtposten, und Genevieve ärgerte sich, weil er sie wie ein Möbelstück behandelte. Er benahm sich, als wäre sie gar nicht vorhanden – oder noch schlimmer, als verstünde sie die Sprache nicht.

»Die – eh – Lady schrie ganz schrecklich. Plötzlich rief sie: ›Feuer!‹ Ich rannte ins Zimmer, und dann... «

»Sollte sie je wieder einen solchen Alarm schlagen, Peter, laßt sie einfach verbrennen«, erwiderte Tristan und warf ihr einen düsteren Blick zu. »Habt Ihr das verstanden?«

Verlegen senkte Peter den Blick, und Tristan bot ihr seinen Arm – zweifellos, um sie in ihr Gefängnis zurückzuführen. Aber sie beachtete ihn nicht, ging zum Kaminfeuer und rieb sich die Hände, um sie zu wärmen. »Ich bedauere zutiefst, daß ich den großartigen Eroberer störe, während er sich an seiner Beute weidet. Aber ich bin hungrig, und ich muß baden.«

»Genevieve!« rief Tristan. Offenbar wünschte er, daß sie sich umdrehte. Könnte sie doch die Tür erreichen, könnte sie fliegen wie ein Adler, hoch zum Himmel hinauf, in die Freiheit... Sie wandte sich nicht um, und als er ihren Namen ärgerlich wiederholte, rührte sie sich noch immer nicht.

Fluchend eilte er zu ihr, und Jons Stimme erklang, in der Bestürzung und Mitleid mitschwangen. »Tristan!«

Aber der neue Herr von Edenby hielt nicht inne. Genevieve hörte seine Schritte hinter sich. Widerstrebend drehte sie sich um. Als er die Hände auf ihre Schultern legte, schaute sie verächtlich zu ihm auf. »Begleitest du mich freiwillig?« fragte er. Eine Alternative nannte er nicht, aber Genevieve konnte sich nur zu gut vorstellen, wie sie aussehen würde.

»Deine Lakaien gehorchen dir, aber das werde ich niemals tun. Sicher, du übst die Macht des Siegers aus – vorläufig. Trotzdem werde ich niemals vor dir kriechen. Und während du dich an mir rächst, werde ich dich mit allen Waffen bekämpfen, die ich besitze.«

In seine Augen trat ein seltsamer Glanz, und sie wußte nicht, was sie darin las – Respekt, Belustigung oder Zorn. »Wie du willst«, entgegnete er leise, packte sie und warf sie über seine Schulter.

Schreiend wehrte sie sich, trommelte mit beiden Fäusten auf seinen Rücken und strampelte.

»Entschuldige mich, Jon«, bat er, während er an seinem Freund vorbeiging. »In etwa einer Stunde setzen wir unsere Besprechung fort.«

»Nein, tapferer Sieger!« rief Genevieve erbost. »Deine Gefangene möchte dich nicht daran hindern, deine gestohlenen Ländereien zu verwalten!«

»Oh, ich glaube, meine gestohlenen Ländereien werden es sicher verkraften, wenn ich mich vorerst nicht um sie kümmere.«

»Laß mich herunter!« Zu ihrem Entsetzen kamen mehrere Leute in die Halle, Tristans Männer und die Dienerschaft, auch Edwyna stand bei der Treppe mit einer Hand an der Kehle und kreidebleich. Alle schauten mitleidig zu, aber niemand wagte einzugreifen.

»Bitte, Tristan!« flehte Edwyna, und er blieb höflich stehen. »Bitte, erlaubt mir, mit ihr zu sprechen!«

Ihr verzweifelter Blick mußte sogar ein Herz aus Stein erweichen, aber Tristan übte keine Nachsicht. »Nein, Edwyna. Vielleicht in einiger Zeit.«

»Sogar die Gefangenen im Londoner Tower genießen gewisse Vergünstigungen.«

Leise seufzte er. »Tut mir leid, Mylady. Eure ungebärdige Nichte würde Euch nur in eine niederträchtige Verschwörung verwickeln.«

»Oh, bitte, Tristan... « Sie war den Tränen nahe, und Genevieve ertrug es nicht länger.

»Um Himmels willen, Edwyna, erniedrige dich nicht so! Hör auf, diesen Mann anzuwinseln, der gemordet und das Dach über deinem Kopf gestohlen hat!«

Sie spürte, wie Tristan zusammenzuckte, aber er beherrschte sich. »Wenn Ihr mich vorbeilassen würdet, Mylady... «

Resignierend trat Edwyna zur Seite, und als er die Treppe hinaufstieg, hob Genevieve den Kopf und begegnete dem Blick ihrer Tante. Gib nach, flehten die blauen Augen.

Aber Genevieve wußte, daß sie diesen Wunsch nicht erfüllen würde. Wenig später öffnete Tristan die Tür ihres Zimmers und warf sie aufs Bett. »In Zukunft solltest du dich davor hüten, falschen Alarm zu schlagen. Falls hier wirklich ein Feuer ausbricht, könntest du den Flammen zum Opfer fallen, weil dein Geschrei niemanden mehr zum Narren halten wird.«

»Hätte man meine Wünsche berücksichtigt, wäre meine kleine Finte überflüssig gewesen.«

»Sicher hätte man sich irgendwann um dich gekümmert. Du wärst nicht verhungert.«

Wütend sprang sie vom Bett auf und trat ihm gegenüber. »Edwyna hat die Wahrheit gesprochen. Sogar im Tower wird man verköstigt, und man darf Besuch empfangen.«

»Aber du bist nicht im Tower.«

»Dort wäre ich viel lieber. Ich habe das Recht... «

»In der Nacht, in der du mich ermorden wolltest, hast du alle deine Rechte verwirkt.«

Sie glaubte, die Wände des Zimmers würden immer näher rücken. Diesen Eindruck erweckte Tristan allein durch seine Gegenwart und seine ungeheure Willenskraft. »Ich verstehe nicht, warum du mir so einfache Annehmlichkeiten wie eine Mahlzeit und ein Bad verwehrst.«

»Gar nichts wird dir verwehrt. Aber du bist nicht mehr die grandiose Schloßherrin. Die Diener gehorchen mir, nicht dir. Und wenn ich entscheide... « Er verstummte, als sie unbeherrscht ein Kissen vom Boden aufhob und in sein Gesicht schleuderte. Nachdem es zu Boden gefallen war, schwieg er eine Weile, denn er mußte offensichtlich um Fassung ringen. Dann schaute er nach unten und entdeckte das Bettzeug, das sie auf den Boden geschleudert hatte. »Wie temperamentvoll du bist, Genevieve... «

Sie wandte sich niedergeschlagen ab. »Von jetzt an werde ich nicht mehr versuchen, deinen Wachtposten zu täuschen. Du kannst gehen und – deine Ländereien verwalten.«

»Meine gestohlenen Ländereien?« Er lachte leise.

»Daß du sie gestohlen hast, wirst du wohl nicht leugnen!« fauchte sie und spürte seinen Blick im Rücken. Ihre Knie wurden weich.

»Keine Angst, Genevieve, du sollst nicht vernachlässigt werden.« Er ging zur Tür, öffnete sie und befahl dem Wachtposten, eine Mahlzeit und Badewasser für Lady Genevieve bringen zu lassen.

Dann schloß er die Tür wieder, und ohne sich umzudrehen, wußte Genevieve, daß er sie nicht aus den Augen ließ. Bald darauf klopfte es, und sie hörte, wie ächzende Diener volle Eimer hereinschleppten, die Wanne mit dem Badewasser vom Vortag hinaustrugen und eine neue brachten. Eine Frau sprach leise mit Tristan – Addie aus der Küche, dachte Genevieve. Wenig später verhallten die Schritte im Flur, die Tür wurde geschlossen, der Riegel vorgeschoben.

War Tristan hinausgegangen? Hoffnungsvoll drehte sie sich um, aber da stand er, einen gestiefelten Fuß auf eine Truhe, einen Ellbogen aufs Knie gestützt. Er zeigte zum Toilettentisch, wo man ein Tablett mit Essen abgestellt hatte. Dann zur dampfenden Wanne beim Kamin, in dem nun wieder ein helles Feuer loderte. »Du wolltest doch baden, Genevieve.«

»Allerdings. Noch nie in meinem Leben fühlte ich mich so beschmutzt.«

Mitfühlend schüttelte er den Kopf.

»Beschmutzt?«

»Ganz schrecklich.«

»Diesem unerträglichen Zustand wollen wir sofort abhelfen.« Er schlenderte zum Toilettentisch, musterte verschiedene Fläschchen und öffnete eins. »Rosenduft! Ich glaube, der paßt zu dir.« Grinsend goß er einen Teil des Flascheninhalts ins Badewasser. »Stammt dieser Extrakt von roten oder von weißen Rosen? Aber das spielt wohl keine Rolle, sobald die Rose entblättert ist.«

Unbehaglich schluckte sie, als er auf sie zukam. »Mußt du nicht ins Arbeitszimmer zurückkehren? Jon wartet auf dich.«

»Oh, ich habe noch viel Zeit. Jetzt muß ich erst einmal meine Gefangene von ihrem gräßlichen Schmutz befreien.« Er nahm sie in die Arme, und sie wünschte inständig, sie hätte sich am Morgen geduldet, bis eine Dienerin zu ihr gekommen wäre. Wie seine dunklen Augen verrieten, sah er jetzt nicht die rebellische Gefangene in ihr, sondern die Frau, die sich als williges Spielzeug erwiesen hatte.

»Nein!« protestierte sie. »Ich schreie! Und dann wird jeder wissen, daß der neue Herr... «

Lachend fiel er ihr ins Wort. »Ja, das werden sie alle wissen. Und sie werden auch erkennen, was geschieht, wenn dein Geschrei einen ganz anderen Klang annimmt... «

»Oh, ich hasse dich! Laß mich los!« Jetzt las sie unverhohlenes Verlangen in seinem Blick, und ihr eigenes Blut erhitzte sich. Wie konnte man jemanden verabscheuen – und gleichzeitig begehren? Eine süße Schwäche erfaßte ihre Glieder. Nein! Verzweifelt befreite sie sich aus der Umarmung. Sie konnte ihm nicht entrinnen, das wußte sie. Aber sie wollte etwas Zeit gewinnen, um sich selber einzureden, daß sie seine Berührung widerwärtig fand.

Tristan griff nach ihrem Arm, dann riß er ihr mit einem Ruck den Morgenmantel vom Leib. Erschrocken schnappte sie nach Luft, als er sie hochhob und zur Wanne trug. »Bitte, nicht... «

Behutsam setzte er sie ins warme Wasser und ließ ihr Haar über den Wannenrand gleiten, dann kleidete er sich aus, griff nach Schwamm und Seife und gesellte sich zu ihr. Wasser schwappte aus der Wanne, und Genevieve starrte fasziniert auf Tristans breite Schultern und die muskulöse Brust. Seine Nähe wirkte wie eine Droge, seine Hände, die über ihren Körper glitten, übten einen betörenden Zauber aus. Und sein leidenschaftlicher Kuß zog sie in einen atemberaubenden Bann, entführte sie in ein dunkles, hypnotisches Reich, wo sie keine andere Wahl hatte, als sich zu unterwerfen und dem Rhythmus ihres inneren Feuers zu gehorchen. Nach einer Weile hob er den Kopf und lächelte sie spöttisch an. »Oh, wie konnte ich nur die Pflicht versäumen, dich von diesem grauenhaften Schmutz zu erlösen!«

Verzweifelt suchte sie, den Bann zu brechen und aufzustehen, aber ihre Beine waren mit seinen verschlungen. Nach einer Weile ergriff er ihre Hände, erhob sich und zog sie hoch, dann nahm er sie auf die Arme, stieg aus der Wanne und trug sie zur kahlen Matratze.

Wie ein Sturm brach sich die Leidenschaft Bahn, wie ein Wirbelwind, in dem die ganze Welt zu versinken schien, und Genevieve glaubte zu sterben. Stöhnend grub sie die Finger in Tristans Schultern und schrie auf, als die Erlösung von der süßen Qual ihren Körper erschütterte.

Sobald sie wieder klarer denken konnte, fluchte sie wütend, sprang aus dem Bett und hob den Morgenmantel auf, um ihre Blößen zu bedecken. Dann wandte sie sich zu Tristan und erwartete, wieder einmal sein höhnisches Lächeln zu sehen, seinen Triumph, weil es ihm so mühelos gelungen war, ihren Widerstand zu brechen.

Aber er lächelte nicht, sondern musterte sie nachdenklich. Verwirrt kehrte sie ihm den Rücken und ging zum Kamin. Sie hörte, wie er aufstand und sich anzog. »Vergiß dein Essen nicht, Genevieve. Nimm es zu dir, bevor es kalt wird.«

»Verschwinde!«

Sein Gelächter klang sanft und seltsam bitter. »Ach ja! Jetzt bist du schon wieder beschmutzt. Verzeih mir, Genevieve. Aber ich muß gestehen, du tust wirklich dein Bestes, um dein Versprechen zu erfüllen.« Krachend fiel die Tür ins Schloß, der Riegel wurde vorgeschoben.

12

»Was für ein schöner Tag!« bemerkte Jon, als er mit Tristan aus der Burg ritt.

Hell schien die Herbstsonne von einem wolkenlosen Himmel herab, eine sanfte Brise wehte über die Hügel, Wiesen und Felder. Die Blätter leuchteten rot und gelb.

Aber das prachtvolle Wetter konnte Tristan nicht aufheitern. Jon musterte die düstere Miene seines Freundes und fügte hinzu: »Bedenk doch, welch gute Absichten wir hegen. Beim Anblick deiner gerunzelten Stirn muß man bezweifeln, daß du Frieden und Harmonie suchst.«

Tristan riß sich zusammen. »Ja, Jon, das ist wirklich ein schöner Tag. Und an der Natur sind die schlimmen Zeiten spurlos vorbeigegangen.«

Nun war es Jon, der nachdenklich die Stirn runzelte. »Ich habe dich in den verschiedensten Stimmungen beobachtet – wenn du wütend oder verzweifelt, gütig und barmherzig oder gnadenlos und kalt warst. Ich sah dich bedächtig und wohlüberlegt deine Entscheidungen treffen und dem Tod furchtlos ins Auge blicken. Aber noch nie bist du mir so rastlos und mißmutig erschienen wie jetzt.«

»Seit Henry den Thron bestiegen hat, gehen mir viele Gedanken im Kopf herum. Dieses Land muß endlich zur Ruhe kommen.«

»Ja, und du auch!«

»Nur im Tod kann man Frieden und Ruhe finden. Da ist die Hütte, inmitten einer Gänseschar.« Sie spornten die Pferde an und erreichten eine strohgedeckte, grob verputzte Hütte, wo ihnen der Pächter und seine drei großen, kräftigen Söhne entgegeneilten. Mehrmals verneigte sich der grauhaarige Bauer vor seinem neuen Lord.

Tristan erklärte, nun regiere Henry von London aus das Land. Nichts würde sich ändern, auch wenn jetzt er, Tristan de la Tere, der Besitzer von Edenby sei. Er wolle die Pacht nicht erhöhen, und alle würden zusammenarbeiten, zum Wohle der Ländereien und ihrer Bewohner.

Ehrfürchtig starrten der Pächter und seine drei Söhne ihn an, wußten aber nichts zu sagen. Doch dann erlangte einer seiner Burschen die Sprache wieder und beteuerte, sie würden die Pacht pünktlich zahlen und seien bereit, hart zu arbeiten.

»Richard, Henry, Tom oder Pete«, murmelte der jüngste Sohn und besaß sogar die Frechheit, die beiden mächtigen Ritter anzugrinsen. »Für Leute wie uns, die sich auf den Feldern abrackern, macht das keinen Unterschied.«

Zu Jons Überraschung lachte sein Freund. Tristans innere Spannung schien nachzulassen. Plötzlich wurde er wieder ernst. »Hätte Edgar Llewellyn das doch auch so gesehen!«

Eine Frau steckte den Kopf zur Tür heraus, dann rannte sie zu den Besuchern, um sie zu begrüßen. Sie hatte einen vollen, runden Busen und rote Apfelbacken, aber die rissigen, abgearbeiteten Hände wirkten viel älter als das hübsche Gesicht. Ehrerbietig knickste sie und verkündete, sie würde Meg und ihr Mann Seth heißen. Ob sich die Ritter vielleicht mit einem Becher Ale stärken und ihren Eintopf kosten wollten? »Viel habe ich nicht zu bieten, aber ich lade Euch herzlich gern ein, gute Mylords.«

»Meine Mutter kann sehr gut kochen«, betonte der jüngste Sohn.

Tristan schaute seinen Freund an, dessen Miene sowohl Hunger als auch Neugier verriet, und nickte. »Besten Dank, Euer Angebot wird freudig angenommen«, erwiderte er, und sie schwangen sich aus den Sätteln.

»Bitte, Sire, vertraut mir diese prächtigen Pferde an!« rief der jüngste Bursche.

»Ja, sehr gern«, antwortete Tristan. »Wie heißt du?«

»Er wurde nach dem Heiligen Matthew genannt«, erklärte die Frau.

»Gut, Matthew, kümmere dich um unsere Tiere. Ich sehe dir an, daß du Pferde magst.«

»O ja.«

Meg errötete, beglückt über Tristans Interesse an ihrem Sprößling, und entschuldigte sich für ihr bescheidenes

Heim. Aber er unterbrach ihr Gestammel mit einer beschwichtigenden Geste und ging in die kleine Hütte. Jon und das Ehepaar folgten ihm, die drei Burschen blieben draußen. In seinem dunkelroten Mantel und den glänzenden Lederstiefeln wirkte er völlig fehl am Platz, als er sich in dem ärmlichen Raum umsah. Trotzdem gab er sich völlig ungezwungen und erlöste die Frau bald aus ihrer Verlegenheit. Erstaunt beobachtete Jon seinen Freund. Seit Tristan die Festung Edenby zum erstenmal betreten hatte, war er nicht mehr so heiter gewesen.

Sie setzten sich an den rohgezimmerten Tisch vor dem Herd, tranken Ale und aßen Eintopf. Während der Bauer daneben stand, rannte Meg hin und her, um ihre Gäste zu bedienen, und schwatzte in einem fort. »Welch ein Jammer, daß unser guter Lord Edgar im Kampf gefallen ist... « Mit scharfer Stimme fiel Seth ihr ins Wort, und sie räusperte sich erschrocken. »Oh, verzeiht... «

»Natürlich ist der Tod eines tapferen Kriegers zu beklagen, Mistress«, versicherte Tristan, »und ich nehme Euch keineswegs übel, was Ihr gesagt habt.«

Sie seufzte erleichtert und füllte noch einmal die Schüsseln. Eine Zeitlang zögerte sie, doch dann siegte ihre Neugier über die Angst, und sie fragte: »Wie geht es unserer Lady Genevieve, Mylord?«

Sofort versteifte er sich, und Jon fürchtete, sein Freund würde die Beherrschung verlieren. Aber Tristan entgegnete nur: »Es geht ihr gut.«

Die fröhliche Stimmung war jedoch verflogen. Rasch beendeten sie die Mahlzeit, verabschiedeten sich und dankten freundlich für die Bewirtung. Draußen hielt der junge Matt die beiden Hengste bereit und starrte sie bewundernd an. Tristan schlug ihm vor, in der Burg als Stallknecht zu arbeiten, wenn er sich so sehr für Pferde interessiere. Da strahlte der Bursche übers ganze Gesicht. »Oh, ich komme sehr gern zu Euch, Mylord.«

»Seth, hast du gehört?« wisperte Meg erfreut.

»O ja.« Der Bauer eilte zu Tristan, der bereits in den Sattel gestiegen war. »Vielen Dank, Mylord. Gottes Segen sei mit Euch.«

»Sicher wird Euer Sohn ein tüchtiger Stallknecht.« Lächelnd winkte Tristan der Familie zu und ritt mit seinem Freund davon.

»Bald werden dich alle Pächter von Edenby geradezu anhimmeln, Tristan«, meinte Jon. »Erst gestern hast du die Tochter dieser armen Witwe als Zofe ins Haus geholt. Und jetzt dieser Bursche... «

»Wir brauchen doch Leute.«

»Gewiß, aber du hast diese Entscheidungen vor allem getroffen, um Gutes zu tun.«

»Nicht immer ist es gut, unter dem Dach der Herrschaft zu wohnen.«

Darauf gab Jon keine Antwort. Das Licht des schönen Herbsttages schien zu erlöschen, denn beide dachten an das Gemetzel auf Bedford Heath, dem auch viele Dienstboten zum Opfer gefallen waren.

Plötzlich fand Jon den sanften Wind eiskalt und erschauerte. Richard, der jenes Verbrechen veranlaßt hatte, war tot, Henry trug die Krone, und Edenby gehörte Tristan. Dadurch wurde er einigermaßen für sein schweres Leid entschädigt. Trotzdem fand er keinen inneren Frieden.

Achtunddreißig, neununddreißig, vierzig... Genevieve brauchte genau vierzig Schritte, um von der Tür zum anderen Ende ihres Zimmers zu wandern. Wie oft würde sie das noch tun, bevor sie den Verstand verlor?

Sie trat vor den Kamin und wärmte ihre kalten Hände. Wie einsam sie sich fühlte... Sogar einen Besuch Tristans würde sie begrüßen. Aber er war seit drei Tagen nicht mehr zu ihr gekommen.

Jeden Morgen erschien eine andere Dienerin, um ihr das Frühstück zu bringen und im Schlafgemach sauberzumachen. Und jeden Abend öffnete einer von Tristans Wachtposten die Tür, ein Tablett mit einer Mahlzeit in den Händen. Sonst hatte sie keine Gesellschaft.

Als sie ein Geräusch im Hof hörte, eilte sie zum Fenster, stieg auf den Stuhl, der davor stand, und schaute hinaus. Tristan kehrte von irgendwo zurück, begleitet von Jon. Wie immer ritt er seinen großen, scheckigen Hengst. Ein Stallknecht rannte herbei, um die Pferde zu übernehmen, und die beiden Männer stiegen ab. Ihre Mäntel flatterten im Herbstwind.

Plötzlich blickte Tristan zu Genevieve herauf, und sie wich zurück. Beinahe wäre sie vom Stuhl gefallen. Durch das schmale Bogenfenster konnte er sie nicht entdecken. Um so deutlicher sah sie seine düstere Miene. Er hatte sie nicht vergessen. Und er kannte noch immer keine Gnade.

»Jon! Tristan!« Als sie die Kinderstimme hörte, zuckte sie verwirrt zusammen. Anne! Erschrocken beobachtete Genevieve, wie ihre kleine Kusine mit wehenden Zöpfen aus dem Haus rannte. Jon fing sie lachend auf. Dann sagte sie irgend etwas zu Tristan, der ebenfalls in Gelächter ausbrach. Er nahm sie aus Jons Armen und setzte sie auf seine Schultern, damit sie die Nüstern seines scheckigen Pferdes streicheln konnte. Dabei kreischte sie vor Vergnügen.

»O Annie, auch du bist eine Verräterin«, flüsterte Genevieve und kletterte vom Stuhl herunter. Andererseits sollte sie sich freuen, weil ihre Kusine das Leben einer Lady führen durfte. Aber was mochte geschehen, wenn Jon seiner Beziehung zu Edwyna müde wurde – und Tristan seiner Rache? Würde er sie dann alle aus »seiner« Festung werfen?

Der Türriegel wurde zurückgeschoben, und sie fuhr angstvoll herum. Aber so schnell konnte Tristan nicht ins Haus gekommen sein. Es klopfte, und sie rief: »Herein!«

Ein rundliches junges Mädchen mit großen braunen Samtaugen betrat das Zimmer und knickste. »Mylady, ich bin Tess, Eure neue Zofe. Ich soll hier saubermachen und Euch bringen, was Ihr verlangt.«

»Tess, wie – nett… «

Wo war Mary? Genevieve vermißte sie schmerzlich. Während das Mädchen geschäftig umhereilte, setzte sie sich vor den Kamin. Immer wieder stieß Tess einen tiefen Seufzer aus, und schließlich wandte sich Genevieve zu ihr. Die Zofe strich gerade das Bett glatt, und ihre hübschen Augen nahmen einen schmachtenden Ausdruck an. Dann spürte sie den Blick ihrer Herrin und lächelte. »Hier liegt er«, bemerkte sie träumerisch.

»Was?«

»Auf diesem Kissen liegt Lord Tristans Kopf, und da streckt er seinen kraftvollen Körper aus ... «

Genevieve runzelte die Stirn. Das hatte ihr gerade noch gefehlt – ein Bauernmädchen, das in den neuen Schloßherrn verliebt war! Ließ er sie deshalb in Ruhe? Weil er sich woanders amüsierte? Daß sie die Hände ballte, merkte sie erst, als sie ihre Fingernägel spürte, die sich in ihr Fleisch gruben. Irgendwie gelang es ihr zu lächeln. »Tess, ich glaube, jetzt ist hier alles in Ordnung.«

»Oh, aber ich soll Euch dienen ... «

»Geh nur, ich möchte allein sein.«

»Und ich dachte, Ihr freut Euch über meine Gesellschaft«, murmelte Tess, bevor die Tür hinter ihr ins Schloß fiel.

Nur mühsam widerstand Genevieve der absurden Versuchung, irgend etwas gegen das Holz zu schleudern. Ihr Blick streifte das Essen, das das Mädchen auf den Toilettentisch gestellt hatte. Eine Flasche Bordeaux...

Sie rührte das Essen nicht an, füllte aber den Becher und leerte ihn in einem Zug. Dann schenkte sie sich noch etwas Wein ein. Rastlos wanderte sie wieder umher und schmiedete Fluchtpläne. Irgendwann würde die Wachsamkeit der Männer nachlassen. Sie mußte nur eine günstige Gelegenheit abwarten, um aus der Festung zu schlüpfen.

Hinter einem der Hügel lag ein Kloster. Bei den Nonnen würde sie Zuflucht finden. Vielleicht konnte sie in die Bretagne reisen, wo ihr Onkel lebte. Während dieser Überlegungen trank sie fast die halbe Rotweinflasche aus. Schließlich ging sie zum Kamin, sank erschöpft auf die Knie und streckte sich am Boden aus.

Tristan war nicht zum Abendessen erschienen. Am langen Tisch in der Halle hatten sich Jon, Edwyna, Tibald und Vater Thomas versammelt.

Zärtlich betrachtete Jon die schöne Edwyna. Er liebte sie – ihre blauen Augen, ihr Geflüster, ihr Lächeln, wenn sie ihm nachts die Arme entgegenstreckte. Diese Liebe war niemandem verborgen geblieben, auch nicht dem Priester, der aber keinen Anstoß daran zu nehmen schien. Fröhlich und unbefangen unterhielt sich die Tischgesellschaft – kein Wunder, denn Tristan nahm nicht an dem Essen teil. Aber sie blickten immer wieder zur geschlossenen Tür des Arbeitszimmers, in das er sich zurückgezogen hatte.

Vater Thomas ist kein Feigling, dachte Jon. Unverblümt gab er dem neuen Schloßherrn zu verstehen, daß er es unchristlich fand, wie die gefangene Lady Genevieve behandelt wurde. Und Tristan hatte erklärt, falls das dem Geistlichen nicht passe, solle er anderswo sein Glück versuchen.

Seither hielt Vater Thomas den Mund und bekundete seine Meinung nur mehr mittels eines ausdrucksvollen Mienenspiels.

Nach dem Essen erhob sich der Priester, um die Mutter eines neugeborenen Babys zu besuchen, der es nicht gutging. Auch Edwyna stand auf, weil sie Anne einen Gutenachtkuß geben wollte. Und Tibald verkündete, er müsse sich um die Gefangenen im Verlies kümmern.

Jon blieb am Tisch sitzen und trank sein Ale. Eine Zeitlang starrte er zögernd zur Tür des Arbeitszimmers hinüber, dann sprang er auf. Verdammt, er hatte Tristan sein Leben lang gekannt, und er konnte den Kummer seines Freundes nicht länger ertragen.

Entschlossen klopfte er an die Tür und trat ein, als er dazu aufgefordert wurde. Es dauerte eine Weile, bis Tristan von dem Pergament aufblickte, das er gerade studierte.

Jon lächelte verlegen und nahm ihm gegenüber Platz. »Warum bist du nicht zum Essen gekommen?«

»Weil ich zu tun habe. Sieh dir das einmal an!« Er schob das Pergament zu seinem Freund hinüber. »Zu Edenby gehören auch einige Bauernhöfe, die einen Tagesritt entfernt liegen.«

Aufmerksam las Jon die Angaben. »Ich frage mich, was diese Leute über die jüngsten Ereignisse wissen.«

Tristan seufzte, rückte seinen Stuhl vom Schreibtisch weg und legte die Beine darauf. »Morgen reite ich hin. In dieser abgeschiedenen Gegend müssen mindestens hundert Menschen leben.«

Unbehaglich runzelte Jon die Stirn. »Am besten begleite ich

dich mit einer kleinen Eskorte. Dort könnte immer noch eine rebellische Gesinnung herrschen.«

»Nein, du wirst hier gebraucht. Ich nehme Tibald mit. Lange bleibe ich nicht weg, nur ein oder zwei Tage.«

»Komm möglichst schnell zurück. Deine Anwesenheit in dieser Burg ist sehr wichtig. Edenby hat eine neue Beständigkeit bitter nötig, eine Rückkehr zum normalen Alltag.«

»Und eine feste Hand.« Tristan stellte die Füße wieder auf den Boden, ergriff eine Weinflasche und füllte einen Zinnbecher. »Ja, eine Rückkehr zum normalen Alltag. Das wünschen sich alle, vom einfachen Bauern bis zum König.« Lächelnd prostete er seinem Freund zu. »Auf ein glückliches Leben!«

Unvermittelt platzte Jon heraus. »Ich mache mir Sorgen um dich.« »Was?« entgegnete Tristan verblüfft.

»Jetzt ist alles vorbei. Richard wird von den Würmern gefressen, Lisette und deine Lieben sind gerächt. Edenby gehört dir, die Verräter und Betrüger wurden bestraft. Was bedrückt dich denn immer noch?«

Bevor Tristan antwortete, trank er langsam seinen Becher leer. »Das weiß ich nicht.«

»Sogar *sie* gehört dir.«

Lächelnd lehnte sich Tristan zurück. »Ja, sie gehört mir.«

»Aber seit drei Tagen hältst du dich von ihr fern.«

Tristan hob die Brauen. »Beobachtest du mich so genau?«

»Nun, ich kenne dich.«

»Anfangs dachte ich, meine Rache würde mir Frieden schenken und das Fieber in meinem Inneren löschen. Aber dieses Fieber wächst. Ich kann sie nicht freilassen – und ich kann auch nicht zu ihr gehen.«

»Warum nicht? Nimm sie in die Arme, liebe sie...«

»Nein, niemals werde ich sie lieben.«

»Das ist ja auch gar nicht nötig«, erwiderte Jon und schenkte sich ebenfalls etwas Wein ein. »Was immer du empfindest, genieße es. Amüsiere dich mit dem Mädchen – und hab Mitleid mit den Leuten, die dir treu dienen.«

Tristan stand auf. »Ja, du hast recht. Ich werde mich mit ihr ›amüsieren‹, und morgen reise ich ab.«

Während er die Treppe hinaufstieg, staunte er über sich selbst. Warum schlug sein Herz so heftig? Dieses Verlangen war ein Hunger, der niemals gestillt werden konnte. Weil er das nicht verstand und ihm diese Sehnsucht Angst einjagte, hatte er sich nicht mehr in Genevieves Nähe gewagt. Welch eine unerträgliche Begierde... Nachdem sie befriedigt worden war, wollte er immer noch mehr.

Vor der Tür nickte er dem Wachtposten zu und schob den Riegel zurück. In dieser Nacht wollte er keine Antwort auf seine Fragen suchen – nur *sie.* Leise schloß er die Tür hinter sich. Keine einzige Kerze brannte im Zimmer, das Kaminfeuer war herabgebrannt.

Zunächst konnte er Genevieve nirgends entdecken, dann sah er sie am Boden liegen, und kalte Angst erfaßte ihn.

Wie bleich sie war... Lebte sie noch? Kein Atem schien ihre Brust zu bewegen. Erschrocken lief er zu ihr und hob sie hoch. Ihr Kopf fiel nach hinten, langsam öffnete sie die Augen, und er seufzte erleichtert. Offenbar war sie vor dem Kamin eingeschlafen.

Verwirrung verschleierte ihren Blick.

»Tristan?«

Ihr Flüstern berührte irgend etwas in seiner Brust. »Wer sonst?«

Instinktiv schlang sie die Arme um seinen Hals. Er trug sie zum Bett, legte sie hin, und ihre Lider senkten sich wieder. Lautlos entkleidete er sich und streckte sich neben ihr aus, zog das seidene Oberteil ihres Kleids von ihren Schultern und küßte sie behutsam.

Ihre Lippen schmeckten süß nach Wein. Ja, tatsächlich wie Wein. Nach Bordeaux. Im Halbschlaf erwiderte sie seinen Kuß. Vielleicht träumte sie, er wäre ein anderer Mann, der in dunkler Nacht zu ihr gekommen war, um sie zu lieben.

Seufzend umarmte sie ihn wieder, seine Hände umfaßten ihre Brüste, und er streifte ihr Kleid über die Hüften nach unten. Voll Bewunderung betrachtete er ihren schönen Körper, den vollen Busen, die schmale Taille, die sanft gerundeten Hüften.

Wie Seide fühlte sich ihre Haut an. Er sah den Puls in Genevieves Hals pochen, lauschte den leisen Atemzügen, und wieder wuchs das Fieber in ihm. Davon mußte er sich befreien. In heißer Ungeduld verschmolz er mit ihr, und nach der Erfüllung verspürte er zum erstenmal seit langer Zeit vollkommenen inneren Frieden. Er hielt Genevieve in den Armen, legte ihren Kopf auf seine Brust und schlummerte ein.

Im Morgengrauen erwachte er und erschrak, denn er hatte sich geschworen, niemals an Genevieves Seite zu schlafen.

Hastig sprang er aus dem Bett und zog sich an. Dabei versuchte er, seinen Blick von ihr abzuwenden, doch das gelang ihm nicht. Nackt und unschuldig lag sie im rötlichen Licht des Sonnenaufgangs. Glänzende goldene Locken umrahmten die rosigen Wangen. Sie lächelte im Schlaf, eine sinnliche Verlockung.

Wenn er sie noch lange anstarrte, würde er sich wieder ausziehen und zu ihr legen. Fluchend kehrte er ihr den Rücken und verließ das Zimmer. Warum mußte jedesmal, wenn er seine Leidenschaft in ihren Armen gestillt hatte, ein noch größeres Verlangen erwachen?

In der Halle erteilte er seine Befehle. Tibald trommelte eine Eskorte zusammen, die Pferde wurden gesattelt. Jon und Edwyna kamen die Treppe herab, um sich zu verabschieden. Sie folgten Tristan in den Hof hinaus, wo er sich in den Sattel schwang.

»Bitte, Tristan, darf ich sie sehen?« flehte Edwyna. »Ich möchte ihr nur ein paar Bücher bringen.«

Zögernd schaute er sie an, dann wandte er sich zu Jon. »Während meiner Abwesenheit darfst du Genevieve jeden Morgen für eine Stunde freilassen. Sie soll spazierengehen und sich mit ihrer Tante unterhalten – natürlich in deiner Begleitung.« Voller Dankbarkeit ergriff Edwyna seine Hand und küßte sie. »Um Himmels willen!« Verlegen wehrte er sie ab.

»O Tristan – Gott segne Euch!« stammelte sie mit tränenerstickter Stimme.

»Paßt bloß gut auf Eure Nichte auf! Sie ist sehr raffiniert.«

»Seid unbesorgt, ich werde sie nicht aus den Augen lassen«, versprach sie lächelnd.

Plötzlich bereute er seinen Entschluß. Er hatte nachgegeben, um der sanftmütigen, liebenswerten Edwyna, die Jon so glücklich machte, einen Gefallen zu erweisen. Aber verdiente Genevieve diese Gunst? Wehmütig erinnerte er sich an die bittersüße Nacht. »Jon, ich habe noch eine Bitte.«

»Welche?«

»Laß Lady Genevieve eine Kiste von unserem besten Bordeaux bringen.«

»Eine ganze Kiste?« fragte Jon verwundert.

»Aye.«

Da zuckte Jon die Achseln. »Wie du willst.«

Lächelnd nahm Tristan den Abschiedstrunk entgegen, den Edwyna ihm reichte, leerte den Becher und ritt davon, gefolgt von Tibald und einer kleinen Eskorte.

13

Genevieve fühlte sich sicher und geborgen. Ihr Traum war wunderbar gewesen, sanft und schön, voll zärtlichem Geflüster. Vom Hof drangen Geräusche herauf, wie aus weiter Ferne. Um zu erwachen, mußte sie sich durch seltsame Spinnweben kämpfen. Ihr Kopf schien aus Blei zu bestehen.

Als sie die Lider hob, stach das Sonnenlicht schmerzhaft in ihre Augen. Welch eine Närrin sie gewesen war! Soviel Rotwein zu trinken! Sie richtete sich auf, preßte stöhnend ihre Hände an die Schläfen, dann sank sie ins Kissen zurück. Irgend etwas geschah da unten im Hof, aber sie konnte sich nicht aufraffen und nachsehen. Träge überlegte sie, warum sie sich so wohl fühlte. Und dann fuhr sie hoch, starrte zum Kamin hinüber. Dort war sie eingeschlafen, und jetzt saß sie im Bett – splitternackt. Es war kein Traum gewesen. In dieser Nacht hatte sie die ersehnte Gesellschaft genossen. Oh, zum Teufel mit Tristan! Tagelang hatte er sie ignoriert, um sie ausgerechnet dann aufzusuchen, als sie betrunken gewesen war. Der Riegel wurde zurückgeschoben, und sie zog sich hastig die Decke bis ans Kinn. Wenn er jetzt eintrat, würde sie sich nicht noch einmal demütigen und ihm statt dessen die Augen auskratzen.

Aber es war nur Tess, die fröhlich hereinkam. »Guten Morgen, Mylady, ich bringe Euch das Frühstück. Möchtet Ihr baden und Euer Haar waschen? In der Sonne würde es sehr schnell trocknen... «

Bei diesen Worten vergaß Genevieve den Groll, den sie gegen die Zofe hegte. »In der Sonne?« wiederholte sie eifrig.

»Aye, Mylady, während Ihr spazierengeht.«

»Ich darf spazierengehen?« Beinahe wäre sie aus dem Bett gesprungen, erinnerte sich aber im letzten Moment ihrer Nacktheit.

»O ja. Lady Edwyna sagte, Ihr sollt mit ihr durch den Hof wandern und endlich wieder frische Luft schnappen. Lord

Jon wird Euch ebenfalls begleiten.« Tess stellte das Tablett ab, und Genevieve beobachtete sie mißtrauisch. Welchem Umstand verdankte sie diese unverhoffte Gunst? »Soll ich Euch heißes Wasser bringen lassen?« fragte das Mädchen.

Ehe Genevieve antworten konnte, klopfte es an der Tür, und der junge Roger de Treyne trat ein, der auf der langen, beschwerlichen Fahrt nach Edenby soviel Mitgefühl gezeigt hatte. Als er sie im Bett sitzen sah, schluckte er verlegen, und die Männer, die ihm folgten und sich eben noch lachend unterhalten hatten, verstummten plötzlich.

»Was geht hier vor?« Jon schob sich an ihnen vorbei und berührte Rogers Schulter. »Stellt doch Eure schwere Last ab!«

Erst jetzt bemerkte Genevieve, daß der junge Mann eine Kiste trug. »Was ist das?« Fragend schaute sie Jon an.

»Ein Geschenk von Tristan. Bringt das verdammte Ding da hinüber in die Ecke, Roger, und verschwindet!«

Roger gehorchte, dann verneigte er sich. »Welch eine Freude, Euch wiederzusehen, Mylady!«

»Guten Morgen, Roger«, murmelte sie.

»Habt Ihr nichts zu tun, Mann?« stieß Jon hervor.

»Ich – oh ... « Roger eilte hinaus, und Jon schloß die Tür.

»Was ist eigentlich los?« fragte Genevieve. »Soeben sagte Tess ... «

»Diese Weinkiste ist wirklich ein Geschenk«, erklärte Jon, »denn sie stammt nicht aus dem Keller von Edenby, sondern aus unseren eigenen Vorräten. In einer Stunde werde ich Euch mit Edwyna abholen. Oder ist das zu früh?«

»Keineswegs!« erwiderte sie lachend. »Wenn ich dieses Zimmer tatsächlich verlassen darf, bin ich in fünf Minuten fertig.«

»Also, dann in einer Stunde.« Er lächelte ihr zu und ging hinaus.

»O Mylady, er schickt Euch Geschenke!« seufzte Tess.

Ohne sie einer Antwort zu würdigen, wickelte sich Genevieve in die Decke und stieg aus dem Bett, rannte zu der Kiste und hob den Deckel. Ungläubig starrte sie die Rotweinflaschen an. Ihre Wangen brannten vor Wut und Scham.

Nein, es war kein Traum gewesen, um sie zu verhöhnen,

hatte Tristan ihr eine Kiste Bordeaux bringen lassen. Noch mehr von dem Teufelszeug, das sie willig und fügsam gemacht hatte! Sie packte eine Flasche und schleuderte sie gegen die Wand. Scherben regneten herab, rote Flüssigkeit rann über die weiße Tünche. »Oh, ich bringe ihn um!« kreischte Genevieve. »Das schwöre ich! Möge er in der tiefsten Hölle schmoren!«

»Bitte, Mylady!« Den Tränen nahe, eilte Tess zu ihr.

»Hol ihn herauf!«

»Das kann ich nicht... «

»Doch, du mußt... «

»Aber... « Tess unterbrach sich, lief zur Tür und hämmerte dagegen.

Sofort wurde der Riegel zurückgeschoben. Die Tür öffnete sich, und Jon stand auf der Schwelle. »Was gibt's denn?«

Tess sprach, stammelte aber nur zusammenhanglosen Unsinn, und so schob er sie einfach in den Flur hinaus. Dann wandte er sich zu Genevieve. Heller Zorn hatte ihre Wangen gerötet, ihre Augen schienen silbrige Funken zu sprühen.

»Sagt Tristan, ich will ihn sehen!«

»Das geht leider nicht. Er ist weggeritten.«

Mißtrauisch starrte sie ihn an. »Weggeritten – für immer?«

Als er hörte, wie hoffnungsvoll ihre Stimme klang, mußte er lächeln. »Nein. Er möchte die entlegenen Bauernhöfe aufsuchen. In etwa zwei Tagen wird er zurückkommen.«

»Oh! Also habe ich's Euch zu verdanken, daß ich mein Zimmer verlassen darf.«

»Keineswegs. Das hat Tristan angeordnet.«

»Und er ließ mir auch den Bordeaux schicken?«

»Was Euch offenbar mißfällt, Mylady.«

Statt einer Antwort zuckte sie nur die Achseln. »In einer Stunde bin ich bereit.«

»Soll Tess Euch Badewasser bringen lassen?«

»Ja, bitte, Jon.«

Nachdem sich die Tür hinter ihm geschlossen hatte, wäre Genevieve beinahe in lauten Jubel ausgebrochen. Tristan – für zwei Tage verreist! Und sie durfte mit Jon und Edwyna ausgehen, die sich sicher leicht übertölpeln ließen.

Dann biß sie sich schuldbewußt auf die Lippen. Jon und Edwyna waren die einzigen Menschen auf Edenby, die sich für die Gefangene des Schloßherrn einsetzten, und sie verdienten Tristans Zorn nicht. Aber darauf konnte sie keine Rücksicht nehmen. Sie mußte Pläne schmieden.

Tess kehrte ins Zimmer zurück, immer noch von sichtlichem Unbehagen erfaßt. Doch sie beruhigte sich bald, denn Genevieve schenkte ihr ein liebenswürdiges Lächeln, schwatzte mit ihr, während sie badete, und erlaubte dem Mädchen sogar, ihr frischgewaschenes Haar zu bürsten.

Sorgfältig wählte Genevieve ihre Garderobe aus – ein bequemes Kleid, ihren wärmsten Umhang und feste Schuhe. Verstohlen steckte sie ihr juwelenbesetztes Jagdmesser ein, während Tess das Bett machte.

Wenig später erschienen Jon und Edwyna. Neue Schuldgefühle quälten Genevieve, als ihre Tante sie freudig umarmte. Aber sie wird mich sicher verstehen, dachte sie bedrückt.

»Ich habe einen Picknickkorb eingepackt«, verkündete Edwyna atemlos.

»Oh, wie schön! Vielen Dank!« Genevieve senkte den Blick und fragte mit sanfter Stimme: »Könnten wir auf der Wiese im Westen picknicken?«

»Eigentlich sollten wir die Festungsmauern nicht verlassen... «, begann Jon.

Rasch fiel Edwyna ihm ins Wort. »O Jon! Sie ist ein junges Mädchen – und du bist ein ausgewachsener Ritter! Gewiß wirst du die Situation meistern können.«

Da an seinen Stolz appelliert wurde, hatte er keine Wahl. »Also gut. Gehen wir?«

»Aye!« stimmte Genevieve zu. »Nur eins noch... Tess?«

»Ja, Mylady?«

»Dieses Geschenk, das Lord Tristan mir geschickt hat, gehört dir. Wie du vielleicht gemerkt hast, mache ich mir nicht viel aus Bordeaux.«

»Oh, ich kann doch nicht... «

»Bitte, nimm die ganze Kiste!« Lächelnd eilte sie aus dem Zimmer, gefolgt von Jon und Edwyna. Da Tristan betrunkene

Frauen schätzte, würde er sicher seinen Spaß haben, wenn ihm das beschwipste pralle Bauernmädchen in die Arme sank.

Das Picknick hätte sehr angenehm verlaufen können. Ringsum entfaltete das Herbstlaub im hellen Sonnenschein seine Farbenpracht. Sie packten frisch gebackenes Brot aus, ein großes Stück Käse, in der Molkerei auf Edenby erzeugt, und Nierenpasteten, vom alten Griswald besonders liebevoll zubereitet. Und Jon hatte sogar ein kleines Ale-Faß mitgenommen.

Während der Mahlzeit fand Genevieve ihn immer liebenswerter. Man konnte sich gut mit ihm unterhalten, sein geistreicher Witz entzückte sie. Und er vergötterte Edwyna, das verrieten sein Blick und seine Stimme und die zärtlichen kleinen Gesten. Wehmütig beobachtete sie die beiden, die ein Glück teilten, das sie stets ersehnt hatte. Die große, wundervolle Liebe, die Dichter und Balladensänger inspirierte...

Nur ein einziges Mal tadelte er Edwyna – als Genevieve nach Tristans Vergangenheit fragte. Ihre Tante warf Jon einen unsicheren Blick zu und wollte antworten, aber er unterbrach sie in schroffem Ton. »Edwyna! Du weißt doch, was er gesagt hat!«

Da senkte Edwyna den Kopf. »Jon und Tristan stammen aus dem Norden, einer Gegend, die einen Tagesritt von London entfernt liegt.«

Genevieves Augen verengten sich. Also durfte Edwyna nichts erzählen, weil der große Herr es so wünschte. Sie bat Jon, ihr noch etwas Ale einzuschenken. Dabei wich sie seinem Blick aus, um sich nicht zu verraten. Bald mußte sie flüchten. Die Zeit drängte.

Wohlig streckte sich Edwyna auf der Ochsenfelldecke aus, Jon neigte sich über sie, und sie flüsterten verliebt miteinander. Inzwischen schaute sich Genevieve aufmerksam um, was ihnen entging. Im Westen grenzten dichtbewaldete Hügel an die Wiese. Langsam stand sie auf.

Doch das Liebesglück ließ Jon nicht vollends erblinden. Sofort erhob er sich. »Was habt Ihr vor, Genevieve?«

»Oh, ich würde gern bunte Blätter sammeln und Kränze daraus flechten, um die vielen Stunden auszufüllen, die ich allein verbringen muß.«

Unbehaglich musterte er sie, dann wandte er sich zu Edwyna, die ihre Nichte ebenfalls mißtrauisch anstarrte.

Mit einem unschuldigen Lächeln gelang es Genevieve, die beiden zu beschwichtigen.

»Aber bleibt in der Nähe!« mahnte Jon.

»Ja, ganz bestimmt«, versprach sie. Gemächlich schlenderte sie davon, bückte sich immer wieder, um Herbstblätter aufzuheben. Nach einer Weile schaute sie zu Jon und Edwyna zurück, die ihre Köpfe zusammensteckten. Jetzt oder nie... Sie begann zu laufen.

»Heirate mich!« bat Jon.

»Aber... «

»Du sagtest doch, daß du mich liebst.«

»Gewiß, ich liebe dich, doch du – und ich... «

»Du bist eine Frau, und ich bin ein Mann, also passen wir gut zusammen«, scherzte er.

Ihr Gelächter klang etwas gequält. »Wie kannst du deine Feindin heiraten, die du besiegt hast?«

»Du bist das schönste Wunder, das mir je begegnet ist.«

»Wie ist das möglich? Ich bin eine Witwe, nicht mehr jung, und ich habe eine Tochter... «

»Glaub mir, ich werde Anne lieben wie mein eigenes Fleisch und Blut.«

»O Jon!«

»Nun, willst du mich heiraten?«

Da schlang sie schluchzend ihre Arme um seinen Hals und küßte ihn. »O ja, Jon, ja!«

Freudestrahlend drückte er sie an seine Brust, doch dann spürte er, wie sie sich versteifte.

»Jon! Wo ist Genevieve?«

»Verdammt!« rief er und sprang auf. »Zum Teufel mit ihr!« Er rannte zum Waldrand, doch die Bäume standen so dicht beisammen, daß er sie allein niemals finden konnte. Großer Gott, warum war er so dumm gewesen? Tristan hatte ihn doch eindringlich genug gewarnt. Dieser Frau durfte man nicht trauen. Erbost kehrte er zu Edwyna zurück, die bekümmert den Picknickkorb einpackte. »Das habt ihr beide geplant – und euch köstlich dabei amüsiert, was?« herrschte er sie an.

»›Oh, mit dem guten Jon werde ich schon fertig! Ich lenke ihn ab, und du läufst davon, Genevieve!‹«

»Was?« Entsetzt starrte sei ihn an.

»Weißt du noch, als du heute morgen sagtest, sie sei doch nur ein junges Mädchen und ich ein ausgewachsener Ritter? O Edwyna, du niederträchtiges Biest!«

»Aber – du irrst dich! Ich schwöre dir, ich wußte nicht, was sie vorhatte... «

Von heißem Zorn überwältigt, schlug er sie ins Gesicht, und sie brach weinend zusammen. Doch er beachtete sie nicht mehr, stürmte zur Festung und rief nach der Schloßwache.

Genevieve rannte durch den Wald, bis sie stehenbleiben mußte, um Atem zu schöpfen. Wann würden die Wachtposten ihr folgen? Sicher würde Jon einen berittenen Suchtrupp aussenden. Sie mußte sich noch weiter entfernen.

Und so lief sie wieder. Sie war der Erschöpfung nahe, als sie Hufschläge hörte, die das Unterholz durchbrachen. Lautes Geschrei erklang, sogar eine Trompetenfanfare. Niemals konnte sie so vielen Männern entrinnen. Hoffentlich hatten sie keine Hunde mitgebracht. Es gab nur einen einzigen Ausweg – sie mußte auf einen Baum klettern und warten, bis sie vorbeigaloppiert waren.

Reglos kauerte sie auf einem hohen Ast. Durch das dichte Herbstlaub beobachtete sie Jon und den jungen Roger, die gerade eine Besprechung abhielten. Sie wagte kaum zu atmen.

»Weiter!« rief Jon. »Wir müssen sie unbedingt finden!«

Roger gab eine unverständliche Antwort, und Jon lachte bitter. In diesem Augenblick erinnerte er sich schmerzlich an Tristan. »Natürlich verdiene ich seinen Groll! Ich bin auf Edwyna hereingefallen. Aber vor ihr hat er mich nicht gewarnt, nur vor Genevieve!«

Als sie ihre Pferde anspornten und davonsprengten, mußte Genevieve die Zähne zusammenbeißen, um nicht verzweifelt zu schreien: ›Oh, du Narr! Edwyna ist unschuldig!‹ Nun hatte sie das Glück ihrer geliebten Tante zerstört. Sie fühlte sich elend. Aber sie konnte nicht umkehren, nur für Edwyna beten – und hoffen, der Allmächtige würde ihr beistehen.

Noch wagte sie nicht, vom Baum hinabzuklettern, und so wartete sie in der Einsamkeit des Waldes, von Schuldgefühlen gequält, bis die Nacht hereinbrach.

Hoch zufrieden und reich beschenkt von den Pächtern, kehrte Tristan von seiner Reise zurück. Viele hatten Edgar nie gesehen, und deshalb trauerten sie nicht um ihn. Mit den Bauern hatte der neue Herr von Edenby das System des Fruchtwechsels erörtert, das er einführen wollte, mit den Schäfern die Wollpreise.

Nun bedauerte er, was er Genevieve angetan hatte. Dem alten Edgar waren die Leute nie begegnet, dafür kannten sie seine Tochter um so besser.

»Sie ist oft zu uns gekommen, um die Kranken zu versorgen«, erzählte eine alte Frau. Also hatte Genevieve keineswegs auf dem hohen Roß gesessen, sondern sehr viel Gutes getan.

Nachdenklich betrachtete er die Festung, auf die er jetzt zuritt. Sein neues Zuhause... Ja, bei Gott, allmählich fühlte er sich hier zu Hause. Erwartungsvoll blickte er dem Abend entgegen. Sobald er sich mit einer Mahlzeit und einem Becher Ale gestärkt hatte, würde er zu Genevieve gehen. Mochte sie ihn beschimpfen oder ignorieren, letzten Endes würde sie in seinen Armen kapitulieren. Und er würde an ihrer Seite schlafen, ohne Argwohn.

Im Hof rief er Tibald und den anderen Begleitern zu, daß sie sich nun ausruhen könnten und übergab dem grinsenden jungen Matthew seinen scheckigen Hengst.

Noch bevor er die Halle erreichte, wußte er, daß irgend etwas nicht stimmte. Jon öffnete die Tür. Er war sichtlich verzweifelt. Über seiner Schulter hingen Satteltaschen, so als hätte er nur auf Tristans Rückkehr gewartet, um dann davonzureiten. Sie ist mir entkommen«, flüsterte er. »Trotz deiner Warnung ließ ich mich überlisten. Aber ich werde sie finden, das schwöre ich. O Tristan, ich war deines Vertrauens nicht würdig... «

»Schon gut«, fiel Tristan ihm müde ins Wort. Seltsamerweise grollte er dem Freund nicht, empfand nichts außer einer kalten Leere in seinem Inneren. Er betrat die Halle, wo ihn der sichtlich besorgte Griswald erwartete.

»Tristan, ich...«, begann Jon, der ihm gefolgt war.

»Sag Matthew, er soll meinen Hengst füttern, aber nicht absatteln.« Tristan nahm den Kelch entgegen, den Griswald ihm reichte, und trank in durstigen Zügen. »Es ist wohl besser, wenn ich Genevieve selber suche.«

»Oh, verdammt, Tristan, ich habe dich so bitter enttäuscht!«

»Nein, Jon«, erwiderte Tristan und brachte sogar ein Lächeln zustande. »Ich war es, der ihr ein bißchen Freiheit gewährte. Damit hätte ich bis nach meiner Rückkehr warten sollen. Du bleibst hier und siehst nach dem Rechten, Jon. Bring mir eine Mahlzeit ins Arbeitszimmer, Griswald, und pack etwas Reiseproviant ein. Jetzt ziehe ich mich schnell um.«

Er eilte die Treppe hinauf und den Flur entlang. Vor Genevieves offener Tür blieb er kurz stehen und sah den roten Fleck an der Wand. Er wünschte, er könnte ein Bad nehmen, aber dafür fehlte ihm die Zeit. Hastig vertauschte er seinen schönen Mantel mit einem Umhang aus schwerer Wolle, die blankgeputzten Stiefel mit einem derberen, dick besohlten Paar.

Immer noch erfüllte ihn jene seltsame kalte Leere. Bin ich wütend, fragte er sich. Ja, so wütend, daß ich diesem Gefühl nicht nachzugeben wage. Und warum? Weil sie mich wieder verraten hat, ausgerechnet jetzt, da ich sie so dringend gebraucht hätte und ich zu ihr heimkehren wollte.

Jon stand immer noch in der Halle. Wortlos ging Tristan an ihm vorbei ins Arbeitszimmer, wo eine Platte mit gebratenem Lammfleisch und Minzegelee auf dem Schreibtisch stand. Er breitete die Landkarte aus, studierte sie aufmerksam und glaubte zu wissen, wohin Genevieve fliehen würde. Nach einer Weile rollte er die Karte zusammen, um sie mitzunehmen, und aß das Lamm nicht, weil er Hunger oder Appetit hatte, sondern weil er sich stärken mußte.

Eine sanfte weibliche Stimme riß ihn aus seinen Gedanken.

»Tristan!« Als er den Kopf hob, sah er Edwyna in der Tür stehen, die er offengelassen hatte.

Seufzend lehnte er sich zurück. »Lady Edwyna?«

Sie rannte zu ihm und kniete nieder. »Seid versichert, ich hatte keine Ahnung... Natürlich hätte ich's wissen müssen, aber ich dachte... « Erschrocken verstummte sie, als er ihr Kinn umfaßte und ihr Gesicht zur Seite drehte. Ein bläulicher Fleck verunstaltete ihre Wange. In tiefster Verlegenheit schob sie seine Hand weg. »Jon glaubt, ich würde mit Genevieve unter einer Decke stecken.«

»Guter Gott!« flüsterte er, sprang auf und stürmte in die Halle. »Jon, verdammt, du hast sie geschlagen!«

Verblüfft wandte sich Jon zu ihm, dann stieß er erbost hervor: »Du wirst mir nicht vorschreiben, wie ich meine Frau zu behandeln habe!«

»Aber – du darfst sie doch nicht schlagen!«

»Sie hat es verdient!«

»Das bezweifle ich.«

Edwyna trat verzweifelt zwischen die beiden Männer. »O Jon«, schluchzte sie, »ich schwöre dir – ich wußte nichts! Bitte, so glaub mir doch!« Kraftlos fiel sie auf die Knie.

»Hast du denn gar kein Mitleid?« schrie Tristan.

»Warum sollte ich?« entgegnete Jon. »Du spürst doch auch keins.«

»Ich wurde verraten! Du nicht!« Mühsam bezähmte Tristan seinen Zorn, kehrte ins Arbeitszimmer zurück und packte die paar Sachen zusammen, die er brauchte.

Als er wieder in die Halle ging, weinte Edwyna noch immer. Jon hatte sie auf die Beine gezogen und sprach leise auf sie ein. Sobald er seinen Freund entdeckte, eilte er ihm entgegen. »Bitte, Tristan, laß mich mitkommen... «

»Nein, du bleibst hier. Ich werde sie finden, weil ich weiß, in welche Richtung sie flüchtet. Offenbar kenne ich ihre Gedankengänge besser als du, Jon, sogar besser als Edwyna. Ich hoffe doch, ihr habt ihr kein Pferd gegeben?« fragte er lächelnd, und die beiden wechselten einen unbehaglichen Blick.

»Nein, sie ist zu Fuß unterwegs«, versicherte Jon.

Ehe Tristan die Tür erreichte, drehte er sich noch einmal um. »Da gibt es doch ein kleines Turmzimmer, nicht wahr, Edwyna?«

»Ja«, bestätigte sie verwundert.

»Laßt Genevieves Sachen hinaufbringen – und meine in ihr Schlafgemach.« Und dann eilte er in den Hof hinaus. Die Nacht war kalt geworden, und er hoffte voller Bitterkeit, Genevieve würde erbärmlich frieren.

Aber während er die Zügel seines Hengstes aus Matthews Händen nahm, erinnerte er sich an die beklemmende Angst, die in ihm aufgestiegen war, als er Genevieve am Boden vor dem Kamin gefunden und für tot gehalten hatte.

Sobald er das äußere Hoftor passiert hatte, versetzte er den Schecken in wilden Galopp. »Allmächtiger«, flüsterte er, »ich flehe dich an, beschütze meine Lady!«

14

Als am zweiten Tag die Dunkelheit hereinbrach, fühlte sich Genevieve elend. Seit der letzten kalten Nacht im Freien fürchtete sie die Finsternis. Sie hatte unter dem Baum gelegen, auf den sie zuvor geklettert war, und kaum ein Auge zugetan.

Lange vor dem Morgengrauen war sie erwacht. In jedem Zweig sah sie eine gefährliche Schlange, und ihr graute vor den raschelnden Geräuschen, vor dem Flüstern des Winds. Manchmal streiften Wölfe und Bären durch diese Wälder...

Am Morgen fand sie einen Bach, löschte ihren Durst und wusch sich das Gesicht. Den ganzen Vormittag wanderte sie dahin, und zu Mittag verspürte sie quälenden Hunger, der noch wuchs, als sie ein paar Beeren aß. Doch sie tröstete sich mit dem Gedanken, daß sie bald das Kloster der Guten Hoffnung erreichen und den Schutz der Nonnen genießen würde, bis sie es wagen durfte, in die Bretagne zu reisen, die Heimat ihrer Mutter.

Viel zu früh verdunkelte sich der Wald, die Äste warfen unheimliche Schatten, die nach ihr zu greifen schienen. Überall knackten Zweige, und sie vermochte ihre Angst kaum noch zu bezwingen.

Trotzdem ging sie weiter, bis sie die verlockende Melodie eines plätschernden Bachs hörte. Durstig trank sie und beschloß, an dieser Stelle zu übernachten – nicht zu nahe am Ufer, wo sich Schlangen tummeln konnten. Aber sie würde es genießen, sich am Morgen mit kristallklarem Wasser zu stärken und zu baden, ehe sie ihren Weg fortsetzte.

Sie saß im Gras, lehnte sich an einen Baumstamm und dachte sehnsüchtig an Griswalds frischgebackenes Brot, seine köstlichen Nierenpasteten... Laß das, ermahnte sie sich. Großer Gott, sie war jung und gesund. Eine weitere Nacht ohne Nahrung würde ihr nichts anhaben.

Irgendwo in der Nähe zerbrach ein Zweig, und Genevieve

schaute sich erschrocken um. Fast hätte sie gefragt, ob da jemand sei, doch dann schalt sie sich eine Närrin. Wenn es ein Wolf wäre, würde sie ihn mit ihrem Ruf herbeilocken – oder einen Räuber, der sie womöglich vergewaltigte...

Wieder knackte ein Zweig. Kalte Angst krampfte ihr Herz zusammen. Sie zog ihr elegantes kleines Jagdmesser aus der Rocktasche. Pirschte sich ein Wolf an sie heran? Aber ihr Vater hatte behauptet, Wölfe seien feige, sie würden immer nur in Rudeln auftreten und kleine Beutetiere bevorzugen. Andererseits – ein großer Wolf mochte sie für ein kleines Tier halten.

Plötzlich stieß eine Eule einen gespenstischen Schrei aus und landete beinahe auf Genevieves Kopf. Kreischend sprang sie auf und schwenkte beide Arme.

»Dummes Biest!« schimpfte sie. Und dann hätte sie schwören können, das Echo eines leisen Gelächters zu hören. Mit zusammengekniffenen Augen spähte sie ins Dunkel. Aber da war niemand. Nur der Wind wisperte zwischen den Blättern, und der Bach plätscherte. Sie setzte sich wieder, schlang die Arme um ihre Knie und versank in einen unruhigen Schlaf, aus dem sie immer wieder erwachte.

Erleichtert atmete sie auf, als der Morgen dämmerte. Das Tageslicht gab ihr neuen Mut. Lächelnd betrachtete sie den rötlichen Glanz der aufgehenden Sonne, den die Wellen des Bachs widerspiegelten. Nun würde sie ein erfrischendes Bad nehmen. Ehe sie ihre Kleidung ablegte, schaute sie sich unsicher um, als hätten die Bäume Augen.

Nein, da war niemand. Sie warf ihr Kleid auf den Umhang, dann zögerte sie und schlüpfte auch noch aus dem Hemd. Keine Menschenseele würde sie beobachten, und sie wollte nach dem Bad trockene Sachen anziehen.

Im kalten Wasser erschauderte sie, aber bald genoß sie die Erfrischung und planschte lachend herum. Die Wellen kühlten die Blasen an ihren Füßen, sie fühlten sich einfach wundervoll an. Damit ihr Haar nicht naß wurde, schlang sie es um den Kopf.

Nach einer Weile watete sie ans Ufer, hellwach und munter – bereit, die Wanderschaft fortzusetzen. Noch an diesem Tag würde sie ihr Ziel erreichen...

Plötzlich blieb sie stehen und schrie auf. Vor lauter Entsetzen vergaß sie ihre Nacktheit. Lässig lehnte Tristan an einem Baum und spielte mit einem kleinen Zweig. Neben ihm graste der scheckige Hengst.

Ein Lächeln umspielte Tristans Mundwinkel, ohne die Augen zu erreichen. »Guten Morgen, Genevieve! Hast du gut geschlafen? Ein angenehmer Badeplatz, nicht wahr?« Er warf den Zweig zu Boden, verneigte sich und schlenderte zu einem kleinen Lagerfeuer. Sogar eine Pfanne hatte er mitgebracht. Offensichtlich war er bestens gerüstet, im Gegensatz zu Genevieve, die splitternackt dastand und ihn anstarrte. Als er sich wieder zu ihr wandte, strafte sein Blick die freundliche Begrüßung Lügen. Nur zu deutlich sah sie ihm an, daß er sie am liebsten erwürgt hätte.

Ihre Gedanken überschlugen sich. Sollte sie versuchen, ans andere Ufer zu fliehen?

Vielleicht konnte Tristan nicht schwimmen. Auf der Reise von London nach Edenby hatte er ein Boot benutzt, um sie zurückzuholen...

Kurz entschlossen warf sie sich ins Wasser und tauchte unter. Nein, er folgte ihr nicht. Das rettende Ufer rückte immer näher, die Freiheit winkte. Nur noch ein kleines Stück...

Plötzlich wurde sie an den Haaren gepackt und zurückgezerrt. Sie schluckte Wasser, hustete und spuckte und glaubte zu ertrinken. Blitzschnell glitt sie durch die Wellen, während Tristan mit seinen Beinen und einem Arm schwamm. Seine andere Hand hielt ihre Locken eisern fest. Ja, zweifellos konnte er schwimmen.

Am Ufer ließ er sie unsanft fallen. Keuchend lag sie im Gras, strich sich das klatschnasse Haar aus dem Gesicht und sah, warum er sie erst so spät eingeholt hatte. Auch er bevorzugte trockene Kleidung. Nun zog er sein Hemd, die Wollhose, die Ledertunika und derbe Stiefel an. »Du befindest dich zwar in meinem Lieblingszustand«, bemerkte er und warf Genevieves Hemd vor ihre Füße, »aber falls ich deinen Tod beschließe, sollst du nicht an einer Lungenentzündung sterben.«

Zitternd schlüpfte sie in ihr Hemd, dann ins Kleid, und Tristan legte ihr den Umhang um die Schultern. Sie sank wieder zu Boden und lehnte sich erschöpft an den Baumstamm.

Wenig später wurde ihr ein Becher in die Hand gedrückt. »Warmes Ale«, erklärte Tristan. »Wie ich inzwischen festgestellt habe, legst du keinen Wert auf Wein.«

»Wer den Schaden hat, braucht für den Spott nicht zu sorgen...«

»Der Bordeaux war ein Dankesgeschenk.«

»Für etwas, das ich dir gar nicht geben wollte.«

»Ah, Genevieve, trotzdem hast du mich überaus großzügig beglückt.«

»Elender Bastard!« zischte sie und nippte an ihrem warmen Ale. »Wie hast du mich gefunden?«

Er setzte sich ans Lagerfeuer und zeigte zum Hügel jenseits des Bachs. »Nach meiner Ansicht gibt es nur einen einzigen Ort, den du ansteuern konntest. Hinter diesem Grat liegt das Kloster.«

So nahe war sie am Ziel gewesen. Nun bereute sie bitter, daß sie nach Einbruch der Dunkelheit Rast gemacht hatte. »Beinahe hätte ich's geschafft.«

Lachend schüttelte er den Kopf. »O nein. Eigentlich wollte ich dich schon in der Nacht einfangen, aber du schienst meine Hilfe nicht zu brauchen. Immerhin hast du dich tapfer dieser bösartigen Eule erwehrt.«

»Du warst da!« fauchte sie.

»Die ganze Zeit.«

»Oh, du Schurke!« Wütend sprang sie auf. Sie hatte Todesängste ausgestanden, und er war so niederträchtig gewesen, sich daran zu weiden. Doch dann vergaß sie ihren Zorn. Die Pfanne, die Tristan über das Feuer gestellt hatte, zischte und verströmte einen verlockenden Geruch. Zwei große Fische brutzelten darin, und daneben, auf einem Ranzen, lagen ein Brotlaib und ein Stück Käse.

Das Wasser lief ihr im Mund zusammen, und ihr Magen knurrte. Schnell wandte sie sich ab, um nicht zu zeigen, wie gern sie einen dieser Fische verschlingen würde.

Aber Tristan hörte das wenig damenhafte Magenknurren

und lachte leise. Sie setzte sich wieder ins Gras und starrte vor sich hin. Dann beobachtete sie aus den Augenwinkeln, wie er eine Scheibe Brot abschnitt und zusammen mit den Fischen und dem Käse auf einen Teller legte. Sie erwartete, er würde ihr eine Portion bringen, aber er lehnte sich an einen Baumstamm und aß. »Oh, das schmeckt viel besser als der Hase, den ich letzte Nacht erlegt habe.«

»Hurensohn!« fuhr sie ihn an. »Du konntest einen ganzen Hasen essen, während ich hungern mußte. Und dann hattest du auch noch die Frechheit, mich bis heute morgen hinzuhalten, obwohl ich ganz krank vor Angst war...«

»Sicher hat dir das gutgetan.« Genüßlich leckte er sich die Finger. »Hast du Hunger?«

»Nein!«

»Wunderbar! Ich werde auch den zweiten Fisch mit bestem Appetit verspeisen.«

»Nur zu! Es wundert mich ohnehin, daß du während meiner bisherigen Gefangenschaft so freundlich warst, mich nicht verhungern zu lassen.«

»Ja, das finde ich selber erstaunlich.«

»Du haßt mich wirklich!«

»Was für eine gute Beobachterin du bist!« Eine Zeitlang musterte er sie schweigend, dann fügte er in etwas sanfterem Ton hinzu: »Was ich empfinde, weiß ich nicht genau. Aber ich kenne die Tatsachen. Du gehörst mir – bis ich mich anders besinne.«

Irgend etwas in seiner Stimme weckte neue Hoffnung. Sie stand auf und kniete neben ihm nieder. Flehend schaute sie in seine Augen. »Tristan, laß mich doch gehen! Das Kloster liegt ganz in der Nähe, und ich würde es mühelos erreichen. Ich habe nichts mitgenommen, nur was ich am Leib trage...«

»Und das Jagdmesser.«

»Aber die Juwelen habe ich nicht angerührt...«

Sie verstummte, als er ihr Kinn umfaßte.

»Mein kostbarstes Juwel bist du selbst, Genevieve. Tut mir leid, ich lasse dich nicht frei.« Ungeduldig schob er sie von sich, holte einen zweiten Teller und gab ihr Fisch, Brot und Käse. »Iß langsam, sonst wird dir übel.«

Sie nahm den Teller und bemühte sich, seinem Rat zu folgen, doch dann siegte ihr Heißhunger, und sie schlang das Essen hinunter.

»Hast du nicht verstanden? Ich sagte doch – du sollst langsam essen!«

Wortlos nickte sie, und er ging davon. Sie hörte, wie er sanft auf seinen scheckigen Hengst einredete. Hat er jemals so liebevoll mit einer Frau gesprochen?

Als sie die Mahlzeit beendet hatte, trug sie beide Teller zum Bach, wusch sie und trocknete sie mit ihrem Rock ab. Dann kehrte sie zum Lagerplatz zurück, wo Tristan inzwischen das Feuer gelöscht hatte. Er packte die Teller und Becher in seinen Ranzen, den er hinter seinem Sattel festband.

Plötzlich neigte sich der Hengst zu Genevieve und stieß sie mit seinen Nüstern an. Lachend streichelte sie seinen Kopf, und er trat noch näher, wie ein riesiges liebebedürftiges Hündchen.

»Offenbar mag er dich«, bemerkte Tristan trocken.

»Warum auch nicht? Wie heißt er denn?«

»Pie.«

»Pie«, wiederholte sie. »Wie groß er ist und doch so zahm!«

»Und sehr gutmütig.«

»Seltsam – ein so nettes Tier wagt sich aufs Schlachtfeld, mitten hinein in Pulverrauch und Kanonendonner.«

»Das tun auch sanftmütige Männer.« Tristan führte Pie zwischen den Bäumen hindurch auf einen Weg, und Genevieve sah nun, was sie in der Dunkelheit nicht erkannt hatte – die Klostermauern, keine halbe Meile entfernt. Wie nahe sie der ersehnten Freiheit gewesen war, ohne es zu ahnen ... »Hast du Blasen an den Füßen?« fragte er, und sie nickte. »Dann werde ich gehen, und du kannst reiten.«

Den Blick gesenkt, ließ sie sich in den Sattel heben, ergriff die Zügel und lenkte das Pferd hinter Tristan her. Dann neigte sie sich vor, flüsterte etwas in Pies Ohr und grub die Fersen in seine Flanken. Sofort galoppierte das gut ausgebildete Streitroß an Tristan vorbei. Der kalte Wind ließ Genevieves Haar flattern und stach ihr in die Augen, doch sie hatte sich nie zuvor so glücklich gefühlt.

Endlich frei! Pies Hufe donnerten über den Waldboden, er sprengte über den Hügel, und auf der anderen Seite sah Genevieve den niederen Zaun des Klostergartens. Zwischen den Gemüsebeeten arbeiteten einige Nonnen. In ihren voluminösen Trachten mit den Flügelhauben glichen sie ungelenken Vögeln.

Sie hörte den Pfiff nicht, aber der Hengst reagierte sofort darauf und blieb stehen. Dann wirbelte er herum, und die Reiterin flog aus dem Sattel. Hart prallte sie am Boden auf, Sterne tanzten vor ihren Augen. In ihren Ohren trommelten Hufe, und sie wälzte sich hastig zur Seite, um ihnen auszuweichen.

Aber es waren keine Hufe, sondern Schritte. Tristan stürmte schnell wie ein griechischer Athlet zu ihr. Angstvoll sprang sie auf. Jetzt konnten die Nonnen sie sehen. Da standen sie und beschatteten ihre Augen mit den Händen. Wenn sie den Gartenzaun erreichte, konnte Tristan sie nicht einfach zurückzerren, während ihn diese frommen Damen beobachteten.

Wie von Furien gehetzt, rannte sie zum Garten. Die Blasen an ihren Sohlen brannten, tausend Nadeln schienen in ihre Waden zu stechen, doch davon ließ sie sich nicht beirren. Nun konnte sie das ungläubige Gesicht einer jungen Nonne erkennen. Bald war sie am Ziel... Doch dann wurde sie plötzlich zu Boden geworfen. Bestürzt schnappte sie nach Luft und starrte Tristan an, der über ihr lag.

»Gott im Himmel!« rief eine schrille Frauenstimme, und Genevieve schöpfte neue Hoffnung, denn jetzt eilte eine Schwester zum Zaun.

Aber Tristan hatte seine eigenen Pläne geschmiedet. »Genevieve, meine Liebste, mein Leben! Ich habe dich doch gewarnt und erklärt, du müßtest dich vor Pie in acht nehmen! Oh, meine arme Geliebte!« Und dann neigte er sich herab und küßte sie.

Verzweifelt wehrte sie sich, doch er hielt ihren Kopf eisern fest, und sein Gewicht drückte sie zu Boden, so daß sie sich kaum rühren konnte. Bald dachte sie nicht mehr an ihre Freiheit, sondern nur noch ans nackte Überleben, denn sie bekam kaum Luft.

»Du meine Güte!« murmelte eine der schockierten Nonnen.

Als Genevieves Sinne zu schwinden drohten, stand Tristan auf, und sie rang mühsam nach Luft. Zu ihrem Leidwesen konnte sie nicht sprechen. Er hob sie hoch und verneigte sich vor den Schwestern. »Guten Tag, Ladys! Bitte, verzeiht mir! Möge Gott uns alle segnen!« Verlegen lächelte er. »Wir sind jung verheiratet – Ihr versteht doch?«

Entzücktes Gekicher belohnte seine Worte, und Genevieve holte noch einmal tief Luft. Endlich gehorchte ihr die Stimme wieder. »Jung verheiratet? Wir ...«

Was sie hinzufügen wollte, blieb ihr in der Kehle stecken, denn ein neuer leidenschaftlicher Kuß verschloß ihr den Mund. Höflich winkte Tristan den Klosterschwestern zu, und zu Genevieves Entsetzen winkten sie freundlich zurück. Die jüngeren starrten ihn hingerissen an, die älteren schüttelten mißbilligend die Köpfe. Und dann kehrten sie alle zu ihrer Arbeit zurück.

Tristan trug Genevieve zu seinem Hengst, und sie öffnete den Mund, um einen Hilferuf auszustoßen. Noch befand sie sich in Hörweite der Nonnen. Aber er kam ihr wieder einmal zuvor und preßte eine Hand auf ihre Lippen. »Ein Wort, und dein Hinterteil wird Blasen aufweisen, die noch viel schlimmer brennen werden als deine wunden Fußsohlen.«

Wie sein Blick verriet, meinte er es ernst. Erschöpft lehnte sie sich an das Pferd. Tristan umschlang ihre Taille, hob sie in den Sattel und stieg hinter ihr auf. Eine Zeitlang ritten sie schweigend dahin, dann fragte Genevieve: »Wann werden wir auf Edenby ankommen?«

»Heute abend.«

Ihre Augen schwammen in Tränen. So lange hatte sie gebraucht, um diese kurze Strecke zurückzulegen... Warum war sie nicht auf den Gedanken gekommen, ein Pferd zu stehlen? Während einer kurzen Rast gab Tristan ihr ein Stück Brot. Ohne ein einziges Wort zu wechseln, aßen sie und tranken Ale. Bis jetzt hatte sie sich bemüht, aufrecht im Sattel zu sitzen, um Tristan nicht zu berühren. Aber als sie weiterritten, gelang ihr das nicht mehr. Müde lehnte sie sich an seine Brust, die Augen fielen ihr zu.

Sie schlief, bis sie aus dem Sattel gehoben wurde. »Wo sind wir?« fragte sie verwirrt.

»Zu Hause«, erwiderte er kurz angebunden. Irgend jemand eilte herbei,um das Pferd zu übernehmen, und Tristan trug Genevieve mit langen Schritten in die Halle.

Dort wurden sie von Jon und Edwyna erwartet, die erleichtert aufschrie. »Oh, Ihr habt sie gefunden.« Aber sie schaute ihre Nichte nicht an, und Genevieve spürte, daß Edwyna ihr grollte. Kein Wunder, dachte sie. Immerhin habe ich ihr Vertrauen schmählich mißbraucht und auch Jon hintergangen.

»Aye, ich habe sie gefunden«, bestätigte Tristan und ging an ihnen vorbei.

»Warte, bitte!« flehte Genevieve. »Laß mich mit ihnen reden – und erklären, wie leid es mir tut...«

»Was denn?« fragte er, ohne stehenzubleiben. »Daß du geflohen bist?«

»Nein, das mußte ich versuchen, und du weißt nur zu gut, warum. Aber...«

»Bereust du, daß du Jon und Edwyna überlistet hast?«

»Oh, verdammt, bitte, erlaube mir doch...«

»Sie wollen gar nicht mit dir reden.«

Inzwischen war er die Stufen hinaufgestiegen und trug sie an ihrem Schlafgemach vorbei zur nächsten Treppe, die in den Turm führte.

»Hier ist mein Zimmer...«

»Meines«, unterbrach er sie.

»Was?«

»In diesem Raum fühle ich mich sehr wohl.«

»Aber...« Ungläubig verstummte sie. Tristan erreichte den Absatz der schmalen Wendeltreppe und stieß mit einem Fuß die Tür des Turmzimmers auf. In der Mitte der kleinen Kammer brannte ein Herdfeuer, das Bett war bezogen. Ein Tisch und zwei Stühle vervollständigten die Einrichtung. An der Wand standen Genevieves Truhen. Es gab nur ein einziges Fenster, hoch oben in luftiger Einsamkeit.

»Hier willst du mich einsperren?« fragte Genevieve entgeistert, als er sie aufs Bett setzte.

»Ja«, antwortete er kühl.

»Du hast mich verfolgt und eingefangen – nur um mich in den Turm zu verbannen?«

»Genau.«

Schreiend sprang sie auf, und ehe er sie abwehren konnte, zerkratzte sie ihm das Gesicht. Doch dann riß er ihren Kopf an den Haaren nach hinten. Vor Schmerz traten ihr Tränen in die Augen, ihr Kampfgeist erstarb, und sie sank kraftlos zu Boden.

Nie zuvor hatte sie sich so erniedrigt gefühlt. »Du bist ein Ungeheuer«, flüsterte sie. »Und ich glaube, es gibt keinen Menschen auf dieser Welt, der noch unbarmherziger wäre als du.«

Langsam ging er in die Knie und schaute ihr in die Augen. »Ich habe versucht, dich milde zu behandeln.«

»Du bist die Grausamkeit selbst!«

»Soll ich dir erklären, was Grausamkeit bedeutet?« Er starrte sie an, aber sie ahnte, daß er in weite Fernen blickte. In seiner leisen Stimme schwang eine Qual mit, die beinahe greifbar erschien. »Es ist grausam, einen Mann im Schlaf zu ermorden, eine Bäuerin niederzumetzeln, die gerade Brot bäckt – oder ihren Mann mit seiner eigenen Sense zu erstechen. Eine Vergewaltigung ist grausam – eine Vergewaltigung, die mit dem Tod endet, obwohl die Frau ihren Peiniger angefleht hat, sie am Leben zu lassen – und ihr ungeborenes Kind.« Brüsk stand er auf, und Genevieve verstand nicht, warum Tränen über ihre Wangen rollten.

Tess erschien in der Tür. »Mylord?« fragte sie dienstbeflissen.

»Hilf deiner Lady, sich zu waschen!« befahl er und verließ die Kammer. Seine Schritte verhallten auf der gewundenen Steintreppe.

15

»Ich werde heiraten!« verkündete Edwyna so freudestrahlend, daß Genevieve trotz ihres Kummers lächelte und die Umarmung ihrer Tante herzlich erwiderte.

Natürlich war es wundervoll. Edwyna liebte ihren Jon, obwohl er zu den Männern gehörte, die Edenby ins Unglück gestürzt und Edgars Tod verursacht hatten. Und ihre Gefühle wurden erwidert.

»Ich bin so froh«, versicherte Genevieve und behielt ihre Bitterkeit für sich. Immerhin durfte sie den Besuch ihrer Tante empfangen, obwohl sie vermutet hatte, Tristan würde ihr jeden gesellschaftlichen Umgang verwehren. Und sie fühlte sich erleichtert, weil Edwyna ihr den Vertrauensbruch offensichtlich verzieh.

»Schon morgen wird Vater Thomas uns in der Burgkapelle trauen. Ich bin überglücklich!«

Mühsam schluckte Genevieve und wandte sich ab, um ihre Tränen zu verbergen. »In Gedanken werde ich bei dir sein. Sicher feiert ihr ein wunderschönes Fest.«

»Daran mußt auch du teilnehmen. Du brauchst Tristan nur darum zu bitten, und er wird deinen Wunsch erfüllen.«

»Das bezweifle ich. Wenn ich ihn rufen ließe, würde er nicht einmal kommen.«

»Vielleicht kann ich mit ihm reden – oder Jon. Weißt du, ich glaube, du behandelst Tristan nicht richtig...«

Ärgerlich schüttelte Genevieve den Kopf. »Ich behandle ihn nicht richtig? Edwyna, dieser Mann hat mein Erbe gestohlen, meinen Vater und meinen Verlobten getötet...«

»Die beiden sind auf dem Schlachtfeld gefallen.«

»Und er ist in mein Haus eingedrungen – hat mich einfach genommen... Wie soll ich ihn denn behandeln?«

Um dem Blick ihrer Nichte auszuweichen, starrte Edwyna ins Herdfeuer. »Ich finde ihn liebenswert, und ich bewundere ihn. Vielleicht wirkt er manchmal etwas hart, aber er ist immer gerecht – und gut zu unseren Leuten. Wenn du die Situation doch akzeptieren könntest...«

»Soll ich akzeptieren, daß er mich im Turm einsperrt? Schön und gut, du liebst Jon, und ich freue mich für dich. Aber erwarte nicht von mir, daß ich mich widerstandslos in mein Schicksal füge. Ich hasse Tristan – diesen herzlosen Schurken...« Plötzlich verstummte Genevieve und fragte sich, ob das auch wirklich stimmte. »Edwyna – was ist ihm widerfahren?«

Ihre Tante zögerte. »Nun – er mag es nicht, wenn man über seine Vergangenheit spricht. Und er ärgert sich immer noch, weil Jon mir davon erzählt hat.«

»Was für ein Mensch ist Tristan? O Gott, Edwyna, du wirfst mir vor, daß ich ihn bekämpfe, aber du hilfst mir nicht, ihn zu verstehen. Bis jetzt weiß ich nur eins – seine Familie wurde angegriffen.«

»Es gab keine Schlacht. Seine Leute wurden von York-Anhängern niedergemetzelt. Zunächst stand er Richard sehr nahe...«

Was?« rief Genevieve verblüfft.

»Als Edward starb, und die Woodvilles nach Macht strebten, glaubte Tristans Vater, Richard müsse zum Wohl des Landes den Thron besteigen. Aber dann wurden die jungen Prinzen in den Tower gebracht, und Tristan verlangte von Richard in aller Öffentlichkeit, die Kinder zu präsentieren. Einen König, der seine eigenen Neffen ermordet hatte, konnte und wollte er nicht unterstützen. Nachdem er diese Forderung gestellt hatte, ritt er mit Jon und einem anderen Freund nach Hause. Alles war verwüstet. Eine ruchlose Bande hatte die Pächterhütten niedergebrannt, die Bäuerinnen vergewaltigt und getötet, die Männer niedergemetzelt, Tristans Vater und Bruder, seine Schwägerin... Und es kam noch schlimmer. Seine Frau erwartete ihr erstes Kind, und er fand sie neben der Wiege mit aufgeschlitzter Kehle und neben sich das totgeborene Baby...«

Ein Schwindelgefühl erfaßte Genevieve, und sie sank kraftlos auf ihr Bett. »Das tut mir leid. Und ich würde jeden bedauern, der so etwas durchmachen mußte. Aber ich hab's ihm nicht angetan...«

»Nein, du hast ihn umgarnt, in dein Zimmer gelockt und mit einem Schürhaken niedergeschlagen.«

»Verdammt, das war nicht nur *mein* Werk.«

»Ja, ich weiß«, seufzte Edwyna, dann wechselte sie hastig das Thema. »Sieh doch, ich habe dir Bücher von Chaucer und Aristoteles und diesem italienischen Schriftsteller mitgebracht, den du so gern liest. Jetzt muß ich gehen, bevor irgend jemand glaubt, wir würden wieder ein Komplott schmieden.« Liebevoll umarmte sie ihre Nichte. »O Genevieve, bald wirst du deine Freiheit wiedererlangen. Hab nur ein wenig Geduld. Und bitte Tristan, er möge dir erlauben, morgen mit uns Hochzeit zu feiern.«

»Also gut, ich werde ihn fragen«, versprach Genevieve und zwang sich zu einem Lächeln.

Wieder allein in ihrem kleinen Turmzimmer, schlug sie eines ihrer Lieblingsbücher auf. Seltsam – Geoffrey Chaucer war schon so lange tot und trotzdem eng mit den Ereignissen der Gegenwart verbunden. Seine Schwägerin war John von Gaunts große Liebe gewesen. Jahrelang hatte sie mit ihm zusammengelebt und ihm die Beaufort-Bastarde geboren, ehe sie endlich seine Frau geworden war. Dieser bittersüßen Liebesgeschichte entstammte der Urenkel Henry, der nun die englische Krone trug.

Genevieve schloß das Buch. In ihren Augen brannten Tränen – so wie früher, wenn sie Chaucers Novellen gelesen hatte. Aber jetzt waren es nicht seine Worte, die sie berührten, und sie wußte nicht, ob sie sich selbst oder Tristan beweinte – oder das Schicksal, das sie zu unversöhnlichen Feinden gemacht hatte.

Am Spätnachmittag steigerte sich das Gefühl ihrer Einsamkeit beinahe zur Panik. Wie langsam die Zeit verstrich... Sie hatte gebadet, ihr Haar gewaschen und zu Zöpfen geflochten, Risse in ihren Kleidern geflickt und versucht, ein Muster für einen Wandteppich zu entwerfen. Und der Tag ging noch immer nicht zu Ende.

Schließlich warf sie sich aufs Bett und stützte das Kinn in die Hände. Wo mochte Tristan jetzt sein? Lag er in Tess' Armen? Gewiß stellte das vollbusige Bauernmädchen keine Forderungen an ihn und war dankbar für seine Aufmerksamkeit, ein nettes kleines Spielzeug. »Amüsier dich nur mit ihr«, flüsterte Genevieve. »Und laß mich in Ruhe...« Trotzdem wünschte sie, er würde zu ihr kommen und sie könnte ihn bitten, er möge ihr gestatten, am Hochzeitsfest ihrer Tante teilzunehmen. Nein, bitten würde sie nicht – nur fragen. Und wenn er es nicht erlaubte, wollte sie das kühl und gelassen hinnehmen.

Aber er ließ sich nicht blicken. Ungeduldig sprang sie vom Bett auf. Wie lange mußte sie noch in ihrer Gefangenschaft ausharren? Wochen? Monate? Jahre? Würden die Leute eines Tages vorbeigehen und überlegen, wer die alte Vettel im Turm von Edenby sein mochte?

Als es an der Tür klopfte, zuckte sie zusammen. Tristan? Oder die diensteifrige Tess? »Ja?« rief sie leise.

Der Riegel wurde zurückgeschoben, und Jon trat ein. Errötend senkte sie den Kopf. Mit Edwyna hatte sie sich versöhnt, aber er grollte ihr sicher noch immer, weil sie sein Vertrauen mißbraucht hatte.

»Guten Abend, Genevieve...« Er verneigte sich, und sie schluckte krampfhaft. Warum hielt sie es eigentlich für nötig, sich bei einem Eindringling zu entschuldigen?

»Jon – es tut mir leid, daß ich Euch hintergangen habe. Aber Ihr müßtet mich doch verstehen. Welch ein Leben führe ich hier! Könntet *Ihr* das ertragen? Würdet Ihr nicht jede Gelegenheit zur Flucht nutzen?«

Statt einer Antwort bot er ihr den Arm. »Gehen wir.«

Ihr Herz schlug schneller. »Wohin?«

»Tristan möchte Euch sehen.«

Ein Schauer überlief ihren Rücken. Hatte er sich eine neue Strafe ausgedacht? Zögernd legte sie ihre Hand auf Jons Arm und ließ sich die Wendeltreppe hinabführen. »Wie ich vor kurzem erfahren habe, soll morgen Eure Hochzeit stattfinden. Ich freue mich – für Euch und Edwyna.«

»Tatsächlich?« fragte er kühl.

»O ja. Sie ist meine Tante, und ich liebe sie.«

Schweigend nahm er diese Erklärung zur Kenntnis, führte sie zu ihrem Zimmer, das nun von Tristan bewohnt wurde, und hielt ihr die Tür auf. Inzwischen war es fast dunkel geworden. Kerzen und das Kaminfeuer verströmten schwaches Licht.

Tristan wandte ihr den Rücken zu und starrte in die Flammen, nur mit einem weißen Hemd, einer engen Hose und hohen Lederstiefeln bekleidet. Es dauerte lange, bis er sich umdrehte. Sein Gesicht lag im Schatten, und sie vermochte seine Miene nicht zu deuten, spürte aber, daß er sie von Kopf bis Fuß musterte. »Guten Abend, Genevieve.«

»Warum hast du mich holen lassen?«

»Weißt du das nicht?« Der sanfte, intime Klang seiner Stimme beschleunigte ihren Puls und erhitzte ihr Blut. Und dann erschien ein unwillkommenes Bild vor ihrem geistigen Auge, Tristan und Tess in leidenschaftlicher Umarmung. Heißer Zorn erfaßte sie. Und noch ein anderes Gefühl. Eifersucht... Nein, sagte sie sich hastig, unmöglich.

Er trat an den Tisch, und sie sah erst jetzt das Essen, das darauf angerichtet war – Platten unter silbernen Deckeln, zwei Teller, zwei von den goldgeränderten Kristallgläsern ihrer Mutter, gefüllt mit einer klaren, hellen Flüssigkeit.

Die Gläser in den Händen, ging Tristan zu Genevieve und reichte ihr eins. Vorsichtig nippte sie an dem Getränk, das süß und herb zugleich schmeckte und ihre verkrampfte Kehle beruhigte. »Was ist das?«

»Kein Gift, glaub mir. Da du Bordeaux verabscheust, habe ich beschlossen, dir deutschen Weißwein zu kredenzen. Nimm doch bitte Platz!« Einladend wies er zum Tisch, und sie setzte sich. Um ihre Unsicherheit zu überspielen, trank sie noch einen Schluck. Doch dann erinnerte sie sich an die verheerende Wirkung jener Rotweinflasche und stellte das Glas schnell ab. »Bist du hungrig?« fragte Tristan.

»Nein.«

Trotzdem servierte er ihr gebratenes Geflügel mit süßen gekochten Äpfeln in Pastetenteig und Herbstgemüse. »Seltsam – ich dachte, du würdest immer noch Hunger leiden.«

Ihr Blick erschien ihm eigenartig. Sie musterte nicht den Eindringling und Eroberer, sondern den Mann. Und plötzlich konnte er ihren Augen nicht länger standhalten. An diesem Abend erinnerten sie ihn an Frühlingsveilchen, sie schimmerten nicht kalt wie silbernes Mondlicht.

»Und ich dachte, das wäre dir egal«, erwiderte sie und griff nach ihrer Gabel. Statt zu essen, schob sie die Speisen auf ihrem Teller nur hin und her.

Tristan seufzte ungeduldig. Natürlich wollte er sich nicht bei ihr entschuldigen, denn dazu sah er keinen Grund. Nach seiner Ansicht behandelte er sie sogar überaus milde. Trotzdem hatte er das Gefühl, er müßte irgend etwas wiedergutmachen, und deshalb dieses Mahl arrangiert. »Ich habe geglaubt, ein Essen bei Kerzenlicht würde dir gefallen...«

Mit einem bitteren Lächeln unterbrach sie ihn. »O ja, in dieser kultivierten Atmosphäre komme ich mir wie eine höfische Kurtisane vor – nicht wie eine Bauernhure.«

Brüsk stand er auf und warf beinahe seinen Stuhl um. »Was willst du eigentlich von mir?«

»Meine Freiheit.«

»Deine Freiheit?« Er neigte sich zu Genevieve hinab und umfaßte ihr Kinn. »Damit du wieder in den Wald laufen kannst und dich allen möglichen Gefahren aussetzt?«

»Du tust mir weh!« klagte sie und versuchte seine Hand abzuschütteln, aber er ließ sie ohnehin los, weil es an der Tür klopfte.

»Ja, was gibt's?« rief er.

Tess trat ein und knickste. »Soll ich den Tisch abräumen, Mylord?«

»Was? Ach ja, natürlich.« Während die Zofe das Geschirr zusammenstellte, wandte er sich zum Kamin und stützte einen Ellbogen auf das Sims. Gegen ihren Willen beobachtete Genevieve das Mädchen, das sie strahlend anlächelte. Holte Tristan dieses dralle kleine Ding nachts hierher – in *ihr* Bett?

Tess knickste wieder, und sobald sie mit ihrem Tablett hinausgeeilt war, sprang Genevieve erbost auf. »Ja, lieber würde ich mich den schlimmsten Gefahren im nächtlichen Wald ausliefern, als hier mit dir zu sitzen. Welche Gnade erweist du mir denn? Eine Mahlzeit in meinem eigenen Zimmer, Essen aus meiner eigenen Küche...«

Langsam drehte Tristan sich um. Zu ihrer Überraschung verzichtete er auf eine scharfe Antwort, starrte neugierig die Tür an, dann Genevieve und brach in Gelächter aus.

»Bist du verrückt geworden?« fauchte sie zornig.

Er kam zu ihr, immer noch belustigt, und strich mit einem Finger über ihre Wange. »Warum dieser plötzliche Wutanfall? Vorhin warst du so still und sanft, ohne Silberfunken in den Augen. Und dann schreist du mich unvermittelt an. Hängt das vielleicht mit diesem Mädchen zusammen?«

»Welches Mädchen meinst du?«

»Tess.«

»Ob du mit ihr schläfst oder mit tausend anderen Kühen – das ist mir völlig egal!«

Zu ihrer Bestürzung lachte er wieder und legte die Hände auf ihre Schultern. »Nein, Lady, das ist dir keineswegs gleichgültig.«

»Doch!«

»Lügnerin! Der Gedanke, ich könnte mich für dieses hübsche Bauernmädchen interessieren, stört dich ganz gewaltig.«

»Das ist einfach absurd!« erwiderte sie.

Vergeblich bemühte sie sich, ihrer Stimme einen beiläufigen Klang zu geben. Sie riß sich los und trat an den Tisch. Glücklicherweise hatte Tess den Wein stehenlassen, und Genevieve leerte ihr Glas in einem Zug. Danach mußte sie husten, was Tristan erneut zum Lachen reizte.

»Genevieve...«

»Ja?«

»Komm her!«

Als sie sich umdrehte, sah sie ihn auf dem Bett sitzen, die Arme vor der Brust verschränkt.

»Komm her!« wiederholte er.

Zunächst rührte sie sich nicht von der Stelle, dann seufzte sie müde. Was blieb ihr anderes übrig, als zu gehorchen? Wenn sie sich weigerte, würde er sie einfach holen. Also ging sie zu ihm, und er zog sie zu sich aufs Bett und streckte sich neben ihr aus. Auf einen Ellbogen gestützt, neigte er sich lächelnd über sie, aber jetzt verspottete er sie nicht mehr. »Ich habe Tess hierhergeholt, weil ihre Mutter verwitwet ist. Seit kein Mann mehr auf den gepachteten Feldern arbeitet, sind sie praktisch wertlos, und beide brauchen den Lohn, den das Mädchen in der Burg verdient.«

»Aber – Tess betet dich an.«

»Woher weißt du das?«

»Bitte, Tristan...«

»Niemals habe ich sie angerührt. Bist du jetzt zufrieden?«

»Ich sagte doch, es ist mir gleichgültig.«

»Ja, das weiß ich. Und im Gegensatz zu dir, lüge ich nicht – keine Frau fasziniert mich so wie du, meine dornige weiße Rose, und das ist die Wahrheit.«

Obwohl es lächerlich war, freute sie sich über seine Worte. Und als er sie küßte, gab sie der Versuchung nach, schlang die Finger in sein Haar und wehrte sich nicht gegen ihr wachsendes Verlangen. Nach einer Weile hob er den Kopf, und sie fühlte sich wie ein junges Mädchen in den Armen ihres Geliebten. Aller Haß war verflogen. Rasch befreite er sie von ihren Kleidern, und während er sich selbst auszog, wandte sie den Blick nicht schamhaft ab, sondern bewunderte seinen muskulösen bronzebraunen Körper, die breiten Schultern, den flachen Bauch und die schmalen Hüften. Und das pulsierende Zeichen seiner Begierde...

»Tristan?«

»Ja?«

»Es – es tut mir leid.«

Als sie sah, daß er die Lippen zusammenpreßte, bereute sie ihre Worte. Natürlich wußte er, was sie meinte – das Leid in seiner Vergangenheit. »Sprich nicht davon«, entgegnete er heiser.

Zu ihrer eigenen Verblüffung streckte sie eine Hand nach ihm aus. »Tristan...«

Er schlang seine Finger in ihre, dann lag er wieder neben ihr und flüsterte: »Also macht es dir heute nacht nichts aus, dein Bett mit mir zu teilen?«

»Nein, es macht mir nichts aus.«

Zum erstenmal berührte sie ihn, strich über seine Schultern, seine Brust, erforschte seinen Körper. Sie war ihm viel vertrauter als er ihr, und jetzt holte sie nach, was sie versäumt hatte. Dies war ihre gemeinsame Welt, in der nur die Leidenschaft zählte. Vage entsann sich Genevieve, daß Edwyna sie vor diesem Gefühl gewarnt hatte. Es sei gefährlich und könne einen Menschen ins Unglück stürzen... Aber es war das größte Wunder ihres Lebens, dieser Drang, diese glühende Hitze, ein Glanz, der immer heller leuchtete, um dann in süßer Erfüllung zu bersten...

Überwältigt schrie sie auf und wußte, nun in Verlegenheit geraten zu müssen, weil eine Lady solche Wollust nicht empfinden durfte. Aber sie schämte sich nicht ein bißchen. Später lag sie erschöpft neben ihm und berührte seine Wange. »Das war eine gute Idee von dir, mich heute abend hierherzubestellen.«

Statt einer Antwort lächelte er nur, zog die Bänder aus ihrem Haar, löste die Zöpfe und breitete die Locken auf dem Kissen aus. Dann spürte sie seine Lippen an ihrem Hals. Stöhnend überließ sie sich den Liebkosungen seiner Zunge, die über ihre Brüste wanderte und dann tiefer hinab. Ein intimer Kuß entfachte ein neues Feuer, und sie protestierte vergeblich, denn er hielt ihre Hüften fest und bereitete ihr süße Qualen, bis sie zu sterben glaubte. Nachdem die Lust zum zweitenmal gestillt war, schlief Genevieve zufrieden ein – in ihrem eigenen Zimmer, in ihrem eigenen Bett, in Tristans Armen.

Wohlig streckte sie sich und spürte eine Bewegung an ihrer Seite. Im Halbschlaf hörte sie, wie sich die Tür öffnete, und glaubte Roger de Treynes Stimme zu erkennen. Tristan lag immer noch neben ihr, sie fühlte seine Hand auf ihrer Hüfte. Sicher war es peinlich, in einer solchen Situation ertappt zu werden. Doch sie sagte sich schlaftrunken, daß sie nichts dagegen tun konnte. Die Schloßbewohner wußten ohnehin, welche Rolle sie im neuen Tudor-Reich spielte, und sie war einfach zu müde, um sich dagegen zu wehren.

Als Roger gegangen war, sprang Tristan aus dem Bett, und sie hörte ihn fluchen. Dann klopfte es wieder an der Tür, diesmal leise und zögernd. Mühsam schlug Genevieve die Augen auf und sah, wie er sich hastig anzog und Jon eintreten ließ. Was die beiden besprachen, verstand sie nicht, und wenig später eilte Tristan mit seinem Freund davon. Da erinnerte sie sich. An diesem Tag sollte Hochzeit gefeiert werden.

»Genevieve!« Unsicher stand Edwyna auf der Schwelle. »Wo ist Tristan?«

»Das weiß ich nicht.«

»Er ist nicht hier?«

»Nein.«

Aufgeregt rannte Edwyna zum Bett. »Hast du ihn gefragt, ob du zur Hochzeit kommen darfst?«

»Noch nicht...« Träumerisch erinnerte sich Genevieve an die Nacht mit Tristan. Und er hatte geschworen, er würde niemals an ihrer Seite schlafen. Sie dachte an die sonderbaren Geständnisse, die sie einander zugeflüstert hatten. Auf einmal waren die erbitterten Feinde beinahe Freunde geworden. Lächelnd umarmte sie ihr Kissen und flüsterte verschwörerisch. »O Edwyna! Ich glaube, ich werde mit euch Hochzeit feiern.«

»Wie schön! Hab ich's dir nicht gesagt? Du mußt nur ein bißchen nachgeben und ihm schmeicheln. Das hast du wunderbar gemacht.« Edwyna eilte zur Tür zurück, aber plötzlich hielt sie verwirrt inne, und Genevieve sah, warum. Tristan lehnte am Türrahmen. Lächelnd nickte er Edwyna zu, bedeutete ihr, an ihm vorbeizugehen, und sie beeilte sich, der Aufforderung zu folgen. Die Arme vor der Brust verschränkt, kam er zum Bett und blieb vor dem Podest stehen. »Du wolltest mich etwas fragen, Genevieve? Geht es vielleicht um das Hochzeitsfest deiner Tante, an dem du teilnehmen möchtest?«

»Aye.«

»Das dachte ich mir.« Der Klang seines Gelächters mißfiel ihr. »Diese Gunst wolltest du dir heute nacht erkaufen, und gegen solche Geschäfte habe ich gewiß nichts einzuwenden.

Aber normalerweise einigt man sich *vorher* über die Waren und den Preis.«

»Ich hatte keine Ahnung, was...«

»Oh, das weißt du ganz genau. Welch süße Worte hast du mir zugeflüstert! Es sei eine gute Idee von mir gewesen, dich hierherzubestellen. Nun, Genevieve Llewellyn, in Zukunft werde ich bedenken, daß du jedesmal, wenn ich deine Reize genießen darf, einen Preis forderst.«

»Was?« Zornestränen stiegen ihr in die Augen.

»Oh, du Narr! Ich wollte nicht...«

»Erspare mir deine Beteuerungen, meine Liebe. Du darfst mit uns Hochzeit feiern.« Ohne ein weiteres Wort stürmte er hinaus und warf krachend die Tür hinter sich zu.

Edwyna heiratete in der Kapelle, wo sie getauft worden war. Trotz der Umstände und der seltsamen Gästeschar, die aus Freund und Feind bestand, war es eine schöne Zeremonie. Und Genevieve wußte, daß ihre Tante dieses Glück nicht genießen könnte, wenn Richard immer noch die englische Krone trüge. Denn Edgar hätte ihr eine »vorteilhafte« Partie verschafft, ohne sich um die Herzenswünsche seiner Schwester zu kümmern.

Nach dem Festmahl wurde getanzt, und Tristan, der sich seit dem Morgen von Genevieve ferngehalten hatte, nahm sie in die Arme. Während sie sich im Rhythmus der Lauten- und Harfenklänge wiegten, fragte er spöttisch: »Nun, gefällt dir die Feier? Hat sich das Opfer deiner Ehre gelohnt?«

Vor lauter Zorn stolperte sie beinahe. »Welche Ehre hast du mir denn noch gelassen?«

»Ah, ich verstehe. Nachdem ich eine Hure aus dir gemacht habe, soll ich auf deine Bedingungen eingehen. Nun, da du dein Ziel erreicht und die Hochzeit besucht hast, muß ich mir etwas Neues ausdenken, um dich wieder in nachgiebige Stimmung zu bringen.«

»Wozu? Du nimmst dir doch ohnehin, was du willst?«

»Oh, da irrst du dich. Kein Mann kann sich nehmen, was du mir letzte Nacht gegeben hast. Was soll ich dir jetzt versprechen? Vielleicht die Rückkehr in dein Schlafgemach? Ein bißchen mehr Freiheit? Ich muß gestehen, diese Feilscherei amüsiert mich. Besprechen wir doch, wie ich dich das nächste Mal entlohnen soll.«

Gekränkt fauchte sie ihn an: »Du begreifst überhaupt nichts! Gewisse Dinge kann man nicht kaufen, denn sie kommen von ...« Im allerletzten Augenblick verstummte sie. ›Von Herzen‹, hatte sie sagen wollen. Aber es war sinnlos, dieses Wort zu benutzen, wenn sie mit Tristan sprach, denn er besaß kein Herz. »Geh doch zum Teufel! Und laß mich in mein Turmzimmer zurückkehren! Nur zu gern bleibe ich da oben und erfreue mich meiner Einsamkeit!« Wütend stieß sie ihn von sich und rannte zur Treppe.

»Genevieve!« Ohne seinen Ruf zu beachten, stürmte sie die Stufen hinauf, dann die Wendeltreppe in ihr Turmzimmer. Rasch schloß sie die Tür und lehnte sich atemlos dagegen.

Tristan wollte ihr folgen, aber er wurde aufgehalten. In der Halle erschien ein neuer Gast, ein Abgesandter des Königs. Ehrerbietig verneigte sich der Mann. »Seine Gnaden, König Henry, schickt mich zu Euch. Ihr sollt Euch so schnell wie möglich an den Hof begeben.«

»Wozu diese Eile?«

»Ein Aufstand, Sire, eine Verschwörung. Seine Hoheit braucht Euch.«

Nach einem kurzen Blick zur Treppe nickte Tristan. »Gut, ich reite sofort mit Euch.«

Nachdem er die Verantwortung für Edenby in die Hände seines jung vermählten Freundes Jon gelegt hatte, brach er nach London auf.

16

Am königlichen Hof angekommen, bemerkte er nichts von irgendwelchen Schwierigkeiten, ganz im Gegenteil. In den Fluren von Westminster herrschte reges Leben und Treiben. Während Harfenisten, Trompeter, Flötisten und Lautenspieler auf eine Audienz bei Henry Tudor warteten, stimmten sie ihre Instrumente. Ein alter Bekannter Tristans, Sir Robert Gentry, trat aus einem Salon und begrüßte ihn. Stolz präsentierte er einen seiner erstklassigen Jagdfalken, der auf seinem Arm saß – ein Geschenk für Henry, einen leidenschaftlichen Jäger.

Ein königlicher Schreiber, das Gesicht voller Tintenflecken, kam zu Tristan und erklärte, Seine Hoheit sei über Lord de la Teres Ankunft informiert und wünsche ihn unter vier Augen zu sprechen, sobald sich ein geeigneter Zeitpunkt ergebe. Dann eilte der Mann davon, studierte eine Liste und murmelte: »Zwei Shillings für den Lautenspieler, ein Pfund für die portugiesischen Falken...«

»Hier geht es lebhaft zu, was?« meinte Robert.

»So wie eh und je am Londoner Hof«, erwiderte Tristan.

»Einiges hat sich geändert. Zum Beispiel importiert Henry massenhaft rote und weiße Rosen, um die letzten dreißig Jahre romantisch zu verklären. Ein schlauer Bursche ist das, und ich sage Euch, er wird sehr lange auf dem Thron sitzen. Neulich hörte ich, wie er mit seinen Chronisten sprach, und nun entsteht ein ganz neues Geschichtsbewußtsein. Richard ist eben erst unter der Erde erkaltet, und schon hat sich der hübsche, etwas schwächliche junge Mann in ein buckliges Monstrum verwandelt. Trotzdem will Henry eine prunkvolle Grabstätte für seinen Vorgänger bauen.«

»Erstaunlich...« Tristan schaute sich um, beobachtete eine junge Tänzerin, die ein Tamburin schwenkte, einen Dompteur mit einem jungen Bären. Plötzlich stockte sein Atem. Hinter den beiden entdeckte er einen Mann, den er hier nicht zu sehen erwartet hatte. Seine Hand zuckte zum Schwertgriff, und Sir Robert berührte ihn warnend am Arm.

»Nehmt Euch in acht!«

»Seht Ihr diesen Mann da drüben... In den letzten Tagen vor Bosworth lernte ich ihn kennen. Er heißt Sir Guy, gehörte zum Gefolge des alten Lords von Edenby, und ich kämpfte gegen ihn. Was macht er hier?«

Sir Robert drehte sich um. »Der junge Bursche? Das ist Sir Guy Tallyger. Vor kurzem kam er aus Edenby hierher. Er war in der Tat ein York-Anhänger, aber soviel ich weiß, schlug er sich während der großen Schlacht auf die Seite der Stanleys. Ein brillanter Fechter! Der König hält große Stücke auf ihn.«

»Was?« stieß Tristan ungläubig hervor.

»Verdammt noch mal...«

»Jedenfalls ist Henry felsenfest von seiner Loyalität überzeugt.«

»Sir Guy – loyal?« fauchte Tristan. »Daß ich nicht lache! Auf Edenby war Sir Guy an einem üblen Betrug beteiligt. Ich dachte, er sei auf dem Schlachtfeld an Richards Seite gefallen.«

»Tristan!« Diese Stimme erkannte er sofort, drehte sich um und sah Henry durch den langen Flur heranschreiten.

Links und rechts versanken die Frauen im tiefen Hofknicks, die Männer verbeugten sich, alle Gespräche verstummten.

»Ihr kommt gerade zur rechten Zeit, mein Freund«, bemerkte der König und legte einen Arm um Tristans Schultern. »Nun müssen wir allein miteinander reden.«

»Wie Ihr wünscht, Euer Gnaden.«

Henry führte Tristan in seinen Audienzraum und schloß schnell die Tür, ehe ihnen jemand folgen konnte. »Zum Teufel!« fluchte der König, verschränkte die Hände hinter dem Rücken und wanderte ärgerlich umher. »Rebellion im Norden und in Irland! Außerdem werde ich mich mit diversen Plantagenet-Sprößlingen herumschlagen müssen. Aber diese Thronprätendenten brauchen wohl noch ein paar Jahre, um ihre Streitkräfte zusammenzutrommeln.« Er ging zu seinem Schreibtisch und hieb mit der Faust auf ein Pergament. »Sir

Hubert Giles von Norwich! Wie mir meine Spione berichten, schart er einen Trupp um sich und will nach London reiten und Warbeck auf den Thron setzen.«

»Das wird diesem Narren kaum gelingen. Warum regt Ihr Euch so auf, Euer Gnaden?«

Seufzend sank Henry in seinen wuchtigen Schreibtischsessel mit den kunstvollen Klauenfüßen. »Der Machtkampf war hart, Tristan, und ich habe gesiegt. Nun werde ich Geschichte schreiben! Gott in seiner unendlichen Weisheit weiß sehr gut, daß die Rosenkriege nicht dieses Land ins Unglück stürzten, sondern nur die nichtswürdige normannische Aristokratie. Achtzehn Peers in meinem Parlament! Vor Edwards Herrschaft waren es um die fünfzig! Und immer noch Franzosen, so viele Jahre nach der Eroberung!«

Verwundert hob Tristan die Brauen, denn de la Tere war ein normannischer Name. Er entstammte einer Normannenfamilie, ebenso wie die Plantagenets und John von Gaunt, auf den Henry seinen Thronanspruch gründete. Worauf wollte der König hinaus?

Plötzlich sprang Henry auf. »Ich mache mir Sorgen, Tristan. Denkt an die Familienfehden, die Morde und Plündereien. Vielleicht hat es am Krieg gelegen – oder einfach nur an den Zeiten. Zum Beispiel – das Grauen von Bedford Heath«, fügte er etwas leiser hinzu. »Nie wieder darf so etwas geschehen. Ich werde mir Zeit lassen, ehe ich neue Peers ernenne. Das schwöre ich! Diese Barone sollen nicht so stark werden, daß sie glauben, sie könnten gegen mich rebellieren und jene niedermetzeln, die mir treu ergeben sind.« Müde strich er über seine Stirn und setzte sich wieder. »Ich schicke Euch mit einer bewaffneten Truppe nach Norden, Tristan. Da auf Bedford Heath alles in Ordnung ist, wird Sir Thomas mit Euch reiten. Ich ließ ihn bereits verständigen. Und um Edenby wird sich Jon von Pleasance kümmern.«

Tristan runzelte unbehaglich die Stirn, denn es widerstrebte ihm, Edenby für längere Zeit zu verlassen. Dort fühlte er sich jetzt zu Hause, und er wollte allen Bewohnern zu Frieden und neuem Wohlstand verhelfen. »Henry ...«

»Tristan, ich brauche Euch.«

Zögernd nickte Tristan. Natürlich, die Rebellen mußten besiegt werden. Und ein Ritter, der auf eine gesicherte Zukunft baute, durfte seinem König keinen Wunsch abschlagen. »Natürlich, Euer Gnaden. Da wäre noch etwas. Im Flur sah ich einen gewissen Sir Guy...«

»Ah, Sir Guy! Er wird Euch begleiten!«

»Was?« Diesen Verräter wollte Tristan nicht hinter seinem Rücken wissen, andererseits aber auch nicht aus den Augen lassen. »Vielleicht habe ich nicht in allen Einzelheiten erklärt, was auf Edenby geschehen ist, Sire. Zunächst kapitulierten die York-Anhänger, aber nur zum Schein. Die Festung wurde uns übergeben, dann verabreichte man uns Drogen. Nur ein kleiner Teil meiner Männer konnte entkommen. Die meisten fielen im Kampf oder landeten im Verlies. Bei alldem hatte auch Sir Guy, Euer edler Krieger von Bosworth, seine Hand im Spiel.«

»Das weiß ich. Er kam zu mir und legte ein Geständnis ab, schwor jedoch, dies alles habe sich gegen seinen Willen ereignet. In Bosworth focht er gegen meine York-Feinde, das sah ich mit eigenen Augen. Und er weiß sein Schwert zu schwingen. Sicher wird er Euch gute Dienste leisten.«

Tristan mißtraute dem Mann immer noch. Doch er konnte keine Beweise gegen Sir Guy vorlegen, die den König überzeugen würden. »Wann soll ich aufbrechen?«

»Das Parlament wird einberufen, das Oberhaus und das Unterhaus. Nach der Sitzung reitet Ihr in den Norden. In der Zwischenzeit seid Ihr mein Gast, lieber Freund. Übrigens, was tut sich auf Edenby?«

»Alles in bester Ordnung.«

»Und Lady Genevieve?«

»Es geht ihr gut.«

Grinsend legte Henry den Kopf schief. »Ihr hattet recht, mir jenes Versprechen bezüglich des Mädchens abzuluchsen. Was für Steuern könnte ich einnehmen, würde ich mich zu Lady Genevieves Vormund ernennen und sie mit einem steinreichen Mann verheiraten...«

»Aber Ihr habt es nun mal versprochen, Sire.«

»Aye. Und Eure Zukunft? Plant Ihr keine Heirat?«

Heirat... Dieses Wort weckte die schmerzlichen Erinnerungen erneut. Tod und Verderben – das war alles, was er damit verbinden konnte. Außerdem würde eine neue Ehe Lisettes Andenken entweihen. Sollte er etwa Genevieve heiraten, die blonde Hexe, die ihn zu ermorden versucht hatte? Sie war seine Geliebte, seine Hure, und sie faszinierte ihn, aber er würde sie niemals zum Altar führen. »Nein, Sire, ich werde nie wieder heiraten.«

»Ihr geheimnißt viel zu viel in die Ehe hinein, Tristan«, seufzte Henry. »Aber sie ist nur ein Vertrag – eher zwischen zwei Familien als zwischen Mann und Frau. Ihr seid jung, also werdet Ihr wieder heiraten.«

»Wohl kaum.«

Der König zuckte die Schultern. »Dann könnt Ihr mir das Mädchen ja irgendwann überlassen.«

Nicht bevor ich mich von dieser Faszination – dieser Besessenheit befreit habe, dachte Tristan und gab eine ausweichende Antwort. Nachdem er noch einige Worte mit Henry gewechselt hatte, verabschiedete er sich, um seine Sachen zu holen und seine Räume im königlichen Schloß aufzusuchen.

Er kleidete sich um, dann ging er zum Bankett. An der königlichen Tafel war ein Platz für ihn reserviert, und er saß neben einer von Elizabeth Woodvilles Kusinen, einer hübschen, charmanten Tischdame. Wie es der höfischen Sitte entsprach, teilte er mit ihr seinen Weinkelch, und sie unterhielten sich angeregt.

Als er Guy auf sich zukommen sah, stand er auf. Der junge Mann verneigte sich tief. »Euer Gnaden, ich wurde beauftragt, Euch zu dienen, und deshalb bitte ich Euch jetzt um Verzeihung.«

Ein gutgewählter Augenblick, dachte Tristan. Natürlich konnte er im Bankettsaal des Königs nicht sein Schwert ziehen. Prüfend musterte er Guys hellbraune Augen, das blonde Haar, die Narbe auf der Wange – sicher eine Erinnerung an das Schlachtfeld von Bosworth.

Die Fechtkünste des Burschen stellte Tristan nicht in Zweifel – aber seine Loyalität. »Wie ich höre, habt Ihr auf Bosworth

Field für Henry gekämpft. Erklärt mir doch, Sir – wie kam es zu diesem plötzlichen Sinneswandel?«

»Aus mehreren Gründen, Mylord«, entgegnete Guy ernsthaft. »Bitte, gestattet mir auf der Reise nach Norden, Euch davon zu erzählen.«

»O ja, dafür interessiere ich mich sehr.«

Nach einer tiefen Verbeugung zog sich der junge Ritter zurück.

Bei der Parlamentssitzung, an der Tristan teilnahm, fand Henry allgemeine Anerkennung, und niemand stellte die königlichen Entscheidungen in Frage.

Die Tage verliefen sehr angenehm, und Tristan sah Thomas Tidewell wieder, der ihm berichtete, wie die Dinge auf Bedford Heath standen.

Richard III. hatte den Familiensitz konfisziert, aber keine Zeit gefunden, sich darum zu kümmern. Nach Henrys Thronbesteigung war das große Anwesen wieder in Tristans Besitz übergegangen.

Jeden Abend wurde im königlichen Bankettsaal abwechslungsreiche Unterhaltung geboten. Gaukler und Artisten traten auf, auch eine Tanzgruppe, und Tristan fand Gefallen an einem rothaarigen Mädchen, das behende wie ein Reh umhersprang.

Aber als der König die Tänzerin zu seiner Tafel rief, fand Tristan ihre Wangen zu rund und die Hüften zu breit. Er warf ihr eine Münze zu und kehrte wenig später in seine Gemächer zurück, wo er Jon einen Brief schrieb, um ihn über die Vorgänge auf Bedford Heath und die merkwürdige Begegnung mit Sir Guy zu informieren.

Nach der Parlamentssitzung brach er mit Henrys Truppe nach Norden auf. An seiner Seite ritt Thomas, Sir Guy zählte zur Nachhut. Sie belagerten das Rebellenschloß, dessen Verteidigungsanlagen sich nicht mit der Festung Edenby messen konnten. Nach acht Tagen ergaben sich die Soldaten und Bewohner, legten ihre Waffen nieder, flehten um Gnade und beteuerten, sie würden dem neuen König die Treue schwören.

Tristan nahm an, Henry würde sich großzügig zeigen, da er bei diesem Feldzug keinen einzigen Mann verloren hatte. Er nahm nur die Anführer nach London mit, wo sie vor Gericht gestellt werden sollten.

Erst auf dem Rückweg redete Guy von Edenby. »Mylord...«

»Ja, Sir Guy?«

Die Gründe für seinen Sinneswandel hatte der junge Mann noch immer nicht genannt, und er hielt sein Versprechen auch jetzt nicht.

»Verzeiht mir, ich muß danach fragen. Edenby war meine Heimat. Ich bewohnte ein Haus außerhalb der Mauern in der Nähe des Waldes. Wie geht es den Leuten – dem alten Griswald in der Küche und Meg? Und...«

»Und Lady Genevieve?«

»Aye«, bestätigte Sir Guy leise und senkte den Kopf.»Wie geht es Mylady?«

»Gut«, entgegnete Tristan kurz angebunden.

»Übrigens, vor kurzem hat Edwyna geheiratet.«

»Tatsächlich? Und wen?«

»Jon von Pleasance. Vermutlich habt Ihr ihn kennengelernt. Er war an jenem Tag in der Festung, als Genevieve mich – zu töten versuchte. Erinnert Ihr Euch?«

Unbehaglich wich Guy dem Blick seines Kommandanten aus. »Sie hat einen Eurer Männer geheiratet?«

»Ja.«

»Und Lady Genevieve...«

»Sie ist immer noch ledig, falls Ihr das fragen wolltet.«

Guy bedankte sich höflich für das Gespräch, dann schwang er sein Pferd herum und kehrte zur Nachhut zurück.

Inzwischen war es Dezember geworden. Tristan verbrachte noch einen Tag in London, dann ließ Henry ihn ziehen, und er trat die Rückreise nach Edenby an. Ein seltsames Fieber brannte in seiner Brust, während er dahingaloppierte, und er machte nur hin und wieder Rast, um Pie zu schonen – nicht sich selbst.

Am Morgen des zweiten Tages sah er Edenby auf den Klippen emporragen, und sein Herz schlug höher. Im Hof wartete Matthew, um den scheckigen Hengst entgegenzunehmen, und Jon stand mit Edwyna auf den Eingangsstufen zur Halle. Die beiden Freunde umarmten sich. Dann küßte Edwyna den Heimkehrer auf die Wange und führte ihn zum Kaminfeuer. Griswald kredenzte ihm warmen Met mit Zimt gewürzt.

Während Tristan das köstliche Getränk schlürfte, schilderte er die Ereignisse in London und die Belagerung in Norwich. Die ganze Zeit spürte er, wie das Fieber sein Blut immer heftiger erhitzte. Schließlich schaute er in Jons Augen. »Und was ist hier geschehen? Wie geht es Genevieve? Keine neuen Fluchtversuche?«

Edwyna errötete, und Jon schaute unsicher zu Boden. »Nein, Tristan.«

»Wo ist sie?«

»Natürlich im Turmzimmer, so wie du es angeordnet hast.«

»Nun, sie...«, begann Edwyna und unterbrach sich, als Jon ihr einen warnenden Blick zuwarf. »Jeden Tag besuchte ich sie«, fuhr sie fort, »und wir gingen mit ihr im Hof spazieren, damit sie frische Luft atmen konnte. Und sie...«

»Was?« schrie Tristan. Eine unheimliche Spannung schien in der Luft zu liegen. Was verschwiegen ihm die beiden? Unglücklich starrten sie ihn an. Wie albern von ihm, hier zu sitzen und vorzugeben, es wäre nicht sein dringlichster Wunsch, in den Turm hinaufzustürmen und seine Gefangene ins Bett zu zerren... »Was ist nur mit euch los?« stieß er hervor, sprang auf und rannte nach oben. Vor dem Turmzimmer entließ er den jungen Wachtposten und schob den Riegel zurück.

Reglos lag sie auf dem Bett, ganz in Weiß gekleidet, das seidige blonde Haar auf dem Kissen ausgebreitet. Sie wandte den Kopf zu ihm, zuckte erschrocken zusammen und preßte instinktiv das Kissen an ihre Brust. Mit großen Silberaugen schaute sie ihn an, als er sich zu ihr setzte. Sie erschien ihm schöner denn je, aber viel bleicher. Ihr Gesicht war schmal geworden. »Bist du krank?« fragte er, und der heisere Klang seiner Stimme verwirrte ihn selbst.

»Nein...« Er wollte sie in die Arme nehmen, aber sie wich zurück und fauchte: »Wofür hältst du dich eigentlich, Mylord de la Tere? Wochenlang bleibst du weg, dann kommst du zurück und glaubst...«

»Wo ich mich aufhalte und welche Reisen ich unternehme, geht dich nichts an. Jedenfalls bin ich jetzt wieder da.« Er riß sie an seine Brust, küßte sie so leidenschaftlich, daß sie nicht atmen konnte und keine Kraft hatte, um sich zu wehren.

»Laß mich los!« keuchte sie, als er endlich den Kopf hob.

»Unmöglich – ich habe dich sehr vermißt.«

»Sicher hast du keinen einzigen Gedanken an mich verschwendet. Du warst am königlichen Hof, hast wieder gekämpft, gebrandschatzt und geplündert, Frauen vergewaltigt...«

»Bist du eifersüchtig?« fragte er lachend. »Falls es dich interessiert, die meisten Frauen hätten sich nur zu gern von mir vergewaltigen lassen.«

»Du eingebildeter Bastard! Aber das ist mir völlig egal. Kehr doch an den Londoner Hof zurück und laß mich in Ruhe...« Plötzlich verstummte sie, preßte eine Hand auf ihren Mund und schluckte heftig.

»Was fehlt dir denn?« Bestürzt lockerte er die Umarmung, und sie befreite sich, dann sprang sie aus dem Bett.

»Verdammt, Genevieve...«

»Bitte! Quäl mich nicht...«

Neugierig stand er auf und musterte sie forschend. Sie zitterte am ganzen Körper, er sah, wie wunderschön und zerbrechlich sie mit den aschfahlen Wangen aussah. Und dann erkannte er die Wahrheit. Er ging zu ihr. Sie versuchte erfolglos, seine Hände wegzustoßen, während er die Verschnürung ihres weißen Kleides löste und die Brüste entblößte. Vorsichtig strich er darüber. Sie waren größer und schwerer geworden, die Spitzen dunkler, von feinen bläulichen Äderchen umgeben.

»Zum Teufel mit dir!« fluchte sie, als seine Finger tastend über ihren Bauch glitten. »Gönn mir doch endlich meine Ruhe! Mir ist übel...«

Eiseskälte kroch in sein Herz, Visionen wirbelten vor seinen Augen – Visionen von Blut und Tod ... »O Gott, ich könnte dir den schönen Hals umdrehen!«

Noch nie hatte sie ihn so wütend gesehen, und das verstand sie nicht. *Sie* war es doch, der ein Leid geschah, die jeden Morgen von Übelkeit geplagt wurde, die keine Zukunft mehr hatte und von der Gesellschaft geächtet würde. »Verdammt, meine Schuld ist es gewiß nicht!« flüsterte sie. Wütend erwiderte sie seinen haßerfüllten Blick. »Aber mach dir keine Sorgen! Du brauchst dich nicht darum zu kümmern. Noch ist es früh genug, und man kann etwas dagegen unternehmen ...«

Da schlug er sie ins Gesicht, und sie fiel schreiend auf die Knie. Schmerzhaft packte er ihre Schultern und schüttelte sie. »Sag so etwas nie wieder! Nichts wirst du unternehmen! Bei allen Heiligen, das schwöre ich dir! Wenn du mir nicht gehorchst, wirst du erleben, *wie* grausam diese Welt sein kann!«

Abrupt schob er sie von sich, und seine Augen erschienen ihr dunkler als der tiefste Höllenschlund. Dann wandte er sich ab und eilte aus dem Turmzimmer.

17

Schmerzhaft dröhnte sein Kopf, und er preßte beide Hände an die Schläfen, während er zur Wendeltreppe taumelte. Seiner Worte entsann er sich nur vage, aber er wußte, daß er Genevieve geschlagen hatte, und erschrak über sein eigenes Verhalten.

In der Halle saßen Jon und Edwyna immer noch vor dem Kamin. Aber er beachtete sie nicht, rannte in den Hof, ohne den Ruf seines Freundes zu hören, aus der Burg, hinab zum Meer. Der Winterwind, noch kälter als der Zorn in seinem Herzen, half ihm, wieder klar zu denken. Atemlos sank Tristan auf einen Felsblock und starrte in die schäumende Brandung. Die feuchtkalte Luft schmeckte nach Salz. Tief sog er sie in seine Lungen, schloß die Augen und rang nach Fassung.

O Gott, wie er Genevieve manchmal haßte. So inbrünstig hatte er sich nach ihr gesehnt, wenn er auch nicht verstand, warum.

Nicht das Kind, das in ihrem Körper wuchs, hatte jene eisige Wut entfacht, sondern die Erinnerung an die Vergangenheit. Damals war ihm die Vaterschaft nicht vergönnt worden. Und nun erklärte Genevieve, man könne etwas gegen das Baby unternehmen. Gerade sie, die ständig um Barmherzigkeit flehte, kannte keine Gnade...

»Tristan!«

Verwirrt öffnete er die Augen, drehte sich um und sprang auf. Jon stieg den schmalen Klippenpfad zum Strand herab. »Um Himmels willen, Genevieve erwartet ein Kind von dir! Und du behandelst sie so schändlich. Einmal hast du mir vorgeworfen, ich sei grausam zu Edwyna. Aber ich liebe sie und habe sie geheiratet, während du...«

»Du verstehst das nicht. Dauernd jammert sie, ich würde keine Barmherzigkeit zeigen, und nun möchte sie das Baby loswerden.«

»Bist du von Sinnen?«

»Keineswegs. Nur zu deutlich habe ich ihre Worte gehört. Du weißt, wie sehr sie mich verabscheut – warum nicht auch meine Saat in ihrem Leib?«

»Wie hast du deine Gefangene denn begrüßt – wie die Neuigkeit aufgenommen? Freudig und liebevoll? Wohl kaum. Und nun wunderst du dich, weil sie einen solchen Vorschlag macht.«

Eisig fegte der Wind über den Strand hinweg, aber Tristans Herz erwärmte sich plötzlich. Er grinste, dann lachte er. Jon stimmte in das Gelächter ein, und die beiden Freunde umarmten sich.

»Eins kann ich dir versichern«, betonte Jon. »Sie schmiedet immer noch Fluchtpläne, aber sie beabsichtigt gewiß nicht, sich selbst und dem Baby etwas anzutun.«

»Sie will fliehen? Wohin denn?«

»Wahrscheinlich in die Bretagne.«

»Dann ist sie eine Närrin. Da ich nie wieder zu heiraten gedenke, wird ihr Kind vermutlich Edenby erben.«

»Es gibt Gesetze, die Bastarden ein solches Erbe verwehren.«

»Nicht, wenn es keine legalen Erben gibt. Seltsam – man sollte doch meinen, daß Genevieve hierbleiben und alles daran setzen müßte, mich vor den Traualtar zu schleppen und ein eheliches Kind zu gebären.«

»Niemals würde sie dich heiraten.«

»Und warum nicht?«

»Du hast ihr alles genommen, du hältst sie gefangen. Also kannst du nicht erwarten, sie würde eine solche Ehe auch nur in Erwägung ziehen.«

»Um so besser. Aber sie wird auch nicht fliehen.«

»Soll sie denn für alle Zeiten im Turm schmachten?«

»Nein, Jon, ich hole sie wieder zu mir ...«

Tristan blickte zu ihrem Fenster hinauf, und sein Atem stockte. Am Klippenrand stand Genevieve. Wie ein Banner flatterte ihr langes goldenes Haar im Wind, ein weißes Samtcape umwehte ihre Schultern. Bestürzt erinnerte er sich, daß er die Tür nicht verriegelt und den Wachtposten weggeschickt hatte.

Offenbar ersehnte auch Genevieve die beruhigende Wirkung des Meeres, denn sie kletterte den Felsenweg herab. Tristan grinste. Falls sie flüchten wollte, würde sie direkt in seinen Armen landen. Erst jetzt entdeckte sie die beiden Männer und schrie auf.

»Genevieve!« rief Jon erschrocken, und Tristan beobachtete, wie sie auf den feuchten, teilweise vereisten Steinen ausglitt. Nur mühsam fand sie ihr Gleichgewicht wieder und wandte sich nach Norden, sprang von Felsen zu Felsen. Ihr Haar schimmerte in der bleichen Wintersonne, wie eine leuchtende Wolke hob sich der weiße Umhang von der grauen Klippenwand ab.

»Bleib stehen, Genevieve!« befahl Tristan, doch sie hörte ihn nicht – oder sie weigerte sich zu gehorchen. »Verdammt!« fluchte er, rannte den Strand entlang und stieg auf die Felsen hinauf.

»Genevieve, warte doch!«

»Nein!« In einiger Entfernung sprang sie von einem Felsblock in den Sand hinab und lief davon. Doch dann stolperte sie und fiel auf Hände und Knie.

Sofort stand sie wieder auf, und Tristan eilte hinter ihr her. »Was soll das, Genevieve? Es gibt keinen Ort, wo du Zuflucht finden könntest.«

»Oh, doch!« rief sie über die Schulter. »Du kennst Edenby nicht so gut wie ich.«

Auch Jon folgte ihr jetzt. »Halt, Genevieve!«

Jetzt rannte sie wieder nach Norden zu der Felswand, und Tristan entdeckte den Höhleneingang, den sie ansteuerte. Dort wollte sie sich also verkriechen. Blitzschnell kletterte er die Klippe hinauf, sprang über die Steine, bis er einen Punkt direkt über Genevieve erreichte, und warf sich hinab. Beide landeten im Sand. Schluchzend trat und schlug sie nach ihm, doch er packte ihre Handgelenke, zog ihr die Arme hinter den Kopf, während er rittlings auf ihren Hüften saß. Er starrte in ihr wutverzerrtes Gesicht, dann lachte er, neigte sich hinab, küßte ihre Lippen, schmeckte Tränen und Meersalz. Immer noch belustigt, erhob er sich und zog Genevieve auf die Beine.

»Es tut mir leid, Lady.«

»Was?«

Zu ihrer Überraschung nahm er sie ganz sanft in die Arme. »Bitte, verzeih mir.«

Sie schaute mißtrauisch in seine Augen. »Laß mich doch gehen!«

»Das kann ich nicht.«

»O Gott, du warst so wütend, aber ich schwöre dir, ich hatte niemals vor, das Baby zu töten.«

»Pst, das weiß ich doch.« Erst jetzt bemerkte er Jon, der keuchend neben ihm stand.

»Es wird kalt, Tristan«, mahnte der Freund.

Tristan nickte, nahm Genevieve auf die Arme und trug sie den Klippenpfad hinauf, gefolgt von Jon.

»Niemals werde ich die Hoffnung auf meine Freiheit begraben«, flüsterte sie, als sie die Festungsmauern erreichten. Er antwortete nicht, und sie schluckte mühsam. »Wohin führt unser Weg? Dieser Kampf wird kein Ende finden.« In diesem Augenblick wirkte sie blutjung, wie ein verirrtes Kind. An ihren Wimpern glänzten immer noch Tränen.

»Vielleicht sollten wir uns auf einen Waffenstillstand einigen«, schlug er vor.

In der Halle eilte ihnen Edwyna entgegen, aber Tristan beachtete sie nicht. Er trug Genevieve in sein Herrschaftsgemach hinauf, wo ein helles Feuer im Kamin loderte. Behutsam setzte er sie in einen Stuhl.

»Tristan...« Sie zitterte am ganzen Körper.

»Pst! Nie wieder werde ich dir weh tun, das schwöre ich.« Er kniete neben ihr nieder, umarmte sie, und sie lehnte sich erschöpft an ihn. Bald schlief sie ein, und er brachte sie ins Bett, nahm ihr den Umhang ab und deckte sie zu. Heiße Begierde hatte ihn auf dem Ritt von London nach Edenby angespornt. Nun empfand er nur noch Zärtlichkeit. Lächelnd strich er über Genevieves Wange, dann verließ er das Zimmer, ohne den Riegel vorzuschieben.

Auf der Treppe traf er Tess, die ehrfürchtig knickste, und befahl ihr, Lady Genevieve während des Nachmittags schlafen zu lassen und ihr vor dem Abendessen ein Bad zu bereiten.

»Wird sie bei Euch im Schlafgemach speisen, Mylord?«

»Wenn sie möchte, soll sie nach unten kommen.«

In der Halle traf er Edwyna und Jon an, die vor dem Kamin saßen und sich sichtlich bemühten, ihn nicht allzu neugierig anzustarren. Er wärmte sich die Hände vor dem Feuer, dann bat er Jon ins Arbeitszimmer. »Nun mußt du mir endlich erzählen, was sich in meiner Abwesenheit ereignet hat.« Er rief Griswald zu sich, um Ale zu bestellen, dann setzten sie sich an den Schreibtisch.

Genevieve fuhr aus dem Schlaf auf und schaute sich verwundert um. Warum befand sie sich nicht mehr im Turmzimmer, sondern in ihrem eigenen Gemach?

An diesem Nachmittag hatte sie so friedlich geschlummert wie schon lange nicht mehr. Sie setzte sich auf, schlang ihre Arme um die angezogenen Knie, erinnerte sich an Tristans Ankunft, die erstaunliche Verwandlung, die am Strand mit ihm vorgegangen war. Was sie nun empfinden sollte, wußte sie nicht.

Seltsamerweise erwärmte sich ihr Herz, als sie an seine Entschuldigung dachte, an den Olivenzweig, den er ihr symbolisch gereicht hatte. Nun freute sie sich über seine Heimkehr, die kleine Oase des Waffenstillstands, sein Versprechen, ihr nie wieder weh zu tun. Doch er würde nicht Wort halten können. Immer wieder würde er sie verletzen, solange er sie gefangenhielt, wenn auch nicht körperlich. Bedrückt blickte sie in die Zukunft. Was sollte aus ihrem Kind werden, einem Bastard? Was würde geschehen, wenn Tristan ihrer müde wurde und eines Tages eine vornehme Braut nach Edenby brachte?

Nein, sie wollte nicht länger an den Mann denken, der die Schuld an ihrem ganzen Elend trug. Entschlossen stieg sie aus dem Bett und schüttelte ihr Haar. Sie mußte es unbedingt waschen, den Sand vom Strand herausspülen. Ihr Blick fiel auf die Tür, und sie lief darauf zu, von einer plötzlichen Hoffnung beflügelt. Zu ihrer Verblüffung ließ sich die Tür öffnen. Genevieve schloß sie wieder und runzelte die Stirn. Sollte sie fliehen, um erneut in die Festung zurückgeholt zu werden, oder den Waffenstillstand akzeptieren? Sie war so erschöpft, die erfolglosen Fluchtversuche hatten an ihren Kräften gezehrt.

»Mylady?« Leise klopfte es, dann schwang die Tür auf, und Tess kam herein, fröhlich wie eh und je. »Gleich werden Euch die Küchenjungen Badewasser und eine Wanne bringen. Welches Kleid wollt Ihr beim Dinner tragen?«

»Beim Dinner?« Genevieves Herz schlug schneller.

»Aye, Mylady!« Die Zofe schenkte ihr ein strahlendes Lächeln, und Genevieve dachte reumütig an den Groll, den sie gegen das arme Mädchen gehegt hatte. »Wenn Ihr möchtet, könnt Ihr unten in der Halle essen und Euren rechtmäßigen Platz an der Tafel einnehmen.«

Lachend umarmte Genevieve ihre Zofe, die sich dann eilig entfernte, um für das Bad zu sorgen.

Dann wanderte Genevieve nachdenklich umher und überlegte, wie albern es doch war, sich über Dinge zu freuen, die ihr eigentlich zustanden. Doch sie wollte sich nicht in neuen Zorn hineinsteigern und einfach nur glücklich sein, die Zukunft vorerst vergessen.

An diesem Abend wünschte sie sich nur noch, ihren Frieden zu genießen – und mit Tristan beisammen zu sein, was sie sich nur widerstrebend eingestand.

Tristan kehrte in die Festung zurück, nachdem er mit Jon über die Felder geritten war. Wie würde er Genevieve antreffen – herausfordernd, kühl oder stolz? Oder vielleicht zog sie es vor, in ihrem Schlafgemach zu bleiben?

Als er die Halle betrat, hielt er den Atem an. Genevieve stand vor dem Kamin in einem königsblauen Kleid mit Goldstickerei und Pelzbesatz an den Handgelenken, am Saum und am Ausschnitt. Neben ihr saß Edwyna, wie gewohnt heiter und gelassen, und arbeitete an ihrem Wandteppich.

Beide Frauen wandten sich zu Tristan, aber er hatte nur Augen für eine. Der Feuerschein zauberte goldene Funken in ihr Haar, die Augen schimmerten so leuchtend blau wie das Kleid. Unsicher lächelte sie. Er ging langsam zu ihr, zog seine Handschuhe aus und wärmte die Finger über dem

Kaminfeuer. »Im Hof haben sich mehrere fahrende Händler versammelt«, berichtete er.

»Sicher haben sie nicht so schöne Waren zu bieten wie die Kaufleute in London«, meinte Edwyna. Lächelnd stimmte er zu und erklärte, in London bekomme man alles, was das Herz begehre. Außerdem sei die Nachricht von einer neuen Mode über den Kanal gedrungen. Edwyna bestürmte ihn mit Fragen, und er schlug vor, sich an den Tisch zu setzen. Dort würde er ihre Neugier befriedigen.

Griswald erschien und verkündete grinsend, er habe die Lieblingsspeisen seiner Lady zubereitet. Das Blut stieg in Genevieves Wangen, und sie warf einen scheuen Blick auf Tristan, der ihr den Arm bot. An der Tafel nahm er den Platz des Schloßherrn ein, und sie saß an seiner Seite, so wie es sich für die Herrin geziemte.

Die Köstlichkeiten, die an diesem Abend serviert wurden, ließen sich nicht mit den erlesenen Speisen an Henrys Hof vergleichen, aber sie mundeten Tristan viel besser. Noch nie hatte der Wein süßer geschmeckt, nie war ein Tischgespräch erfreulicher verlaufen. Er erzählte Edwyna von der neuen Mode, informierte Jon über die Parlamentssitzung, die Schlacht in Norwich und die Begegnung mit Thomas Tidewell.

Eifrig erkundigte sich Jon, wie es seinem alten Freund gehe, und Tristan versicherte, Thomas würde auf Bedford Heath ein angenehmes, friedliches Leben führen. Dann wandte er sich zu Genevieve. »Übrigens, ich habe auch einen alten Freund von *dir* getroffen.«

»Sir Humphrey?«

»Nein, den sah ich nicht, aber ich hörte, er sei wohlauf und guter Dinge. Ich meine Sir Guy.«

Nervös griff sie nach ihrem Weinkelch. »Er war in London?«

»Aye.«

»Im – Tower?« stammelte sie.

»Keineswegs. Offensichtlich hat er im letzten Augenblick die Seiten gewechselt und tapfer für Henry gekämpft.«

»Was?« rief Genevieve entgeistert. »Unmöglich!«

»Doch, es stimmt.«

Aufmerksam beobachtete er sie. Was mochte sie jetzt denken? Edwyna wechselte hastig das Thema, und er fand vorerst keine Gelegenheit mehr, Genevieve zu fragen, was Guys Sinneswandel für sie bedeute.

An diesem Abend blieben sie lange an der Tafel sitzen. Alle spürten, daß sie einen wichtigen Wendepunkt erreicht hatten. Weder Genevieves Schwangerschaft noch Tristans Wutausbruch wurde erwähnt. Sie waren einfach nur zwei junge Paare, die sich gut miteinander unterhielten. Wann immer Tristan Genevieves Blick begegnete, las er ein sanftes Versprechen in ihren Augen. Seine Ungeduld wuchs. Nach einer Weile stand er auf, ergriff ihre Hand, entschuldigte sich bei Jon und Edwyna und erklärte, er sei müde von der Reise.

Würde Genevieve ihm widerspruchslos folgen? In dieser Nacht konnte er keinen weiteren Kampf ertragen. Aber sie ließ sich fügsam die Treppe hinaufführen, ins Schlafgemach.

Sobald er die Tür geschlossen hatte, zog er Genevieve wortlos an sich und hauchte einen Kuß auf ihre Lippen. Langsam öffnete er die Verschnürung am Oberteil ihres Kleids, und als sie seine Finger auf ihrer nackten Haut spürte, zitterte sie.

Heiße Erregung stieg in ihr auf, und sie wehrte sich nicht, während er das Kleid von ihren Schultern streifte. Er kniete nieder, nahm behutsam eine ihrer Brustwarzen in den Mund, und sie warf den Kopf in den Nacken, schwelgte in betörenden Gefühlen.

»Tut das weh?« flüsterte er.

Errötend schüttelte sie den Kopf. »O nein...« Überwältigt schlang sie die Arme um seinen Hals, legte ihre Wange auf seinen Scheitel. »Dem Himmel sei Dank, Lady, denn heute nacht würde ich sterben, wenn ich mein Verlangen nicht stillen könnte.« Er erhob sich, trug sie zum Bett und liebte sie mit so zärtlicher Leidenschaft, daß sie ein Paradies auf Erden fand.

18

»So bald wie möglich müssen wir Mildred hierherholen, Tess' Mutter«, sagte Genevieve zu Tamkin. »Sie lebt ganz allein. Und nach allem, was das Mädchen mir erzählt hat, wird sie den Winter nicht überleben, wenn sie in ihrer Hütte bleibt.«

Er nickte und machte sich eine Notiz auf seiner Liste. »Soll sie in der Küche arbeiten?«

»Nein, sie ist nicht gesund«, erwiderte sie, während sie durch den schmalen Flur über der Kapelle wanderten. »Aber Tess hat mir versichert, ihre Mutter würde wundervolles Garn spinnen. Am besten quartieren wir sie in einer Kammer im Ostflügel ein, da hat sie genug Licht.«

Wieder nickte er, und sie trat zu einem Sprossenfenster, um in den Hof hinabzuschauen. An diesem Morgen hatte es zum erstenmal geschneit. Wie kleine Eispaläste sahen die Bäume aus.

Einige Pferde stapften mit klirrenden Harnischen durch den Schnee und schüttelten übermütig ihre Mähnen. Dazwischen eilten Stallburschen und Reitknechte umher, die wollenen Umhänge mit glitzernden Flocken bedeckt.

Sehnsüchtig seufzte Genevieve. Vor einer Stunde war Tristan mit Jon, Roger de Treyne, Vater Thomas und zwei Falknern weggeritten, um das Wild zu jagen, das im Winter nahe der Küste Nahrung suchte. Wie gern hätte sie die Männer begleitet...

Aber sie hatte nicht darum gebeten. In letzter Zeit wurden ihr gewisse Freiheiten gewährt. Sie durfte das ganze Schloß durchstreifen, wußte jedoch, daß Tristan ihr immer noch mißtraute. An allen strategisch wichtigen Stellen postierte er Wachen, und er würde ihr niemals erlauben, ein Pferd zu besteigen. Das Kloster der Guten Hoffnung lag zu nahe. Mühelos könnte sie dorthin galoppieren.

An die Mauer gelehnt, starrte sie in den verschneiten Hof.

Seit Tristans Rückkehr aus London führte sie ein etwas angenehmeres Leben. Oft arbeitete sie mit Tamkin zusammen. Gerade im Winter mußten sie sich besonders aufmerksam um das Wohl der Pächter kümmern. Wie sie selbst wurde er gefangengehalten. Aber da er über wertvolle Kenntnisse in der Gutsverwaltung verfügte, wollte der Schloßherr nicht auf Tamkins Dienste verzichten.

So vieles blieb unausgesprochen. Alles befand sich in einem seltsamen Schwebezustand und schien auf irgend etwas zu warten. Immerhin war das Leben jetzt erträglich.

Vormittags widmete sich Genevieve einigen Haushaltspflichten, die Nachmittage verbrachte sie mit Edwyna und Anne. Sie nähten und unterhielten sich, spielten mit dem Kind und lasen, oder Genevieve übte auf ihrer Harfe, seit sie das Musikzimmer wieder betreten durfte. Abends, wenn Jon und Tristan von ihren Geschäften zurückkehrten, aßen sie alle zusammen. Manchmal leisteten ihnen Vater Thomas und Tibald Gesellschaft.

Die Nächte mit Tristan glichen glückseligen Träumen. Niemals redeten sie über die Zukunft, auch das ungeborene Kind wurde nicht erwähnt. Keiner wußte, was der andere dachte.

Bedrückt erkannte Genevieve ihre wachsende Verbundenheit mit Tristan. Doch sie wagte es nicht, dieses Gefühl genauer zu erforschen, denn es würde nichts an den Tatsachen ändern. Er war ihr Feind, sie seine Kriegsbeute, eine Gefangene unter ihrem eigenen Dach, ein amüsantes Spielzeug – aber nicht unglücklich. Und so beschloß sie, vorerst abzuwarten, bis sie nach der Niederkunft wieder zu Kräften kam. Dann würde sie erneut Tristans Macht bekämpfen, den Bann, in den er sie gezogen hatte.

»Mylady?« unterbrach Tamkin ihre Gedanken, und sie wandte sich zu ihm. Den Federkiel in der Hand, musterte er sie verwundert. »Ihr habt mir nicht zugehört.«

»Oh, verzeiht mir«, bat sie lächelnd. »Was habt Ihr gesagt?«

Er räusperte sich. »Nun, ich fragte, ob Ihr bei Lord de la Tere ein gutes Wort für mich einlegen könntet. Ich muß immer noch meine Strafe abbüßen. Mittlerweile dürfen die anderen kommen und gehen, wie es ihnen beliebt, aber ich werde jeden Abend eingesperrt. Sicher, ich war Eurem Vater und seiner Sache treu, aber ich kann die Ereignisse der jüngsten Vergangenheit nicht ändern, Richard nicht zum Leben erwecken und auch keinen York-König auf den Thron setzen. Ich beuge mich dem Lauf der Geschichte, erkenne Henry Tudor an und bin bereit, Tristan de la Tere meinen Treueid zu schwören. Wenn Ihr mit ihm reden würdet, Mylady...«

»Auch ich bin eine Gefangene.«

»Ja, aber eine hochgeschätzte.«

Errötend drehte sie sich zum Fenster um, dann vergaß sie seine Worte, weil die Reitknechte plötzlich aufgeregt umherrannten und das große Tor aufschwang. Unter wehenden Bannern ritt ein Dutzend Männer in den Hof. »Tamkin, seht doch!«

Er trat neben Genevieve und schaute hinab. »Oh, das Drachenemblem, Cadwallader von Wales! Diese Leute besuchen uns im Namen des Königs. Ja, da sehe ich auch den Leoparden und die Lilien von England.« Trompetenfanfaren erklangen, dann verengten sich seine Augen. »Mein Gott! Sir Guy! Ist der Mann verrückt? Warum wagt er sich hierher?«

»Vor der entscheidenden Schlacht hat er die Seiten gewechselt«, erklärte Genevieve seufzend, und ihr Herz hämmerte heftig gegen die Rippen, als sie beobachtete, wie ihr alter Freund vom Pferd stieg. Es war wundervoll, ihn wiederzusehen. Andererseits sorgte sie sich um seine Sicherheit, denn Tristan hatte Guys Namen mit einem seltsamen Unterton erwähnt.

»Dieser Verräter!« rief Tamkin verächtlich.

Müde zuckte sie die Achseln. Ein Verräter – oder der einzig Kluge unter den Leuten von Edenby? Da draußen stand er, frei und sichtlich wohlauf, während Genevieve und Tamkin gefangengehalten wurden.

»Der edle Sir Guy, der das tückische Täuschungsmanöver ersonnen hat, kommt nun lächelnd hierher«, fuhr Tamkin sarkastisch fort, »während Ihr und ich den Preis zahlen müssen.«

»Vielleicht ist er kein Verräter. Soviel ich weiß, ritt er während der Schlacht von Bosworth mit den Stanleys, die sich plötzlich für Henry entschieden. Und möglicherweise kommt er hierher, um uns zu helfen. Bitte, sprecht nicht so, Tamkin...«

»Das werde ich nicht mehr tun, aber ich denke mir meinen Teil. Solltet Ihr nicht hinuntergehen, Mylady, und die Abgesandten des Königs begrüßen?«

Unsicher starrte sie ihn an. »Ich weiß nicht, ob mir dieses Recht zusteht...«

»Wem sonst?«

»Vermutlich Tristan – und in seiner Abwesenheit Jon.«

»Beide sind nicht hier.«

»Aber Edwyna könnte doch...«

»Dafür ist die Lady viel zu schüchtern. Soll etwa der alte Griswald die Gäste aus London empfangen?«

Genevieve schaute wieder nach unten und sah, wie Guys Blick angstvoll die Fenster absuchte. Plötzlich konnte sie es kaum erwarten, ihm gegenüberzutreten und zu versichern, es gehe ihr gut, Edenby habe die schlimmen Zeiten viel besser überstanden, als man hoffen durfte. Tränen brannten in ihren Augen, und sie erinnerte sich an seinen Abschied vor der Bosworth-Schlacht. Damals war er zu ihr gekommen, um ihr zu bedeuten, er würde sie lieben – und wenn er zurückkomme... Doch sie hatte ihn nicht ermutigt, selbstbewußt in ihrer vermeintlich sicheren Position, fest überzeugt, sie würde keinen Mann brauchen.

Und dann bin ich die Konkubine eines anderen geworden, verspottete sie sich bitter. Trotz allem – niemals könnte Guy die Gefühle in ihr entfachen, die Tristan weckte. Wahrscheinlich hätte sie Guy niemals geheiratet, aber er war immer noch ein guter Freund.

»Ja, ich werde die Gäste begrüßen, Tamkin. Geht in die Küche und laßt eine Mahlzeit vorbereiten.«

Tamkin nickte ihr aufmunternd zu, und sie lief die Treppe hinab. In der Halle stand Edwyna sichtlich nervös, eine Hand auf Annes Schulter gelegt. »Genevieve! Gott sei Dank, da bist du ja! Was sollen wir tun?«

»Wir öffnen die Tür«, entgegnete Genevieve lächelnd. »Komm mit mir, Annie!«

Wenig später standen sie auf den Eingangsstufen. Ein Besucher trat vor, der sich als Jack Gifford vorstellte, Graf von Pennington und Diener Seiner Majestät, Henry VII. Dann teilte er ihr mit, er sei gekommen, um dem Herzog von Edenby und Grafen von Bedford Heath seine Aufwartung zu machen. Genevieve bat ihn in die Halle. Nachdem er dem Großteil seines Gefolges befohlen hatte, im Hof zu warten, bis alle nötigen Arrangements getroffen seien, folgte er ihr mit vier Männern in die Halle, zu denen auch Guy zählte.

»O Genevieve! Edwyna!« rief er. Lächelnd zog Lord Gifford seine Handschuhe aus und beobachtete, wie der junge Ritter die beiden Frauen und das kleine Mädchen überschwenglich umarmte.

»Offenbar kennt Ihr Sir Guy, Myladys«, bemerkte er trocken. »Offenbar seid Ihr Edgar Llewellyns Tochter und Schwester, und das müßte seine Nichte sein. Darf ich Euch mit Vater Geoffrey Lang, Sir Thomas Tidewell und Sir Brian Leith bekannt machen?«

Höflich begrüßte Genevieve die Herren, führte sie zum Kamin und erklärte, Tristan sei auf der Jagd. Zu ihrer Erleichterung erschien Griswald, bot den Gästen Wein an und versicherte ihr im Flüsterton, im Backofen würden bereits eine Rehkeule und mehrere schöne Fasane schmoren. Sie bat die Herren, Platz zu nehmen, und als die Weinkelche leer waren, eilte sie zur Küche. Hinter dem Torbogen wurde sie von Guy eingeholt, der seine Hände auf ihre Schultern legte. »Genevieve! Nun habt Ihr nichts mehr zu befürchten. Ich bin gekommen, um Euch von hier wegzuholen.«

Erschrocken starrte sie ihn an. »Ich freue mich, Euch zu sehen, Guy, aber nun müßt Ihr mich gehen lassen. Bitte!«

Diesen Wunsch erfüllte er nicht. Statt dessen preßte er leidenschaftlich seinen Mund auf ihren, ohne zu merken, daß sie seine Glut nicht erwiderte. »Oh, meine Liebste! Hat er Euch gut behandelt?«

»Ja«, wisperte sie nervös und zuckte zusammen, als Tristans Stimme in der Halle erklang. Überrascht und erfreut begrüßte er die Gäste. »Schnell, Guy, kehrt zu Euren Leuten zurück!« flehte sie.

Ehe er sich abwandte, berührte er ihre Wange. »O Genevieve, bald sind wir wieder vereint. Ich habe Pläne!«

Aufatmend rannte sie in die Küche, wo Meg und Griswald gerade weitere Weinkaraffen auf die Tabletts stellten. Sie erklärte, inzwischen sei Lord de la Tere mit seinen Begleitern von der Jagd zurückgekommen, und Griswald holte noch ein paar Zinnkelche. Unbehaglich folgte sie ihm in die Halle.

Tristan sprach mit Jon und dem jungen Sir Thomas Tidewell. Als Genevieve eintrat, schaute er ihr entgegen.

Sein düsterer Blick ließ sie frösteln. Jack Gifford betonte, wie freundlich er mit seinem Gefolge auf Edenby empfangen worden sei, und Tristan prostete ihr zu. »Ah, Lady Genevieve wurde hier geboren – als künftige Schloßherrin. Aber Sir Guy hat Euch sicher über Edenby informiert. Dies war auch sein Zuhause. Aber mittlerweile findet er London gewiß viel interessanter.«

»Eine faszinierende Stadt«, versicherte Guy, und Tristan schenkte ihm ein kühles Lächeln, bevor er sich wieder zu Jack Gifford wandte.

»Ihr wollt irgendwelche Geschäfte mit mir erörtern?«

»Zuerst möchte ich Euch die Geschenke Seiner Königlichen Hoheit übergeben. Kommt mit mir in den Hof, Tristan!«

Während die Männer hinausgingen, eilte Edwyna zu ihrer Nichte. »Tristan ist wütend...«

»Immerhin benimmt er sich recht manierlich.«

»Sicher weiß er Bescheid über Guy...«

»Nur daß Guy früher hier gelebt hat, aber Tristan hat wohl kaum herausgefunden, wer sich damals jenes Täuschungsmanöver ausgedacht hat. In London müssen sie Frieden geschlossen haben. Sonst hätte Guy sich nicht hierhergewagt...«

Sofort verstummte Genevieve, als die Männer zurückkehrten.

In den höchsten Tönen schwärmte Tristan von einem »prachtvollen Hengst« und beteuerte, so bald wie möglich wolle er dem König persönlich dafür danken.

Genevieve erklärte ihrer Tante hastig, sie würde Anne nach oben führen. Aber Tristan trat ihr in den Weg, und sie wagte es nicht, an ihm vorbeizueilen. »Wohin gehst du?« fragte er mißtrauisch.

»Oh, ich bringe nur das Kind ins Bett.«

»Meg!« rief er. »Würdest du dich um Lady Anne kümmern? Dafür hat Lady Genevieve jetzt keine Zeit. Sie möchte sich mit alten Freunden unterhalten.«

Sofort eilte die Dienerin herbei und streckte die Arme nach dem kleinen Mädchen aus. »So, Lady Annie, nun werdet Ihr der alten Meg schön brav folgen.«

Genevieve küßte ihre Kusine, die sich bereitwillig von Meg auf den Arm nehmen und die Treppe hinauftragen ließ.

»Und jetzt, Tristan, wenn ich darf...« Jack Gifford räusperte sich.

»O ja, natürlich«, antwortete Tristan und trat beiseite, während Lord Gifford zu Genevieve ging und ihr ein großes, in Leder gewickeltes Bündel überreichte. »Für Euch, Mylady.«

»Für mich? Das kann nicht sein...«

»Doch, ein Geschenk des Königs. Erlaubt Ihr mir, es auszupacken?«

»Ja – bitte...«

Geschickt löste er die Verschnürung und wickelte einen exquisiten goldfarbenen Pelzumhang aus.

»Oh!« flüsterte sie und konnte der Versuchung, das weiche Fell zu berühren, nicht widerstehen. Es fühlte sich wie Seide an. »Was ist das?«

»Ein seltener kostbarer Zobel, Mylady, den Seine Majestät vom schwedischen Gesandten erhalten hat.«

»Aber...«

»Damit möchte Henry Euch eine Freude machen, Mylady. Er meinte, keiner anderen Dame würde dieses Pelzcape so gut stehen, weil es genau zu Eurer Haarfarbe paßt.«

Unsicher schaute sie Tristan an. Er kam zu ihr und legte ihr den Pelz um die Schultern. »Ein Weihnachtsgeschenk von Seiner Majestät, du darfst es nicht ablehnen.«

Sie senkte verlegen den Kopf. Also erinnerte sich Henry Tudor an sie, und nicht nur das – er verehrte ihr diesen erlesenen Zobel. Nachdem er sie mit ihrem gesamten Besitz dem Lord de la Tere überantwortet hatte...

»Wenn wir jetzt unsere Besprechung abhalten könnten, Tristan...«, schlug Lord Gifford vor. Tristan entschuldigte sich bei den anderen und führte ihn ins Arbeitszimmer. Verwirrt starrte Genevieve den beiden Männern nach. Jon nahm ihr den Pelz von den Schultern und erklärte, Tess würde ihn nach oben bringen.

Als sie sich umdrehte, begegnete sie Guys Blick. Seine Augen verrieten alles, was sein Herz bewegte. Er kam auf sie zu, aber Sir Thomas Tidewell trat dazwischen. »Mylady, wir haben von Eurer wunderbaren Kapelle gehört, und Vater Lang würde sie gern sehen. Vielleicht darf er auch Euren Priester kennenlernen?«

Wo Vater Thomas sich gerade aufhielt, wußte sie nicht, aber sie erklärte sich bereit, den Gästen die Burgkapelle zu zeigen.

Während des Dinners saß Genevieve wie auf Nadeln, trotz der angenehmen Tischgespräche. Lebhaft plauderte Lord Gifford mit Tristan über das schöne Pferd, das er im Namen des Königs mitgebracht hatte, dann neigte er sich zu Genevieve und beschrieb die Garderobe der künftigen Königin. Wie sich herausstellte, bewunderte er Chaucer ebenso glühend wie sie selbst. Sicher wäre der Abend erfreulich gewesen, hätte Guy sie nicht unentwegt angestarrt.

Nach der Mahlzeit begaben sie sich auf Tristans Wunsch ins Musikzimmer, wo Edwyna auf der Laute und Genevieve auf der Harfe spielten. Als die letzten Akkorde verhallten, legte Tristan seine Hände besitzergreifend auf Genevieves Schultern und fragte leise, ob sie für die Unterkunft der Gäste gesorgt habe. Sie nickte und entgegnete, die Gemächer am Westkorridor seien gelüftet und hergerichtet worden, die Dienerschaft habe das Gepäck bereits heraufgebracht.

Lächelnd ergriff er ihre Hand und zog sie auf die Beine. »Nun wollen wir uns zurückziehen, meine Liebe. Mylords – wenn Ihr uns entschuldigen würdet... In letzter Zeit ermüdet Genevieve sehr schnell.«

Sie warf ihm einen scharfen Blick zu, den er ignorierte. Wie konnte er sie vor diesen Menschen so in Verlegenheit bringen? Aber sie wehrte sich nicht gegen den Arm, den er um ihre Schultern legte, da sie keine Szene heraufbeschwören mochte.

»Das Kind, das sie unter dem Herzen trägt, scheint ihr zuzusetzen, Mylords«, fügte er hinzu.

Erstauntes, besorgtes Gemurmel erklang. Am liebsten hätte sie Tristan die Augen ausgekratzt. Nur zu gut wußte sie, daß er Guy herauszufordern versuchte. Könnte ich doch im Erdboden versinken, dachte sie beschämt und wagte nicht, ihren alten Freund anzuschauen.

Schweigend folgte sie Tristan ins Schlafgemach hinauf, und sobald er die Tür geschlossen hatte, fauchte sie ihn an: »Das hast du absichtlich getan! Wie grausam – und völlig überflüssig. Dazu hattest du keinen Grund – und auch kein Recht!«

Ohne zu antworten, kleidete er sich aus und kroch unter die Pelzdecke. Endlich sprach er. »Komm zu mir ins Bett, Genevieve!«

»Ach ja, wo mich alle Leute in dieser Nacht vermuten.«

»Schläfst du vielleicht sonst woanders?« fragte er ironisch.

Mit bebenden Fingern umklammerte sie eine Stuhllehne. Warum litt sie plötzlich wieder unter ihrer Situation? Vielleicht, weil sie sich an diesem Abend wie die Schloßherrin gefühlt hatte – zum erstenmal seit langer Zeit wie eine adelige, vornehme Dame. Nicht wie Tristan de la Teres Hure.

»Genevieve!«

»Ich flehe dich an, laß mich in Ruhe! Nur heute nacht.«

Wie ein Panther sprang er aus dem Bett, packte sie und nahm sie in die Arme. »Heute nacht, Lady? Damit du ungestört träumen kannst?«

»Tristan! Ich weiß nicht, was mit dir los ist! Verdammt, ist es denn zuviel verlangt...«

Atemlos verstummte sie, als er sie auf die Pelzdecke stieß und an ihrem Kleid zerrte. »Tristan...« Schmerzhaft umklammerte er ihre Handgelenke und warf sich auf sie. »Bitte, Tristan! Ich habe dich doch nur ersucht, mich in dieser Nacht zu verschonen! Gewiß wollte ich nicht mit dir streiten!«

»Gerade heute nacht wirst du mit mir schlafen und nicht von der Vergangenheit träumen, von deiner einstigen Liebe...«

»Du verrückter Bastard!« zischte sie und wehrte sich verzweifelt, aber erfolglos. »Bevor Edenby ins Unglück gestürzt wurde, sollte ich Guys besten Freund heiraten – einen jungen Mann, der jetzt in der Kapelle begraben liegt! Für Guy empfand ich immer nur Freundschaft. Und ich möchte gewiß nicht von den Liebkosungen eines anderen träumen – nur von dem inneren Frieden, den ich in einem Kloster finden würde!«

Spöttisch lachte er. »Meine Liebe, du paßt nicht in ein Kloster. Und du behauptest allen Ernstes, Guy sei nur dein Freund? Ich sah deutlich genug, wie er dich anschaut...«

»Nur besorgt, und das ist wohl verständlich. Deshalb hättest du ihm nicht so auffällig bedeuten müssen, ich sei dein Besitz, deine Zuchtstute – und daß ich...«

»Daß du schwanger bist«, unterbrach er sie in rüdem Ton.

»Das war grausam.«

»Aber es ist die Wahrheit. Und ich hielt es für besser, Sir Guy zu informieren. Da er nun über deinen Zustand Bescheid weiß, wird er vermutlich nicht mehr beabsichtigen, dich zu entführen. Übrigens wollte ich ihm auch zu seinem eigenen Wohl reinen Wein einschenken. Denn sobald er dich anfaßt, ist er ein toter Mann!«

Ihr Atem stockte, und sie starrte ihn entgeistert an, denn er hatte weder wütend noch boshaft gesprochen, sondern nur eine schlichte Tatsache festgestellt. Verwirrt schüttelte sie den Kopf. »Glaub mir, du irrst dich. Ich träume nicht von ihm, und er liebt mich nicht. Wirklich, er ist nur entsetzt angesichts meiner mißlichen Lage...«

»Du meinst, weil du meine Geliebte bist? Wie amüsant, wenn man bedenkt, daß du mir deinen Körper angeboten hast, als Sir Guy noch hier in dieser Festung gewesen ist. An jenem Tag saßen wir alle drei an der Tafel, und er sah uns die Treppe zu diesem Gemach hinaufsteigen.«

»O Tristan, du verstehst nicht...«

»Doch, Genevieve! Damals war nicht nur eine Verführung

geplant, sondern ein Mord. Kam vielleicht der galante Sir Guy auf diese Idee?«

»Nein!« stieß sie hervor und schloß die Augen. »Tristan, ich habe dich doch nur gebeten, heute nacht nicht mit mir zu streiten...«

»Und ich habe dich nur gebeten, ins Bett zu gehen – wo du jetzt liegst, Lady.« Langsam hob sie die Lider, sah ihn im Feuerschein gefährlich und dämonisch lächeln. »Heute nacht nicht, meine Teure? Doch, gerade heute nacht. Denn morgen wird Sir Guy wieder versuchen, sich an dich heranzupirschen, und dich vielleicht fragen, ob ich mit dir geschlafen habe. Und das möchtest du in aller Unschuld bestreiten. Statt dessen wirst du verlegen erröten, und den Blick senken, wenn er dir diese Frage stellt.«

Schon jetzt stieg ihr das Blut in die Wangen, denn so erbittert sie ihm auch grollte – es fiel ihm viel zu leicht, jenes drängende Feuer in ihr zu entzünden. Sein Lächeln vertiefte sich, als könnte er ihre Gedanken lesen. Aufreizend strich er über ihre Wange. »Wie gut ich dich kenne, Genevieve, dein Herz, deine Seele...« Mit geübten Händen öffnete er ihr Kleid, streifte es nach unten, streichelte ihre Brüste. »Nun, wovon wirst du in dieser Nacht träumen? Kein anderer Mann kann deine Träume so ausfüllen, wie ich dein Leben beherrschen werde.«

Ein leidenschaftlicher Kuß verschloß ihr die Lippen, dann wanderte sein Mund über ihren Hals hinab, liebkoste ihre Brüste und ihre Hüften. Willenlos und entzückt versank sie in jene Zauberwelt, die nur er zu erschaffen vermochte.

Helles Sonnenlicht weckte sie am nächsten Morgen. Aus der Halle drangen Schritte und Stimmen herauf. Offenbar waren die Gäste schon aufgestanden. Hastig wollte sie sich erheben, aber Tristans Arm umschlang ihre Taille und hielt sie fest.

»Nein...« Ehe sie protestieren und einwenden konnte, die Besucher würden bereits warten, lag er auf ihr und schüttelte grinsend den Kopf.

»Vorher will ich dich mit dem Zeichen meiner Begierde versehen. Man merkt's einer jungen Frau deutlich an, wenn sie eben erst die Wonnen der Liebe genossen hat. Vor allem deinem Sir Guy wird es nicht entgehen.«

»Tristan...« Mehr vermochte sie nicht zu sagen, denn er küßte sie voller Begierde.

Als sie endlich gebadet und angezogen war und versuchte, an Tristans Arm möglichst würdevoll die Treppe hinabzusteigen, hätte sie ihm am liebsten gegen das Schienbein getreten. Immer noch dröhnten seine Worte in ihren Ohren, und so errötete sie natürlich und fragte sich, was die anderen denken mochten.

»Oh, meine strahlend schöne Rose...«, wisperte er auf der letzten Stufe. Und da trat sie ihn. Selbstverständlich sehr diskret. Spöttisch lächelte er. »Eine feuerrote Rose... Und voller Dornen. Aber einfach wundervoll!«

19

Wäre Guy nicht ständig in Genevieves Nähe gewesen, hätte sie den Besuch aus London sehr genossen. Vor Weihnachten schneite es wieder, jeden Abend wurde ein fröhliches Fest gefeiert. Griswald bereitete köstliche Speisen zu, Schauspieler und Sänger pochten an die Tür. Musiker spielten in der Halle.

Lord Gifford und sein Gefolge blieben mehrere Tage auf Edenby. Welche Geschäfte ihn hierhergeführt hatten, wußte Genevieve nicht, aber man munkelte, Tristan solle wieder an den Hof berufen werden. Sie stellte ihm keine Fragen, denn wann immer sie solche Themen anschnitt, bekam sie nur nichtssagende Antworten.

Belustigt hörte sie zu, wenn Tristan, Jon und Thomas Tidewell von ihrer gemeinsamen Jugend sprachen. Und während sie einander alberner Streiche beschuldigten, schienen die langen Jahre dahinzuschmelzen, die seither vergangen waren.

Am Heiligen Abend erschienen Pächter, Kaufleute und Handwerker mit ihren Frauen und Töchtern in der Halle. Zu Ehren Christi wuschen Tristan und andere Schloßbewohner den Bedürftigen die Füße und verteilten Münzen. Nach dem Ritual erteilten Vater Thomas und Vater Lang den Armen ebenso wie den Reichen ihren Segen, dann wurde getanzt. Barfuß hüpfte Tess an Tristans Arm durch den ganzen Raum, aber bald eilte Tibald herbei, um sie ihm zu entreißen.

Guy forderte Genevieve zum Tanz auf. Glücklicherweise rettete Lord Gifford sie vor einer zu engen, leidenschaftlichen Umarmung, ehe Tristans Aufmerksamkeit erwachte. Edwyna und ihre Nichte tanzten mit Bauern und Pächtern, wie es den weihnachtlichen Gebräuchen auf Edenby entsprach, die Abgesandten des Königs mit Milchmädchen und Küchengehilfinnen. In einer großen Schüssel wurde Punsch serviert.

Erst zu später Stunde verabschiedeten sich die Gäste. Vater Thomas zog sich mit Vater Lang in sein Zimmer neben der Küche zurück, um theologische Probleme zu erörtern, und Edwyna war längst mit der erschöpften Anne nach oben gegangen. Schließlich saßen nur noch Genevieve, Tristan, Jon und Thomas vor dem Kamin in der Halle. Guy ließ sich schon seit einiger Zeit nicht mehr blicken.

Als Genevieve sich entschuldigen wollte, hielt Tristan ihre Hand fest, und irgendwie landete sie auf seinem Schoß. Lässig spielten seine Finger mit ihrem Haar. Eine seltsame Wehmut erfaßte ihr Herz, und sie wünschte inständig, sie hätte ihn in einem anderen Leben gekannt – oder bevor das gräßliche Verbrechen ihn verwandelt hatte.

»Ah, ihr hättet sein Gesicht sehen sollen!« rief Thomas grinsend. »So war Tristan nun mal. Ständig mußte er sich vor seinem Vater in Szene setzen. Also ritt er den großen Rappen, der ihn in den Schweinetrog warf.«

»Damals war ich erst neun Jahre alt!« verteidigte sich Tristan und streichelte Genevieves Wange. »Und der jüngere Sohn, deshalb wollte ich mich irgendwie behaupten.«

»Dein Bruder brüllte vor Lachen«, erinnerte sich Jon.

»Aye«, stimmte Thomas zu, »und der Graf auch – bevor er dir eine Tracht Prügel verabreichte.«

»Wie gern hätte ich da zugeschaut...«, warf Genevieve ein, und Tristan hob die Brauen.

»Das kann ich mir vorstellen.«

»Aber dann erlaubte dir der Graf immerhin, den Hengst abzurichten«, ergänzte Jon.

Thomas nickte. »Und jetzt ist Pie gleichsam dein verlängerter Arm.«

»Ja, das hat Genevieve auch schon zu spüren bekommen«, bemerkte Tristan.

Kichernd legte sie ihren Kopf auf seine Schulter. Sonderbar – nun amüsierten sie sich gemeinsam über jene Ereignisse. Bald vermochte sie ihr Gähnen nicht mehr zu unterdrücken, und Tristan führte sie nach oben, nachdem sie sich von den anderen verabschiedet hatten. Ermattet sank sie ins Bett.

»Mit deinen Schuhen solltest du nicht schlafen«, mahnte Tristan.

»Aber ich kann mich nicht mehr rühren«, stöhnte sie.

Und so zog er ihr die Schuhe aus und rieb ihre müden Füße. Träumerisch lächelte sie mit geschlossenen Augen. Nur vage nahm sie wahr, daß er sie von ihrem Gewand und den Unterkleidern befreite. Und wenig später schlummerte sie friedlich in Tristans Armen.

Als die Sonne ins Zimmer schien und Tess geschäftig umherrannte, erwachte Genevieve. Auf dem Tisch stand ein Tablett mit köstlich duftender heißer Milch. Tristan war bereits angezogen.

Beinahe wäre sie aus dem Bett gesprungen, doch dann entsann sie sich ihrer Nacktheit. Sowohl Tristan als auch die Zofe hatten sie schon in diesem Zustand gesehen, aber noch nie zur gleichen Zeit.

Nach einer Weile eilte das Mädchen hinaus, und Tristan wandte sich zu Genevieve. Fast schüchtern wünschte sie ihm frohe Weihnachten. Er lächelte sie an, brachte ihr eine Tasse Milch und setzte sich zu ihr. Genüßlich nippte sie an dem heißen Getränk. »Nun muß ich aufstehen, die Weihnachtsmesse beginnt bald.«

»Oh, du kannst noch ein bißchen liegenbleiben.« Grinsend fügte er hinzu: »Ich möchte mich nicht vom König übertrumpfen lassen.«

»Was meinst du?« flüsterte sie verwirrt.

Er stand auf, zog ein kleines, in blauen Samt gewickeltes Päckchen unter seinem Umhang hervor, der über einem Stuhl hing, und legte es in Genevieves Hände. Mit großen Augen starrte sie es an.

Schließlich war es Tristan, der den Samt auseinanderfaltete und funkelnde Juwelen enthüllte. »Die Amethyste und Saphire erinnern mich an deine Augen – und die Diamanten gleichen deinem Blick, wenn er vor Zorn und Leidenschaft glänzt.«

Ihre Stimme versagte, und ihr Herz schlug wie rasend. Was sollte sie jetzt empfinden? Freude, weil er sie so schön fand wie diesen Schmuck? Oder Scham, nachdem er beschlossen hatte, sie so großzügig für ihre Dienste im Bett zu belohnen? Verzweifelt wünschte sie, er hätte Edenby nicht erobert, wäre ihr als Freund und dann als Liebhaber begegnet – und würde ihr nicht am ersten Weihnachtstag nach dem Tod ihres Vaters und ihres Verlobten ein so fragwürdiges Geschenk machen.

»Genevieve?«

Ohne aufzublicken, erwiderte sie: »Die Juwelen – sind wunderschön, aber ich kann sie nicht annehmen. Denn ich habe nichts für dich.«

Er hob ihr Kinn, und wieder einmal hatte sie das Gefühl, er würde ihre Gedanken lesen. »Dieses Geschmeide kaufte ich in London mit dem Pachtgeld, das mir meine Ländereien im Norden eingebracht hatten. Und ich geb's dir nicht, um deinen Zorn zu beschwichtigen, sondern um dich zu erfreuen. Ein Weihnachtsgeschenk für eine schöne Frau – nicht mehr und nicht weniger.«

Schnell blinzelte sie, um ihre Tränen zu verbergen. Tristan setzte ihr eine Kappe auf, die mit Juwelen bestickt war. Sie mußte lachen und erklärte, ihr wild zerzaustes Haar würde das edle Stück nicht zur Geltung bringen.

»Genauso gefällt's mir«, entgegnete er und rückte ein wenig von ihr ab, um sie zu betrachten. Sein zärtliches Lächeln verscheuchte ihre letzten Bedenken.

»Hätte ich doch auch was für dich...«

»Oh, bald wirst du mir etwas schenken, Lady.« Behutsam strich er über ihren leicht gewölbten Bauch. »Etwas, das ich schon jetzt liebe und das mir meinen Nachtschlaf rauben wird... Ob du nun einen Freund oder einen Feind in mir siehst – schwöre mir, gut auf dich und unser Kind aufzupassen!«

Sie wußte nicht, was sie sagen sollte. So vieles stand zwischen ihnen – seine leidvolle Vergangenheit, Edgars und Axels Tod. Eigentlich müßte sie diesen Mann immer noch hassen, aber nun bat er sie, auf sein und ihr Kind zu achten. Also schien er ihr nicht mehr zu grollen, weil sie lebte, während seine Frau unter der Erde lag.

»Genevieve?«

Jetzt hasse ich dich nicht mehr, hätte sie am liebsten

beteuert, aber meine Ehre darf ich nicht opfern, und deshalb muß ich deine Feindin bleiben. »Ja, Tristan, ich werde gut auf das Baby aufpassen«, versprach sie. Beinahe hätte sie gestanden, wie leicht es ihr fallen würde, das wachsende Leben in ihrem Leib zu lieben – und ihren Feind. Um ihre Gefühle zu überspielen, wickelte sie sich ins Laken und sprang lächelnd aus dem Bett. »Aber das ist kein Weihnachtsgeschenk. Du hast mir Juwelen verehrt.«

»Und du schenkst mir Nacht für Nacht einen viel kostbareren Schatz. Danach schlafe ich, eingehüllt in dein seidiges Haar, das schöner glänzt als alles Gold auf dieser Welt.«

»Vielleicht sollte ich's abschneiden und dir überreichen...«

»Untersteh dich!«

»Dann will ich dich einfach nur darin einwickeln«, verkündete sie und ging langsam, mit sinnlich wiegenden Hüften, zu ihm, stellte sich auf die Zehenspitzen und schmiegte ihre nackten Brüste an ihn. Nachdem sie einen Kuß auf seine Lippen gehaucht hatte, schlang sie ihre langen Locken um seine Schultern. Ungestüm küßte er sie, hob sie auf die Arme und trug sie zum Bett.

»Aber – du bist schon angezogen«, protestierte sie.

»Das läßt sich leicht ändern.«

»Mach dir doch meinetwegen nicht die Mühe...«

»Nichts könnte ich dir verweigern. Und mir selbst schon gar nicht.« Lachend sank er mit ihr aufs Bett, vergrub das Gesicht in ihrem Haar, bedeckte ihren schönen Körper mit heißen Küssen, bis sie ihn anflehte, sich endlich mit ihr zu vereinen.

Voller Hingabe bereitete er ihr die süßesten Qualen, um immer wieder vor dem Gipfel der Lust innezuhalten und von neuem zu beginnen.

»Sei doch barmherzig!« stöhnte sie.

»Diese Eigenschaft fehlt mir ganz und gar. Erinnerst du dich nicht?« Trotz des hellen Tageslichts ersparte er ihr keine Intimität, betrachtete sie ausgiebig, ließ seine Lippen über die Innenseiten ihrer Schenkel wandern, führte sie ein ums andere Mal an die Schwelle der Erfüllung heran, ohne ihr alles zu geben. Halb von Sinnen in ihrem köstlichen Delirium, beteuerte sie, es nun nicht länger ertragen zu können.

Aber sie ertrug viel mehr, als sie erwartet hatte. Als sie ihm zuflüsterte, er solle sich endlich ausziehen, entgegnete er, das müsse *sie* besorgen. Zu ihrer eigenen Überraschung gehorchte sie und genoß es, ihn langsam zu entkleiden, mit ihrer Zunge wollüstig seine Brust zu liebkosen und noch tiefer hinabzugleiten. Fasziniert erforschte sie Tristans Körper, lauschte seinem leidenschaftlichen Geflüster, seinem atemlosen Drängen, während seine Begierde wuchs.

Nachdem sie miteinander verschmolzen waren, teilten sie ein intensives Glück wie nie zuvor. Und dann lagen sie erschöpft nebeneinander – unfähig, zu sprechen oder sich zu bewegen.

Erst als es an der Tür klopfte und Jon nach seinem Freund rief, fuhr Genevieve erschrocken auf. Tristan lachte über ihre Angst, zerrte rasch die Decke hoch, die zu Boden gefallen war, und breitete sie über ihre beiden Körper. »Herein!« rief er. Lächelnd betrat Jon das Zimmer, wünschte ihnen gesegnete Weihnachten und erinnerte sie an die späte Stunde. Mittlerweile seien schon alle Gäste in der Halle versammelt.

Obwohl Tristan die Verlegenheit Genevieves spürte, drückte er sie an sich, grinste seinen Freund an und versprach, sie würden sofort hinunterkommen.

Weder Tristan noch Genevieve entdeckten den Mann, der hinter Jon im Flur stand und an ihm vorbei ins Schlafgemach spähte. Und so sahen sie auch nicht den mörderischen Zorn in seinen Augen.

Die Tür fiel ins Schloß, und Genevieve stieg schnell aus dem Bett. Auch Tristan stand belustigt auf und zog sich gemächlich an, dann half er ihr, die winzigen Häkchen ihres Kleids zu schließen. Plötzlich erlosch das Lächeln in seinen Augen, und er legte die Hände auf ihre Schultern. »Noch ein Geschenk habe ich für dich.«

Verwundert und ängstlich musterte sie seine gerunzelte Stirn. »Tristan...«

»Heute muß ich abreisen. Ich kehre mit Lord Gifford und den anderen nach London zurück.«

»Was?« Vergeblich bemühte sie sich, ihre Bestürzung zu verbergen.

»Henry hat mich an den Hof beordert. Ich möchte dich nicht wieder im Turmzimmer einsperren, und deshalb mußt du mir schwören, keinen Fluchtversuch mehr zu unternehmen.«

Rasch senkte sie den Blick und fragte sich, warum sie einen so qualvollen Abschiedsschmerz empfand. Dieser verdammte himmlische Morgen, dachte sie. Wir waren uns so nahe wie nie zuvor... Aber sie hatte Dinge gesehen, die gar nicht existierten – nicht existieren durften. Wo blieb ihr Stolz? Ihre Ehre? Ihre Sehnsucht nach Freiheit? »Du verlangst etwas Unmögliches von mir, Tristan.«

»O Genevieve, ich will dich nicht Tag und Nacht bewachen lassen!«

Unglücklich warf sie den Kopf in den Nacken. »Selbst wenn ich's versprechen würde – wie könntest du mir trauen? Es verblüfft mich immer noch, daß du es wagst, neben mir zu schlafen.«

»Vielleicht ist das dein Fehler.« Er riß sein Schwert aus der Scheide und hielt ihr den Griff hin. »Nimm es!«

Sie wich verwirrt zurück, aber er folgte ihr.

»Nimm es!«

»Tristan, hör auf!« rief sie, den Tränen nahe.

»Gib mir dein Wort!« herrschte er sie an und umklammerte ihr Handgelenk. »Nimm das Schwert oder gib mir dein Wort!«

»Ja, ich schwöre es bei allen Heiligen, aber laß mich – schau mich nicht so an...«

Da schob er sie von sich und steckte seine Waffe wieder in die Scheide. »Komm jetzt, wir werden erwartet.«

Forschend musterte sie ihn, aber seine blauen Augen waren unergründlich.

Während der Messe stand er neben ihr, und als Vater Thomas und Vater Lang Predigten hielten, glaubte sie immer wieder, die strafenden Blicke beider Priester zu spüren. Es ist nicht meine Schuld, hätte sie am liebsten geschrien. Oder vielleicht doch? Jede Nacht gab sie sich ihrem Feind freiwillig und sogar lustvoll hin.

Sie senkte den Kopf und versuchte zu beten. Aber es gelang ihr nicht. Ihre Tante hatte ihr anvertraut, Vater Thomas sei zu Tristan gegangen und habe ihn aufgefordert, seine Gefangene freizulassen oder zu heiraten. Kühl hatte Tristan erwidert, der Geistliche sei selbst den fleischlichen Sünden verfallen, was jeder auf Edenby wisse.

Also weigerte sich Tristan, Genevieve zum Altar zu führen, und sie konnte ihm nur beipflichten. Notgedrungen war sie seine Geliebte geworden. Aber sie würde ihn niemals heiraten. Bei der Hochzeit müßte sie geloben, ihn zu lieben und ihm zu gehorchen, und das würde sie nicht über sich bringen. Ihre Keuschheit hatte sie geopfert, aber ihre Loyalität gehörte immer noch ihrem Vater, Axel und jenen, die im Kampf von Edenby gefallen waren. Sicher nahm Tristan nicht an, es wäre ihr Wunsch, ihn zu heiraten. Aber was mochte ihre Zukunft bringen? Allein könnte sie weglaufen und irgendwo Zuflucht suchen, aber nicht mit einem kleinen Kind.

Und wenn Tristans Leidenschaft erlosch? Oft genug hatte sie sich eingeredet, sie würde diesen Augenblick herbeisehnen. Aber nun widersprach ihr verräterisches Herz, eine innere Stimme flüsterte ihr zu, sie würde ihn schmerzlich vermissen – und dem Wiedersehen entgegenfiebern.

»Die Messe ist zu Ende, Genevieve«, flüsterte er. Sie nickte und erhob sich von den Knien. Nachdem er erklärt hatte, er müsse mit Jon im Arbeitszimmer sprechen, bat er sie, seine Sachen zu packen.

Aber bevor sie diese Aufgabe erfüllte, wollte sie noch eine Weile in der Kapelle bleiben. Geduldig wartete sie, bis die anderen hinausgegangen waren, dann trat sie vor den Sarkophag, in dem ihr Vater neben der Mutter ruhte. Sie berührte den kalten Stein, das Marmorgesicht, das Edgars Züge trug, und endlich flossen die Tränen, die sie den ganzen Morgen zurückgehalten hatte. »O Vater, ich liebe dich, und ich wollte dir keine Schande machen...«

Doch sie hörte keine tröstende Stimme aus dem Jenseits. Unter Tränen lächelte sie und strich über den Marmor. »Bald bekommst du ein Enkelkind. Tristan de la Teres Sohn... Würdest du ihn kennen, könntest du ihm vielleicht verzeihen. Hättest du ihm doch nur deine Gastfreundschaft angeboten, Vater! Im Grunde seiner Seele ist er ein guter Mensch. Und man hat ihm etwas Schreckliches angetan...« Aber dann verstummte sie. Der Vater war tot, er würde nicht aus seinem Grab steigen und ihr versichern, er verstehe sie, sogar Jesus Christus habe gesagt: »Liebet eure Feinde.«

Bedrückt wanderte sie zu dem zweiten Sarkophag weiter, in dem Axel lag. Der Künstler hatte die Züge ihres Verlobten gut getroffen, die Sanftmut, die Klugheit des Gelehrten. Vielleicht würde er ihr eher verzeihen als Edgar. Stets hatte er sich um versöhnliche Gesten bemüht und gezögert, irgend jemanden zu verurteilen. »Du fehlst mir, mein Liebster«, wisperte sie.

»Ihr vermißt ihn?« Obwohl die Stimme hinter ihr nur flüsterte, gellte sie unerträglich laut in Genevieves Ohren. Entsetzt fuhr sie herum und starrte in Guys zornerfüllte Augen.

»Guy! Ihr habt mich erschreckt...« Was sie sonst noch sagen wollte, blieb ihr in der Kehle stecken, denn seine Hand landete klatschend auf ihrer Wange. Entgeistert strich sie über ihre brennende Haut.

»Bei Gott, Genevieve! Edgars Tochter! Axels Braut! Die grandiose Lady von Edenby! Die stolze Genevieve! Die Herrscherin, die Herzogin – die Hure!«

»Hört auf!« kreischte sie. Endlich hatte sie ihre Fassung wiedergefunden und trommelte mit beiden Fäusten gegen seine Brust. Angstvoll spähte sie zur Tür und entsann sich, wozu Tristan in seiner Wut fähig war – daß er Guy mißtraute und glaubte, der junge Mann wäre mehr als nur ihr Freund.

»Warum?« zischte Guy und strich sich eine blonde Haarsträhne aus der Stirn. »Euer Liebhaber ist im Arbeitszimmer beschäftigt.«

»Ach, zum Teufel mit Euch! Diesen Liebhaber habe ich mir nicht ausgesucht. Bis zum bitteren Ende kämpfte ich gegen ihn; mit den Waffen, die *Ihr* gewählt hattet. Als die Schlacht verloren war, mußte ich hierbleiben und den Preis bezahlen, während Ihr aufbracht, um unsere Sache zu verraten...«

»Nein, ich gehörte dem Trupp der Stanleys an, und die schlugen sich auf Henrys Seite. Da war Richard bereits dem Tod geweiht. Ich kämpfte für uns, für Edenby, Genevieve! Vor Henrys Augen wagte ich mein Leben, um ihn von meiner Loyalität zu überzeugen. Und da hoffte ich, er würde mir Edenby überantworten – und Euch!« Seufzend schüttelte sie den Kopf und fühlte sich elend. »Wie Ihr sicher wißt, wurde die Festung Tristan übertragen.«

»Ebenso wie die Erbin«, fügte er hinzu und lachte sarkastisch. »Arme Genevieve! Welch einen hohen Preis müßt Ihr zahlen! Aber bis jetzt konnte ich kein einziges Mal beobachten, daß Ihr de la Tere getrotzt hättet. Wann immer er nach Eurer Hand greift, schmiegen sich Eure zarten Finger vertrauensvoll in seine. Und er muß Euch keinesfalls gewaltsam die Treppe hinaufschleppen. In Eurem Körper sehe ich sein Kind wachsen – und Euch hold erröten, wenn er Euch berührt. Und ich konnte Euch sogar in seinem Bett beobachten, glücklich an seine Brust geschmiegt!«

»Guy!« rief sie bestürzt. »Wieso ...«

»Hure! Ganz London weiß, daß Ihr die Hure dieses Lancasters seid! Was würdet Ihr sonst noch alles tun, Mylady, um Euren Vater und Axel und Michael zu entehren – all jene, die von Lord Tristans Hand gefallen sind? Wollt Ihr diesen Mann heiraten? Umgarnt Ihr ihn mit Eurem süßen Lächeln, um ihn vor den Traualtar zu locken?«

»O Guy ...« Sie haßte ihn, aber sie verstand seinen Kummer, während er von ihrem nichts ahnte. Trotz ihrer tiefen Scham hielt sie den Kopf hoch. »Entschuldigt mich jetzt und laßt mich vorbei!« bat sie kühl.

»Genevieve ...« Er hielt ihren Arm fest, und als sie die Tränen in seinen Augen sah, konnte sie ihn nicht mehr hassen, obwohl er sie so grausam beleidigt hatte. »Verzeiht mir!« flehte er, sank auf die Knie und preßte ihre Hand an seine Wange. »Schon immer liebte ich Euch, und ich ertrage das alles nicht.«

»Sir Guy, bitte!« Auch sie kniete nieder. »Ihr dürft mich nicht lieben – und nicht um mich trauern. Er ...«

»Er muß sterben!« stieß er hervor.

»Seid nicht albern!« beschwor sie ihn. »Wenn Ihr ihn tötet, würde Henry...«

»Ich diene dem König ebenso wie er.«

Ungeduldig schüttelte sie den Kopf. »Tristan steht ihm schon viel länger nahe. Wäre er tot, würde Henry diesen Besitz jemand anderem zuerkennen.«

»Mir!« Behauptete Guy, und sie erschauderte, als in seinen Augen plötzlich ein tückischer Ausdruck erschien.

»Nicht, Guy...«

»Keine Angst, bald werde ich Euch retten, das schwöre ich. Euch und Edenby. Faßt nur Mut und wartet auf mich.«

»Guy, bitte, das ist Wahnsinn! Ich flehe Euch an, unternehmt nichts! Edenby blüht und gedeiht, allen Leuten geht es gut, und ihr Glück darf nicht in neue Gefahr geraten. Guy, Ihr dürft nicht...«

Plötzlich sprang er auf, zog sie mit sich hoch, und sie wagte nicht, sich umzudrehen und zu sehen, was ihn dazu veranlaßt hatte. Doch sie hörte die Schritte. Gemessene Schritte auf dem Steinboden der Kapelle. Stumm und leichenblaß stand Guy vor ihr.

Und da zwang sie sich, über die Schulter zu blicken. Tristan kam auf sie zu, majestätisch in seinem purpurroten Mantel, den eine Brosche an der Schulter zusammenhielt, das Emblem der weißen Rose mit einer roten verschlungen. Er stemmte seine Hände in die Hüften, und seine Miene erschien ihr so finster wie noch nie. Verzweifelt fragte sie sich, ob er das Gespräch belauscht hatte. Glaubte er womöglich, sie hätte ein Stelldichein geplant?

Unvermittelt lächelte er und verneigte sich. Es war ein beängstigendes Lächeln, das den hellen Zorn in seinen Augen nicht milderte. »Mylady – Sir Guy...«

»Tristan...« Warum sprach sie? Noch hatte er sie nicht ins Verhör genommen, und ihre Stimme klang schon jetzt schuldbewußt. Sein kaltes Lächeln vertiefte sich. Dicht vor ihr blieb er stehen und betrachtete prüfend ihr Gesicht. »Deine Wange ist gerötet, meine Liebe.«

»Ich – bin gestürzt«, log sie hastig. »Heute ist Weihnachten, und ich wollte das Grab meines Vaters besuchen. Als ich seine marmornen Lippen küssen wollte, glitt ich aus...«

Sein Blick wanderte zum Sarkophag hinüber, dann zog er seine Handschuhe aus und wandte sich zu dem jungen Ritter. »Stimmt das, Sir Guy?«

Es dauerte einige Zeit, bis Guy antwortete. Dann bemühte er sich, mit möglichst ruhiger Stimme zu erwidern: »Aye, Mylord, und nachdem die Lady gefallen war, half ich ihr auf die Beine.«

Tristan lächelte wieder, nickte ihnen zu, dann schlenderte er zu Axels Sarkophag. »Ein hübscher Mann... Welch ein Jammer, daß er sterben mußte!«

»Allerdings«, bestätigte Genevieve kühl. Nein, sie wollte nicht vor Tristan zittern – nicht vor der letzten Ruhestätte ihres Vaters. Auch sie ging zum Grab ihres toten Verlobten und berührte die marmorne Stirn. Tränen brannten wieder in ihren Augen. »Von Anfang an lehnte er den Bürgerkrieg ab. Er dachte, die Männer, die einen solchen Kampf wünschten, sollten einander nur ermorden, und er fand, wir müßten abwarten, bis eine Entscheidung gefallen wäre. Aber – er zögerte nicht, meinem Vater beizustehen, da er ihm durch sein Lehenswort verpflichtet war. Axel war sehr loyal. Und tapfer.«

»Aye, wie alle anderen auf Edenby.« Tristan wandte sich wieder zu Guy. »Sicher ist Euch der König sehr dankbar, Sir Guy, weil Ihr ihm Euren Mut und Euer Schwert geweiht habt, das Ihr so brillant zu schwingen wißt.«

Guy antwortete nicht, und plötzlich umschlossen Tristans Finger Genevieves Handgelenke. »Wir reisen ab, Lady.«

»Schon jetzt?«

»Ja.« Immer noch spürte sie in seinem Blick und seinem harten Griff seinen Zorn. »Tess hat meine Sachen gepackt. Bald wird das Winterlicht erlöschen, und wir wollen nicht bei Dunkelheit aufbrechen. Sir Guy, ich nehme an, Ihr seid bereit?«

Schweigend nickte der junge Mann, und Tristan führte Genevieve zum Ausgang der Kapelle. Die Männer hatten sich bereits im Hof versammelt. Neben den Dienstboten stand Edwyna, um dem Schloßherrn den Abschiedstrunk zu kredenzen.

Tristan ließ Genevieves Hand erst los, als er seinen Hengst erreichte. Mit langsameren Schritten war Guy ihnen gefolgt, und sie wagte nicht, sich umzudrehen.

Höflich versicherte ihr Lord Gifford, er würde sich freuen, sie bald wiederzusehen. Thomas Tidewell, Tristans Freund, umarmte sie brüderlich und dankte für die Gastfreundschaft. Ihr fehlten die Worte, und sie brachte nur ein schwaches Lächeln zustande.

Inzwischen drängte Tristan ungeduldig zum Aufbruch und warnte, bald würde sich das Wetter verschlechtern. Er schwang sich in den Sattel und starrte verächtlich zu Genevieve herab. Nur mühsam hielt sie seinem Blick stand. »Von nun an darfst du dich nicht mehr frei bewegen«, verkündete er und blickte über ihren Kopf hinweg.

Als sie sich umdrehte, entdeckte sie Tibald, der sie mit gezücktem Schwert erwartete. Schweren Herzens ahnte sie, was nun geschehen würde. Sie konnte ihr Gefängnis nicht mehr verlassen, denn der alte Ritter hatte den Befehl, vor ihrer Tür Wache zu halten, und der junge Roger de Treyne würde ihn vermutlich regelmäßig ablösen.

Verzweifelt wandte sie sich zu Tristan. »Glaub mir, ich habe nicht...«

Mit leiser, aber scharfer Stimme unterbrach er sie: »Nimm dich in acht! Sollte ich dich jemals wieder mit deinem Freund ertappen, werde ich dich mit dem größten Vergnügen persönlich auspeitschen. Und er muß sterben. Das schwöre ich. Laß dir das eine Warnung sein!«

Gebieterisch hob er eine Hand, und die Reiter folgten ihm durch das Hoftor hinaus.

20

Auf der Reise nach London suchte Tristan die Gesellschaft Lord Giffords und hielt sich von Guy fern. Nachts konnte er vor Zorn kaum schlafen und mußte sich sehr beherrschen, um den Mann nicht zu wecken und zusammenzuschlagen.

Das Gespräch zwischen Genevieve und Guy in der Burgkapelle hatte er nicht belauscht, aber die beiden zusammen gesehen. Er spürte, daß der junge Ritter ihm nach dem Leben trachtete. Doch aus Mangel an Beweisen konnte Tristan vorerst nichts unternehmen. Mit einem unbedachten, sinnlosen Angriff würde er den König gewiß erzürnen. Also mußte er sich in Geduld fassen und warten, bis Guy sein wahres Gesicht zeigte. Glücklicherweise wurde Tristan von Jon und Thomas begleitet, die ihn zur Vorsicht ermahnten. Jon betonte überdies, Genevieves Schuld sei keineswegs erwiesen. Das ärgerte Tristan, denn er bezweifelte nicht, daß sie ihn in der Kapelle belogen hatte.

Die Ankunft in London besserte seine Stimmung nicht. Am Hof wurde eifrig intrigiert. Elizabeths Mutter, Königinwitwe und immer noch Herzogin von York, schmiedete bereits Pläne für die Regentschaft ihrer Tochter. Noch war Henry nicht bereit, gegen sie vorzugehen. Doch er wußte, daß sie York-Anhänger um sich scharte, darunter Francis, Vicomte Lovell, einen von Richards engsten Freunden, und John de la Pole, den Grafen von Lincoln, den Richard nach dem Tod seines Sohnes im Jahr 1484 vermutlich zum Nachfolger auserkoren hatte. Nicht zuletzt wurde der Thronbewerber Lambert Simnel, der Sohn eines Oxforder Tischlers, als der zehnjährige Graf von Warwick ausgegeben. Nur zu gut wußte Henry, daß Simnel ein Hochstapler war, da der echte Graf von Warwick im Tower saß. Aber wenn er aus dem Gefängnis geholt und der Welt vorgeführt wurde, konnte das unliebsames Aufsehen erregen.

Der König rechnete mit einer Revolte, und deshalb hatte er Tristan zu sich beordert. Natürlich würden die Rebellen eine Weile brauchen, um die erforderlichen Streitkräfte zusammenzutrommeln. Aber in der Nähe von Dublin traf sich eine Gruppe irischer Lords, und Henry glaubte, wenn man dieses Nest aushob, würden sich die Aktivitäten der Aufständischen noch länger verzögern.

Für einen gewissen Zeitraum hatten die York-Könige den Iren die Autonomie gewährt. Aus diesem Grund sympathisierte Irland mit dem Haus York. Aber vorerst hatten sich die mächtigen Lords nicht erhoben, und Henry wollte ihnen zuvorkommen. Der geplante Feldzug nach Irland gefiel Tristan ganz und gar nicht. Eines Abends war er so schlecht gelaunt, daß Jon ihm vorschlug, den König zu fragen, ob Genevieve nach London reisen dürfe. »Bei deiner Rückkehr könnte sie dich erwarten – mit Edwyna«, fügte er wehmütig hinzu. »Und da Guy dich ohnehin begleitet, besteht keine Gefahr ...«

»Ich will sie nicht hier haben!« schrie Tristan und stürmte aus dem Palast. Auf der Straße kühlte der Winterwind seinen Zorn ein wenig ab. Stöhnend sank er auf eine steinerne Stufe und schlug die Hände vors Gesicht. Nicht nur sein Verdacht gegen Genevieve und Guy quälte ihn. Unaufhaltsam schritt die Schwangerschaft voran. Würde Genevieve ihr Wort halten und gut auf sich selbst und das Baby aufpassen? Tag und Nacht verfolgte ihn jener Alptraum – Lisette und sein totgeborener Sohn.

Schließlich stand er seufzend auf und kehrte in den Palast zurück. Aus dem Bankettsaal drang Musik. Dort tanzte der Hofstaat und amüsierte sich. Mit langen Schritten floh Tristan vor dem fröhlichen Lärm.

Es war wohl am besten, wenn er früh zu Bett ging, denn am nächsten Tag erwartete ihn ein langer, beschwerlicher Ritt. Irgendwann in der Nacht begann der böse Traum. Er stürmte ins Kinderzimmer, sah seine Frau, zusammengesunken neben der Wiege. Ihre Hand hing über einem imaginären Kind. Noch ehe er sie berührte, wußte er, daß sie tot war. Soviel Blut ... Verzweifelt nahm er sie in die Arme. Aber es war nicht Lisette. Genevieves goldenes, blutverkrustetes Haar umrahmte das schöne, bleiche Gesicht, und die geheimnisvollen blau-violetten Augen hatten sich für immer geschlossen. In kaltem Entsetzen schrie er auf.

»Tristan!«

Zitternd und schweißgebadet erwachte er.

»Tristan!«

Es war Jon, der nach ihm rief. Vom Flur drang Licht ins Zimmer, und das Bewußtsein verdrängte allmählich den Traum. Der Morgen graute.

»Um Himmels willen, was ist geschehen?« fragte Jon.

»Nur ein Traum.« Tristan stieg aus dem Bett und kleidete sich hastig an.

»Was hast du vor?«

Tristan schloß die Brosche, die seinen Umhang an der Schulter zusammenhielt, und eilte aus dem Zimmer.

»So warte doch!« bat Jon und blieb ihm auf den Fersen. »Wohin willst du?«

»Zum König. Du hattest recht, Genevieve soll hierherkommen.«

»Wunderbar, aber – es ist eben erst hell geworden...«

Als sie sich Henrys Tür näherten, traten ihnen Wachen in den Weg. Aber Tristan ließ sich nicht beirren und verkündete mit Donnerstimme, trotz der frühen Stunde müsse er sofort den König sprechen.

Aufgescheucht von dem Tumult, erschien Henry persönlich. Bei Tristans Anblick lächelte er und führte die beiden Freunde in sein Schlafgemach.

Zu Jons Verwunderung schien sich der König köstlich zu amüsieren, während Tristan sein Anliegen vortrug. Lässig saß Henry auf dem Fußende des Betts, beobachtete seinen erregten Lehnsmann und lachte überlegen.

Tristan ging auf und ab, sprach leidenschaftlich und wortreich von den treuen Diensten, die er Tudor erwiesen habe. Dafür erwarte er nun eine besondere Gunst. Henry möge Lady Genevieve Llewellyn an seinen Hof bringen lassen und für ihre Sicherheit und ihr Wohlergehen sorgen. Und sie müsse bewacht werden, da sie auf den Gedanken kommen könne, einen Fluchtversuch zu unternehmen.

Mitfühlend nickte Henry und schien zu wissen, was ihn bedrückte. Er stand auf und verkündete nonchalant, er würde alle nötigen Maßnahmen ergreifen. »Statt mit Euch zu reiten, wird Jon nach Edenby zurückkehren und die Lady hierherholen. Sie soll Eure Gemächer bewohnen und jeden erdenklichen Komfort genießen – natürlich unter strenger Bewachung. Seid versichert, sie wird den Hof nicht verlassen.«

Tristan starrte ihn verwirrt an. Offenbar hatte er nicht erwartet, daß sein Wunsch so bereitwillig erfüllt wurde.

»Ist das alles, Mylord von Edenby und Bedford Heath?« fragte der König.

»Aye«, murmelte Tristan immer noch zögernd.

»Dann geht jetzt und gestattet mir, noch ein wenig zu schlafen.«

»Gewiß, Majestät. Und vielen Dank.«

Draußen im Flur seufzte Tristan erleichtert. »Also wirst du nicht mit mir reiten, Jon, sondern Genevieve beschützen. Das beruhigt mich.«

»Und wenn du zurückkommst, ist sie hier.« Jon folgte seinem Freund in dessen Zimmer und half ihm, die schwere Rüstung anzulegen.

»Der König kommt zu dir!«

Nervös sprang Genevieve auf, griff sich an die Kehle und ließ das weiße Seidenkleidchen, das sie für ihr Baby nähte, zu Boden gleiten.

»Wann?« fragte sie Edwyna, die in der Tür stand.

»Schon bald.«

Genevieve zwang sich zur Ruhe. Sicher wollte ihr der König nichts Böses. Aber warum besuchte er sie ausgerechnet jetzt, nachdem sie ihn während ihres sechswöchigen Aufenthalts am Londoner Hof kein einziges Mal gesehen hatte? Und warum bemühte er sich hierher, statt sie ins Audienzzimmer zu beordern. Sehr seltsam... Wenn man in einem dynastischen Krieg auf der falschen Seite gestanden hatte, war es natürlich unangenehm, dem mächtigen Sieger gegenüberzutreten.

Plötzlich schlug ihr Herz noch schneller. Tristan! Würde Henry ihr mitteilen, Tristan sei in Irland gefallen und ihr Kind müsse nicht nur illegitim, sondern auch vaterlos aufwachsen? Warum sonst sollte der König sie aufsuchen? Sie war eher eine Gefangene als ein Gast. Tag und Nacht hielten mehrere Männer vor ihrer Tür Wache. Hin und wieder war sie zu einem Bankett eingeladen worden, hatte sich aber wegen ihrer »Indisposition« entschuldigen lassen. Sicher wußte Tudor Bescheid über ihre Schwangerschaft. Sie hatte ihm einen höflichen Brief geschrieben, um sich für den Pelz zu bedanken, und eine ebenso höfliche Antwort erhalten. Dies waren die einzigen Kontakte gewesen – bis jetzt, und das konnte nur bedeuten...

»Genevieve!« Besorgt umfaßte Edwyna die Schultern ihrer Nichte und drückte sie auf den Stuhl zurück.

»Warum nur?« flüsterte Genevieve. »Oh, mein Gott, Tristan...« Sie vermißte ihn so schmerzlich, und sie bangte um sein Leben. Als Jon ihr auf Edenby berichtet hatte, sein Freund würde an der Spitze einer königlichen Truppe nach Irland reiten und Rebellen bekämpfen, war sie zutiefst erschrocken. In der Nacht vor ihrer überstürzten Abreise fand sie keinen Schlaf, schluchzte verzweifelt und betete, der Mann, den sie einmal zu ermorden versucht hatte, möge wohlbehalten zu ihr zurückkehren. Natürlich ist es unmöglich, einen Mann zu hassen, dessen Leben man in sich fühlt, überlegte sie und verdrängte alle Gedanken an andere Gründe für ihren Sinneswandel. In den letzten Wochen hatte sie immer wieder die winzigen strampelnden Füßchen in ihrem Bauch gespürt. Ja, sie liebte ihr Kind, und deshalb konnte sie seinen Vater nicht verabscheuen. Und wenn er nun tot auf einem verschneiten irischen Schlachtfeld lag... »O Edwyna, ich habe solche Angst!«

»Beruhige dich! Henry lächelt, und das würde er nicht tun, wenn er dir schlechte Neuigkeiten mitteilen müßte.«

Sie nickte, immer noch beklommen, dann merkte sie, wie unpassend sie gekleidet war. In einem schlichten blauen Wollkleid, ohne Juwelen, die nackten Füße auf einem zottigen Ochsenfell vor dem Kamin – nein, so konnte sie den König nicht empfangen. »Schnell, Edwyna...«

Aber es war zu spät. Umringt von seinem Gefolge, klopfte Henry gegen die Tür, die Edwyna nur angelehnt hatte, trat ein und bedeutete seinen Höflingen, draußen zu warten. Sofort versank Edwyna in einen anmutigen Hofknicks, und Genevieve folgte diesem Beispiel, allerdings viel schwerfälliger.

Der König bat die beiden Damen, sich zu erheben, und begrüßte Edwyna freundlich. Dann wandte er sich zu Genevieve und erklärte, er wolle sie unter vier Augen sprechen. Besorgt runzelte ihre Tante die Stirn, aber sie verneigte sich wortlos, verließ den Raum und schloß die Tür.

Ohne es zu merken, starrte Genevieve den König an. Inzwischen kannte sie den Ruf, den er in London genoß. Er besaß ein ruhiges Wesen, deshalb fand man ihn durchtrieben. Seine Vorsicht wurde als Schläue betrachtet, seine Sparsamkeit als Geiz. Aber während sie ihn nun musterte, las sie Güte und Wohlwollen in seinen Augen. Er wirkte majestätisch, jedoch nicht pompös, und er sah sogar attraktiv aus, wenn Richard ihr auch viel besser gefallen hatte. Wie Edwyna zu berichten wußte, war er bei der Dienerschaft beliebt. Manchmal zeigte er sogar eine gewisse Großzügigkeit. Zum Beispiel hatte er einem dürren, bloßfüßigen Waisenjungen auf der Straße einige Münzen zugeworfen. Von Ausschweifungen wurde nichts gemunkelt. Offenbar hielt er seiner königlichen Braut die Treue. Ein Gerücht besagte, er wolle die Macht der Peers einschränken, um einen weiteren Bürgerkrieg zu verhindern. Was sein Privatleben betraf, so liebte er die Astrologie, die Künste und Wissenschaften.

Plötzlich merkte Genevieve, wie ungeniert sie ihn anstarrte, und senkte verlegen den Blick. »Euer Urteil interessiert mich, Mylady«, eröffnete er das Gespräch. »Seht Ihr immer noch ein Monstrum in mir?«

»Dafür habe ich Euch nie gehalten.«

»Nein?«

»Gewiß nicht.« Hilflos hob sie die Hände. »Ich kann nur immer wieder betonen – während des Krieges folgte ich dem König, dem ich Treue geschworen hatte.«

»Und jetzt? Plant Ihr eine Revolution?«

Der Gedanke, eine schwangere Frau könnte einen Aufstand anzetteln, erschien ihr so komisch, daß sie lachen mußte. Dann preßte sie bestürzt eine Hand auf den Mund.

»Keine Angst.« Henry lächelte beschwichtigend. »Ich weiß natürliche, spontane Reaktionen zu schätzen. Und nun sagt mir – seid Ihr glücklich?«

»Nicht besonders«, gestand sie zögernd.

»Würdet Ihr England gern verlassen?«

»Um ehrlich zu sein – ja, Eure Majestät. Jetzt tragt Ihr die Krone, und ich schulde Euch Loyalität. Aber nachdem Ihr Tristan mein ganzes Erbe geschenkt habt, kann ich nicht glücklich sein.«

»Haßt Ihr ihn immer noch so sehr?«

Diese Frage überraschte sie, und sie entgegnete vorsichtig: »Ist es nicht normal, den Sieger zu verabscheuen, an den man alles verloren hat?«

»Mylady, ich habe Euch eine Frage gestellt.« In Henrys Stimme schwang ein warnender Unterton mit. »Haßt Ihr Tristan de la Tere immer noch?«

Brennend stieg ihr das Blut in die Wangen. »Wie wir zueinander stehen, ist wohl offenkundig.«

»Das läßt sich nicht leugnen. Aber warum weigert Ihr Euch, in der Öffentlichkeit zu erscheinen? Schämt Ihr Euch des Kindes, weil es ein Bastard ist?«

Herausfordernd hob sie die Brauen. »Schon viele Bastarde haben es weit gebracht.«

»O ja!« bestätigte er und lächelte belustigt. »Ihr spielt auf einen ganz besonderen Bastard an, meinen Beaufort-Ahnen. Doch die Beauforts blieben keine Bastarde. John von Gaunt heiratete seine Geliebte Swineford, und so wandte sich alles zum Guten. Habt Ihr noch nie erwogen, Tristan zu heiraten?«

»Das kann ich nicht.«

Die Augen des Königs verengten sich. »Ihr könnt den Mann, dessen Kind Ihr erwartet, nicht heiraten?«

»Dieser Mann hat den Tod meines Vaters herbeigeführt, Majestät, und bewiesen, daß er mir fast alles nehmen kann. Aber über meine Liebe und Loyalität bestimme ich immer noch selbst.«

Eine Zeitlang beobachtete er Genevieve schweigend, und seine Mundwinkel zuckten. Irgend etwas schien ihn zu amüsieren. »Würdet Ihr mir Eure Liebe und Loyalität schenken, Mylady? Seid Ihr eine treue Untertanin?«

»Aye, Hoheit, Ihr seid der König.«

»Trotzdem wollt Ihr in die Bretagne fliehen?«

»Das finde ich keineswegs ehrlos.«

»Ich mag den Herzog von der Bretagne. Er war mein Bewacher, aber stets mein Freund.« Nach einer kurzen Pause erkundigte sich der König, ob sie mit ihrer Unterkunft zufrieden sei, und sie versicherte, sie wohne hier sehr komfortabel.

Ehe er sich zum Gehen wandte, mußte sie die Frage stellen, die ihr auf der Seele brannte. Vergeblich bemühte sie sich, Gleichmut zu heucheln. »Majestät – ich wüßte gern, wie es um Irland steht.«

»Vorerst ist alles in Ordnung. Wahrscheinlich werde ich an den englischen Küsten wieder kämpfen müssen, aber die irischen Lords sind bis auf weiteres gezähmt.«

Genevieves Puls beschleunigte sich, und das Baby strampelte heftig in ihrem Bauch, als würde es zuhören. »Dann – wird Tristan bald zurückkehren?«

»Bald?« wiederholte Henry gedehnt. »Er ist schon seit gestern nacht wieder da. Guten Tag, Genevieve.«

Die Stimme gehorchte ihr nicht, und sie war froh, weil der König keine Antwort zu erwarten schien. Nachdem die Tür hinter ihm ins Schloß gefallen war, sank sie auf den nächstbesten Stuhl. Welch eine Unverschämtheit! Tristan hatte sie von Edenby nach London beordert, war letzte Nacht von seinem dreimonatigen Feldzug zurückgekommen – und jetzt machte er sich nicht einmal die Mühe, sie aufzusuchen!

»Nun, was ist geschehen? Was hat er gesagt?« Erst jetzt merkte Genevieve, daß Edwyna im Zimmer stand.

»Tristan ist wieder da. Wußtest du das?«

»Nein!« rief Edwyna, und ihre Verblüffung wirkte echt.

»Aber er ist doch sicher zu deinem Mann gegangen...«

»Ich schwöre dir, Jon hat mir nichts erzählt.«

»Nun, das bedeutet keineswegs, daß sie sich nicht getroffen haben«, entgegnete Genevieve bitter. Um nicht in Tränen auszubrechen, steigerte sie sich in noch größere Wut hinein und sprang auf. »Dieser Hurensohn! Oh, warum haben sie ihn in Irland nicht erstochen?«

»Bitte, Genevieve!« Unglücklich ergriff Edwyna die Hand ihrer Nichte, die fluchend umherrannte, zog sie zum Bett und zwang sie, sich zu setzen. »Beruhige dich doch! Denk an das Baby! Willst du sein Leben aufs Spiel setzen?«

»Das wäre seine Schuld!«

»Und du wärst genauso verzweifelt!«

Endlich ließ sich Genevieve beschwichtigen. Sie streckte sich auf dem Bett aus, und ihre Tante deckte sie sorgsam zu.

Edwyna spürte Tristan mühelos auf. In den langen Fluren des Palastes gab es nur noch ein Gesprächsthema. Die Männer schwärmten von seinem brillanten taktischen Manöver gegen die widerspenstigen irischen Lords, die Frauen von seiner imposanten Erscheinung, mit und ohne Rüstung.

Schließlich folgte Edwyna dem Gekicher in den Garten. Trotz des kalten Märztages hatte sich eine muntere Gesellschaft rings um einen Brunnen versammelt und lauschte einem Minnesänger, der anzügliche Balladen zum besten gab. Die Gräfin von Hereford und einige andere Damen saßen lachend auf den Bänken, die Herren tranken heißen Met.

Was für Narren, dachte Edwyna ärgerlich. Wenn sie doch alle in der Kälte erfrieren würden. Ihr Zorn wuchs, als sie Jon entdeckte, der neben Tristan Platz genommen hatte, und charmant lächelte. Nun erhob sich die Gräfin, eine lebenslustige Witwe, und trat hinter die beiden. Trotz des kühlen Wetters trug sie ein Kleid mit unanständig tiefem Ausschnitt.

Edwyna schlenderte möglichst unbefangen zu ihrem Mann und Tristan. Fröhlich stimmten sie in das Lied des Sängers ein, hoben ihre Becher, aber zu Edwynas Genugtuung streckte Jon immerhin einen Arm nach ihr aus, und sie zwängte sich zwischen die beiden Freunde auf die Bank. Nachdem sie von ihrem Mann einen Kuß und einen Schluck Met bekommen hatte, wandte sie sich zu Tristan, der immer noch seinen eindrucksvollen Bariton erklingen ließ und die vertrauliche Nähe der schönen Gräfin zu genießen schien.

Als er Edwynas Blick erwiderte, merkte sie, daß er keineswegs betrunken war und sofort erriet, was sie hierher in den Garten geführt hatte. Freundlich begrüßte er sie, und sie nahm die stumme Herausforderung an, ihn zur Rede zu stellen. »Ah, unser edler Lord von Edenby ist also wieder in London.«

»Höre ich eine gewisse Schärfe aus Eurer Stimme heraus, süße Edwyna? Jon, nimm dich in acht! Deiner sanftmütigen Frau sind plötzlich Krallen gewachsen.«

»Bitte, Edwyna ...«, begann Jon.

»Es freut mich, Euch wohlauf zu sehen, Tristan«, fuhr Edwyna fort.

»Natürlich ist er wohlauf, Edwyna«, flötete die Gräfin, neigte sich über seine Schulter und kitzelte ihn am Kinn. »Einem so edlen Ritter können die verdammten Iren nichts anhaben.«

Unwillig runzelte er die Stirn. »Diese ›verdammten Iren‹ sind wackere Männer, die sich einer falschen Sache verschrieben haben.«

Wie Edwyna feststellte, hatten sich neue Fältchen um seine Augen gebildet. An seinem Handrücken verblaßte die Narbe einer Schnittwunde. Düstere Schatten verdunkelten seine Augen, obwohl er eben noch so fröhlich gesungen und gezecht hatte. Saß er nur hier im heiteren Kreis, um sich von Gedanken abzulenken, die ihn seit Wochen verfolgten? »Ihr habt Genevieve noch nicht gesehen«, sagte sie leise.

»Nun, ich wollte ihr einen Gefallen tun.«

Wie bitter seine Stimme klang! Über seiner Schulter hingen immer noch die zierlichen Finger der Gräfin, doch das schien er nicht wahrzunehmen. Trotzdem war Edwyna empört. Wie konnte er es wagen, so seelenruhig bei diesen albernen Leuten zu sitzen, während sich Genevieve vor Kummer verzehrte? Plötzlich verspürte sie den Wunsch, ihn zu verletzen, und sie wußte genau, wo sie ihn am schmerzlichsten treffen würde. »Eigentlich müßtet Ihr Euch Sorgen machen. Wenn das Baby schon jetzt auf die Welt käme, würde es nicht überleben.«

Endlich durchbrach sie den Panzer, hinter dem sich sein Herz verschanzte, und Jon rief vorwurfsvoll: »Edwyna!«

»Was hat sie getan?« stieß Tristan hervor und umklammerte ihre Hände.

»Nichts, Mylord, aber sie hat von Eurer Rückkehr erfahren.«

Ohne ein weiteres Wort sprang er auf und eilte davon.

»Bei Gott, Edwyna...«, drohte Jon.

»Hör doch zu!« bat sie. »Was ich vorhin sagte, könnte traurige Wirklichkeit werden. Sie war völlig außer sich.«

Erschrocken starrte er sie an, dann legte er einen Arm um ihre Schultern und küßte sie.

Als Genevieve erwachte, pochte es dumpf in ihren Schläfen. Doch der Schmerz in ihrem Herzen war viel schlimmer. Natürlich wußte sie, daß sie Tristan nichts bedeutete. Er sah nur eine Kriegsbeute in ihr, eine Gefangene, deren Willen er brechen und die er nach Belieben benutzen konnte. Trotzdem hatte er Gefühle in ihr erregt, die sie jetzt nicht mehr zu bekämpfen vermochte. Und während sie auf die Geburt ihres Kindes wartete, hielt er es nicht einmal für nötig, ihr mitzuteilen, daß er noch lebte.

Gequält schloß sie die Augen – öffnete sie aber sofort wieder. War es eine Illusion gewesen? Nein, da stand er, einen Fuß lässig auf ihre Truhe gestützt. Obwohl er beobachtet haben mußte, wie sie erwacht war, hatte er sich nicht bemerkbar gemacht. Seine Augen erschienen ihr düsterer denn je, die Schultern seltsam angespannt unter der königsblauen Tunika. Wirres schwarzes Haar hing ihm in die Stirn, und er wirkte jung und alt zugleich. Und da lag sie nach all den langen Wochen, fühlte sich häßlich und unförmig, würdelos und eindeutig im Nachteil. Sofort setzte sie sich auf, an den Bettpfosten gelehnt. Seltsam – ausgerechnet in diesem Augenblick erkannte sie, wie sehr sie Tristan liebte. Es mochte völlig falsch sein, und der Stolz verbot es ihr – doch es ließ sich nicht leugnen. Und es tat so weh, weil sie sich nie zuvor so verloren und allein gefühlt hatte. Natürlich erwiderte er ihre Gefühle nicht. Inzwischen verfolgte er sicher neue Interessen und kannte andere Frauen. »Da bist du also wieder.«

Wie bitter und eisig ihre Stimme klingen konnte ... Das hatte sie nicht gewußt. Er zuckte zusammen, dann kam er zu ihr und setzte sich aufs Bett. Widersprüchliche Bedürfnisse kämpften in ihr. Sollte sie in Tränen ausbrechen, Tristan lauthals verfluchen oder ihn anflehen, sie zu umarmen?

Doch sie tat nichts dergleichen. So ruhig wie möglich begegnete sie seinem Blick und verbarg, was sie empfand.

»Geht es dir gut?« fragte er.

»Nein! Mir ist ganz gräßlich zumute, und ich will nicht hier sein ... Hör auf!«

Seine Hand war unter den Saum ihres blauen Wollkleids geglitten, wanderte über ein Bein hinauf, bis zu ihrem runden Bauch. Wütend versuchte sie, ihn abzuwehren, obwohl sie längst gelernt hatte, daß Tristan sich niemals beirren ließ, wenn er fest entschlossen war. Mit aller Kraft biß sie die Zähne zusammen und unterdrückte ihre Tränen. Sie starrte ihn erbost an, doch das verfehlte jede Wirkung, weil er ihr Gesicht gar nicht beachtete. Statt dessen betrachtete er ihren Bauch. Inzwischen hatte er das Kleid hochgeschoben, und nun strich er langsam über die Wölbung.

»Hör auf!« kreischte sie noch einmal.

Da schaute er endlich in ihre Augen. »Es ist mein Kind.«

»Aber mein Bauch!«

Sein Lächeln krampfte ihm das Herz zusammen. »Oh, jetzt spüre ich einen Tritt!«

»Offensichtlich will er dich auch nicht hier haben.«

»Trotzdem bin ich da.«

»Ein bißchen spät – falls du glaubhafte Sorge bekunden willst ...«

»Nun, ich dachte nicht, daß du sehnsüchtig auf mich warten würdest«, erwiderte er und erhob sich.

»Nur auf deinen Wunsch bin ich hier ...«

Mit rauher Stimme fiel er ihr ins Wort. »Aber ich bin nicht der Mann, von dem du dich in der Burgkapelle so leidenschaftlich verabschiedet hast.«

Großer Gott, sie hatte Guy völlig vergessen und auch nicht bedacht, daß er mit Tristan geritten war. Und es interessierte sie nicht einmal, ob ihr guter alter Freund noch lebte ...

»Hattest du keinen anderen Besuch?« fragte er spöttisch.

»Falls mir jemand Gesellschaft leisten wollte, kam er nicht an deinen Wachtposten vorbei.«

»Du meinst wohl die Wachtposten des Königs.«

»Für mich ist das ein und dasselbe.«

»Jedenfalls fand ich es sehr beruhigend, genau zu wissen, wo du die ganze Zeit warst.«

Plötzlich lächelte er und sank wieder auf den Bettrand. Als Genevieve ungeschickt versuchte, ihr Kleid nach unten zu ziehen, hielt er ihre Hände fest und streichelte noch einmal ihren Bauch. »Oh, jetzt bewegt sich das Baby wieder. Nur ganz leicht... Offenbar irrst du dich. Es mag mich sehr gern, und es spürt meine Finger... Jetzt strampelt es wie verrückt!« Tristans Lächeln erstarb, von tiefer Sorge verdrängt. Beinahe hätte Genevieve eine Hand gehoben, um sein Gesicht zu berühren, den Schmerz wegzuwischen, den sie nicht verstand. Es klopfte an der Tür, und er streifte schnell ihr Kleid hinab. »Was gibt's?« rief er.

»Lord de la Tere! Der König möchte Euch in seinem Privatsalon sehen!«

Sofort erhob sich Tristan. »Würdest du mich entschuldigen, Lady?«

Die Stimme gehorchte ihr nicht. Bedrückt sah sie ihn hinausgehen, die Tür fiel hinter ihm ins Schloß.

Was nun, fragte er sich, während er dem Pagen durch die langen Korridore folgte. Noch einmal reite ich nicht aufs Schlachtfeld! Ich weiß zwar nicht, wie ich mit ihr leben soll, aber ohne sie halte ich es auch nicht aus. Irgend etwas, das ich verloren habe, muß ich zurückgewinnen...

Als er den Salon betrat, saß Henry hinter seinem Schreibtisch und trommelte mit den Fingern auf die Holzplatte. »Ah, Tristan! Wie Ihr wißt, bin ich sehr dankbar für Eure Loyalität und Eure Dienste.«

»Ja?« entgegnete Tristan vorsichtig und zögernd.

Der König stand auf und wanderte umher. »Und nun möchte ich Euch mit Genevieve Llewellyn vermählen.«

»Vermählen...« Verständnislos starrte Tristan ihn an.

»Allerdings. Ihr sollt sie heiraten.«

»Das – das kann ich nicht ...«

»Trotzdem werdet Ihr's tun. Ich habe Euch Edenby übertragen, Lady Genevieves Erbe. Nun füge ich auch noch die Teveryll-Ländereien hinzu, und Ihr werdet zu den mächtigsten Männern meines Königreichs zählen.«

»Aber – ich will mich nicht bereichern.«

»Dann werdet Ihr einfach nur gehorchen, um meinen Wunsch zu erfüllen.«

»Warum?« flüsterte er. Eine Heirat? Unmöglich!

»Tristan! Durch solche Ehen werden Familienbande und Loyalitäten gefestigt. Und Genevieve, die Euer Kind unter dem Herzen trägt, entstammt einer Familie, die stets bedingungslos für das Haus York eingetreten ist. Die weiße Rose und die rote – einträchtig vereint!«

Wortlos schüttelte Tristan den Kopf. Eine Ehe bedeutete viel mehr als die Festigung von Familienbanden und loyalen Pflichten. Liebe und Vertrauen ... Weiter wagte er nicht zu denken. Wie durch einen Nebelschleier beobachtete er Henry, der einen Federkiel ergriff und schrieb.

»Das ist ein königlicher Befehl, Tristan. Wenn Ihr Euch weigert, überantworte ich Edenby – und Genevieve einem anderen Lehnsmann.«

»Aber – sie erwartet *mein* Kind ...«

»Oh, so mancher Ritter würde nur zu gern Euren Bastard großziehen, wenn er dafür eine so bezaubernde Schönheit und Edenby bekommt.«

»Zum Teufel ...«, begann Tristan, dann fiel ihm wieder ein, daß er mit dem König sprach. Trotzdem – verdammt wollte er sein, wenn ihm irgend jemand Edenby wegnahm. Oder Genevieve. »Henry, es gibt ein Problem. Die Lady will mich nicht heiraten.«

Gleichmütig zuckte der König die Achseln und beugte sich wieder über das Pergament. »Dann müßt Ihr sie eben umstimmen. Übrigens, ich finde, die Hochzeit sollte noch vor Genevieves Niederkunft stattfinden. Ihr braucht einen legitimen Erben. So, das wäre alles.«

Nach einer knappen Verbeugung verließ Tristan den Salon. Eine Zeitlang blieb er wie benommen im Flur stehen.

Henry wollte ihn also zwingen, Genevieve zu heiraten. Dagegen würde sie sich mit Händen und Füßen wehren. Aber sie hatte keine Wahl. Sie wird mir einen legitimen Erben schenken, dachte er, und für immer mir gehören. Und wenn Guy sie noch einmal anfaßt, kann ich ihn mit Fug und Recht zum Kampf fordern.

Aber wie sollte er eine Ehe ertragen, nachdem er Lisette auf so tragische Weise verloren hatte? Plötzlich tat dieser Gedanke nicht mehr weh. Lisette war unwiderruflich tot.

Lächelnd wanderte er den Korridor hinab. Dann pfiff er sogar vor sich hin. Ja, er würde Genevieve umstimmen. Und er wußte auch schon, wie.

21

Endlich fand Tristan seinen Freund Jon, der auf der Galerie mit Lord Whiggin Schach spielte. Edwyna saß hinter ihrem Mann und schaute zu. Da Whiggin ein erstklassiger Schachspieler war, mußte Tristan nur ein paar zielstrebige Ratschläge erteilen, um Jons Niederlage zu beschleunigen, was ihm zunächst übelgenommen wurde.

Aber nachdem Tristan sich bei Edwyna entschuldigt, ihren Mann mit sanfter Gewalt auf die Straße geführt und die Situation erklärt hatte, grollte Jon ihm nicht mehr. Langsam wanderten sie am Kai entlang und atmeten die frische, kühle Luft ein, die bereits den Frühling ankündigte. Ein Schild, das einen Mörser mit Stößel zeigte, wies auf eine Apotheke hin. Daneben ging ein Barbier seinen Geschäften nach. Einige Straßenjungen tanzten ausgelassen, von Zuschauern umringt, und ein fahrender Sänger gab ein Loblied auf den neuen König Henry zum besten. Aus einer offenen Schmiede drang angenehme Wärme.

»Sei nicht albern, Jon, ich kenne sie doch!« seufzte Tristan. »Sie wird niemals ja sagen.«

»Und ich behaupte immer noch – ein Versuch würde sich lohnen.« John rieb sich die Hände. Seine Finger fühlten sich wie Eiszapfen an, trotz der Handschuhe aus Lammfell, die Edwyna ihm zu Weihnachten geschenkt hatte. »Dort ist eine Taverne. Gehen wir hinein. Bei einem Becher Ale läßt sich das Problem gewiß leichter lösen.«

Wenig später saßen sie in einem Privatzimmer. Im Kamin loderten muntere Flammen, eine ehrfurchtsvolle Kellnerin bediente die beiden vornehmen Herren. Tristan schlug die Beine übereinander, einen Zinnbecher in der Hand, und starrte ins Feuer. Eifrig beugte Jon sich vor und versuchte immer noch, ihm einzureden, er brauche Genevieve nur einen Heiratsantrag zu machen. »Sag ihr, du würdest die Vergangenheit dem Kind zuliebe begraben. Und du solltest auf die Kirche hinweisen. Erklär ihr, was die Geistlichkeit von wilden Ehen hält!«

»Ich glaube, sie weiß sehr gut, wie ich die Vorwürfe unseres guten Vater Thomas' beantwortet habe.«

Seufzend ergriff Jon seinen Becher und nahm einen Schluck Ale. »Dann sag einfach, es sei ein Befehl des Königs!«

»Das verstehst du nicht, mein Freund. Man gehorcht einem König aus politischen Gründen. Väter gehorchen Königen, und Töchter gehorchen Vätern, aus Angst um ihr Erbe. Aber Genevieve hat nichts zu verlieren.«

»Aber – deine Idee ist verrückt!«

»Keineswegs. Es wird mir nicht schwerfallen, den Priester zu bestechen, wenn er glaubt, er würde Henrys Wunsch erfüllen.«

Nur zu gut wußte Tristan, daß er seinen Entschluß nicht gefaßt hatte, um dem König zu gehorchen, sondern aus eigenem Antrieb. Während des langen irischen Feldzugs war Lisette allmählich in seinen Gedanken und Träumen verblaßt, verdrängt vom Bild Genevieves, ihres schönen Gesichts und ihres reizvollen Körpers. Und er begehrte sie nicht nur, er brauchte sie. Ihr Wesen entzückte ihn, ihre Sorge um die Menschen, die ihr etwas bedeuteten, ihre unerschütterliche Loyalität. Ja, verdammt noch mal, er war tatsächlich dumm genug, sie zu lieben, obwohl sie wahrscheinlich Freudentänze an seinem Totenbett aufführen und dann sofort zu Sir Guy laufen würde.

Jon rief nach der Kellnerin, um noch einmal Ale und ein Essen zu bestellen. »Und wenn sie's fertigbringt, was zu sagen?«

»Das schafft sie nicht.« Grinsend erinnerte sich Tristan an den Tag, an dem Genevieve beinahe das Kloster der Guten Hoffnung erreicht hätte. »Dazu gebe ich ihr keine Gelegenheit.«

Plötzlich erklang lautes Gelächter im Schankraum, und Jon sprang neugierig auf, um hinauszuschauen. An einem großen Tisch saß die versammelte Stadtgilde, aß und trank und amüsierte sich über die Späße eines blutjungen Spielmanns, der seine lustigen Lieder mit Lautenmusik begleitete.

»Was geht hier vor?« fragte Jon einen stämmigen Mann, der seinen grauen Bart gerade in schäumendes Ale tauchte.

Mit einem Blick sah der Mann den Umhang aus edlem Wollstoff mit dem Wappen auf der Schulterspange. Ehrerbietig stand er auf. »Mylord, der Bursche singt ein vergnügliches Lied über die Frauen.«

Jon, nicht mehr ganz nüchtern, eilte zu dem Spielmann und legte ihm einen Arm um die Schultern. Leicht verlegen ließ sich der Bursche ins Nebenzimmer führen, und Tristan blickte erstaunt auf, als sein Freund in Gesellschaft zurückkehrte. »Wen haben wir denn da?«

»Oh, ich weiß nicht, warum Mylord mich geholt hat«, murmelte der Junge und lief feuerrot an.

»Weil wir deinen Rat brauchen, mein Freund«, erwiderte Jon.

»Tatsächlich?« Belustigt setzte Tristan seinen Becher an die Lippen. »Dann wollen wir mal hören, was uns dieser kluge Sänger erzählen kann.«

»Seine Gnaden ist ein mächtiger Mann«, erklärte Jon dem Burschen. »Herzog von Edenby und Graf von Bedford Heath. Seine Ländereien erstrecken sich so weit das Auge reicht, und seine Majestät, Henry VII., schätzt ihn als tapferen Ritter, der ihm schon viele treue Dienste erwiesen hat. Aber nun hat dieser vornehme Lord ein Problem.« Jon füllte einen Becher mit Ale und reichte ihn dem Spielmann, der durstig trank.

»Eine Frau?«

»Aye«, bestätigte Jon.

»Ist sie schön?«

»Wie keine andere.«

»Süß und sanft?«

»Eher wie ein Dorn an einem Rosenbusch«, warf Tristan grinsend ein.

»Aber doch eher eine Rose unter Dornen?«

»Eine weiße Rose – während alle Welt rote züchtet«, ergänzte Jon.

»Aaah...«, flüsterte der Spielmann, und Jon tätschelte seine Schulter.

»Soeben empfahl ich ihm, sie mit liebevollen Worten zu umwerben, dann würde sie ihm sicher zum Traualtar folgen.«

»Sie wird nein sagen«, behauptete Tristan.

Nachdenklich senkte der Junge den Kopf, dann schaute er lächelnd auf. »Setzt die Lady auf Euer Streitroß, Mylord, entführt sie in dunkler Nacht und unterwerft sie Eurem Willen – dann wird sie Euch bereitwillig heiraten.«

»Das hat er schon getan«, seufzte Jon, und der Spielmann blinzelte verblüfft.

»Oh ...«

»Nun will er sie zum Altar tragen und zwingen, ja zu sagen.«

»Ein riskantes Unterfangen ...« Der Bursche runzelte die Stirn und wanderte langsam umher. »Also, eine Lady, die das – Schwert des edlen Ritters bereits kennt und trotzdem nein sagt ... Nun, wer eine Rose pflücken will, muß erst einmal sorgsam die Dornen entfernen. Ich würde Euch raten, beides zu versuchen – zuerst zärtliches Schmeicheln, dann rohe Gewalt. Und bedenkt, Mylord – die schönsten Rosen haben die meisten Dornen!«

»Eine Lady, die das Schwert kennt!« japste Jon und krümmte sich vor Lachen. »Sie trägt sogar schon die Saat dieses Schwerts im Leib ...«

»... und sagt immer noch nein?« wunderte sich der Spielmann.

»Immer noch«, entgegnete Tristan.

»Am besten ohrfeigt Ihr die Lady, Euer Gnaden.«

Johlend hob Jon seinen Becher. »Auf Genevieve! Möge sie zu Fall gebracht werden mit lauteren oder unlauteren Mitteln!«

Tristan und der junge Spielmann prosteten ihm zu. Bald sangen sie zu dritt zotige Lieder, und der Tag verging wie im Flug. Sie verspeisten zwei saftige Lammkeulen, das Ale floß in Strömen, und bald saß die rotbackige Kellnerin auf dem Schoß des hübschen Spielmanns. Als die beiden Freunde Arm in Arm auf die dunkle Straße hinaustraten, sangen sie immer noch.

Tristan erklärte sich bereit, erst einmal mit Genevieve zu

reden. Sollte er sich vergeblich bemühen, mußte er Edwyna um Hilfe bitten.

»Ja, wir brauchen sie«, stimmte Jon zu, »und...« Plötzlich verstummte er und lauschte. Irgendwo kreischte eine Katze, leise Schritte huschten umher. Während der Nacht trieb sich übles Gesindel im Hafen herum. Das Palasttor lag noch weit entfernt. Rasch durchquerten sie ein Gewirr finsterer, gewundener Gassen. Und dann näherten sich verstohlene Schritte von hinten. Blitzschnell fuhr Tristan herum und riß sein Schwert aus der Scheide. Ein großer, zahnloser Kerl im schmutzigen Lederwams sprang ihm mit einem Messer entgegen, ein kleinerer, etwas behenderer Mann, der einen zerrissenen Wollumhang trug, schwang einen Streitkolben hoch.

Noch ehe der Kampf richtig begonnen hatte, war er zu Ende. Die beiden Angreifer zeigten sich Jons und Tristans geübter Fechtkunst nicht gewachsen, blutend lagen sie im Staub, und als Tristan nach ihrem Puls tastete, spürte er kein Lebenszeichen.

»Diebe und Räuber!« schimpfte Jon. »Diese Stadt hat es wirklich weit gebracht.«

»Sie sind tot.«

»Besser diese beiden als wir! Welch ein Abschaum! Nur wegen einer Geldbörse zu morden...«

»Ich glaube, sie wollten uns nicht bestehlen. Kein Räuber würde zwei bewaffnete Ritter attackieren, eher einen schwachen Kaufmann, Gelehrten oder Handwerker.«

»Also Meuchelmörder? Aber wer sollte solche Schurken auf uns hetzen? Jeder Mann, den wir kennen, würde uns zum Kampf auffordern.«

Fröstelnd erinnerte sich Tristan an Genevieves und Guys Begegnung in der Burgkapelle, an das atemlos geflüsterte Gespräch. Hatten sie damals beschlossen, Mörder zu dingen? Aber wie sollte er die Wahrheit herausfinden? Und wollte er überhaupt beweisen, daß die Schönheit, die ein Kind von ihm erwartete, seinen Tod wünschte?

Ein Kieselstein prallte gegen Genevieves Fenster. Schnell legte sie ihr Buch aus der Hand, erhob sich aus dem Sessel vor dem Kamin und spähte in den kleinen Hof, an den ihr Zimmer grenzte. Zunächst sah sie nur eine schattenhafte Gestalt, die bedrohlich wirkte, dann erkannte sie Guy. Sie warf einen Umhang um ihre Schultern, eilte hinaus und schloß die Tür hinter sich.

Ehe sie sprechen konnte, wurde ein flüchtiger Kuß auf ihre Lippen gedrückt, dann legte Guy die Hände auf ihre Schultern.

»Oh, Guy, ich bin so froh, Euch wohlauf zu sehen...«

»Liebste Genevieve!« Er preßte sie gegen die Tür, aber als er ihren gewölbten Bauch spürte, wich er sofort zurück, als litte sie an einer ansteckenden Krankheit. »Bald habt Ihr's überstanden, und wir beide sind vereint.«

»Aber – Tristan...«

»Den müßt Ihr nicht mehr fürchten. Ah, Genevieve, wie schön Ihr seid! Jede Nacht habe ich von Euch geträumt!«

»Bitte, Guy«, flüsterte sie nervös, schaute zum Flurfenster hinüber und hoffte, niemand würde vorbeigehen. Vor allem wünschte sie, Tristan würde sie nicht noch einmal zusammen mit Guy ertappen.

»Keine Angst!« stieß Guy bitter hervor. »Euer Liebhaber zecht in einer Taverne, und er wird nicht zurückkommen.«

»Erst später?«

Ein überlegenes Lächeln umspielte seine Lippen. »Überhaupt nicht mehr. Es wäre besser, Ihr würdet eine Tochter gebären. Wenn der König mir Edenby übergibt, könnte mir ein männlicher Bastard den Besitz irgendwann streitig machen.«

»Wovon redet Ihr, Guy?«

Lachend schüttelte er den Kopf. »Aber wer weiß, wie viele kleine Bastarde dieser Hurenbock in Irland gezeugt hat.«

Heiße Eifersucht stieg in Genevieve auf. Wie hatte sie nur so dumm sein können, diesen Mann, der ihr Leben zerstört hatte, ins Herz zu schließen? Sie bedeutete ihm nicht mehr als ein Dutzend kleiner irischer Dirnen.

»Wenn es ein Junge wird, übergeben wir ihn der Kirche«, fuhr Guy fort. »Da kann er sogar Karriere machen.«

»Guy, ich verstehe das alles nicht...«

Beschwichtigend strich er über ihre Wange. »Nun will er Euch heiraten, wißt Ihr das? Ich habe Spione unter den Dienstboten, die sich Tag und Nacht in der Nähe des Königs aufhalten. Henry bewundert Euch, und jetzt setzt er de la Tere unter Druck. Wenn er Euch nicht heiratet, wird der König ihm Edenby wegnehmen. Vielleicht ist es nur eine Drohung – aber ich darf nichts riskieren.«

»Was?«

»Der König hat Tristan befohlen, Euch zu heiraten. Und er stattet Euch mit einer großzügigen Mitgift aus. Tristan würde genauso viele Ländereien besitzen wie der höchste Adel. Das alles hat Henry sehr sorgsam geplant. Ein Monarch darf seinen Peers erst dann eine gewisse Macht zugestehen, wenn sie ihre Loyalität bewiesen haben.«

Zitternd lehnte sich Genevieve an die Tür, ihre Beine drohten nachzugeben. Sie öffnete den Mund, um zu antworten, doch dann hörte sie etwas hinter sich in ihrem Zimmer. Niemand wagte einzutreten, ohne anzuklopfen, nicht einmal der König – nur Tristan! »Guy! Bitte, verschwindet! Lord de la Tere ist gekommen!«

Selbstgefällig grinste er. »O nein.«

»Genevieve!« Als Guy die tiefe Baritonstimme hörte, zuckte er erschrocken zusammen.

»Bitte geht!« flehte Genevieve. »Oh, um Gottes willen, er wird Euch töten!« Ohne ein weiteres Wort wandte er sich ab, stürmte durch den Hof und sprang an einem Spalier hoch, um eine offene Galerie im Oberstock zu erreichen. Hinter Genevieve bewegte sich die Tür, und sie stemmte sich mit aller Kraft dagegen, bis sie Guy in Sicherheit wußte.

Tristan kam heraus, das Gesicht von nächtlichen Schatten verborgen. »Was machst du hier?«

»Ich – ich schaue nur in den Mond.«

»Heute scheint kein Mond.«

»Oh ...« Als sie sich an Guys Worte erinnerte, wurde sie von neuem Zorn erfaßt. »Und was geht dich das an?«

»Sehr viel, meine Liebe.« Behutsam streichelte er ihren Bauch. »Es ist kalt hier draußen, und du darfst deine Gesundheit nicht aufs Spiel setzen.«

»Du bist betrunken!« fauchte sie.
»Nur ein bißchen.«
»Aber dein Atem riecht nach Ale.«
»Gewiß wär's dir lieber, ich würde überhaupt nicht mehr atmen.«
»Oh, verdammt, laß mich doch in Ruhe, Tristan!«
»Nein, Lady. Die letzte Nacht war nur eine Ausnahme zur Bestätigung der Regel. Jetzt bin ich wieder da, und du wirst mit mir hineinkommen, sonst erfrierst du womöglich noch.« Er ergriff ihren Arm, und sie wußte, wie sinnlos der Versuch wäre, sich loszureißen. Resignierend folgte sie ihm in ihr Zimmer. Nachdem er die Hoftür geschlossen hatte, hielt er sie nicht länger fest, und sie trat vor den Kamin. »Ich muß dir etwas sagen«, verkündete er. »Darüber habe ich lange und gründlich nachgedacht. Zum Wohle Edenbys und unseres Kindes werde ich dich heiraten.«
»Tatsächlich?« Genevieve lachte spöttisch und drehte sich um.
»In drei Wochen, sobald das Aufgebot bestellt ist, reise ich nach Bedford Heath, und nach meiner Rückkehr heiraten wir.«
»Oh, ich dachte, du würdest nie wieder heiraten.«
Tristan preßte die Lippen zusammen und antwortete erst nach kurzem Zögern. »In wenigen Wochen kommt dein Kind auf die Welt. Soll es unehelich geboren werden?«
»Wie ich höre, wird Irland nach deinem Feldzug bald wieder mit Engländern bevölkert sein!« zischte sie. »Reite doch zurück in die schönen grünen Wälder von Erin und führe eine deiner Huren vor den Traualtar!«
»Genevieve...«
»Nein, ich heirate dich nicht. Du hast meinen Vater getötet, mein Land gestohlen, und eines Tages werde ich meine Freiheit zurückgewinnen...«
»Genevieve...«
»Du verlogener Schurke! Du Hurenbock! Niemals heirate ich dich, nicht einmal auf Wunsch des Königs! Und ich werde nur zu gern zusehen, wenn er dir alles wieder nimmt, was er dir gegeben hat.«

Erstaunt hob er die Brauen, ging aber nicht auf ihre letzte Bemerkung ein. »In drei Wochen wirst du mich heiraten, Lady.«

»Sag, was du willst! Das Jawort wird nie über meine Lippen kommen!«

»Das werden wir ja sehen.« Sein Schluckauf war nicht zu überhören.

»Du betrunkener Flegel! Den ganzen Tag hast du dich volllaufen lassen und herumgehurt – und jetzt kommst du zu mir...«

»Ja, jetzt komme ich zu dir.« Lachend ging er auf Genevieve zu und nahm sie in die Arme. Hochschwanger, in ihrer Bewegungsfreiheit behindert, konnte sie sich nicht wehren, als er den Umhang und dann den Schlafrock von ihren Schultern streifte.

»O nein, Tristan, nachdem du dich anderswo amüsiert hast, werde ich nicht...« Kraftlos schlug sie mit einer Faust gegen seine Brust. »Ich – kann nicht... In wenigen Wochen werde ich mein Baby zur Welt bringen...«

»Pst! Ich will nur schlafen und euch beide im Arm halten – dich und das Baby.« Fürsorglich brachte er sie ins Bett und löschte die Kerzen. In der Dunkelheit hörte sie, wie er sich auskleidete. Oh, wie sie ihn haßte für alles, was er ihr angetan hatte, für ihren Zorn, die wilde Eifersucht und – ihre Liebe...

Als er dann neben ihr lag, fühlte sie die wundervolle Wärme seines Körpers, seine starken Arme und seine zärtlichen Liebkosungen. »Ich werde dich nicht heiraten, Tristan...«

»Schlaf jetzt.«

Eine Zeitlang herrschte tiefe Stille im Zimmer, dann brach Genevieve das Schweigen. »Ich bin froh, daß du nicht auf dem Schlachtfeld gefallen bist, das schwöre ich. Und ich wollte dich lebendig und wohlbehalten wiedersehen. Aber ich heirate dich nicht.«

»Pst, du sollst schlafen.« Er küßte ihre Stirn und fragte sich, was er denken sollte. In dieser Nacht hatte man ihn zu töten versucht. Und wenn er sich nicht irrte, war vorhin ein Schatten durch den Hof gehuscht.

Die nächsten Tage verbrachte er in Gesellschaft des Königs und der Minister. Henry wollte Tristans Meinung über auswärtige Angelegenheiten hören, und er ernannte Edenby mittels eines königlichen Erlasses zu einer Stadt, nachdem das Anwesen bisher nur als ummauerte Festung mit angeschlossenen Bauernhöfen gegolten hatte. Darüber freute sich Tristan, denn er glaubte, diese Maßnahme würde den Handel fördern und den Bauern und Handwerkern zu Wohlstand verhelfen. Und natürlich interessierte sich Henry für eine weitere Stadt, die englische Waren exportieren und ihm höhere Steuern einbringen würde.

Genevieve weigerte sich immer noch, in der Öffentlichkeit zu erscheinen. Doch er genoß die Zweisamkeit, war oft mit ihr zusammen, und nachts genügte es ihm, einfach nur neben ihr zu liegen, sie zu streicheln und die lebhaften Bewegungen seines Kindes zu spüren. Von der Hochzeit sprach er nicht mehr. Stillschweigend leitete er die nötigen Schritte in die Wege. Um so öfter bekräftigte sie ihren Entschluß, ihn niemals zu heiraten. Er könne sie zu seiner Geliebten machen, aber nicht zur Ehefrau. Auch auf ihre seltsamen Anschuldigungen, was seine Affären in Irland betraf, ging er nicht ein und fragte sich nur, wo sie solche Geschichten gehört haben mochte.

Seit er sie kannte, rührte er keine andere Frau mehr an und gönnte nur wenigen einen Blick. Schon lange, bevor er sich seine Liebe eingestanden hatte, war ihm klargeworden, daß sich keine mit Genevieves Schönheit und zauberhafter Ausstrahlung messen konnte. Eines Morgens, es war Mitte April, ehe er zu seiner letzten Reise vor der Hochzeit aufbrach, küßte er sie wach. Trotz ihres runden Bauchs sah sie wie ein Kind aus, als sie im Bett lag, das goldene Haar auf dem Kissen ausgebreitet. »Vermisse mich nicht allzu schmerzlich«, flüsterte er.

»Bestimmt nicht!«

»Und keine Angst – ich komme rechtzeitig zu unserer Trauung zurück.« Ohne eine Antwort abzuwarten, verließ er das Zimmer.

Jon und Thomas begleiteten ihn, und das erinnerte ihn an jene Reise vor fast drei Jahren, als er zum letztenmal von London nach Bedford Heath geritten war. Damals hatten sie Tod und Verwüstung vorgefunden, diesmal herrschten Ruhe und Frieden unter der hellen Aprilsonne. Die Felder wurden für die Frühlingssaat vorbereitet, neue strohgedeckte Hütten schmückten die Landschaft. Erfreut begrüßte ihn die Dienerschar, während er mit Jon und Thomas in der großen Halle zu Abend aß. Wachtposten und Priester, Pächter und Handwerker – alle eilten herbei. Zusammen mit Thomas, der die Ländereien während der Abwesenheit des Besitzers so gut verwaltet hatte, erledigte er einige geschäftliche Dinge.

Später saß er vor dem Kamin und trank einen erlesenen Wein. Seine Freunde wollten ihn nicht allein lassen, aber er schickte sie zu Bett. Zum erstenmal seit langer Zeit sah er Lisettes Bild wieder überdeutlich vor sich. Er sah sie vor dem Feuer sitzen und nähen, Harfe spielen und lächeln, hörte ihr zärtliches Geflüster und spürte ihre Liebkosungen.

Schließlich ging er nach oben, warf einen wehmütigen Blick ins Kinderzimmer und sank in das breite Bett, das er mit seiner Frau geteilt hatte. In dieser Nacht schlief er nicht, starrte ins Dunkel und hing seinen Erinnerungen nach.

Am nächsten Tag fand ein Gedenkgottesdienst in der Schloßkapelle statt. Tristan betrachtete die schönen Sarkophage seiner Lieben, die man während seiner Abwesenheit aufgestellt hatte. Nun verstand er, wie Genevieve am Weihnachtstag zumute gewesen war. Ausdrucksvoll hatte der Künstler Lisettes schönes, sanftes Lächeln in Marmor gemeißelt. Und Tristan hoffte inständig, sie würde in Frieden ruhen und liebevoll vom Himmel auf ihn herabblicken.

Er blieb noch einige Tage auf Bedford Heath. Da Thomas während der letzten Monate mit ihm in Irland gekämpft hatte, mußten sie die Buchhaltung auf den neuesten Stand bringen und einige Entscheidungen treffen. Wenn Tristan auch geglaubt hatte, er würde den Landsitz nie wiedersehen, so mußte er sich doch um sein Eigentum kümmern. Vielleicht würde eines Tages sein Sohn oder sein Enkel das Schloß und die Liegenschaften übernehmen und hier sein Glück finden.

Nun würde er zum zweitenmal heiraten, ein neues Leben beginnen. In Lisettes schönem marmornen Antlitz hatte er gelesen, daß es nicht falsch war, noch einmal zu lieben.

Eines Abends, später als geplant, traf er in London ein. Nach einem kurzen Gespräch mit dem König eilte er zu Genevieve. Im Flur kamen ihm Jon und Edwyna entgegen, die über das ganze Gesicht strahlte, die Wangen leicht gerötet. Offenbar hatte sie ein kurzes, aber leidenschaftliches Wiedersehen mit ihrem Mann gefeiert. »Tristan, ich glaube, sie hegt keinen Verdacht, aber sie ist sehr wütend auf Euch! Ich erzählte ihr, wohin Ihr geritten seid, da Ihr das versäumt habt. Nun ärgert sie sich, weil sie so lange vernachlässigt wurde. Ihre schwere Stunde steht kurz bevor...«

»Dann wollen wir keine Zeit verlieren«, unterbrach er sie. »Habt Ihr sie angekleidet? Ist sie bereit?«

Unglücklich nickte Edwyna. »Ich sagte ihr, wir würden ausgehen und ein Lieblingslokal des Königs besuchen, wo sie keine Bekannten treffen würde. Es sei Henrys ausdrücklicher Wunsch, daß sie dort zu Abend ißt.«

»Also, dann holen wir sie.«

»Vielleicht solltet Ihr allein...«

»Edwyna!« fiel Jon seiner Frau irritiert ins Wort. »Führ dich nicht auf wie eine verängstigte kleine Gans! Wenn wir die beiden nicht begleiten, wird Genevieve mißtrauisch!«

»Oh, am liebsten hätte ich nichts mit diesem Plan zu tun!« klagte Edwyna.

»Aber Ihr wollt mir doch helfen, eine ehrbare Frau aus Eurer Nichte zu machen, und sicher wünscht Ihr Euch auch einen respektablen legitimen Großneffen?« fragte Tristan lachend.

»Also gut, bringen wir's hinter uns!« seufzte sie.

Gemeinsam betraten sie Genevieves Zimmer, und sie blickte hastig von ihrer Näharbeit auf. Sie sah wunderschön aus, und Tristans Herz flog ihr entgegen. Ihr goldblondes

Haar war zu eleganten dünnen Zöpfen geflochten, teilweise durch das Gespinst der juwelenbesetzten Kappe geschlungen, die er ihr geschenkt hatte. Unter dem Busen gegürtet, überspielte der weite, mit Pelz verbrämte Rock ihres Kleids die fortgeschrittene Schwangerschaft. Als sie aufstand, spiegelten ihre silberblauen Augen widersprüchliche Gefühle wider, und sie schien zu zögern. Lächelnd hoffte Tristan, daß sie ihn vermißt hatte und nun erwog, in seine Arme zu sinken. »Guten Abend, Genevieve.« Während Jon und Edwyna an der Tür warteten, ging er zu ihr und nahm ihren Arm. »Nun müssen wir aufbrechen.«

»Fahren wir in einer Kutsche?«

»Nein, diesem Gepolter will ich dich nicht so kurz vor der Niederkunft aussetzen.«

Auf dem Weg durch die langen Flure des Palastes gesellte sich Thomas zu ihnen. Sie wurden von mehreren Leuten begrüßt und Tristan beobachtete, wie Genevieve errötete. »Bist du verlegen wegen deines Zustands?«

»Allerdings!« zischte sie.

»Das hast du nicht nötig.«

»Tristan, ich werde dich nicht heiraten.«

»Dann könnte Henry dich mit einem fetten, häßlichen alten Lord vermählen«, warnte er.

»Oh, das würde dir nur recht geschehen!«

»Nacht für Nacht müßtest du Höllenqualen erleiden.«

»Wahrscheinlich ist der alte Lord ein Griesgram und rülpst im Bett«, warf Thomas ein.

»O Thomas!« jammerte Genevieve. »Wollt Ihr Euch keine eigene Lady suchen, die Ihr peinigen könnt?«

»Dafür fehlt mir bedauerlicherweise die Zeit, da ich Tristans Lehnsmann bin.«

»Nach der Geburt des Babys hast du genug Zeit«, versprach Tristan, »denn dann wirst du wieder nach Bedford Heath reiten. Sobald Genevieve die weite Reise verkraftet, kehren wir nach Edenby zurück.«

»Nicht ›wir‹«, protestierte sie honigsüß. »Dann bin ich sicher schon mit dem griesgrämigen Lord verheiratet, der im Bett rülpst.«

»Welch ein grausames Schicksal!« meinte Edwyna schaudernd, und alle lachten.

»Niemals werde ich dich heiraten, Tristan«, versicherte Genevieve leise, »und du kannst mich nicht einmal mit einem exquisiten, eleganten Diner umstimmen. Diese Genugtuung mißgönne ich dir, das schwöre ich!«

Statt einer Antwort lächelte er nur. Wenig später erreichten sie ein hübsches steinernes Gebäude. An der Tür wartete ein livrierter Diener. Genevieve kannte das Wappen nicht, das er an der Schulter trug. »Wem gehört dieses Haus?«

»Einem Freund des Königs«, erwiderte Tristan ausweichend.

Sie wurden in ein hübsches Speisezimmer mit getäfelten Wänden geführt, in die verschiedene Wappen geschnitzt waren. Bunte Banner hingen von der hohen Decke herab, reichgeschnitzte Stühle umstanden den langen Tisch. Neugierig blickte Genevieve sich um, dann rückte Tristan ihr einen Stuhl zurecht. »Keine Angst, ich werde am anderen Ende der Tafel sitzen.«

Nachdem alle Platz genommen hatten, erschien eine Dienerschar in eleganter schwarzgrüner Livree und schenkte Wein ein. Verschiedene Vorspeisen wurden serviert, Räucheraal und kaltes Rindfleisch, Geflügel und seltene exotische Früchte.

Das Mahl dauerte sehr lange, und Tristan beobachtete zufrieden Genevieves wachsende Nervosität. Immer öfter griff sie nach ihrem Becher. Unaufhörlich schwatzte Edwyna, und Jon und Thomas brachen oft in schallendes Gelächter aus. Nur Genevieve und Tristan schwiegen.

Endlich war es soweit. Tristan nickte Jon zu, und beide gingen zu Genevieve, die sich gerade zu ihrer Tante wandte und bemerkte, daß dieses Haus eher einer privaten Residenz als einem Gasthof gleiche. Über ihren Kopf hinweg zwinkerte Tristan seinem Freund zu. »Nun wollen wir in den Palast zurückkehren, meine Liebe.«

Sie führten Genevieve durch einen Flur, aber nicht zu der Haustür, durch die sie hereingekommen waren. »Oh, das ist die falsche Richtung!« protestierte sie.

Wortlos öffnete Tristan die Tür zur Privatkapelle des Bischofs von Southgate. Trotz des Weins, dem sie reichlich zugesprochen hatte, merkte sie sofort, was hier gespielt wurde. Und das war auch nicht schwer zu erraten. Der Bischof wartete zwischen zwei jungen Meßdienern vor dem Altar. »Nein!« rief sie. »Das tue ich nicht! Niemand kann mich dazu zwingen!« Erfolglos versuchte sie, Tristans Hand abzuschütteln.

»Verdammt, Edwyna, sie hat zuwenig getrunken!« schimpfte er.

»Was verlangt Ihr denn von mir?« verteidigte sich Edwyna. »Hätte ich ihr den Wein in den Hals schütten sollen?«

»Komm jetzt!« befahl er Genevieve. Als sie mit beiden Fäusten nach ihm schlug und gegen sein Schienbein trat, fauchte er: »Und wenn ich dich fesseln und knebeln muß – du wirst mich heiraten!«

»Aber meine Liebe!« stöhnte der grauhaarige Bischof, der ein gütiges und doch strenges Gesicht besaß, und eilte herbei. »Ihr erwartet ein Kind von diesem Mann, und der König wünscht die Hochzeit. Seid doch vernünftig ...«

Aber Genevieve hörte nicht zu. Der Fausthieb, der auf Tristan gezielt war, traf das Kinn des Bischofs. Endlich gelang es Tristan, ihre Handgelenke zu packen. Er entschuldigte sich bei dem geistlichen Würdenträger, der erklärte, er würde lieber am Altar warten.

»Genevieve ...«, begann ihre Tante flehend.

Auch ihr Versuch, schlichtend einzugreifen, blieb unbeachtet. »Hurensohn!« schrie Genevieve, als Tristan sie hochhob und durch den Mittelgang der Kapelle trug. »Bastard! Niederträchtige Ratte ...«

Rasch preßte er eine Hand auf ihren Mund. Edwyna, Thomas und Jon folgten ihnen unbehaglich. Vor dem Altar angekommen, stellte Tristan seine Braut auf die Füße, einen Arm um ihre Taille geschlungen, die andere Hand immer noch auf ihren Lippen. Sein Hemd war zerrissen, sein Haar hing ihm wirr in die Stirn. »Bitte, Vater, fangt mit der Zeremonie an! Wir sind bereit.«

In Windeseile las der Bischof die traditionsreichen Worte vor. Tristan gab sein Jawort, dann wartete Genevieve auf ihre Chance. Damit sie sprechen konnte, mußte er wohl oder übel seine Hand von ihrem Mund nehmen.

Nachdem der Bischof die alles entscheidende Frage an sie gerichtet hatte, löste Tristan seine Hand von Genevieves Lippen. Doch sie brachte nur einen unartikulierten Laut hervor, bevor ihr ein leidenschaftlicher Kuß den Mund verschloß – so wie damals beim Gartenzaun des Klosters zur Guten Hoffnung.

Vorwurfsvoll räusperte sich der Bischof, und Tristan bedeutete ihm, die Zeremonie zu beenden. Wie aus weiter Ferne hörte Genevieve die frommen Worte. Sterne tanzten vor ihren Augen, und sie bekam keine Luft mehr. Eine halbe Ewigkeit schien zu verstreichen, ehe Tristan den Kopf hob. Eine Hostie wurde zwischen ihre Lippen geschoben, und die Trauung war vorbei.

»Nein!« keuchte sie, und Tristan hielt ihr wieder den Mund zu. Als sie schwankte, preßte er sie fest an sich. Dann wurde sie in einen Nebenraum geleitet, wo Tristan und die Trauzeugen ein Pergament unterzeichneten.

»Nein, ich unterschreibe nicht!« kreischte sie, aber es wurde ihr ein Federkiel in die Hand gedrückt, und kraftvolle Finger zwangen sie, ihren Namen unter die Urkunde zu setzen. »Das ist ungesetzlich!« protestierte sie.

»Keineswegs, Mylady!« Würdevoll trat der Bischof vor. »Soeben hörten wir Euer Jawort vor Gott und den Menschen. Ich versichere Euch, Ihr seid rechtmäßig verheiratet.«

»Oh!« Tränen drohten ihre Stimme zu ersticken. »Oh, ich hasse euch alle – Edwyna und Jon und Thomas! Wie konntet ihr nur...« Plötzlich verstummte sie, ein messerscharfer Schmerz durchfuhr ihr Rückgrat. »Großer Gott...«, flüsterte sie und blinzelte verwirrt, als eine warme Flüssigkeit zwischen ihren Schenkeln hinabrann. Das Baby... Wie durch dichte Nebelschleier sah sie die Augenpaare, die sie anstarrten. »Tristan!«

Nun brauchte sie ihn, denn sie wußte, daß sie zusammenbrechen würde. Bevor sie in einem schwarzen Abgrund versank, fing er sie auf. Und das letzte, was sie hörte, war die atemlose Stimme des Bischofs. »Du meine Güte! Die Heirat ist legal – und offensichtlich gerade noch rechtzeitig erfolgt!«

22

»Du mußt dich entspannen, Genevieve!« flehte Edwyna. »Eine Geburt braucht nun mal ihre Zeit.« Fürsorglich wischte sie die Schweißperlen von der Stirn ihrer Nichte und schaute lächelnd in die großen violetten Augen, die sie hilfesuchend anstarrten. Genevieve hatte befürchtet, sie würde in der bischöflichen Kapelle niederkommen. Aber seit jener Szene waren einige Stunden vergangen. Tristan hatte sie in ein Gästezimmer des Bischofs getragen, ins Bett gelegt und dann neben ihr gesessen, seine Finger in ihre geschlungen. Obwohl sie ihm so erbittert grollte, wünschte sie, er würde bei ihr bleiben.

Doch dann erschien eine hochgewachsene, schlanke Frau mit grauem Haar und energischer Miene. Der Bischof nannte sie Katie. Freundlich, aber unnachgiebig schickte sie alle Männer hinaus, entkleidete Genevieve und steckte sie in einen weiten, bequemen Schlafrock. Dabei versicherte sie, als älteste Tochter einer zwölfköpfigen Familie habe sie praktisch ihr Leben lang Babys ans Licht der Welt verholfen.

»Wird – mein Kind sterben?« stammelte Genevieve mit bebenden Lippen. »Es ist fast einen Monat zu früh...«

»Der liebe Gott gibt uns keine Garantien, Mylady«, hatte Katie erwidert, »aber es besteht kein Grund zur Sorge.«

Seither waren Stunden verstrichen – oder Tage? Am liebsten hätte Genevieve geweint, litt aber so höllische Schmerzen, daß sie statt dessen fluchte. Zwei Hausmädchen wechselten immer wieder das Bettzeug, beobachteten sie angstvoll, und so bemühte sie sich schließlich, etwas mehr Würde zu zeigen. Immer schneller folgten die Wehen aufeinander, und sie biß die Zähne zusammen, um nicht zu schreien. »Oh, ich schlafe nie mehr mit einem Mann, Edwyna! Wenn man bedenkt, wie viele Frauen das freiwillig auf sich nehmen! Wie konntest du nur wieder heiraten, nachdem du's schon einmal durchgemacht hattest?«

Da mußte Edwyna lachen. »Sicher wirst du's schaffen und danach alle Schmerzen vergessen.«

»Schreit doch, Mylady«, schlug Katie vor, »das würde Euch die Qualen erleichtern. Ich glaube, jetzt ist das Baby bald da.«

Hoffnungsvoll sah Genevieve zu ihr auf. Doch nun trieb ihr ein stechender Schmerz Tränen in die Augen. Nur mühsam unterdrückte sie einen Schrei und krallte ihre Finger in die zerrissenen Laken, die Katie an die Bettpfosten gebunden hatte, damit die werdende Mutter sich daran festklammern konnte.

»Jetzt müßt Ihr ganz fest pressen, Mylady«, befahl Katie. »Haltet die Luft an und beugt Euch vor.«

Genevieve gehorchte, dann sank sie keuchend ins Kissen zurück. »Nächstes Mal ist es soweit«, versprach Katie.

»Nie wieder tu ich's, Edwyna!« stöhnte Genevieve und ergriff die Hand ihrer Tante. »Wenn Tristan je wieder versucht, mich anzurühren, bringe ich ihn um!«

»Vor wenigen Stunden hast du ihn geheiratet.«

»Nein!«

»Doch, Mylady«, entgegnete Katie. »Und Euer Kindchen ist ein legitimer, vornehmer Erbe.«

Neue Schmerzen durchströmten Genevieves Körper, der Schweiß brach ihr aus allen Poren, und gleichzeitig fror sie. Krampfhaft preßte sie, und dann schrie sie zum erstenmal.

Tristan wanderte im Speiseraum auf und ab, vorbei an Ritterrüstungen und Piken, unter den Bannern der prominenten Bischofsfamilie. Vor dem Kamin stand Jon, der Thomas anschaute, und Thomas schaute den Bischof an, der nach tröstlichen Worten suchte. Aber da seufzte Tristan gequält und fuhr sich mit allen Fingern durchs Haar. »Es ist zu früh! Wenn etwas schiefgeht...«

»Hör auf, dir Vorwürfe zu machen, Tristan!« bat Jon.

»Wer hat sie denn hierhergeschleift und halb erwürgt, als sie vor dem Altar nein sagen wollte?«

»Mein Sohn...« Salbungsvoll faltete der Bischof die Hände vor der Brust. »Vor dem Allmächtigen habt Ihr den Bund der Ehe geschlossen, und nun dürft Ihr nicht mit der göttlichen Vorsehung hadern.«

Tristan schmetterte eine Faust gegen die Wand. Wo war

Gott gewesen, als sich jene Tragödie auf Bedford Heath ereignet hatte? Und wo war Er jetzt? Was hatte Tristan verbrochen, um zu verdienen, daß ihm Lisette und sein ungeborener Sohn genommen worden waren – daß womöglich auch Genevieve sterben mußte? »Ich habe ihr das angetan«, flüsterte er und sank in einen Sessel vor dem Kamin.

»Es war richtig, sie zu heiraten«, betonte Jon leise und reichte ihm Glühwein in einem der schönen venezianischen Gläser des Bischofs. »Ja, sicher!« Tristan leerte es in einem Zug, dann stellte er es ab und sprang ungeduldig wieder auf. »Aber ich hätte sie heiraten sollen, sobald ich von der Schwangerschaft erfuhr – nicht erst jetzt in diesem gefährlichen Stadium...«

Plötzlich drang ein schriller Schmerzensschrei durch die geschlossene Tür. Sofort stürmte Tristan in den Flur, die Treppe hinauf, ins Gästezimmer. Genevieve lag reglos im Bett, bleicher als der Mond, und Katie strich ihr das schweißnasse Haar aus der Stirn. »Habt Geduld, Lord Tristan«, mahnte sie, als er stöhnend auf die Knie fiel. »Jetzt müssen wir Eure Lady und das kleine Mädchen erst einmal baden...«

»Was?« Verständnislos starrte er die Haushälterin des Bischofs an, die seine Hand ergriff und ihn auf die Beine zog.

»Es geht ihr gut, sie ist nur erschöpft. Ach, so ein süßes Baby! Und wie herzhaft es gebrüllt hat, aus Leibeskräften!«

»Sie – lebt?«

»Natürlich, und Euer Kindchen auch.«

Vor seinen Augen schien sich alles zu drehen, und seine Knie wurden weich.

»Schaut sie doch an, Tristan!« rief Edwyna. »So viele Haare – schwarz wie eine Winternacht!« Irgend etwas wurde ihm in die Arme gelegt, und er starrte ein winziges Bündel an – seine Tochter, noch nicht vollends gereinigt. Dichtes Haar klebte ihr am Kopf. Was für dunkle Brauen sie hatte... Plötzlich schlug sie mit ihren Fäustchen in die Luft und stieß einen Wutschrei aus.

In ungläubiger Freude betrachtete Tristan sein Kind und kämpfte mit den Tränen. Zehn Finger, zehn Zehen, ein rundes Bäuchlein, an dem noch die Nabelschnur hing... »Sie ist einfach vollkommen«, flüsterte er und betete stumm: Dem Himmel sei Dank!

»Ja, eine Schönheit!« Edwyna nahm ihm das Bündel lächelnd aus den Armen. »Und was für ein temperamentvolles kleines Ding!«

Mühsam schluckte er und schaute wieder zum Bett hinüber. Inzwischen hatte Katie ein sauberes Laken über die junge Mutter gebreitet. Er kniete neben Genevieve nieder und umfaßte ihre Finger. »Liebste...«

Ihre Lider flatterten, und sie öffnete die Augen. »Ich weiß, du wolltest einen Sohn. Tut mir leid...« Dann erstarb ihre Stimme. Offenbar strengte das Sprechen sie zu sehr an. »Nein, ich wollte ein gesundes Kind und eine wohlbehaltene Frau. Diese Tochter ist das schönste Geschenk meines Lebens...«

»Bitte, geht jetzt, Mylord«, drängte Katie, »und trinkt mit Euren Freunden auf das Baby. Jetzt müssen wir Mutter und Kind waschen, und Ihr seid uns nur im Weg.«

Genevieves Augen waren wieder zugefallen. Er nickte, küßte ehrfürchtig ihre Lippen und merkte, daß sie schlief. »Danke, mein Liebes«, flüsterte er und stand auf. Dann nahm er Edwyna noch einmal das Baby aus den Armen und lachte, als es vor Zorn brüllte.

»Nun müßt Ihr mir aber wirklich erlauben, die Kleine zu baden, Tristan«, mahnte Edwyna. »Gebt sie mir! Ach, soeben bin ich Großtante geworden – und ich fühle mich noch so jung... Jon! Was treibst du denn hier? Hinaus mit dir!«

Tristan drehte sich zu seinem Freund um, der grinsend am Türrahmen lehnte. Hinter Jon stand Thomas, und der Bischof hielt etwas diskreteren Abstand. »Würdet ihr jetzt bitte alle verschwinden?« Energisch stampfte Edwyna mit dem Fuß auf. »Ich mein's ernst. Tristan, Eure Frau braucht endlich Ruhe.« Mit sanfter Gewalt entwand sie ihm das Baby, dann lächelte sie gerührt. Noch nie war ihr ein Mann begegnet, der sich über die Geburt so unbändig gefreut hätte. »Geht hinunter und betrinkt Euch!«

Da fügte er sich in sein Schicksal und legte einen Arm um Jons Schultern. Alle vier Männer stiegen die Treppe hinab, um das Ereignis mit dem besten Wein aus dem bischöflichen Keller zu begießen.

Noch nie in ihrem Leben war Genevieve so glücklich gewesen. Hingerissen bewunderte sie ihre schöne Tochter, die neben ihr im Bett lag. Das Baby trug ein elegantes gesmoktes Kleidchen, das früher einer Nichte oder einem Neffen des Bischofs gehört hatte. Von ihren Schmerzen wußte sie nichts mehr. Obwohl sie immer noch erschöpft war, fühlte sie sich einfach großartig. Nach einem erholsamen Schlaf hatte Edwyna ihr das Kindchen gebracht. Nun musterte sie ihre Tochter, die tiefblauen Augen und nachtschwarzen Haare, vom Vater geerbt.

Als das Baby wimmerte, erklärte Edwyna lachend, es sei hungrig. Zum erstenmal spürte Genevieve den winzigen Mund an ihrer Brust und war so überwältigt vor Liebe, daß sie nicht hörte, wie die Tür leise geöffnet und geschlossen wurde. Tristan ging langsam auf das Bett zu und zögerte, sie in einem solchen Augenblick zu stören. Welch ein schönes Bild... Das frischgewaschene Haar hing wie eine Wolke aus Goldstaub über ihre Schultern, während sie seine Tochter stillte.

Da hörte Genevieve seine Schritte und hob rasch den Kopf, wie eine sprungbereite Tigerin, die ihr Junges verteidigen will. Bei Tristans Anblick lächelte sie unsicher. »Sie hat Hunger.«

Amüsiert beobachtete er, wie das Baby gierig an der Mutterbrust saugte. Dabei gab es wenig damenhafte gurgelnde Geräusche von sich. »Wie ein kleines Ferkel«, meinte er. Genevieve starrte ihn vernichtend an, dann lachte sie leise und berührte das seidige Haar ihrer Tochter. »Aye, ich muß ihr Tischmanieren beibringen.«

Während Edwyna diskret das Zimmer verließ, setzte er sich zu seiner Frau und schlang einen Arm um ihre Schultern. »Wie soll unsere Tochter heißen? Der Bischof besteht darauf, sie sofort zu taufen.«

»Warum?« fragte Genevieve erschrocken. »Sie ist doch kerngesund, und es besteht keine Gefahr – oder?«

»Natürlich nicht.« Bedrückt wich er ihrem Blick aus, denn er fühlte sich verantwortlich für ihre Angst. »Aber jedes Baby sollte so schnell wie möglich getauft werden.«

Sie runzelte verwundert die Stirn. »Darf ich denn einen Namen aussuchen?«

»Nun ja, mir sollte er auch gefallen.«

»Vielleicht Katherine?« wisperte sie.

»Katherine – Marie de la Tere. Ja, das klingt sehr hübsch.«

Als sie seinen warmen Atem an ihrer Wange spürte, erinnerte sie sich plötzlich, daß sie jetzt seine Frau war. Um ihres Stolzes und ihrer Ehre und ihrer Furcht willen hatte sie verzweifelt dagegen gekämpft – und jetzt war sie so glücklich. Wir sind eine Familie, dachte sie und hätte am liebsten geschrien: ›Oh, ich liebe dich!‹ Aber sie wagte es nicht. Beklommen entsann sie sich, daß Edwyna einmal behauptet hatte, eine große Liebe könne ebenso großes Leid heraufbeschwören.

Seufzend lehnte sie sich ins Kissen zurück, als die kleine Katherine endlich satt war und ein letztes Mal an der Brust saugte. Tristan wischte mit dem Saum ihres Kleidchens einen Milchtropfen von ihrem Mund. Zufrieden schloß Genevieve die Augen, und er flüsterte: »Schlaf jetzt.«

»Erst einmal muß ich sie hochhalten...«

»Das kann ich auch. Nun mußt du schlafen. Vergiß nicht – du hast gelobt, mir stets zu gehorchen.«

»O nein!«

»Doch. Wenn du das Ehegelübde auch unter Zwang abgelegt hast – es gilt für alle Zeiten.«

Nur widerstrebend ließ sie sich das Baby aus den Armen nehmen, dann gab sie den Kampf gegen ihre Erschöpfung auf und versank in tiefen Schlummer.

Vierzehn Tage lang blieb sie im Haus des Bischofs. Tristan war ein aufmerksamer, fürsorglicher Ehemann und Vater. Am zweiten Tag nach der Geburt schenkte er ihr ein Medaillon aus Gold und Smaragden, das an einer Samtschnur hing, und versprach, dafür eine Miniatur von der kleinen Katherine malen zu lassen. Und dann küßte er sie auf die Stirn, obwohl sich ihre Lippen so heiß nach seinen sehnten. Irgendwie schienen sie sich zu entfremden.

Tagsüber ging er seinen Geschäften nach und kam nur abends ins Haus des Bischofs. Er schlief nicht bei ihr, und sie wußte, daß sie sich noch einige Wochen lang erholen mußte, ehe sie eine richtige Ehe führen konnten. Aber warum küßte er sie nicht wenigstens?

Eines Nachmittags saß sie am Fenster mit ihrem Baby auf dem Schoß, und plötzlich geriet sie in Panik. War sie Tristans Frau geworden – nur um ihn zu verlieren?

In wachsender Ungeduld wartete sie jeden Tag auf seinen Besuch. Der freundliche Bischof leistete ihr oft Gesellschaft, und sie entschuldigte sich für ihren Fausthieb, der versehentlich sein Kinn getroffen hatte. Er entschuldigte sich seinerseits, weil er Tristan geholfen hatte, die Hochzeit zu erzwingen. Aber letzten Endes habe sich doch alles zum Guten gewendet, nicht wahr? Sicher sei sie glücklich mit ihrem wunderbaren Ehemann und ihrer süßen Tochter. Obwohl ihr das Herz weh tat, nickte sie. Ja, das Kind bereitete ihr die größte Freude ihres Lebens, aber sie hatte Tristan verloren. Nun war sie seine Frau, aber er liebte sie nicht, begehrte sie nicht einmal mehr. Jeden Abend kam ein Fremder zu ihr – höflich und kühl. Sie verstand sein Verhalten nicht. Sicher, sie hatte bei der Hochzeit heftigen Widerstand geleistet, doch es war ihr nie gelungen, sich Tristans Begierde zu erwehren. Jetzt wendete er sich freiwillig von ihr ab. Seltsam – seit der Geburt ihrer Tochter, die sie beide vergötterten, wuchs eine Kluft zwischen ihnen.

Zur Taufe erschienen Henry und Elizabeth, und der König schenkte Genevieve ein Stück Land für das Baby. Überrascht bedankte sie sich. Sie warf ihm die erzwungene Heirat nicht vor. Wahrscheinlich hatte er ihr Herz besser gekannt als sie selbst.

»Katherine«, flüsterte er ihr unter vier Augen zu. »So hieß meine schöne Ahnherrin, die John von Gaunts Ehefrau wurde – nachdem sie ihm viele Kinder geboren hatte.«

»Diese Geschichte hat mir immer gefallen«, erwiderte sie lächelnd. »Eine bittersüße Romanze ...«

»Eure Katherine wird eines Tages unter den vornehmsten Peers wählen können«, versicherte der König, und sie küßte seinen Siegelring. Als Tristan näher trat, zwinkerte Henry ihr zu, und sie freute sich, weil sie mit dem König ein Geheimnis teilte.

Nicht einmal in dieser Nacht blieb Tristan bei ihr. Am fünfzehnten Morgen nach der Niederkunft wurde sie von glucksenden Geräuschen geweckt und schaute zum Fenster hinüber, wo Tristan stand, nur mit einer engen Hose und Stiefeln bekleidet, die nackte Katherine an seine Brust gedrückt. Während sie mit ihren winzigen Fäusten durch das dunkle Kraushaar strich, prophezeite er ihr eine wundervolle Zukunft. »Du wirst in einer herrlichen Kutsche fahren, von vier scheckigen Stuten gezogen. Vor deiner Tür werden die vornehmsten Bewerber Schlange stehen, meine kleine Schönheit. Und du wirst nur Samt und Seide tragen und Diamanten im Haar...« Plötzlich verstummte er, als er Genevieves Blick spürte. Wie gern hätte sie ihm die Arme entgegengestreckt...

Doch da klopfte es an der Tür, und er rief: »Herein!« Dann erklärte er seiner Frau: »Katherine hat ihr Kleidchen und mein Hemd angespuckt. Jetzt kommt endlich Hilfe.«

Dienstbeflissen brachte Katie ein Kleidchen und frische Windeln für Katherine und Tristans Hemd, das sie gereinigt hatte. Es war aus blauem Samt, und nachdem er es über den Kopf gestreift hatte, dachte Genevieve, daß kein Höfling besser aussah. Katie legte ihr das Baby in die Arme, das hungrig zu quengeln anfing, und ging hinaus.

»Kehren wir an den Hof zurück?« fragte Genevieve.

Bevor er antwortete, schien er zu zögern. »Du wirst an den Hof zurückkehren. Falls du etwas brauchst, Jon und Thomas bleiben stets in deiner Nähe. Ich reite nach Bedford Heath. Genevieve, Katherine hat Hunger, du mußt sie endlich stillen.«

»Ich würde lieber nach Hause fahren«, erwiderte sie tonlos, während sie ihrer Tochter die Brust gab.

»Noch nicht. Du mußt dich erst erholen.«

»Danke, ich fühle mich sehr gut.«

»Sobald ich nach London zurückkomme, reisen wir nach Edenby.«

Mühsam kämpfte sie mit den Tränen. Was stimmte denn nicht? Wie war diese schreckliche breite Kluft zwischen ihnen entstanden?

Er setzte sich aufs Bett und streichelte das Köpfchen seiner Tochter. »Heute breche ich auf.«

»Aye, und mich vertraust du Henry und Jon und Thomas an.«

»Was soll das denn heißen, Lady?«

Sie wich seinem Blick aus, und plötzlich ärgerte sie sich, weil er beobachtete, wie sie ihr Baby stillte. Diese intime Szene paßte nicht zu der Entfremdung. Schnell zog sie die Decke über Katherine.

»Paß auf, du erstickst sie womöglich!« warnte er.

»Kümmere du dich um deine Angelegenheiten, und ich befasse mich mit meinen!«

Er stand auf. »Ich schicke Edwyna zu dir.« Dann küßte er seine Tochter, aber nicht seine Frau und ging zur Tür.

Genevieve unterdrückte ein Schluchzen und rief ihm nach: »Warum überläßt du mich immer wieder der Obhut deiner Wachhunde? Nie traust du mir, niemals nimmst du mich mit...«

Ob er die letzten Worte gehört hatte, wußte sie nicht. Wütend fuhr er herum. »Weil man dir nicht trauen kann, Lady, wie alle nur zu gut wissen!«

»Ich bin die Mutter deines Kindes!«

»Aye, und ich möchte es auch behalten!«

»Aber ich will es dir ja gar nicht wegnehmen!«

»Das würde dir auch nicht gelingen.«

»Du hast mich geheiratet!«

»Aye, Lady«, bestätigte er, holte tief Luft und verschränkte die Arme vor der Brust. »Gegen deinen Willen. Und nur auf dem Papier. Jetzt muß ich gehen. Jon und Thomas sind deine Freunde. Wenn du willst, kannst du beide als Wachhunde betrachten. Du wirst an Henrys Hof auf mich warten. Dort weiß ich dich in Sicherheit, und man wird dich gut betreuen. Auf Wiedersehen, teure Gemahlin. Ich komme so bald wie möglich zurück. Wenn ich auch glaube, daß du mich von allen deinen Wachhunden am meisten haßt.«

Nach einer höflichen Verneigung eilte er aus dem Zimmer. Durch einen Tränenschleier starrte sie die geschlossene Tür an.

»O Katherine«, flüsterte sie dem Baby zu, das zufrieden an ihrer Brust saugte. Tränen tropften auf die seidigen schwarzen Härchen.

23

»Wenn Ihr mich nicht hinbringt, Thomas – dann fahre ich eben allein.«

Jon war ihr mit vagen Versprechungen ausgewichen, und nun versuchte sie, Thomas zu umgarnen. Lange hatte sie ihn nicht suchen müssen. Er war vor ihrem Zimmer durch den Flur geschlendert. Wann immer Edwyna und Jon nicht bei ihr saßen, blieb Thomas in der Nähe. Und wenn er sich nicht blicken ließ, wurde sie von ihrer Tante und Jon belauert.

Friedlich schlief Katherine in der Wiege, die Elizabeth von York ihr geschenkt hatte. Thomas befand sich in sanftmütiger Stimmung, eine Wirkung des Weins, den Genevieve über dem Kaminfeuer erwärmt hatte. Nun mußte sie die Gunst der Stunde nutzen.

Er musterte sie unbehaglich und skeptisch, einen gestiefelten Fuß auf der steinernen Umrandung des Kamins, und stellte den Becher auf das Sims. Warum mußte Tristan diese schöne, charakterstarke Frau so unglücklich machen? Sicher, sie hatte ihn zu erschlagen versucht, doch das war in der Hitze des Gefechts geschehen. Und wie viele Männer hatte er selber auf dem Schlachtfeld getötet. Jetzt sollte er ihr endlich verzeihen – da er sie doch seltsamerweise liebte. Daran zweifelte Thomas nicht.

»Bitte!« flehte sie, den Tränen nahe. »Fast drei Wochen ist er schon weg.«

»Und als Lehnsmann des Königs wird er Euch immer wieder allein lassen, Mylady, und gegen irgendwelche Thronprätendenten kämpfen.«

Genevieve neigte sich über die Wiege. »Das weiß ich. Aber warum ist er wieder nach Bedford Heath geritten, wo Ihr seine Ländereien doch ohnehin so gut verwaltet.«

Nur zögernd antwortete er: »Weil einige vertrauenswürdige und keineswegs ungebildete Männer glauben, daß es im Schloß spukt.«

»Was?«

»Nun ja – auf Bedford Heath fand ein schreckliches Gemetzel statt. Und ich weiß nicht, ob Ihr dort sicher wärt...«

»Hat er Euch verboten, mich hinzubringen?«

»Nein. Niemand dachte, Ihr würdet auf diese Idee kommen. Wollt Ihr Katherine wirklich allein lassen? Sie ist doch noch so klein.«

»Bei Edwyna und meiner Zofe ist sie gut aufgehoben. Und Mary kennt eine geeignete junge Amme, die Tochter eines Zimmermanns, die genug Milch für ihr eigenes Baby und meines hat.«

Seit Genevieves Rückkehr aus der Bischofsresidenz stand Mary wieder in ihren Diensten. Auch Sir Humphrey war aufgetaucht und hatte erzählt, nach einem ausführlichen Gespräch mit Tristan in Henrys Audienzraum sei ihm verziehen worden. Doch diese erfreulichen Ereignisse konnten sie nicht von ihrem Entschluß abbringen, Tristan wiederzusehen. Sie war seine Frau und ließ sich nicht einfach beiseite schieben.

Thomas beobachtete sie und seufzte. Sollte er Tristan erklären, sie sei ihm entwischt, oder gestehen, er habe sich nicht gegen sie behaupten können? Vielleicht wäre es für alle beide ein Segen, wenn sie nach Bedford Heath fahren würde. Immer noch zaudernd, stimmte er zu: »Also gut.«

»O Thomas, wirklich?« Freudestrahlend rannte sie zu ihm, schlang die Arme um seinen Hals und küßte ihn auf die Wange. Er ergriff ihre Hände und lächelte. Kein Wunder, daß Tristan sie liebt, dachte er. Wenn sie ihn mit diesen Augen anschaut...

Jon beschloß, sie zu begleiten und Edwyna mitzunehmen, obwohl er das Unternehmen für einen schweren Fehler hielt. Aber er wollte Genevieve nicht aus den Augen lassen. Auch Mary trat die Reise an, um Katherine zu betreuen. Die Frauen saßen in einer Kutsche, die Tristan gehörte und an deren Türen das Wappen von Bedford Heath prangte. Die Männer ritten voraus. Jon erklärte, da die Ländereien in der Nähe von London liegen würden, habe die Familie stets eine Kutsche in der Stadt stehenlassen. Nach einer angenehmen Reise durch die schöne Frühlingslandschaft aßen sie in einem Gasthof zu Mittag. Es gab ofenwarmes Brot mit Butter und fangfrische Forellen.

Ehe sie weiterfuhren, band Thomas sein Pferd hinten am Wagen fest, stieg ein und setzte sich neben Genevieve. »Nun überqueren wir die Grenze von Bedford Heath, Mylady.«

Allmählich brach die Dunkelheit herein, und Genevieve sah nicht mehr allzuviel von der Gegend. Aus den Fenstern der Bauernhäuser drang der schwache Widerschein von Herdfeuern. In der Ferne erhoben sich die Steinmauern von Herrschaftshäusern, kunstvoll aus Ziegeln errichtet, und nicht aus unwirtlichem grauem Schiefer und Felsgestein wie Edenby.

»Das Haus Eures Mannes, Mylady«, erklärte Thomas und zeigte nach vorn. »Eigentlich sollte sein Bruder Bedford Heath erben, und so ließ Tristan dieses Gebäude errichten, fünf Jahre nach der Schlacht von Tewkesberry.«

Endlich hielt die Kutsche vor einer Steintreppe, die zu einem wuchtigen, reichgeschnitzten Tor hinaufführte. Thomas sprang aus dem Wagen, zog die Trittleiter herab und half Genevieve auszusteigen. Bewundernd schaute sie zu dem schönen Schloß auf, dann runzelte sie die Stirn. Hinter den Fenstern im Oberstock bewegte sich ein Schatten, begleitet von einem Lichtpunkt. Oder hatte sie sich getäuscht?

Das Tor schwang auf, und Thomas begrüßte einen stattlichen älteren Mann in hübscher Livree. Zwei junge Diener eilten die Stufen hinab, um das Gepäck zu holen. Gefolgt von Edwyna stieg Genevieve die Treppe hinauf, und Thomas machte die Damen mit Gaylord, dem Majordomus, bekannt. Höflich begrüßte der langjährige Diener die Ankömmlinge und nahm das Baby aus Marys Armen. Genevieve beobachtete ihn etwas mißtrauisch, aber zu ihrer Überraschung krähte Katherine vergnügt. Offenbar mochte sie den alten Gaylord.

Ehe sie die Halle betrat, ließ sie ihren Blick über die Umgebung wandern, und plötzlich stockte ihr Atem. Hinter den Nebengebäuden erstreckte sich ein Wald, und zwischen den

Eichen entdeckte sie einen anderen Schatten, der ebenfalls eine Laterne zu tragen und verstohlen dahinzuschleichen schien. »Thomas!«

»Was gibt's?«

Aber da erlosch das Licht im dunklen Dickicht. »Ich dachte nur, ich hätte etwas gesehen... Sicher war es nichts Besonderes.« Da die Leute glaubten, es würde im Schloß spuken, wollte sie lieber keine geheimnisvollen Gestalten erwähnen – nur Tristan gegenüber. »Wo ist mein Mann?«

»Leider ist er weggeritten, um Streitigkeiten um ein Stück Land zu schlichten.«

»Kommt er heute abend zurück?«

»Erst später, wie Gaylord mir soeben erklärte. Mir ist's nur recht. Er wird mir ohnehin den Kopf abreißen, weil ich Euch hierhergebracht habe. Kommt jetzt hinein.« Formvollendet bot er ihr den Arm und führte sie in die große Halle, die luxuriös ausgestattet war. Plüschkissen lagen auf den Fensterbänken, bunte exotische Teppiche bedeckten den Boden, Gobelins schmückten die Wände. Vor dem Kamin bildeten große Sessel einen Halbkreis.

»Und Tristan haßt dieses Haus«, flüsterte sie. Im Feuerschein musterte Gaylord die kleine Katherine, die er behutsam an sich drückte, dann hob er unglücklich den Kopf. Das Baby weinte. Offensichtlich mußte es gestillt werden. »Wo kann ich meine Tochter hinbringen?« fragte Genevieve den Majordomus und nahm ihm das Baby aus den Armen.

Respektvoll verbeugte er sich, dann zeigte er widerstrebend zur Treppe. »Ich führe Euch hinauf...«

»Nein, Gaylord, das übernehme ich«, fiel Thomas ihm ins Wort. »Für mich spielt das keine Rolle mehr, denn Seine Lordschaft wird mich ohnedies am nächsten Baum aufhängen.«

»Danke.« Genevieve lächelte Edwyna und Jon zu, die ihr ein wenig blaß erschienen, und folgte Thomas in den Oberstock. Auch hier waren die Räume sehr elegant eingerichtet, durch stilvolle Torbögen verbunden. An den Wänden hingen zahlreiche Porträts. Thomas wies Genevieve auf die Bibliothek und das Musikzimmer hin, die zur Herrschaftssuite gehörten.

Schließlich öffnete er eine Tür mit schweren Messinggriffen, hinter der das Schlafgemach lag. Weiße Schleiergardinen umgaben das massive Vierpfostenbett, an den Fenstern hingen schwere Damastvorhänge. Ein wenig beklommen blickte Genevieve sich um. Hier also hatte Tristans erste Frau gelebt.

»Ich werde Mary und einen Diener mit Eurem Gepäck heraufschicken«, erbot sich Thomas. »Möchtet Ihr baden?«

»O ja, bitte.« Sie wollte sich erfrischen, parfümiertes Öl ins Wasser gießen, um mit zarter, seidiger Haut den Mann zu verführen, der sich von ihr abgewandt hatte. Als sie an ein Fenster trat und hinausschaute, verengten sich ihre Augen. In diesem Raum hatte sie vorhin den Schatten gesehen. »Thomas! Wartet!« rief sie dem Ritter nach, der bereits zur Tür ging. »Seid Ihr sicher, daß Tristan nicht hier ist?«

»Natürlich. Gaylord irrt sich gewiß nicht. Warum?«

Unbehaglich lächelte sie und tätschelte Katherines Rücken. »Ach, aus keinem bestimmten Grund...«

Sobald er den Raum verlassen hatte, legte sie sich mit ihrer Tochter aufs Bett und gab ihr die Brust. Welch ein schönes Zimmer, dachte sie und versuchte, sich Lisette vorzustellen. Sie glaubte sogar, die Gegenwart einer sanften, schönen Frau zu spüren. Dann erinnerte sie sich wieder an den Schatten und den Lichtpunkt. Ein Schauer lief ihr über den Rücken. Rasch verdrängte sie das unangenehme Gefühl. Sie glaubte nicht an böse Geister, die aus den Gräbern stiegen, um die Lebenden zu quälen. Außerdem war Lisette gütig gewesen. Würde sie tatsächlich als Geist durch dieses Schloß wandeln, wäre sie Genevieves Freundin und wollte ihr kein Leid antun.

Bald schlief Katherine ein. Mary erschien mit zwei Dienern, die eine schöne Messingwanne und Eimer mit heißem Wasser hereintrugen. Während eines ausgedehnten Bades überlegte Genevieve, ob Tristan sie wegschicken würde. Wenn er sich auch nicht über ihre Ankunft freute – seine Tochter würde er sicher gern wiedersehen.

Sorgfältig bürstete ihr die Zofe das Haar, bis es in weichen, glänzenden Wellen auf den Rücken fiel. Genevieve wählte ein weißes Nachthemd mit Spitzenbesatz und perlenbestickten Epauletten. Nachdem Mary die Diener gerufen hatte, um die schwere Wanne hinausbringen zu lassen, erschien Gaylord und erklärte, nun würde er ihr die Kammer im Dienstbotentrakt zeigen, wo sie wohnen sollte.

Als Genevieve allein war, betrachtete sie ihre Tochter, die friedlich auf dem großen, breiten Bett schlief. Sie hatte vergessen, den Majordomus zu fragen, ob es eine Wiege im Schloß gab. Vielleicht führte die Tür im Hintergrund des Raumes zu einem Kinderzimmer. Es würde ihr normalerweise nichts ausmachen, mit ihrem Baby in einem Bett zu schlafen. Aber in dieser Nacht durfte Tristan nicht abgelenkt werden.

Vorsichtig nahm sie Katherine in den Arm. Ehe sie den Nebenraum betreten konnte, klopfte es an der Tür. »Herein!« rief sie leise, um das Baby nicht zu wecken.

Thomas trat ein, in den Händen ein Tablett mit einer Weinkaraffe und zwei Gläsern. »Falls Ihr – Euch die Wartezeit verkürzen wollt ...«

»Vielen Dank, Thomas. Kommt doch näher! Wißt Ihr, ob dort drüben ein Kinderzimmer liegt?« Als er nicht antwortete, zuckte sie die Achseln. »Nun, dann werde ich mal nachsehen.«

Entschlossen öffnete sie die Tür. »Begleitet mich bitte und nehmt eine Kerze mit!«

»Genevieve ...«

Sofort entdeckte sie die Wiege, die jemand mit frischem Bettzeug versehen hatte, und schrie entzückt auf. Ringsum standen ein Tisch, vier Stühle und eine Truhe. Behutsam legte Genevieve das Kind in die Wiege, dann drehte sie sich zu Thomas um, der hinter ihr mit einem Kerzenleuchter in der Hand stand. Die Flamme beleuchtete sein aschfahles Gesicht.

»Hier ist sie gestorben«, berichtete er tonlos. »Tristan fand sie neben der Wiege. Irgend jemand muß das Zimmer für Katherine hergerichtet haben, aber ich finde, Ihr solltet nicht ...«

Genevieve sank bestürzt auf die Knie, an der Stelle, wo die arme Lisette den Tod gefunden hatte. Als sie zu Thomas aufblickte, mußte er die tiefe Trauer in ihren Augen lesen, denn er kniete ebenfalls nieder. »Oh, ich weiß nicht, was ich sagen soll...«

»Dann solltest du dir etwas ausdenken, Thomas, so schnell wie möglich!«

Die gebieterische Stimme drang von der Tür herüber, und Genevieve sprang erschrocken auf. Tristan war heimgekehrt. Schlicht gekleidet, in einer engen braunen Hose, kniehohen Stiefeln, einem weiten Hemd und einem Lederwams lehnte er am Türrahmen. Die Hand am Schwertgriff, starrte er Thomas an, der ihn erbost herausforderte: »Zieh doch dein Schwert, mein Freund! Jahrelang habe ich dir treu gedient – und dein Zweifel an mir ist eine schwere Beleidigung. Du weißt sehr gut, daß hier nichts Unrechtes geschieht.«

Langsam wanderte Tristans Blick über Genevieves dünnes Nachthemd. »Bist du es gewöhnt, meine Frau zu besuchen, wenn sie so leicht bekleidet ist?«

»Keineswegs!« fauchte Thomas. »Ich wollte ihr nur erklären...«

Aber Tristan ließ ihn nicht ausreden. »Nichts, was mich betrifft, mußt du ihr erklären.«

»Falls du glaubst...«

»Seid doch still, Thomas!« rief Genevieve. »Sein Groll gilt nicht Euch. Merkt Ihr es denn nicht? Niemals wird er mir verzeihen, daß ich nicht Lisette bin.«

»Genevieve!« herrschte Tristan sie wütend an.

»Tut mir leid, aber Gott weiß...«

»Was macht sie hier, Thomas?«

»Sie ist deine Frau, und sie wollte dir nach Bedford Heath folgen. Wie sollte ich sie daran hindern?«

»Bitte, Tristan!« flehte Genevieve. »Du hast dein Kind verloren, aber ein anderes bekommen. Und wenn dir Katherine auch nicht von Lisette geschenkt wurde, so bist du ihr doch eine gewisse Rücksichtnahme schuldig.«

Bis jetzt hatte er seine Tochter nicht entdeckt. Alles Blut wich aus seinen Wangen, während er in die Wiege starrte. Er riß das Kind zu Genevieves Entsetzen an sich und trug es ins Schlafgemach.

»Tristan! Sie schläft! Sie ist müde von der Reise!« Aufgeregt rannte Genevieve ihm nach, gefolgt von Thomas.

Das Baby im Arm stand Tristan am Fenster. »Würdest du uns entschuldigen, Thomas?« bat er kühl, ohne sich umzudrehen.

Thomas warf Genevieve einen unbehaglichen Blick zu. Aber er hatte kein Recht, sich in eheliche Streitigkeiten einzumischen, und so ging er wortlos hinaus.

»Was um Gottes willen machst du hier?« fragte Tristan leise, sobald sich die Tür geschlossen hatte.

»Das weiß ich nicht«, entgegnete sie bitter und hielt mühsam ihre Tränen zurück. Sie schenkte sich ein Glas Wein ein und nippte daran, dann musterte sie Tristan vorwurfsvoll. »Hab doch wenigstens Mitleid mit deiner Tochter! Sicher ist die Wiege nicht besudelt...«

Schweigend brachte er Katherine ins Kinderzimmer und legte sie in die Wiege. Als er ins Schlafgemach zurückkehrte, goß er sich ebenfalls Wein ein und leerte das Glas in einem Zug. »Was machst du hier?« wiederholte er heiser.

Sie gab keine Antwort, und er sah den Puls an ihrem Hals pochen, die vollen, immer noch leicht vergrößerten Brüste unter dem dünnen Seidenstoff des Nachthemds. Sie stand vor dem Kamin, und der Feuerschein betonte die sanft geschwungenen Konturen ihres Körpers, nach dem Tristan sich nun schon so lange sehnte.

Doch sie hätte nicht nach Bedford Heath kommen dürfen. Hier konnte er sich nicht von seiner Vergangenheit befreien. Natürlich glaubte er nicht, daß Lisettes Geist im Schloß umherging. Aber irgend etwas stimmte ihn unbehaglich, und er ertrug Genevieves Anwesenheit nicht. Vielleicht hatte er Angst um sie.

»Noch einmal frage ich dich, Lady. Was machst du hier?« Auch diesmal antwortete sie nicht. Er ging zu ihr, roch den süßen Rosenduft, den ihre Haut verströmte. Plötzlich riß er sie in die Arme, küßte hungrig ihre Lippen, spürte all die körperlichen Reize, die er monatelang entbehrt hatte.

»Tristan!« protestierte sie, den Tränen nahe, als er sie hochhob und aufs Bett warf. Wie oft hatte sie von einer zärtlichen

Wiedervereinigung geträumt, von geflüsterten Worten am Kamin, von sanften Liebkosungen... Aber dies war ein entschlossener, rücksichtsloser Liebhaber, den sie nicht kannte. Er zerrte ihr Nachthemd bis zur Taille hoch, öffnete hastig seine Hose, dann spürte sie seinen harten, muskulösen Körper, der sich fordernd an ihren preßte. »Bist du deshalb gekommen?« fragte er. »Einen anderen Grund kann ich mir nicht denken.«

»Tristan! Nein! Nicht so...«

Aber er schien ihr nicht zuzuhören. Oder vielleicht doch? Verfolgten ihn an diesem Ort Dämonen? Wirkungslos wehrte sie sich. Seine heißen Lippen glitten über ihren Hals, unsanft umfaßten seine Hände ihre empfindlichen Brüste. Dann drang er schnell und zielstrebig in sie ein, und sie schrie gequält auf.

Mit diesem Schmerz hatte sie nicht gerechnet und nicht gewußt, wie behutsam er beim ersten Mal nach Katherines Geburt vorgehen müßte.

Ihr Schmerzensschrei krampfte ihm das Herz zusammen. So leidenschaftlich er sie auch begehrte, er wollte ihr nicht weh tun. Abrupt zog er sich zurück. Eine Zeitlang lag sie stöhnend da wie ein wundes Reh, die Augen voller Tränen, ehe sie aus dem Bett sprang. Vor dem Kamin kauerte sie sich auf den Boden und schlang die Arme um ihre Knie. Ihre Schultern zitterten heftig.

»Genevieve, warum bist du hierhergekommen?« Seine Stimme, die zu brechen drohte, erschien ihr wie ein Echo ihres eigenen Leids. Erstaunt horchte sie auf. »So lange hast du mich gehaßt«, flüsterte er.

»Ich habe dich gehaßt, weil...« Beinahe hysterisch, lachend und weinend, warf sie den Kopf in den Nacken. »...weil ich dich liebe. Und ich haßte dich, weil ich es nicht ertrug, dich zu lieben. Ich bin hier, weil ich dich liebe.«

Wie schimmernde Sonnenstrahlen hüllten ihn die Worte ein, wie weiche weiße Wolle. Wenn er auch bezweifelte, daß sie die Wahrheit sagte – er mußte dieses Geständnis auskosten, und er wagte nicht, darüber nachzudenken.

Beglückt eilte er zum Kamin, kniete neben Genevieve nieder, nahm sie sanft in die Arme, küßte ihre Stirn und ihre Wangen, sprach leise und liebevoll auf sie ein. Und sie klammerte sich an ihn, schluchzte wie ein verirrtes Kind. Nach einer Weile stand er auf und trug seine kostbare Bürde zum Bett. Als er sich neben ihr ausstreckte, versprach er, sie ganz vorsichtig und sanft zu lieben und ihr keine Schmerzen zu bereiten.

Seine Küsse, die zarten und doch erregenden Liebkosungen weckten allmählich ihr Verlangen. Sinnlich wand sie sich in seinen Armen, gab ihm alles, was er sich wünschte, und die Vergangenheit verschwand in dunklem Nichts. Wie eine duftende Rose erschien sie ihm, die ihn vom Staub und Schmutz und Tod eines grausamen Schlachtfelds erlöste. Sie war sein Leben. Und sie liebte ihn.

24

In der Nähe stand ein Bauernhaus. Frisch gepflügte Felder erstreckten sich weit und breit. Auf der Weide tollten übermütige Fohlen umher und warfen ihre Schweife hoch. Narzissen vergoldeten die Landschaft. Die knorrigen Finger einer alten Eiche zeichneten ein Spinnwebenmuster vor dem blauen Himmel. Zufrieden seufzte Genevieve, während sie der leisen Melodie eines plätschernden Bachs lauschte. Sie neigte sich zu Tristans Kopf hinab, der in ihrem Schoß lag, langsam zeichnete ihre Zungenspitze die Umrisse seiner Lippen nach.

»He, Mylady«, warnte er sie, »hier kann ich nicht auf deinen herzlosen Verführungsversuch eingehen. Das wäre unanständig.«

»Versuche ich denn, dich zu verführen, Mylord?«

»Aye«, bestätigte er und richtete sich auf. »Nimm dich in acht, sonst bekommst du zu spüren, wozu ein leidenschaftlicher Lord imstande ist.«

Lachend erhob sie sich und eilte zum Ufer, um ihr erhitztes Gesicht zu kühlen. Tristan folgte ihr, umschlang ihre Taille und schimpfte, sie sei ein schamloses Flittchen. Was ihr denn einfalle, seine Sinne so zu betören? Hingebungsvoll küßte sie ihn, fasziniert von den Gefühlen, die ihr Herz erwärmten, von der Liebe, die sie verschenkte und empfing.

Er nahm ihre Hand, und sie wanderten in einträchtigem Schweigen am Bach entlang. Seit Genevieves Ankunft auf Bedford Heath hatten sie lange Gespräche geführt. Vor dem Kaminfeuer im Schlafgemach versuchte sie zu erklären, sie habe ihn niemals töten wollen, aber ihrem Vater geschworen, den Kampf um Edenby fortzusetzen. Mit der Zeit sei ihre Liebe zu Tristan erwacht, und die Angst davor habe sie zur Flucht gedrängt. »Ich dachte, du könntest mich niemals lieben.«

Zärtlich umarmte er sie und gestand, auch er habe sich gegen diese Liebe gewehrt. Doch dann sei er von ihr verzaubert worden und habe alle Vorsicht fahren lassen. Glücklich war sie in seine Arme gesunken.

Während sie jetzt über die Wiesen schlenderten, erzählte er von Lisette, von seinem Vater und vom Bruder, schilderte die Ereignisse jenes Tages, an dem er mit Jon und Thomas fröhlich heimgeritten war und Tod und Zerstörung vorgefunden hatte.

In einem Wäldchen setzten sie sich ins weiche Gras, und er küßte Genevieve liebevoll. Dann seufzte er. »Wir sollten umkehren. Sicher wartet Katherine schon ungeduldig.«

»Oh, ich habe sie erst vor kurzem gestillt, also dürfen wir uns noch ein bißchen Zeit lassen. Habe ich dir eigentlich schon von Axel erzählt, meinem Verlobten?«

»Nicht allzuviel.« Eifersüchtig runzelte er die Stirn. »Hast du ihn sehr geliebt?«

»Ich mochte ihn. Und auch du hättest dich gut mit ihm verstanden. Er studierte in Oxford und Eton und schwärmte für Poesie und Musik. Und – damals wollte er nicht kämpfen und bat meinen Vater, dem Beispiel der zahlreichen Peers zu folgen, die sich aus dem Zwist heraushielten. Aber Vater war der geborene Krieger, und er hielt Richard eisern die Treue. Und ich fühlte mich natürlich meinem Vater verpflichtet. Ja, ich liebte ihn.« Wehmütig lächelte sie Tristan an. »Wenn auch nicht so heiß und innig, wie ich jetzt dich liebe. Und ich empfand niemals...«

»Lust?« fragte er, und das Blut stieg ihr in die Wangen.

»Du unverschämter Kerl! So etwas verspürt eine Lady nicht.«

»Doch. Und ich liebe meine lüsterne Lady.«

»Du hast keine Manieren!« tadelte sie in gespielter Entrüstung. Zärtlich hauchte er einen Kuß auf ihre Handfläche. »Solche Dinge haben nichts mit Manieren zu tun«, widersprach er grinsend. »Ich bin einfach nur ein glücklicher Ehemann – und nicht mehr eifersüchtig auf den armen Burschen, der auf dem Schlachtfeld fiel, obwohl er sich gegen jenen Kampf gesträubt hatte.« Plötzlich wurde er ernst. »Genevieve, mein Herz wurde sehr lange von Dämonen verfolgt. Lisette...«

Schnell legte sie einen Finger auf seine Lippen. »Glaub mir, Tristan, auch ich bin nicht eifersüchtig auf deine Vergangenheit. Ich freue mich sogar über die Liebe, die du mit deiner ersten Frau geteilt hast.« Dankbar küßte er sie, und sie fügte zögernd hinzu. »Eins mußt du mir allerdings noch erklären. Wie ich höre, werden in Irland bald viele Geschwister von Katherine herumlaufen.«

»Was?«

»Nun, da kursieren gewisse Gerüchte...«

»Alles Lüge! Während des irischen Feldzugs war ich schon so verliebt in meine lüsterne kleine Waliserin, daß ich keine andere Frau anschaute.«

»Ist das wahr?«

»Natürlich. Wer hat dir denn diesen Unsinn erzählt?«

Voller Angst dachte sie an Guy. Inzwischen hatte Tristan den Leuten verziehen, die an jenem Täuschungsmanöver auf Edenby beteiligt gewesen waren. Nur Guy haßte er immer noch. Stünde der junge Ritter nicht unter königlichem Schutz, hätte Tristan ihn schon längst zum Zweikampf herausgefordert. So widerstrebend sie ihren Mann auch belog – ihr blieb nichts anderes übrig. »Daran erinnere ich mich nicht. Jedenfalls tat mir dieses Gerücht in der Seele weh.«

Lächelnd zog er sie an sich. »Sei unbesorgt. Mein Herz gehört dir allein.«

»O Tristan...« Hingebungsvoll erwiderte sie seinen Kuß. »Aber jetzt sollten wir uns wirklich um Katherine kümmern.«

Während sie zu der Stelle zurückwanderten, wo Pie friedlich graste, erklärte Tristan: »So schön es hier ist – wir müssen bald nach London. Ich möchte die Urkunde entgegennehmen, die Edenby zur Stadt ernennt, und mich umhören. Irgend jemand hat es auf mich abgesehen. Eines Nachts wurden Jon und ich auf der Straße überfallen...«

»Tristan!« rief sie vorwurfsvoll. »Das hast du nie erwähnt!«

Seufzend zuckte er die Schultern. »Damals dachte ich, es wäre dir gleichgültig. Und es ist ja auch nichts passiert. Wir haben die Schurken mühelos niedergestochen. Was sie von uns wollten, weiß ich nicht. Schätzungsweise waren es ganz gewöhnliche Räuber.« Daß er daran zweifelte, verschwieg er, um Genevieve nicht zu beunruhigen. »Wie auch immer, auf Bedford Heath hält mich nichts mehr. Ich wünschte nur, ich hätte dem sogenannten ›Spuk‹ auf den Grund gehen können. Thomas wird hierbleiben. Vielleicht gelingt es ihm, den Schuldigen zu fangen.«

Sie zögerte und überlegte, ob sie von den schattenhaften Gestalten berichten sollte, die sie am Tag ihrer Ankunft gesehen hatte. Aber seither war nichts Rätselhaftes vorgefallen, und Tristan sollte nicht den Eindruck gewinnen, sie würde an Gespenster glauben.

Als Tristan leise pfiff, trottete das scheckige Pferd gehorsam heran, und er hob Genevieve in den Sattel. Dann stieg er hinter ihr auf, und sie ritten nach Hause. An seine Brust gelehnt, spürte sie beglückt seinen kraftvollen Herzschlag.

Vor der Eingangstreppe des Schlosses wurde Pie von einem jungen Stallknecht übernommen. Hand in Hand stiegen Tristan und Genevieve die Stufen hinauf. In der Halle kam ihnen Edwyna entgegen mit einer brüllenden Katherine im Arm. »Endlich, Genevieve! Die Kleine ist hungrig, und sie hat dein Temperament geerbt.«

Lächelnd nahm Genevieve ihre Tochter entgegen. »Ich bringe sie nach oben.«

»Bald komme ich dir nach«, versprach Tristan, dann dankte er Edwyna, die das Baby betreut und ihnen kostbare Stunden zu zweit ermöglicht hatte. »Sag Mary, sie soll deine Sachen packen!« rief er seiner Frau nach. »Morgen reisen wir nach London zurück.«

Sie nickte und eilte in den Oberstock hinauf. Angenehme Wärme erfüllte das Schlafgemach, mehrere Kerzen brannten. Sie öffnete das Oberteil ihres Kleids und ging zum Bett, doch ihr Blick fiel plötzlich auf ein bewegtes Licht draußen vor dem Haus. Sie trat ans Fenster, sah eine Laterne zwischen den Eichen flackern – und zwei schemenhafte Gestalten, die sich heimlich zu treffen schienen. Wie gebannt blieb sie am Fenster stehen, während sie ihrer Tochter die Brust gab. Einer der Männer übergab dem anderen Dokumente und wurde dafür bezahlt. Eine Zeitlang blieben sie zusammen stehen, dann trennten sie sich. Schon wollte sie nach Tristan rufen, doch dann hielt sie inne. Einer der beiden verließ den Wald und führte ein Pferd am Zügel. Er war elegant gekleidet, eine goldene Medaille glänzte auf dem samtenen Hemd. Sein Gesicht sah sie nicht, aber seine Haltung – sein Gang – die Anmut, mit der er sich in den Sattel schwang ... Nun erkannte sie das Pferd, einen rötlich-grauen Wallach aus dem Stall ihres Vaters. Auf diesem Hengst war Sir Guy zur Schlacht von Bosworth geritten.

Ein Schrei erstarb in ihrer Kehle. Was trieb er hier? Sie sollte Tristan von dieser Beobachtung erzählen, doch sie wagte es nicht. Was Guy betraf, war ihr Mann so unvernünftig, und er würde jede Gelegenheit nutzen, um die Welt von dem jungen Ritter zu befreien.

Unschlüssig biß sie sich auf die Lippen. Guy hatte der Familie Llewellyn stets die Treue gehalten, und deshalb war sie ihm zu Dank verpflichtet. Nein, sie würde Tristan nichts erzählen und ihren alten Freund lieber selbst zur Rede stellen. Nachdem sie das Baby gestillt hatte, legte sie es in die Wiege. Mary kam zu ihr, um mit ihr zu packen.

Bald nach der Ankunft in der Hauptstadt fand Genevieve eine Gelegenheit, mit Guy zu sprechen. Am ersten Abend wurde Tristan vom König zu einem Treffen mit dem Londoner Bürgermeister bestellt. Anne besuchte Genevieve und spielte entzückt mit Katherine. Dabei erzählte sie, ihre Mutter habe gesagt, das Baby sei ein Geschenk von Tristan. Vielleicht könnte er ihr ein Geschwisterchen besorgen? Lachend erklärte Genevieve, es wäre besser, wenn Edwyna ein Kindchen von Jon bekäme.

Später brachte Mary das kleine Mädchen zu seiner Mutter und dem Stiefvater zurück. Genevieve neigte sich gerade über die Wiege und betrachtete ihre schlafende Tochter, als plötzlich die Tür aufschwang. Erfreut drehte sie sich um und erwartete Tristan zu sehen. Aber es war Guy, der eintrat und die Tür schloß. »Genevieve!«

»Oh, ich wollte mit Euch reden ...«

Er eilte zu ihr, wollte sie in die Arme nehmen, doch sie

schob ihn energisch von sich. Wie war er hereingekommen? Diese Frage konnte sie leicht beantworten. Tristan ließ sie nicht mehr Tag und Nacht bewachen.

»Wenn Tristan Euch hier findet, bringt er Euch um!«

»Der König wird ihn noch länger in Anspruch nehmen. Und bevor Tristan zurückkommt, werden mich meine Männer rechtzeitig warnen. Vertraut mir, Liebste, ich beschwöre keinen Kampf herauf, der die Früchte meiner harten Arbeit vernichten würde. Jetzt ist es soweit, Genevieve. Ich habe alles sorgfältig geplant und Tristans Untergang schon in die Wege geleitet.«

»Bitte, Guy...«

»Endlich sind wir wieder vereint.«

»Hört doch auf mit diesem Unsinn! Er ist mein Mann, in dieser Wiege liegt unser Kind. Das Unrecht wurde wiedergutgemacht und...«

»Versteht Ihr denn nicht?« unterbrach er sie. »Wenn er stirbt, spielt es keine Rolle mehr, daß Ihr ihn geheiratet habt. In absehbarer Zeit liegt sein edler Kopf auf dem Richtblock, dann wird er nie wieder zwischen uns stehen.«

Genevieve wich entsetzt zurück. »O Guy, was habt Ihr getan? Gesteht es mir! Ich sah Euch auf Bedford Heath...«

Lachend warf er sich aufs Bett. »Gesegnet seien die Plantagenet-Erben, diese Brudermörder! Edward und Richard und Henry – dann Edward und Richard... Ständig wurden sie auf die selben Namen getauft, über Generationen hinweg.«

»Guy! Wovon redet Ihr?«

»Von Briefen, Genevieve, von einer Verschwörung!«

Eifrig stützte er sich auf einen Ellbogen. »Es war so einfach, einen Spion anzuheuern. Ein sehr kluger Mann, wirklich! Sein Bruder wurde bei Tristans Rachefeldzug getötet, nach dem Gemetzel auf Bedford Heath. Nur zu gern ließ sich der Bursche von mir bezahlen und spielte den Geist in Tristans Schloß. Er arbeitete als Küchenjunge, und aus dem Arbeitszimmer entwendete er die komplette Korrespondenz eines halben Dutzends Plantagenet-Erben! Adressiert an den Grafen von Bedford Heath, unterschrieben vom Grafen von Warwick und anderen! Begreift Ihr denn nicht, Genevieve? Es ist einfach perfekt. Diese Briefe stammen aus einer früheren Generation, aus der Zeit, als Edward König war, aber jetzt erwecken sie den Eindruck, der Graf von Bedford Heath – der vornehme Tristan de la Tere – würde mit den York-Anhängern gegen Henry konspirieren. Sobald ich diese Schriftstücke ans Licht der Öffentlichkeit gebracht habe, seid Ihr frei, Mylady. Der König wird mir Edenby übergeben – und Euch!« Entzückt sprang er vom Bett auf und umarmte sie.

»Guy, hört mir doch zu! Das könnt Ihr nicht tun. Das ist Wahnsinn!« Sicher, der König mochte von Tristans Loyalität überzeugt sein, aber er wurde sehr unruhig, wann immer es um Thronprätendenten ging. Er wollte zwar Blutvergießen vermeiden, doch wenn man ihn dazu zwang, würde er skrupellos vorgehen. Und falls er glaubte, Tristan hätte sein Vertrauen mißbraucht, würde Henry keine Gnade kennen.

»O Genevieve, schon immer habe ich Euch geliebt – und ich werde Euch immer lieben. Nun sollt Ihr endlich mir gehören. Ich räche Euren Vater, und ich liebe Euch, obwohl Ihr von Tristans Händen beschmutzt wurdet.«

Ungläubig starrte sie ihn an. Hatte er den Verstand verloren? »Aber Ihr sollt meine Ehre nicht rächen. Hört mich an, Guy. Ihr seid mein Freund, mein lieber Freund, und ich möchte Euch nicht verletzt sehen. Daß Ihr mich liebt, bedaure ich, denn ich kann Eure Gefühle nicht erwidern. Versteht mich doch! Jetzt bin ich mit Tristan verheiratet, ich liebe ihn, und ich wünsche mir nur ...«

Er lächelte sie wie ein begriffsstutziges Kind nachsichtig an. »Natürlich habt Ihr Angst. Meine arme Liebste! Alles wird gut, das schwöre ich Euch.«

»Nein, Guy ...«

Ein heißer Kuß nahm ihr den Atem, dann ließ er sie los und eilte zur Tür. »Bald, liebste Genevieve!« gelobte er.

»Guy!« Die Tür fiel hinter ihr ins Schloß. »So wartet doch!« Sie rannte in den Flur hinaus, aber er war bereits verschwunden. Hinter ihr schrie das Baby. Sie kehrte in ihr Zimmer zurück, hob Katherine aus der Wiege und beruhigte sie.

Nach einer Weile schlief ihre Tochter ein, und Genevieve legte sie in die Wiege zurück. Rastlos wanderte sie umher. Was sollte sie tun? Wenn sie Tristan informierte, würde Guy sterben, und sein Tod würde für immer auf ihrer Seele lasten. Aber durfte sie ihm erlauben, dem König diese Briefe vorzulegen? Dann würde Tristan im Tower landen.

Wie alle mächtigen Männer hatte er Feinde, und die würden Henry nur zu gern an die Zeiten erinnern, als Lord de la Tere ein eingefleischter York-Anhänger gewesen war. Plötzlich kam ihr ein Gedanke. Wo mochte Guy die Briefe verwahren? In seinem Zimmer am Hof? Vielleicht konnte sie die Dokumente stehlen und vernichten. Dann wäre Guy außerstande, ihren Mann zu beschuldigen, und Tristan brauchte nie zu erfahren, welche Gefahr ihm gedroht hatte.

Kurz entschlossen eilte sie in den Flur hinaus, zum Dienstbotenquartier, wo Mary zusammen mit anderen Zofen wohnte. Genevieve schickte das Mädchen zu Katherine, dann fragte sie einen Wachtposten, wo Guys Zimmer lag. Der Mann beschrieb ihr den Weg, und sie hoffte inständig, ihr Freund wäre nicht zu Hause und würde das Zimmer mit niemandem teilen. Bevor sie eintrat, blickte sie nach beiden Seiten, dann schloß sie rasch die Tür hinter sich und lehnte sich dagegen. Im Kamin brannte kein Feuer, aber auf dem Schreibtisch flackerte eine Kerze. Also würde Guy jeden Augenblick zurückkommen. Genevieves Herz schlug wie rasend.

In den Schreibtischschubladen fand sie nichts, in den ersten beiden Truhen nur Handschuhe, Lederwämser und Hosen. Aber die dritte Truhe schien einen doppelten Boden zu besitzen. Achtlos warf sie alle Kleidungsstücke heraus, ertastete einen Hebel und drückte darauf. Ein Deckel sprang auf, und sie zog triumphierend zusammengerollte, mit einem Band verschnürte Pergamente hervor. Rasch entfernte sie das Band und überflog die Briefe. Tatsächlich, Briefe an den Grafen von Bedford Heath von York-Anhängern, die erklärten, sie würden seine Hilfe dankbar annehmen... Dieser Graf mußte Tristans Vater gewesen sein. Aber die Schriftstücke konnten auch den jetzigen Grafen zu Fall bringen.

Vom Flur drang ein Geräusch herein. Hastig schob sie die Pergamente in den Ausschnitt ihres Kleids, räumte die Sachen in die Truhe zurück und öffnete die Tür nur einen Spaltbreit, um hinauszuspähen. Die Luft war rein, und sie eilte den Korridor entlang. Viel zu laut gellte ihr das Echo der eigenen Schritte in den Ohren. Und die Kerzen in den Wandleuchtern warfen ihren Schatten groß und gespenstisch an die Wand.

»Halt!«

Als sie den unerwarteten Befehl hörte, geriet sie in Panik. War Guy ihr auf den Fersen? Wenn er sie einholte, würde er ihr die Briefe wieder wegnehmen. Verzweifelt begann sie zu laufen.

»Halt! Im Namen des Königs!«

Es war nicht Guy, sondern nur ein Wachtposten. Die Briefe steckten unsichtbar in ihrem Kleid. Erleichtert seufzte sie auf, blieb stehen und drehte sich um. Der Wächter, der ihr nachrannte, prallte mit ihr zusammen und brachte sie aus dem Gleichgewicht. Hilflos stürzte sie zu Boden, ihr Kopf schlug hart gegen die Wand, ein heftiges Schwindelgefühl erfaßte sie.

»Mylady...« Irgend jemand neigte sich zu ihr herab und wollte wissen, warum sie davongelaufen war. Als sie aufzustehen versuchte, hörte sie ein raschelndes Geräusch – die Pergamentrolle war aus ihrem Ausschnitt gefallen. Hastig griff sie danach. Laute Stimmen erklangen, Schritte näherten sich.

»Was ist hier los?«

Die Briefe wurden ihr entrissen. Heftig blinzelte sie und versuchte, das Schwindelgefühl zu verscheuchen. »Wie könnt Ihr es wagen?« fragte sie in gebieterischem Ton. »Wo bleibt Eure Galanterie, Mylords? Ich bin die Gräfin von Bedford Heath und die Herzogin von Edenby, und Ihr habt kein Recht, über mich herzufallen! Ich...«

»Mein Gott, seht Euch das an, Anthony! Diese Briefe! Ein eindeutiger Beweis für schändlichen Hochverrat!«

»Offenbar ist sie an einem Komplott beteiligt. Der König muß diese Pergamente sofort sehen.«

»Die Lady von Edenby war und ist eine York-Anhängerin! Als Henry in England ankam, bekämpfte sie ihn.«

Von allen Seiten stürmten die Anklagen auf Genevieve ein. Wie durch einen Nebelschleier sah sie mindestens zehn königliche Wachtposten, die um sie herumstanden.

»Nein, das ist kein Hochverrat!« schrie sie. »Diese Briefe...«

»Damit wird Lord de la Tere schwer belastet«, fiel ihr jemand ins Wort. Ein anderer Mann trat vor und betrachtete Genevieve eindringlich. Irgendwie kam er ihr bekannt vor – ein Mitglied der mächtigen Familie Nevill, die nach immer größerer Macht strebte.

»Sir...«, begann sie, aber er unterbrach sie unhöflich und musterte sie mit schmalen Augen.

»Madam, ich klage Sie des Hochverrats an. Bringt sie in den Tower! Ich werde Seine Majestät sofort über de la Teres Komplott informieren.«

Brüsk wandte sich Sir Nevill ab, und Genevieve wurde unsanft auf die Beine gezerrt. Sie riß sich empört los. In ihren Augen brannten Tränen, die sie mühsam zurückhielt. »Ich kann aus eigener Kraft gehen! Rührt mich nicht an!« Hocherhobenen Hauptes folgte sie den Wachtposten und verbarg ihre Angst. Der Tower... Dort wurden manche Gefangene jahrelang festgehalten, und viele durften ihn nur verlassen, um ihren Kopf auf den Richtblock zu legen. Würde man auch Tristan einsperren? Und Katherine... Was sollte aus dem unschuldigen Baby werden, wenn seine Eltern in dunklen Zellen schmachteten?

Sie stolperte, und ein Wächter stützte ihren Arm, aber sie stieß seine Hand weg, fast blind vor Tränen. »Könntet Ihr...« Ihre Stimme brach, und sie mußte noch einmal von vorn anfangen. »Könntet Ihr Lady Edwyna von Pleasance verständigen und bitten, meine Tochter zu versorgen?«

»Gewiß, Mylady.« Der Mann, etwas höflicher als seine Gefährten, verneigte sich und schickte jemanden zu Jons Gemächern.

Die Korridore schienen kein Ende zu nehmen. Nach einer halben Ewigkeit verließen sie den Palast durch eine Hintertür und erreichten die Themse. Ein Bootsfahrer wurde herbeigerufen, und Genevieve stieg in den schmalen Kahn. Als sie aufblickte, sah sie unzählige Sterne am Himmel, einen bleichen Vollmond. Es war besser, nach oben zu schauen – nicht zum anderen Ufer. Beklommen hörte sie, wie die Ruder rhythmisch ins plätschernde Wasser tauchten. Sie bekämpfte ihre Übelkeit und Panik und versuchte an nichts zu denken. Doch das gelang ihr nicht. Was sonst hätte sie tun sollen? Sie mußte sich doch bemühen, die bedrohlichen Briefe zu vernichten. Tristan... Wo mochte er jetzt sein?

Tristan stand im Salon des Königs, ein Glas Bordeaux in der Hand, und starrte Sir Nevill von kaltem Zorn erfüllt an. Ohne sich anmelden zu lassen, war der Mann hereingestürmt, um die belastenden Briefe vor Henry auf den Schreibtisch zu legen – neben die soeben unterschriebene Urkunde, die Edenby zur Stadt erklärte. »Seht doch, Majestät!« drängte er. »Ein unwiderlegbarer Beweis...«

»Daß mein Vater und ich auf dem Schlachtfeld von Tewkesberry für König Edward kämpften«, fiel Tristan ihm verächtlich ins Wort, dann zeigte er auf die Schriftstücke. »Der Graf von Warwick ist ein zehnjähriger Junge. Und das ist nicht die Handschrift eines Zehnjährigen.«

»Unsinn!« rief Nevill. »Natürlich hat sich sein Schreiber diese Briefe diktieren lassen...«

»Und das da!« Tristan unterbrach ihn erneut. »Euer Gnaden, wenn Ihr in den Akten blättert, würdet Ihr sehen, daß dies die Handschrift von Edward III. ist.«

Ungeduldig schob Henry die Pergamente beiseite. »Das ist überflüssig. Ich habe viele alte Dokumente studiert und kenne Edwards Handschrift. Diese Pergamente sind alt und an den Rändern vergilbt. Sogar ein Blinder würde merken, daß sie aus früheren Zeiten stammen. Sir Nevill! Woher habt Ihr die Briefe?«

Doch Nevill ließ sich nicht beirren. »Sie wurden bei der Herzogin von Edenby gefunden, Sire«, erwiderte er und verneigte sich vor Tristan. »Lord de La Teres Gemahlin ist offenbar immer noch eine Anhängerin des Hauses York.«

Bestürzt zuckte Tristan zusammen. Genevieve! Heiße Wut erfaßte ihn. Sie hatte ihn in Bedford Heath aufgesucht, um ihn mit heuchlerischem Liebesgeflüster zu umgarnen, und er war prompt in die Falle getappt, ins sinnliche Netz ihrer Verführungskünste. Wieder einmal hatte sie ihn betrogen. Der Schmerz durchbohrte sein Herz wie ein Messer. Aber vor Nevill durfte er sich keine Blöße geben. Mit ausdrucksloser Stimme fragte er: »Wo ist meine Frau?«

»Auf dem Weg zum Tower.«

»Ich habe keinen Haftbefehl unterzeichnet!« stieß Henry hervor.

»Majestät, ich habe die Verräterin entlarvt!« verteidigte sich Nevill.

Tristan ignorierte ihn und wandte sich zu Henry. »Euer Gnaden, ich werde mir zurückholen, was mir gehört, und meine Frau zur Rechenschaft ziehen.«

»Besinnt Euch!« mahnte der König. »Vielleicht verurteilt Ihr sie zu Unrecht.«

»Gewiß nicht«, erwiderte Tristan bitter. »Nun hat sie mich zum zweitenmal betrogen. Aber das ist einzig und allein meine Angelegenheit. Ich bitte Euch, Sire, um die Erlaubnis, den Hof zu verlassen. Unsere Geschäfte sind erledigt, und ich halte Genevieve lieber in meinem eigenen Turm gefangen.«

Resignierend nickte Henry, und Tristan eilte aus dem Salon.

Der Constable wartete an der Bootsanlegestelle. Schlüpfriges Moos bedeckte den Kai. Schwankend ging Genevieve an Land und glaubte, jeden Augenblick in Ohnmacht zu fallen.

»Halt! Ahoi!« Ein zweites Boot näherte sich. Tristan stand darin in wehendem Mantel. Erleichtert sah sie, daß er nicht gefesselt war. Er hielt Papiere in der Hand, die er dem Constable übergab, sobald er auf den Kai gesprungen war. »Die Lady ist nicht Eure Gefangene, Sir, sie soll mir übergeben werden.«

Schnell überflog der Constable das Pergament mit dem königlichen Siegel und nickte.

»Genevieve...«, stieß Tristan zwischen zusammengebissenen Zähnen hervor und zeigte auf sein Boot. Als sie hineinstieg, stolperte sie, und er hielt ihren Ellbogen fest. Unsicher schaute sie ihn an, spürte seine kalte Wut und sank hilflos auf die Bank.

In drückendem Schweigen überquerten sie die Themse. Wie gern hätte Genevieve ihre Arme um Tristans Hals geschlungen, sich ihre Angst von der Seele geredet... Doch sie brachte kein Wort hervor. Verzweifelt starrte sie auf die Sterne, die sich in den Wellen des Flusses spiegelten, schluckte krampfhaft, und dann gehorchte ihr endlich die Stimme. »Tristan...«

»Nicht jetzt. Wir reden später.«

Nachdem sie an Land gegangen waren, führte er sie durch die langen Korridore zu ihren Gemächern.

Edwyna, die auf dem Bett saß und Katherines Wiege schaukelte, sprang erschrocken auf. »Oh, ich habe mir solche Sorgen gemacht!« Erleichtert umarmte sie ihre Nichte. »Was ist geschehen?«

»Geht zu Jon!« befahl Tristan kurz angebunden und führte sie zur Tür. »Und sagt ihm, wir würden morgen nach Edenby fahren. Er soll den König bitten, er möge ihm erlauben, mich zu begleiten.«

Unglücklich nickte sie, und er schloß die Tür hinter ihr.

Genevieve, die den Grund seines Zorns nicht kannte, eilte zu ihm und berührte seine Wange. Da schlug er sie so kraftvoll ins Gesicht, daß sie rückwärts taumelte und aufs Bett sank. »Nein, nie wieder, Lady! Von jetzt an falle ich nicht mehr auf deine Schönheit, deine Lügen und meine eigene verzweifelte Begierde herein. Was für ein Narr ich war! Da ich doch das ganze Ausmaß deiner Tücke schmerzlich genug zu spüren bekam, als du mich mit einem Schürhaken niederschlugst! Warum bist du mir nach Bedford Heath gefolgt? Um mich mit deinem falschen Liebesgeständnis in Sicherheit zu wiegen? Glücklicherweise ist der König nicht so dumm, an meinen vermeintlichen Hochverrat zu glauben.«

Ungläubig starrte sie in sein kaltes Gesicht. Ihre Wange brannte von der grausamen Ohrfeige, aber es war nicht dieser Schmerz, der ihr Tränen in die Augen trieb. Er dachte also, sie hätte Dokumente entwendet, um ihn zu beschuldigen und ins Gefängnis zu bringen – und das Geständnis ihrer Liebe wäre eine Lüge gewesen. »Tristan!«

Ihre Stimme klang so todunglücklich, daß er ins Wanken geriet. Wie gern würde er ihr glauben und sie in die Arme nehmen... Nein! Immer wieder hatte sie ihn getäuscht. Nur ein Narr würde dem Reiz dieser wunderschönen Augen noch einmal erliegen. »Du hast mich zu oft verraten.«

»Nein, Tristan...«

»Was dann?« Er setzte sich zu Genevieve und packte ihre Schultern. Wenn sie Guy anklagte, würde Tristan ihn töten. Und nicht einmal das konnte sie vor diesem gräßlichen Zorn retten, denn er würde glauben, sie hätte sich mit ihrem alten Freund verschworen. Es gab keine Rettung.

»Sag es mir, Genevieve!« befahl er.

»Das – kann ich nicht.«

Wütend schob er sie von sich, und in diesem Augenblick weinte Katherine. Das Baby wartete schon viel zu lange auf seine Mahlzeit. Trotz ihrer Erschöpfung stand Genevieve auf und ging zur Wiege. Aber Tristan kam ihr zuvor, hob das Kind hoch und trug es zur Tür.

»Was tust du?« Bestürzt rannte sie ihm nach, dann blieb sie wie festgewurzelt stehen, als er sich zu ihr wandte und sie mit eisigen Augen musterte.

»Du wirst ihr nicht mehr die Brust geben.«

»Aber – sie ist mein Kind!«

»Und meines, Lady.«

»Um Gottes willen, so grausam kannst du doch nicht sein!« Flehend streckte sie die Arme nach ihm aus. »Oh, bitte, hab doch Erbarmen! Du darfst sie mir nicht wegnehmen!« Hoch aufgerichtet stand er da, gnadenlos und unnachgiebig. Tränen verschleierten ihren Blick, und sie sank auf die Knie. »Bitte, Tristan, mach mit mir, was du willst – aber nimm mir mein Baby nicht weg...« Ihre Stimme brach, kraftlos senkte sie den Kopf.

Verzweifelt schaute er auf sie hinab. Könnte er doch an die Unschuld der Frau glauben, die er über alles liebte... Katherine brüllte wie am Spieß. Schließlich holte er tief Luft, ergriff Genevieves Hand und zog sie auf die Beine. Dann legte er ihr das Kind in die Arme, hörte ihre gestammelten Dankesworte und beobachtete, wie sie mit dem Baby aufs Bett sank. Begierig saugte das Kind an ihrer Brust. Dieser Anblick krampfte ihm das Herz zusammen. Hastig floh er aus dem Zimmer, und die Tür fiel krachend ins Schloß. Und dieser Lärm überzeugte Genevieve nachhaltiger von seinem unversöhnlichen Zorn als alle anklagenden Worte.

25

»Ein Prost auf die Stadt Edenby!« rief Mr. Crowley, der Goldschmied, und hob seinen Becher. »Und auf ihren Begründer, unseren guten Herrn, Seine Gnaden, Lord Tristan de la Tere!« Lauter Jubel erfüllte die Halle. Tristan saß am Ende des langen Tisches. Lächelnd schob er ein Dokument zu Sir Humphrey hinüber, den er zum Bürgermeister ernannt hatte. Die Leute kannten und liebten den alten Ritter. In all den Jahren hatte er an ihrer Seite gearbeitet und gekämpft.

»Danke, Gentlemen!« Auch Tristan hielt seinen Becher hoch. »Auf eine glückliche Zukunft!« Der alte Griswald erschien, und sein Räuspern wirkte wie ein Stichwort. Sofort stellten die Bürger der neuen Stadt Edenby ihre Becher ab und verließen die Halle – alle außer Sir Humphrey, der vor den Kamin trat. Tristan ignorierte ihn und legte einen gestiefelten Fuß auf den Stuhl neben sich. Während er wartete, bis der alte Mann sein Anliegen vortrug – vermutlich die Bitte, Genevieve Gnade zu erweisen –, trank er seinen Wein. Und er hatte richtig geraten.

»Das habt Ihr gut gemacht, Tristan«, begann Sir Humphrey.

»Vielen Dank, Sir.«

»Ihr habt Eure einstigen Feinde mit Wohltaten überhäuft und mir mein Haus in Edenby zurückgegeben. Sogar Tamkin, Euer Verwalter, ist wieder ein freier Mann, der auf eigenen Wunsch für Euch arbeitet. Lady Edwyna und Jon sind glücklich vereint ...«

»Das alles wurde schon mehrmals erwähnt«, unterbrach Tristan den alten Ritter ungeduldig und schenkte sich noch etwas Wein ein. Was sollten sie denn noch besprechen? In den vierzehn Tagen seit der Heimkehr war er dreimal zu Genevieve gegangen und nahe der Tür stehengeblieben, die Arme vor der Brust verschränkt, um nicht in Versuchung zu geraten – um sie nicht zu berühren. Dreimal hatte er sie um eine Erklärung gebeten. Und dreimal hatte sie schweigend den

Kopf gesenkt. Nun war die Lady von Edenby wieder seine Gefangene, wurde in ihrem Zimmer festgehalten, und Tristan bewohnte die Gemächer des Lords. Aber er fragte sich immer wieder erbittert, ob er nicht ein viel elenderes Leben führte als seine Frau. Nachts fand er nur selten Schlaf, und wenn die Müdigkeit endlich ihr Recht forderte, träumte er von Genevieve. Unglücklich starrte er in seinen Wein. Sein Verlangen nach ihr – nein, seine Liebe erhitzte sein Blut zu wahnwitziger Besessenheit. Davon mußte er sich ablenken. Er sprang auf und lief zur Treppe. »Komm herunter, Jon!« Wenig später eilte sein Freund herab, und Tristan schlug vor: »Gehen wir in das Gasthaus, das der junge Master Piers soeben am Stadtrand eröffnet hat! Trinken wir sein Ale und wünschen wir ihm alles Gute für die Zukunft. Begleitet Ihr uns, Sir Humphrey?«

Traurig schüttelte der alte Mann den Kopf. »Lieber nicht.«

Tristan schlang einen Arm um Jons Schultern. »Heute habe ich so richtig Lust, mich zu betrinken...«

»... und deinen Kummer zu ertränken«, ergänzte Jon.

»Ein gutes Ale ist immer tröstlich. Und vielleicht finde ich sogar eine hübsche willige Tavernendirne, wer weiß?« Tristan winkte Sir Humphrey lässig zu, dann rief er nach Matthew und befahl ihm, die Pferde aus dem Stall zu holen.

Wenn er in einer solchen Stimmung ist, darf man ihn nicht allein lassen, dachte Jon bedrückt. Ehe er seinem Freund folgte, wandte er sich zu dem alten Ritter: »Bitte, Sir, richtet meiner Frau aus, ich würde mein Bestes tun, um den Tiger zu zähmen.«

Seufzend nickte Sir Humphrey.

»Wenn du schon nicht mit Tristan reden willst – warum schweigst du auch mir gegenüber?« klagte Edwyna. Sie saß vor dem Kamin, das Baby auf dem Schoß, während ihre Nichte nervös umherwanderte. Seit sie glaubte, sie würde Jon noch vor der herbstlichen Ernte ein Kind schenken, betrachtete sie die kleine Katherine mit ganz neuen Augen.

»Ich kann nicht mit dir sprechen, Edwyna«, erwiderte Genevieve. »Denn du würdest es als deine Pflicht betrachten, Tristan zu informieren.«

»Aber ich bin doch deine Tante! Dein Fleisch und Blut!«

Genevieve lächelte wehmütig. »Tut mir leid, in dieser Angelegenheit traue ich dir nicht. Du würdest tun, was du für richtig hältst, und eine Tragödie verursachen.« Müde sank sie aufs Bett. »Nur soviel will ich dir verraten – ich bin unschuldig.«

»O Genevieve, ich schwöre dir bei Gott, ich werde Tristan nichts erzählen. Bitte, du mußt mir endlich dein Herz ausschütten, sonst verzehrst du dich noch vor Kummer.«

»Ich – erwarte wieder ein Kind.«

Eine Zeitlang schwieg Edwyna, dann meinte sie: »Natürlich wird ihn das freuen, aber...«

»Es dürfte ihn wohl kaum versöhnlich stimmen. Oh, was soll ich nur tun?«

»Am besten erzählst du mir alles. Glaub mir, ich werde es für mich behalten.«

»Wenn du dein Wort brichst...«

»Niemals!«

Und so schilderte Genevieve die Ereignisse, die sie ins Unglück gestürzt hatten. »Versteh mich doch! Guy war ein Ritter meines Vaters und Axels Freund. Deshalb kann ich nicht zulassen, daß mein Mann ihn tötet. Außerdem würde Tristan vermuten, ich hätte mit Guy unter einer Decke gesteckt und jene Briefe dem König vorlegen wollen.«

»Du hättest Tristan sofort reinen Wein einschenken sollen, als Guy in Bedford Heath aufgetaucht war.«

»Vielleicht«, seufzte Genevieve entmutigt. »Ach, ich weiß nicht...«

In diesem Augenblick öffnete sich die Tür, und Genevieve starrte verblüfft den Mann an, von dem sie soeben gesprochen hatte. Guy stand vor ihr, in einem schwarzen Umhang über einem dunkelgrauen Samthemd und passender Hose. Lächelnd ging er zu ihr. »Ich bin gekommen, um Euch zu retten, Liebste.«

Erschrocken griff sie sich an die Kehle. Ihre Gedanken überschlugen sich. Wie war er hereingelangt? Soviel sie wußte, hielt Roger de Treyne draußen auf dem Flur Wache. Angst und Zorn stiegen in ihr auf. »Was treibt Ihr hier, Guy?« fragte sie kühl. »Ihr müßt doch befürchten, daß ich Tristan die Wahrheit erzählt habe. Fast wäre ich im Tower gelandet, was Euch sicher nicht entgangen ist.«

»Das bedaure ich. Aber wie konntet Ihr nur so eine Dummheit machen und die Briefe entwenden! Glücklicherweise habt Ihr Eurem Mann meinen Namen nicht genannt. Sonst wäre ich jetzt nicht hier, und Ihr hättet vergeblich auf mich gewartet.«

»Ich habe nicht auf Euch gewartet!« Wütend sprang sie auf. »Euretwegen wäre ich beinahe enthauptet worden.«

Ohne ihre Worte zu beachten, packte er ihren Arm. »Folgt mir! Wir müssen verschwinden.«

»Nein! Ich gehe nicht mit Euch...«

»Doch! Ich liebe Euch, Genevieve...«

»Guy, Ihr wart Axels Freund – und meiner. Aber ich habe Euch nie geliebt. Wie konntet Ihr nur annehmen...«

Sein bösartiges Gelächter ließ sie verstummen. »Schlagt Euch auf meine Seite, oder stellt Euch gegen mich! So oder so, Edenby wird mir gehören.«

»Was?« Verzweifelt versuchte sie, sich loszureißen, und starrte Edwyna, die wie gelähmt dasaß und eine schützende Hand über das Köpfchen des Babys hielt. Sofort gab Genevieve ihre Gegenwehr auf, denn sie verstand, was der Blick ihrer Tante besagte – Vorsicht, dieser Mann wird uns alle töten...

»Wie oft habe ich mir ausgemalt, ich läge auf diesem Bett«, flüsterte Guy, »und Ihr würdet Euch langsam entkleiden und in meine Arme sinken...«

»Aber ich war nicht mit Euch verlobt, sondern mit Axel.«

Unbeirrt fuhr er fort: »Begleitet Ihr mich? Wir treffen uns in Irland mit anderen York-Anhängern. Dann kehren wir hierher zurück, und vielleicht erlauben sie mir, Tristan den Kopf abzuhacken.«

»Guy! Begreift Ihr den nicht? Ich liebe ihn, und ich gehe nicht mit Euch. Schnell, verschwindet, bevor er heimkommt – bevor die Wachen Euch entdecken...«

Gellend schrie sie auf, als er sie zu Boden stieß. In seinen Augen flackerte heller Wahnsinn. »Verdammtes kleines Biest, ich nehme dich mit, und ich werde dich besitzen, bis ich deiner müde werde, bis ich genug von deiner Arroganz habe! Oh, du Närrin! Das war kein Lancaster-Ritter, der Axel auf dem Schlachtfeld tötete. *Ich* erstach ihn, ebenso wie den alten Edgar!«

»O Gott!« flüsterte Genevieve.

»Und ich werde immer wieder töten«, fuhr er lächelnd fort, »auch dich, ehe ich dich diesem Mann überlasse. Aber es wäre mir lieber, du würdest mit mir kommen.«

Sie holte tief Atem und schrie, so laut sie konnte. Erbost trat er sie in die Rippen. In diesem Augenblick sprang Edwyna auf, aber bevor sie die Tür erreichte, stürmte ein Fremder herein, zückte ein Messer und trat ihr in den Weg. Angstvoll wich sie zurück, das Baby an ihre Brust gepreßt, und wandte sich zu Guy. »Wo – wo...«, stammelte sie.

»Oh, Ihr meint die kleine Anne? Es geht ihr gut. Wir haben sie zusammen mit Mary eingesperrt.«

»Und – Sir Humphrey?«

»Der liegt blutüberströmt in der Halle«, entgegnete Guy verächtlich. »Und der alte Griswald? Nun, vielleicht lebt er noch. Jedenfalls konnten wir die Dienstboten mühelos einschüchtern. Die meisten stecken im Verlies. Dieser Roger de Treyne setzte sich tapfer zur Wehr, aber dann erwischten wir ihn von hinten, nicht wahr, Filbert?«

»O ja, mit einem kräftigen Schlag auf den Hinterkopf«, bestätigte der Neuankömmling grinsend.

»Außerhalb der Festungsmauern sind zahlreiche Männer postiert«, drohte Genevieve, aber das beeindruckte Guy nicht.

»Bevor man die alle zusammentrommeln kann, sind wir längst über alle Berge. Edwyna, gib mir das Balg!«

»Nein!« kreischte Edwyna und versuchte zu fliehen. Schwankend, aber entschlossen, erhob sich Genevieve, wollte sich auf Guy stürzen, aber er schlug sie wieder zu Boden. Dann entriß er ihrer Tante das Baby, und als sie nach Katherine griff, packte der andere Mann sie an den Haaren und zerrte sie zurück.

Das Kind brüllte wie am Spieß, und Genevieve rappelte sich wieder auf, um Guy zu attackieren.

»Nimm dich in acht!« warnte er. »Nur zu gern würde ich Tristans Kind die Kehle durchschneiden. Du wirst jetzt deinen Umhang um die Schultern legen, mit mir hinausgehen und den Stallburschen freundlich um drei Pferde bitten.«

»Ich bin hier gefangen!« fauchte sie und verbarg ihre Angst, so gut sie es vermochte. Zweifellos würde er nicht zögern, seine Drohung wahr zu machen und das Kind zu töten. O Gott, warum hatte sie die schreckliche Wahrheit nicht einmal geahnt? Ihr Vater und Axel waren nicht im Kampf gestorben, sondern von der Hand dieses skrupellosen, verrückten Mörders, der ihr Sand in die Augen gestreut hatte.

»Das wissen nur wenige Dienstboten hier im Haus«, entgegnete er. »Als ich hereinkam, erklärte ich dem Stallburschen, vielleicht würde ich mit Lady Genevieve ausreiten, und da lächelte er mich arglos an.«

Was konnte sie tun? Innerhalb der Mauern würde sie keine Hilfe finden. Vielleicht konnte sie im Hof schreien und einen der Wachtposten alarmieren, die draußen patrouillierten. »Also gut, ich begleite Euch. Bitte, gebt das Baby Edwyna, und ich...«

»Nein, Lady, ich nehme deine Tochter mit. Und wenn du deine Leute nicht anlächelst, strahlend wie der Sonnenschein, schlitze ich ihr die Kehle auf.«

»Bastard!« zischte Edwyna. »Widerlicher Abschaum!« Wütend warf sie sich auf Guy, aber er schleuderte sie gegen einen Bettpfosten. Lautlos sank sie zu Boden.

Genevieve lief erschrocken zu ihrer Tante und kniete nieder. Wenigstens atmete Edwyna noch. »Oh, meine Liebe...«

Gequält schrie sie auf, als Guy sie an den Haaren packte und hochzerrte. »Sie lebt, laß es dabei bewenden. Zieh endlich einen Umhang an! Wir gehen!«

Mit zitternden Fingern nahm Genevieve einen leichten Sommerumhang aus einer Truhe und legte ihn um. Dann folgte sie Guy und Filbert notgedrungen auf den Flur hinaus, wo sie beinahe über Roger de Treynes reglosen Körper gestolpert wäre. Blut rann über seine Stirn, aber er schien noch zu leben.

Guy umklammerte Genevieves Handgelenk und führte sie zur Treppe. Im anderen Arm hielt er das Baby, das nur mehr leise wimmerte. Vielleicht schrie es nicht mehr, weil es die Nähe der Mutter spürte und instinktiv erkannte, daß es keinen Lärm machen durfte.

Wenig später betraten sie den Hof. Auf einer fernen Brustwehr salutierte ein Wachtposten, Stimmen und Gelächter drangen aus den Werkstätten. Matthew eilte Genevieve entgegen, und sie erklärte lächelnd, sie würde mit Sir Guy und seinem Gefolgsmann ausreiten. »Bring uns bitte drei Pferde!« O Matthew, flehte sie stumm, merkst du denn nicht, daß da was nicht stimmt? Verzweifelt dachte sie an Tristan und hoffte, er würde nicht glauben, sie hätte Guy freiwillig begleitet. Aber Edwyna wird ihm die Wahrheit erzählen, beruhigte sie sich. Und er folgt uns ganz bestimmt...

Während sie sich an diese Hoffnung klammerte, führte Matthew drei gesattelte Pferde aus dem Stall. Höflich half er ihr, eine rotbraune Stute zu besteigen. Filbert kletterte auf das zweite Tier, und Guy schwang sich mühelos in den Sattel, obwohl er das Baby im Arm hielt. »Wir reiten nur da drüben in den Wald und kommen bald zurück«, erklärte er Matthew.

»Aye, Sir Guy.«

»Lauf voraus und laß das Tor öffnen, mein Junge!« befahl Guy und warf Matthew eine Münze zu.

»Aye, Sir.« Mit einem sonderbaren Lächeln sah Matthew zu Genevieve auf, dann rannte er davon.

Guy gab der Stute einen Klaps auf die Kruppe, und sie trottete gehorsam neben seinem Hengst dahin. Das Tor schwang auf, und sie verließen die Festungsmauern. In schnellem Trab ritten sie südwärts. Nun schrie Katherine wieder erbärmlich, und Genevieve lenkte ihre Stute näher an Guys Pferd heran. »Bitte, gebt mir meine Tochter! Jetzt sind wir so weit von der Burg entfernt, daß ich nicht mehr Alarm schlagen kann.«

Ungeduldig hielt er an, stieg ab und band die Stute an seinem Zaumzeug fest, damit Genevieve nicht fliehen konnte. »Bring Katherine zum Schweigen!« befahl er und drückte ihr das Kind in den Arm.

»Sie ist hungrig...«

»Dann gib ihr die Brust!«

»Hier, vor Euren Augen, Guy! Unmöglich! Wir müssen eine geeignete Stelle suchen...«

Guy brach in schallendes Gelächter aus. »Nun, du mußt deine Scham wohl ober übel überwinden. Wir werden noch lange nicht Rast machen.«

»Bald wird Tristan uns einholen...«

»Der ist beschäftigt.« Sein selbstzufriedenes Grinsen schürte Genevieves Angst von neuem. »Dreh dich doch mal um!«

Von einer bösen Ahnung erfaßt, warf sie einen Blick über die Schulter und sah eine Rauchwolke. »Um Himmels willen! Die Burg...«

»Ja, Edenby steht in Flammen. Wenn ich die Festung nicht besitzen kann, soll sie auch keinem anderen gehören. Lieber zerstöre ich sie.«

»Und die Menschen da drinnen...«, würgte sie hervor.

»Ein paar können sich vielleicht retten. Du solltest für deine Freunde beten, Genevieve. Komm jetzt, wir müssen weiterreiten.«

Matthew wußte, daß etwas nicht stimmte, denn Lady Genevieve hatte zwar gelächelt, aber so ausgesehen, als würde sie lieber in Tränen ausbrechen. Sicher, Sir Guy war schon einmal auf Edenby gewesen, mit den Abgesandten des Königs. Aber trotzdem... Warum hatte der Ritter das Baby im Arm gehalten – nicht die Mutter?

Ohne sich noch länger mit Überlegungen aufzuhalten, stürmte der Junge in die Halle. Tatsächlich, da lag der alte Sir Humphrey stöhnend am Boden. Und dann roch Matthew den ätzenden Rauch. Sofort rannte er wieder hinaus und schrie um Hilfe. Die Wachtposten eilten herbei, und er rannte ins Haus zurück, sprang die Treppe hinauf, nahm immer zwei Stufen auf einmal. Im Oberstock stolperte er beinahe über einen Mann und neigte sich hinab. Ächzend kam Roger de Treyne zu sich. »Feuer, Sir!« warnte ihn der Junge, und Roger rappelte sich fluchend auf. Er taumelte in Lady Genevieves Zimmer, während Matthew zur Turmtreppe raste, sah die Vorhänge und das Bettzeug brennen. Reglos lag Lady Edwyna am Boden, und Roger eilte zu ihr, immer noch leicht benommen. Knisternd breiteten sich die Flammen aus, als er die Bewußtlose hochhob. Gerade noch rechtzeitig trug er sie hinaus, dann stürzte ein Deckenbalken krachend zu Boden und entfachte einen Funkenregen.

So schnell er konnte, floh er mit Edwyna in den Hof hinunter. Dort kehrten ihre Sinne zurück, und er stellte sie auf die Füße. Mit verschleierten Augen starrte sie ihn an. »Anne! Meine Tochter! O Gott – Roger ...«

»Da ist sie, Mylady!« rief Matthew, der die kleine Lady Anne, Mary und andere Dienerinnen aus dem Haus geführt hatte. Schluchzend warf sich das kleine Mädchen in die mütterlichen Arme, und Edwyna drückte es fest an sich.

»Mein armes Baby ...« Plötzlich starrte sie Roger an. »Er hat Genevieve entführt! Wir müssen Tristan und Jon holen ...«

»Ich reite sofort zum Gasthof ...«

»Nein, wartet, Roger! Euch glaubt er vielleicht nicht, aber mir!« Verwirrt blinzelte er, und sie erklärte hastig: »Daß sie nicht freiwillig mitgeritten ist.«

»Ich hol die Pferde«, erbot sich Matthew.

Nun kam der alte Ritter schwankend in den Hof, und Edwyna atmete erleichtert auf. »Sir Humphrey, Gott sei Dank, Ihr seid noch am Leben! Seht zu, daß das Feuer gelöscht wird. Anne, du kümmerst dich um Mary. Sie ist außer sich vor Angst! Bald komme ich zurück, mein Liebling.« Inzwischen hatte Matthew die Pferde aus dem Stall geführt, und sie ritt mit Roger davon.

Es nutzte nichts. Und wenn er noch soviel Ale trank, die vollbusigen Tavernendirnen anlachte und sich einredete, die fröhliche Verheißung in ihren Augen würde sein Verlangen stillen – er wußte, daß es hoffnungslos war. Nur eine einzige Frau konnte ihn von diesem Feuer befreien. Geh zu ihr, flüsterte ihm eine innere Stimme zu. Geh zu ihr, genieße ihre süße Schönheit in deinen Armen ... Abrupt stellte er den Ale-Krug auf den Tisch, und Jon, der mürrisch neben ihm saß, blickte auf. »Tristan!«

»Reiten wir nach Hause.« Seufzend warf Tristan ein paar

Münzen auf den Tisch, und Jon nickte erleichtert. Er wußte nicht, was den Sinneswandel seines Freundes bewirkt hatte, aber er war froh darüber.

Enttäuscht schauten die Mädchen den vornehmen Herren nach, die zur Tür gingen. Plötzlich schwang sie auf. »Edwyna!« Entsetzt starrte Jon in das rußgeschwärzte Gesicht seiner Frau und rannte ihr entgegen. »Um Himmels willen, Roger! Was soll das bedeuten?«

»Redet endlich!« stieß Tristan hervor. »Was ist geschehen?«

»Sir Guy hat Genevieve und Katherine entführt!« erklärte Edwyna. »Und die Burg brennt... Aber das spielt jetzt keine Rolle. O Tristan, Eure Frau ist unschuldig! Guy stahl Euch jene Briefe, und Genevieve nahm sie an sich, weil sie verhindern wollte, daß Ihr ihn tötet oder im Tower landet. Dieser Mann ist wahnsinnig! Er hat Edgar und Axel getötet – um Edenby und Genevieve in seinen Besitz zu bringen. Jetzt ist sie in seiner Gewalt...« Ein Schluchzen drohte ihre Stimme zu ersticken. »Und das Baby! Ihr müßt sie einholen, Tristan, so schnell wie möglich! Allzulange darf sie nicht reiten, sonst verliert sie das Kindchen, das sie unter dem Herzen trägt...«

»Wann sind sie aufgebrochen?« schrie Tristan. »Und wie viele Männer hat er bei sich?«

»Vor einer knappen Stunde. Nur einer ist bei ihm, ein gewisser Filbert...«

»Verdammt, Filbert!« fluchte Tristan. »Ein Diener auf Bedford Heath... Bei Gott, ich bringe Guy um, wenn er Genevieve und Katherine nur ein Haar krümmt...« Er stürmte aus der Taverne, schwang sich auf seinen scheckigen Hengst und galoppierte davon. Nachdem Roger und Jon einen kurzen Blick gewechselt hatten, stiegen sie auf ihre Pferde und folgten ihm.

Doch sie konnten Pie nicht einholen, denn er sprengte schnell wie der Wind dahin, und das Herz seines Herrn schlug im selben Rhythmus wie die rasenden Hufe.

26

Sie ritten viel zu nah am Klippenrand. Manchmal lichtete sich das Dickicht, und Genevieve sah tief unten die Brandung an der steilen Felswand schäumen. Wenn das Pferd strauchelte – wenn sie mit ihrer Tochter hinabstürzte... In ihrer Erschöpfung würde sie das Vergessen im Tod sogar begrüßen, aber Katherine mußte am Leben bleiben. Glücklicherweise schlief das Baby friedlich im Arm seiner Mutter.

Als die Nacht hereinbrach, zügelten die Männer ihre Pferde, und Guy lächelte Genevieve an. »Faß nur Mut, Liebste, bald machen wir Rast. Da vorn führen mehrere Höhlen tief in den Felsen hinein, und darin kann man sich tagelang verkriechen.«

Genevieve wußte, wo diese Höhlen lagen. Dort hatten sich einst die Kelten vor den Römern versteckt, die Angeln vor den Sachsen, die Sachsen vor den Normannen und Jüten. Rasch senkte sie den Kopf. Guy wollte ihr Angst einjagen, aber statt dessen weckte er neue Hoffnungen. Offenbar vergaß er, daß sie eine Llewellyn war, ein Kind dieses zerklüfteten Küstenstrichs, und die Höhlen genau kannte. Vielleicht konnte sie ihm entkommen.

Daran mußte sie glauben, sonst würde sie den Verstand verlieren. Während des ganzen qualvollen Ritts hatte sie den Allmächtigen angefleht, er möge Edwyna und Anne und die anderen vor dem Feuer retten. Aber sie befürchtete das Schlimmste. Längst hätte Tristan ihr folgen müssen – nicht um ihretwillen, aber Katherine zuliebe. Sie ritten weiter, und zu ihrer Erleichterung folgte Guy einem Pfad, der ins Landesinnere führte, weg vom gefährlichen Abgrund. Auf einer Lichtung vor der nächstgelegenen Höhle stieg er ab.

Dann hob er Genevieve und das Baby aus dem Sattel und führte sie in die Höhle. Filbert folgte ihnen, entzündete eine Fackel und steckte einen kleinen Haufen Brennholz in Brand, den er offensichtlich schon lange vorher bereitgelegt hatte.

Die Flucht war sorgsam geplant worden. Geduldig hatte Guy gewartet, um in die Festung einzudringen, sobald der Herr von Edenby davongeritten war.

»Bewach den Eingang, Filbert, und stör uns nicht«, befahl er, ohne Genevieve aus den Augen zu lassen. Wortlos verschwand der Mann, und Guy beobachtete sie lauernd. »Nun, was hältst du von unserem Liebesnest, Lady?«

»Ihr seid krank, Guy.«

»Keineswegs, ich fühle mich kerngesund – und sehr vital. Das wirst du bald merken.« Plötzlich griff er nach ihr.

»Rührt mich nicht an!«

Lachend ließ er sie los. Offenbar wollte er ihr noch eine Galgenfrist gönnen. »Wie arrogant du bist... Das fasziniert mich. Aber es wird sich noch in dieser Nacht ändern.«

Er packte seine Satteltasche aus, und sie beobachtete ungläubig, wie er einen Weinschlauch, Brot und Wein hervorholte. Alles, was man für das Picknick eines Liebespaars brauchte, richtete er auf einem Tuch an, das er vor dem Feuer ausgebreitet hatte. Dann nahm er Platz. »Leg Katherine hin und setz dich zu mir!«

»Nein...«

»Nimm eine Decke aus meiner Satteltasche. Darauf kann sie schlafen. Und sieh zu, daß sie den Mund hält! Wenn sie brüllt, werde ich sie zum Schweigen bringen.«

Sie wandte sich ab, bevor er die Tränen in ihren Augen sah, die Angst, den Abscheu. Nachdem sie die Decke aus der Tasche gezerrt hatte, bettete sie das Baby in einen Höhlenwinkel, so weit wie möglich von Guy entfernt. Dahinter erstreckte sich ein weitverzweigter unterirdischer Gang. Vielleicht konnte sie das Kind an sich reißen und ins Dunkel flüchten. Doch er würde sie mühelos einfangen. Sie mußte eine bessere Gelegenheit abwarten.

Und so setzte sie sich zu ihm, nippte an dem Becher Wein, den er ihr gereicht hatte, und beobachtete ihn. Um sich zu stärken, aß sie sogar ein wenig Brot.

»Weißt du, was wir nach dem Essen tun werden, Genevieve?« fragte er und lächelte freundlich. Welch eine absurde Situation... Jetzt erinnerte er sie an den netten blonden Jungen, der sie oft begleitet hatte, wenn sie mit Axel in den Wald geritten war, um zu picknicken. Der fröhliche Guy, der von künftigen Turnieren und Heldentaten geschwärmt – und wenige Jahre später ihren Vater und seinen besten Freund ermordet hatte.

»Nun, weißt du es?« er legte einen Finger unter ihr Kinn.

»Natürlich«, entgegnete sie verächtlich. »Ihr werdet mich vergewaltigen.«

»O nein, du wirst dich langsam entkleiden, bis nur noch dein goldenes Haar die reizvollen Blößen bedeckt, und dann bereitwillig an meine Brust sinken...«

»Ihr seid krank!«

»Wenn du dich weigerst, steche ich Katherine eine Klinge ins Herz.«

Ihr Blick streifte den Messergriff, der aus seinem Stiefelschaft ragte. Wenn sie ihm diese Waffe entreißen könnte... Irgendwie mußte sie Zeit gewinnen. Vielleicht, nachdem er etwas mehr Wein getrunken hatte... Sie lachte leise.

»Was amüsiert dich denn so?« fragte er verwundert.

»Oh, ich dachte nur an die Ironie, die in alldem steckt. Hier, in der Wildnis von Wales, sehe ich den Geist von Bedford Heath wieder... Nie hätte ich geglaubt, zu welcher Tücke Ihr fähig seid, Guy. So treu dientet Ihr meinem Vater, aber sobald sich das Blatt wendete, lieft Ihr zu Henry über. Ihr seid ein Chamäleon. Bemerkenswert, wie schnell Ihr die Farbe wechseln könnt!« Sie neigte sich zu ihm, schaute tief in seine Augen, zog blitzschnell das Messer aus seinem Stiefel und hielt es an seine Brust.

Offenbar war er immer noch belustigt. »Leg die Waffe weg«, sagte er in ruhigem Ton.

»Nein! Wenn Ihr Euch bewegt...«

Grinsend schaute er an ihr vorbei. »Dreh dich doch mal um!«

In wachsender Panik gehorchte sie und sah, daß Filbert in die Höhle geschlichen war. Nun stand er neben Katherine, in seiner Hand schimmerte ein Jagdmesser.

Guy packte ihr Handgelenk, entwand ihr den kleinen Dolch und warf sie zu Boden. Mit aller Kraft schlug er ihr ins

Gesicht. »Das ist deine letzte Chance, Genevieve. Wenn du noch einmal Dummheiten machst, bringt er das Balg um.«

»Nein!« schrie sie.

Grinsend bedeutete er Filbert, wieder auf seinen Wachtposten zurückzukehren, sprang auf und zog Genevieve mit sich hoch. »Und jetzt wirst du alle meine Wünsche erfüllen, oder ich töte Katherine vor deinen Augen – ganz langsam, damit du sie möglichst lange schreien hörst.«

»Seid still!« kreischte sie, dem Wahnsinn nahe. Doch dann riß sie sich zusammen, ließ langsam den Umhang von ihren Schultern gleiten und bückte sich, um die Schuhe auszuziehen. Angewidert spürte sie seinen brennenden Blick. Bevor sie die Höllenschwelle überquerte, wollte sie ein letztes Mal nach ihrem schlafenden Kind sehen. Zitternd drehte sie sich um – und erstarrte. Katherine war verschwunden. Kein Blut am Boden, kein Zeichen von Gewalt – so als hätte die Finsternis das Baby spurlos verschluckt...

»Verdammtes Biest!« rief Guy, stürzte auf sie und versuchte, ihr das Kleid vom Leib zu reißen.

Und dann ertönte eine Stimme wie Donnerhall. Tristan trat in den Lichtschein des Lagerfeuers, schleuderte Guy zu Boden, und die beiden Männer rangen verbissen miteinander. Angstvoll spähte Genevieve zum Höhleneingang und erwartete, Filbert würde Tristan hinterrücks angreifen. Doch er ließ sich nicht blicken.

Dann beobachtete sie wieder die keuchenden Kämpfer. Guy lag unter Tristan, streckte eine Hand nach dem Dolch aus, der zu Boden gefallen war. »Tristan!« warnte sie. »Das Messer!« Doch da stach Guy bereits zu. Rasch rollte Tristan sich zur Seite, und die Klinge, die auf sein Herz zielte, traf seinen Schenkel.

Diesen Vorteil nutzte Guy, stieß seinen Gegner von sich, und er wußte, daß er der Kraft dieses Ritters nicht gewachsen war. Und so packte er Genevieve und hielt ihr die Schneide an die Kehle. »Zurück, de la Tere!«

»Tristan!« flehte Genevieve. »Bring Katherine hinaus...«

»Zurück!« wiederholte Guy und zerrte Genevieve ins Freie. Ihre nackten Füße schleiften über den steinigen Boden. Aus den Augenwinkeln sah sie Filbert reglos vor der Höhle liegen. Tristan folgte ihnen vorsichtig, während sie sich dem Klippenrand näherten. »Laßt sie los, Guy!« rief Tristan. »Kämpft mit mir!«

»Zurück!«

Nun hörte Genevieve das Rauschen der Brandung, unter ihren nackten Sohlen löste sich Geröll und fiel polternd nach unten.

»Verschwindet, Tristan!« zischte Guy. »Oder ich werfe Genevieve hinab, das schwöre ich! Euer Balg habt Ihr wiederbekommen, aber Eure Frau gehört mir...«

»Spring zur Seite, Genevieve!« schrie Tristan. Der Dolch, den er aus seinem Stiefelschaft gerissen hatte, sauste heran und bohrte sich in Guys Schulter. Sie hörte den schrillen Schrei ihres Feindes, rammte die Ellbogen in seine Rippen. Verzweifelt zerrte er am Messergriff, der aus seinem Fleisch ragte, aber er ließ Genevieve nicht los. Während er zu Boden stürzte, umschlang sein eiserner Arm ihre Taille. In kalter Todesangst starrte sie auf die schaumgekrönten Wellen hinab, die im Mondlicht glänzten.

»Genevieve!« Tristans Stimme übertönte das Rauschen der Wellen. Kies und Staub wirbelten in die Luft, und plötzlich war sie befreit. Die Männer wälzten sich über den steinigen Boden und rückten immer näher zum Klippenrand. Ein langgezogener Schmerzensschrei durchdrang die Nachtluft, erfüllt vom Wissen um den unausweichlichen Tod. Atemlos beobachtete Genevieve, wie eine Schattengestalt in die Tiefe stürzte, gegen die Felsen prallte, in die Brandung eintauchte, von der Strömung davongetragen wurde.

Sie schrie und schrie, bis starke Arme sie hochhoben und vom mörderischen Klippenrand wegtrugen. »Tristan!« Erschöpft flüsterte sie seinen Namen und umklammerte seinen Hals. »Tristan... Katherine!«

»Sie ist in der Höhle, Liebes, Jon paßt auf sie auf.«

»Aber – wie...«

»Auf dem Klippenpfad wagte ich nicht, Guy anzugreifen, das wäre zu gefährlich gewesen. Und so verlangsamte ich meinen Ritt. Jon, Roger und Edwyna holten mich ein. Deine

Tante kennt die Höhlen und ahnte, daß der Schurke dich hierherbringen würde.«

»Als ich Katherine nicht mehr sah, wäre ich fast gestorben...«

»Das las ich in deinem Gesicht, und deshalb wartete ich nicht länger.«

»O Tristan!« Er stellte sie auf die Füße, hielt sie aber immer noch fest. Feuerschein und Mondlicht beleuchteten sein Gesicht, als sie ihn eindringlich anschaute. »Glaub mir, ich bin unschuldig! Hätte ich gewußt, daß Guy der Mörder meines Vaters und meines Verlobten war... Ich wollte ihn beschützen, weil ich dachte, dazu wäre ich verpflichtet – wegen seiner Loyalität...«

»Ich weiß«, unterbrach er sie lächelnd.

»Du – weißt es?«

»Meine Liebste, ich war ein Narr, und ich wagte nicht, dir zu trauen. Verzeihst du mir?«

Tränen rollten über ihre Wangen. »Ich – dir? Schon in Bedford Heath hätte ich dich warnen sollen, als ich beobachtete, wie er verstohlen herumstrich...«

»Still, Liebes.«

»Aber mein Schweigen brachte uns alle in Gefahr. Wenn ich mir vorstelle, was er Katherine beinahe angetan hätte...«

»Und dir.« Zärtlich küßte er ihre Stirn. »Mein Leben, meine Liebste...« Fest drückte er sie an seine Brust. »Nun danke ich dem Allmächtigen, weil er uns noch eine Gelegenheit gibt, zu leben, uns zu lieben.«

»O Tristan...«

»Entschuldigt mich, aber dafür habt ihr später immer noch Zeit.« Beide zuckten zusammen und wandten sich zu Jon, der Katherine unbeholfen in den Armen hielt. Glucksend schlug sie mit ihren winzigen Fäustchen in sein Gesicht. »Katherine!« Überglücklich nahm Genevieve ihr Baby in die Arme.

»Vorsicht – ich fürchte, sie ist ziemlich naß«, warnte Jon.

»Oh, mein süßer Liebling!« schluchzte Genevieve. Heiße Tränen tropften ins Gesicht ihrer Tochter. Schützend legte Tristan einen Arm um die Schultern seiner Frau und empfahl

Jon belustigt, möglichst bald zu lernen, wie man mit einem Baby umging.

»Bis zum Herbst habe ich ja noch ein bißchen Zeit«, erwiderte Jon grinsend. Dann schlug er vor, endlich zu Edwyna und Roger zu reiten, die sich schreckliche Sorgen machen würden. Er warf einen kurzen Blick auf Guys Spießgesellen und meinte, wohl oder übel müsse man ihn begraben.

Als Tristan seine Frau bat, ihre Sachen aus der Höhle zu holen, schüttelte sie entschieden den Kopf. Keine zehn Pferde würden sie da noch einmal dort hineinkriegen. Und so brachte er ihr die Schuhe und den Umhang.

Sobald sie angekleidet war, hob er sie in Pies Sattel und stieg hinter ihr auf. Jon ritt ihnen nach und führte die anderen Pferde am Zügel mit sich. Bald erreichten sie Roger und Edwyna. Neue Tränen flossen, während Genevieve ihre Tante umarmte, und sie versicherten einander schluchzend, welche Todesängste sie ausgestanden hatten.

Der Ritt nach Edenby dauerte einige Stunden. Im schwindenden Mondlicht sah Genevieve die Festungsmauern, die das Feuer verschont hatte. Ein Großteil lag in Schutt und Asche. Nun verlangsamte Tristan den Trab seines Hengstes, ließ die anderen vorausreiten. Das Baby lag geborgen in Edwynas Armen.

»Nun ist unsere Burg zerstört«, seufzte Genevieve, »aber Edwyna hat mir versichert, der Brand sei gelöscht worden, ehe er Menschenleben fordern konnte. Dafür müssen wir dankbar sein.«

»O ja.« Tristans warmer Atem streifte ihre Wange. »Jetzt besitze ich kaum noch Mauern, die meine wilde, ungebärdige Frau gefangenhalten könnten.«

Lächelnd legte sie den Kopf an seine Brust. »Die brauchst du nicht mehr. Mein Herz liegt in Ketten, für immer an dich gefesselt.«

»Ketten?« Er lachte leise. »O nein, es ist ein Netz aus Seidenfäden, das mich an dich bindet.«

»O Tristan, ich liebe dich so sehr.«

»Und ich dich.«

»Bald sind wir zu Hause«, flüsterte sie, und es machte ihr

nichts aus, daß ihr Zuhause eine Ruine war. Edenby – dieser Name stand für Felsen und Meer, Wälder und Felder, vor allem aber für die Menschen, die hier lebten. »Wir werden die Festung wieder aufbauen. Und vergrößern. Wir brauchen viel mehr Kinderzimmer – und einen Schulraum. Und schöne Gästezimmer für die Gelehrten, die aus aller Welt zu uns kommen werden, um Katherine und Anne zu unterrichten – und Jon und Edwynas Kindchen – und ...«

»Und?« Tristans Arm umschlang sie noch fester.

»Oh, du Schurke, du weißt es schon!«

»Nun ja, Edwyna hat irgendwas gestammelt.«

»Diesmal könnten wir einen Sohn bekommen.«

»Ja, das wär mein innigster Wunsch.« Von Gefühlen überwältigt, zügelte er Pie, drehte seine Frau zu sich herum und küßte sie voller Leidenschaft. Ja, die Burg war zum Großteil abgebrannt. Aber die Klippe erhob sich stolz wie eh und je in den rosigen Morgenhimmel. »Auf Edenby haben sich die rote Rose von Lancaster und die weiße Rose von York gefunden – innig vereint.«

»Glaubst du, der Krieg ist endlich zu Ende?« wisperte Genevieve.

»*Unser* Krieg ganz sicher.«

»Dann wird die weiße Rose ihre Dornen abschütteln.«

Lächelnd drückte er die Fersen in Pies Flanken, und während sie sich der verkohlten Ruine näherten, flüsterte Tristan in Genevieves Ohr: »Für den Rest dieser Nacht haben wir kein Bett. Aber in unserer verheißungsvollen Zukunft sind wir auf Rosen gebettet – für immer von dämonischen Dornen befreit.«

Die Sonne warf ihre ersten Strahlen über die Felsen, rotgoldenes Licht kündigte den neuen Tag an.